지극히 평범한

지극히 평범한 2

초판 1쇄 찍은 날 | 2015년 4월 10일
초판 1쇄 펴낸 날 | 2015년 4월 20일

지은이 | 박지영
펴낸이 | 서경석

편 집 장 | 권태완
편집책임 | 최고은
편   집 | 나정희
디 자 인 | 신현아

펴낸곳 | 도서출판 청어람
등록번호 | 제387-1999-000006호
등록일자 | 1999. 5. 31
어람번호 | 제11-00016호

주소 | 경기도 부천시 원미구 부일로 483번길 40 서경B/D 3F (우) 420-822
전화 | 032-656-4452 팩스 | 032-656-4453
http://www.chungeoram.com
E-mail | chungeorambook@daum.net

ⓒ 박지영, 2015

ISBN 979-11-04-90192-8 04810
ISBN 979-11-04-90190-4 (SET)

2

지극히 평범한

박지영 장편 소설

도서출판 청어람

Contents

/

1화
괜찮아, 괜찮아

/

　인성그룹 주차장을 빠져나오자마자 신호대기에 걸렸다. 정지선에 맞춰 차를 멈추고 핸들에서 손을 떼었다. 퇴근하는 직장인들이 바쁜 걸음으로 횡단보도를 건넜다. 삐. 휴대폰 알림음이 울렸다. 선혁으로부터 온 메시지였다.

　─실장님, 지국희 씨가 먼저 오피스텔에서 대기할 예정입니다. 지국희 씨에게 오피스텔 비밀번호를 알려주셨으면 합니다.

　비밀번호를 국희에게 간단히 보내고 내려놓았다.
　그녀가 받아들인 모양이다. 이토록 빠른 반응이 올 것이라곤 생각지 못했었다.

너는 무엇이 중요한 걸까.

나와의 관계보다는 역시 일인가.

신호가 바뀌었다. 차를 출발시키면서 범안은 나직한 숨을 내쉬었다. 복잡한 상념들이 얼기설기 엉켜서 뇌 속과 내장을 휘젓고 있었다. 그러나 그보다 더한 감정이 서서히 솟아올랐다.

그녀가 온다.

네가 온다.

저도 모르게 그는 핸들을 꽉 쥐었다.

쉼 없이 달려 오피스텔에 도착했다. 빈 자리에 능숙하게 주차를 끝내는데 비상구에서 남자 둘이 바삐 다가왔다. 한 사람은 낯이 익었다. 감시자라 생각했던 기존의 경호원이었다. 다른 이는 낯선 인물이었다.

"인사드리겠습니다. 오늘부터 저녁 6시부터 아침 8시까지 실장님의 경호를 맡은 한명훈 주임입니다. 이쪽은 김영국⋯⋯."

"김 실장님께 전달받았어요."

구구절절 되풀이하고 싶지 않아 말을 막았다.

경호 방식과 경호원 명단은 이미 전달받아 숙지하고 있었다. 4인 1조 팀으로 구성된 경호원들이 시간대에 따라 24시간 경호를 한다. 출근부터 퇴근까지, 국희를 포함한 남자 경호원 오경진 대리가 수행을 하고, 그는 사내가 아닌 다른 곳에서 대기하다가 이동 시에 합류한다. 그리고 밤 근무 남자 요원들과 교대하고, 국희는 오피스텔에서 위험에 대비한다. 이 와중에도 아버지는 범안이 경호받는다는 사실을 외부에 노출시키지 말라고 당부했다. 혹여 임원진이 알게 되어 공연한 구설에 휘말릴까 신중을 기하고 있었다.

"8층 복도와 803호 현관 쪽 CCTV 설치는 끝났습니다. 내일은 비상구와 순차적으로 다른 층 사각지대도 CCTV를 설치할 예정입니다."

엘리베이터를 기다리면서 한 주임이 설명했다.

"803호 현관이요?"

"현관으로 접근하는 외부인을 확인하기 위한 장치입니다. 실장님의 사생활은 침범하지 않는 선입니다. 현관문이 열렸을 경우 신발장 정도 보이는 각도입니다. 보안실로 이동해서 확인하시겠습니까?"

803호에 그녀가 있다.

"아니요."

직접적인 대면은 일주일 만이다.

메시지를 확인하는 순간부터 묘하게 들떴었다. 섭섭한 감정과는 별개의 미련스러운 열기였다. 그 열기는 오피스텔에 진입하는 순간 급속도로 상승하고 있었다.

범안은 경호원들과 함께 8층으로 올라갔다. 열린 문을 경호원이 한 손으로 잡고서 한쪽으로 물러났다. 낯익은 동작이었다. 국희가 처음 출근하던 날 했던 행동과 동일했다. 위험한 행동이라 놀랐던 기억과 어설프게 둘러대던 국희의 얼굴이 떠올랐다. 그렇군. 헛웃음이 흘렀다.

"관리사무소 보안실에 계실 예정인가요?"

"네, 그렇습니다."

"그럼 여기까지."

"원칙상 자택 앞까지 에스코트해야 합니다."

뒤따르려는 그들을 저지시키니, 당황하여 우물쭈물했다.

"문제 발생 시에 원칙을 지키십시오."

엄한 목소리는 냉정했다. 말을 끝마친 범안은 서슴없이 복도를 내디뎠다. 난감한 표정으로 시선을 주고받은 경호원들이 엘리베이터 앞에서 꼼짝없이 대기했다. 범안이 803호로 진입할 때까지 끝끝내 지켜볼 모양이었다.

경호는 성가신 거군.

감시와 별반 차이가 없는 듯했다. 앞으로 자유롭지 못한 나날이 펼쳐질 듯해서 갑갑해졌다. 그는 목을 죄고 있는 넥타이를 약간 느슨히 풀었다. 그들의 시선을 받으며 803호에 도착했다. 곧장 들어가지 않고 그는 멈춰 섰다. 목울대가 꿈틀했고, 단단한 가슴팍이 짧게 들썩였다.

이 안에 네가 있다.

냉정하자.

띠띠띠띠. 도어록 번호가 눌러지는 소리.

자그마한 소리인데 엄청 크게 들렸다. 심장까지 전해지는 소리에, 심장박동도 쿵쿵 세차게 뛰어댔다. 국희는 마른침을 삼키고서 반듯이 섰다. 의연해지려 애썼지만 입안에 침이 자꾸 고였고, 입매가 굳어졌다.

뭐라고 인사해야 하지? 안녕! 오랜만이야! 이러면 어처구니없어

하려나?

스륵, 문이 열렸다.

실제론 자연스레 열리는 속도였다. 그러나 그녀 눈엔 슬로모션처럼 느리고 느린 움직임이었다. 무심코 건조한 입술을 혀로 축이고, 아랫입술을 질근질근 씹어대기 시작했다.

실내등으로 인해 발광하는 거뭇한 그림자가 서서히 들어섰다. 드디어 범안이 들어왔다.

일주일 만에 보는 그.

노르스름한 빛과 비스듬한 음영이 드리워진 얼굴을 본 순간, 찌릿한 전율까지 척추를 훑었다. 심장도 크게 요동쳤다. 우습다. 9년 만에 재회했을 때도 멀쩡하던 심장이 지금 이런 순간에 요란법석을 떨어댔다.

한데 그는 무표정했다. 그나마 차디찬 표정이 아니라 안도했다.

"왔어? 오늘부터 내가 항시 경호를 맡았으니, 나 없이는……."

"알아. 최대한 협조할 테니까 굳이 설명하지 않아도 돼."

서먹한 침묵을 깨고 국희는 머쓱히 인사했다. 그러나 그가 말을 가로막았다. 탁한 동공이 무심히 바닥의 캐리어를 보았다.

"여긴 원룸 형식이라 침실이 하나야. 저기서 지내면 되고, 옷 같은 건 드레스룸에 정리해."

무뚝뚝한 태도를 일관하며 그가 주방 옆쪽 칸막이를 가리켰다.

"넌 어디서 자려고?"

아직 화가 안 풀린 모양이다. 그녀는 시무룩해졌다.

"소파에서 자든지 알아서 할 테니까 신경 쓰지 마."

"안 돼. PC를 현관과 가까운 소파에서 자게 둘 수 없어."

"PC?"

불쑥 튀어나온 음어에 그가 의아한 듯 되물었다. 국희는 그의 질문에 대한 답은 터럭만큼도 거짓 없이 밝히자고 마음먹었다. 당당히 입을 열었다.

"'Protectee'라고 피경호인, 경호 대상을 칭하는 말이야."

"그러니까 내가 네게는 PC인 거군."

비뚤어진 범안은 조소했다. 그러더니 대수롭지 않다는 듯 어깨를 으쓱하고 사무적으로 말을 이었다.

"좋아. 어차피 받아들인 일이니 너의 말마따나 PC인 나는 경호원 요구에 맞추도록 하지. 단, 거치적거리지 않도록 해. 간섭도 절대 하지 마. 그리고……."

한 발 움직인 그가 턱을 비스듬히 돌렸다.

"너 또한 네 직분에 맞게 행동해. PC인 내 허락 없이 함부로 움직이지 마."

딱딱한 명령을 끝낸 그가 드레스룸으로 들어가 버렸다.

굳게 닫힌 문을 멀뚱멀뚱 주시했다. 볼멘소리가 나오려 했지만 후다닥 삼켰다. 천덕꾸러기 며느리가 되어 드센 시어머니에게 구박받는 기분이었다. 야속하다. 이럴 거면서 왜 불러들인 걸까. 설마 되갚는 복수 비슷한 개념으로 무지막지하게 괴롭히려고 부른 건 아닐까.

매서운 눈초리로 문을 노려보는데 불쑥 문이 열렸다. 화들짝 한 그녀는 후다닥 턱을 돌리며 딴청을 피웠다.

"짐 정리해."

무심히 캐리어를 본 범안이 명령하듯 말하고서 침실로 들어갔다. 냉담한 등을 또렷이 응시했으나 그는 돌아보지 않았다. 그녀는 드레스룸으로 들어가, 버리듯 캐리어 손잡이를 놓아버렸다.

"후."

아랫입술을 말아 올렸다. 앞머리가 슬쩍 들썩였다.

실컷 구박해 봐라. 그래도 기 같은 건 안 죽을 테다. 거치적거린다고 했으니까 내 나름대로 움직일 거다. 프로페셔널한 지국희를 보여주겠어. 썩을, 편범안.

불끈 어금니를 물고, 주먹을 바짝 쥐었다. 그러곤 바짝 군기가 들어간 군인처럼 정자세로 발끝을 빙그르르 돌렸다. 맞은편 옷장이 열린 상태로 텅 비어 있었다. 그녀의 자리를 만들어놓은 듯했다. 이건 신경 써줬다고 해야 하나? 헷갈린다.

쾡하니 주시하다 옷가지를 정리했다. 한쪽에 놓인 5단 서랍장을 포함한 화장대 위에도 제 화장품을 가지런히 놓았다. 그의 스킨과 나란히.

기분이 이상야릇했다. 그의 물건과 제 물건이 한곳에 뭉쳐 있게 되니, 동거하는 사실이 새삼 실감 났다.

어머, 지국희. 너 웬일이니? 동거라니, 이건 업무거든?

설레발치는 자아를 나무라며 정리를 마저 했다. 그사이 '잠깐 관리사무소로 내려오라'는 경호요원 한 주임의 문자메시지가 왔다. 낮 근무조로 바뀐 오 대리와 밤 근무조 한 주임은 종전의 체크포인트 경호원이라 안면이 있었다.

정리를 끝내고 거실로 나온 국희는 침실로 다가갔다. 조용히 유리 칸막이를 노크했다.

"나 관리사무소에 잠시 내려갔다 와야 돼. 조금 오래 걸릴지도 몰라."

"다녀와."

감정이 담기지 않은 대꾸가 날아왔다. 유리 칸막이에 흐릿하게 어울지는 그림자는 미동 없었다. 그녀는 돌아섰다.

싫다. 그와 이런 거.

어떡하면 그와 벌어진 거리를 좁힐 수 있을까.

무거운 발을 질질 끌다시피 1층으로 이동했다. 관리사무소 당직 직원이 알아보고 안쪽 보안실을 가리켰다. 보안실에는 한 주임과 새로 충원된 새 멤버 김영국이 함께였다. 그와 간단히 인사를 끝내고 국희는 전면 CCTV 화면을 살펴봤다.

"새로 설치된 803호 현관 앞과 8층 복도 CCTV입니다. 내일은 비상구를 비롯해 사각지대까지 철저히 보완할 예정입니다."

한 주임이 하단에 위치한 화면 두 개를 가리켰다. 국희는 803호 현관을 뚫어지게 주시했다.

"다른 층 복도까지 CCTV가 설치되나요?"

"엘리베이터 앞쪽을 비롯하여 비상구 출입구는 설치됩니다. 그곳에 설치되는 CCTV로 외부 침입자 여부는 확인 가능합니다."

"알겠습니다."

"종전과 달리 밤 근무 팀은 3인 1조로 지국희 씨가 안, 저희 둘이 밖입니다. 지국희 씨는 낮에도 근무하시니 긴급 상황이 아니면 밤에는 쉬셔야 한다고 김 실장님이 말씀하셨어요. 저희가 밝은 책임질 테니 편히 쉬십시오. 다만 외출 시 무전 주시면 CCTV 확인하며 미리 대기하겠습니다."

친절한 한 주임의 말에 국희는 끄덕였다.

"PC가 803호까지의 에스코트를 거부합니다. 위해 요소가 없도록 8층 엘리베이터 앞까지는 에스코트하겠습니다. 그 후에는 지국희 씨 권한입니다."

"네. 가급적이면 밤에 외출하지 않도록 할게요. 803호로 접근 가능한 의심 대상을 철저히 확인해 주세요."

"그러겠습니다. 이건 아이디와 패스워드입니다. 적혀진 사이트에 접속하셔서 CCTV 확인하고 연락 주십시오. 그리고 지국희 씨는 주말에 OFF시잖아요. 주말에도 PC와 함께 계실 건가요? 주말 담당자 중 한 명을 지정할 건지, 아니면 교대해야 되는 건지 정해야 돼서요."

"그건 PC와 의논해서 결정할게요."

그가 건네는 메모지를 챙겼다. 마지막으로 그들과 무전 송·수신호를 맞추고서 나왔다.

범안의 형은 803호 오피스텔 테라스에서 사고를 당했다. 현장엔 희미한 족적이 남겨져 있어 타살 가능성이 높으나 투신자살로 위장되었다. 타살이라면 오피스텔 침입자가 있었다는 말이다. 터럭만큼의 실수도 있어선 안 된다.

긴장된 입매를 꾹 다물고서 그녀는 8층 복도를 걸었다. 막중한 임무에 대한 압박으로 등허리가 곧추세워졌다. 그러나 범안을 지켜야 된다는 일념은 변함없었다.

조용히 803호 안으로 들어갔다. 동시에 딸깍, 하는 소음이 들려와 반사적으로 고개가 돌아갔다. 젖은 머리카락의 범안이 욕실에서 나오고 있었다. 하체는 트레이닝 면바지 차림이었으나 상체는 빈 몸이었다. 물기 서린 맨 가슴팍이 동공에 가득 채워졌다. 들려진 팔의 이두박근과 초콜릿 복근이라고들 말하는 군살 없는 탄탄한 복부.

"헉."

짧은 탄성에 수건으로 머리카락을 털어내던 그가 멈칫했다. 놀라서 입을 뻐끔거리는 그녀와 그의 눈동자가 부딪쳤다. 완연히 드러난 너른 가슴팍이 크게 들썩였다. 무진장 섹시했다.

"금방 왔네?"

그는 태연자약했다. 아무 일도 없다는 듯 무심히 발길을 틀었다. 걸음을 옮길 때마다 뒷등에 선명히 자리 잡은 근육이 유혹하듯이 실룩거렸다. 뒤태도 섹시하다.

무심코 국희는 꿀꺽, 뜨거운 침을 삼켰다. 묘한 열기로 뺨이 화끈거렸다. 그는 그런 상태를 까맣게 모르는 채로 느긋이 주방에서 물을 들이켰다.

꿀떡꿀떡.

물이 넘어가는 목울대 또한 미치도록 농염하게 꿈틀거렸다. 목울대마저도 섹시하다.

신경세포를 자극하는 선정적인 모습이라 정신마저 아찔했다. 뇌에 웅크리고 있던 마귀가 스멀스멀 기어 나왔다. 이것아, 그만 봐.

뇌의 구석으로 쫓겨난 순수국희가 중앙에서 똬리를 튼 음란국희를 타박했다. 그러나 음란국희는 아랑곳하지 않고서 곁눈질로 굴곡진 등허리를 훔쳐봤다.

"이제 잘 거지?"

컵을 내려놓으며 범안이 평온히 물었다. 그만 그와 눈이 마주치고 말았다. 몰래 도둑질하다 들킨 기분이라 그녀는 부리나케 시선을 회피했다.

"……어, 그래야지."

"이불하고 베개는 드레스룸 이불장에 있어. 거기서 꺼내 쓰면 돼."

"알았어."

제 갈 길을 찾지 못하는 동공이 쓸데없이 허공을 훑었다. 성가시다는 듯 제 머리카락을 쓸어 넘기며 범안이 주방에서 나왔다. 벗은 몸의 근육이 어찌 움직이는지 또렷이 보였다. 제발 그렇게 헐벗은 상태로 돌아다니지 말아다오. 간곡한 부탁을 하고 싶어졌다.

"정말 저기서 잘 거야?"

"그래야지. 어차피 잘 곳이 따로 없잖아. 한 침대에서 같이 잘 수도 없고……."

그가 소파를 턱짓하며 물었다. 국희는 서먹서먹한 분위기를 깨려 실없이 농담했다. 범안의 한쪽 눈썹이 재미있다는 듯 치켜 올라갔다.

"한 침대에서?"

"하하, 말이 그렇다고……."

하필 이런 말을. 얼른 덮어야 할 말이었다. 그녀는 너털웃음을 흘리며 과장되게 손사래 쳤다. 입꼬리가 비릿하게 올라간 그가 돌연 다가오기 시작했다. 성큼, 크게 다가온 발걸음에 그녀는 저도 모르게 주춤 한 걸음 물러났다.

오…… 지 마. 그러고서……

저지시키고 싶었지만 얼어붙고 말았다. 손바닥에 땀이 고일 만큼 긴장이 고조되었다. 반면 그는 여유로운 태도로 면전에 섰다. 물기가 밴 맨살과 호흡할 때마다 들썩이는 매끈한 근육이 코앞에 있었다.

범안이 비스듬히 턱을 기울였다.

"같이 잘까?"

농담일 게 뻔했다. 그러나 어김없이 심장은 덜컥 흔들리며 반응했다. 제 심장을 옥죄고서 그녀는 입을 열었다.

"미, 미쳤냐?"

당황해서 더듬거리고 말았다. 한데 범안은 천연덕스레 굴었다. 그가 숙인 고개를 쓰윽, 옆얼굴로 이동시켰다. 입술이 귓불에 닿을 듯 말 듯한 간격이었다.

"원하면 언제든지 말해."

나긋한 음성. 따스한 숨결.

방금 씻고 나와서인지 코끝을 자극하는 상쾌한 체향이 났다. 그 체향은 맛있는 냄새를 동반하고 있었다. 별안간 허기가 졌다. 수축하는 위장을 힐난하며 그녀는 눈동자를 굴렸다. 슬며시 그의 얼굴을 일별했다. 순간 비뚤어진 입매가 시야에 들어왔다. 놀리는 기운이 가득한 입술. 그제야 그의 의도가 간파되었다.

"너, 무슨 속셈이야? 날 왜 지목해서 여기로 불러들였어?"

"글쎄? 내가 알고 있는 경호원 중에서 가장 유능해서?"

아랫입술을 질끈 깨물며 국희는 얼른 한 발 뒤로 물러났다. 범안이 까딱, 턱을 움직였다. 넉살스러운 대꾸였으나 조소 어린 빈정거림이 내포되어 있었다. 그녀는 발끈했다.

"너, 나한테 복수하려는 거지? 내가 거짓말했다고 갚아주려는 거지!"

"복수라…… 그런가?"

맞받아치면서 그가 코웃음 쳤다. 어깨를 으쓱하며 냉소적으로 말을 이었다.

"그런 모양이야."

단어 하나하나 진심이 없었다. 그저 그녀의 성질을 건드는 공격성이 드러날 뿐이었다. 그와 이런 식의 대적은 하고 싶지 않았다. 이러려고, 이곳에 온 것이 아니다.

"나 그만둘 거야."

그녀는 돌아섰다. 그러나 범안이 거칠게 팔을 잡았다. 바짝 그녀를 끌어당긴 그가 단호히 내려다봤다.

"안 돼."

"놔!"

"받아들인 이상, 절대 안 돼."

눈빛만큼이나 목소리도 엄격했다. 팔을 움켜쥔 손아귀의 힘 또한 억셌다. 성질대로 업어치기를 해서 제압하고 싶은 욕구가 일었다. 그러나 그는 엄연히 지켜야 할 PC였다. 첨예한 시선들이 허공에서 충돌했다.

"처음부터 거부하지 그랬어? 넌 왜 받아들인 거지? 충분히 거절해도 되었을 텐데."

"내가 안 하면 모든 경호를 거부한다고 했다며?"

"그러든 말든 상관 안 하면 되잖아."

맞는 소리였다. 상관 안 하면 되는 거였다.

할 말을 잃고 멍해진 그녀에게 그가 도로 가까이 섰다. 그의 입술이 뺨 근처에서 스치듯 멈추었고, 자유로운 한 손은 허공을 갈랐다. 얄궂은 손바닥이 그녀의 정수리에 얹어졌다.

"낱낱이 보고하든, 감시하든 이젠 상관없어. 너는 네 직분에 맞게 행동해. 단."

속삭이는 울림은 찼다.

"내 곁에서 24시간 떨어지지 마."

차디찬 명령.

아프도록 잡혀 있던 팔이 놓였다. 상체를 일으킨 그가 돌아섰다. 그대로 침실로 사라져 버리는 그를 우두커니 응시했다. 그는 돌아보지 않았다. 단 한 번 주저하지도, 돌아보지도 않았다.

범안아……

부르고 싶었다.

그러나 그러지 못했다.

굳어 있던 몸의 힘이 빠져나갔다. 무기력해진 다리를 이끌어 현관으로 걸어갔다. 현관문을 열어 밖의 복도까지 낱낱이 확인하고서 꼼꼼히 걸쇠까지 채웠다. 소파로 돌아온 그녀는 노트북을 세팅했다. 메모지에 적힌 사이트에 접속하여 멀티화면으로 만들었다. 네 개로 나눈 화면에 오피스텔 정문과 엘리베이터, 803호 복도와 현관 앞이 나타났다. 그녀는 휴대폰을 들었다.

"CCTV 확인했어요. 잘 보입니다."

[네, 알겠습니다.]

"PC 취침하십니다. 수고하세요."

[안녕히 주무십시오.]

한 주임과 통화를 끝내고서 침실을 힐끗 넘겨다봤다. 침실 칸막이 너머는 잠잠했다. 철저히 무시하는 모양이다. 굵은 한숨을 뱉어내고서 그녀는 소파에 벌러덩 누웠다. 멍하니 노트북의 CCTV 화면을 주시했다. 늦은 시각이라 오피스텔 정문을 드나드는 사람은 없었다.

몇 분이 그리 흘러갔다. 한 공간에 두 사람이 있는데 내부는 죽음과 같은 정적이 흘렀다. 투명인간만큼도 취급을 못 받고 있는 현실이 답답했다. 무엇보다 그가 무얼 하고 있는지 궁금했다. 충동을 이기지 못하고 결국 그녀는 등받이를 양손으로 잡고서 슬그머니 상체를 들었다. 목을 길게 빼내어 소파 등받이에 턱을 걸쳤다. 호기심 어린 눈초리로 침실 쪽을 주시했다.

불쑥 범안이 칸막이를 넘어왔다. 등받이에서 머리를 대롱거리며 눈알을 열심히 굴리는 그녀를 발견했다.

"뭘 염탐하고 있어?"

"염탐하는 거 아니거든요!"

비난조는 아니었으나 신경질이 났다. 하필 이런 모습을 들킨 것에 대한 울분이기도 했다. 꽥 외치고서 그녀는 돌아앉았다. 방어하듯 팔짱을 끼고서 씩씩거렸다.

침실에서 나온 범안은 휴대폰 배터리를 챙겼다. 도로 침실로 들어가려던 그는 국희를 힐끗 쳐다봤다. 뒤통수에서 퍼지는 열기가 대단했다. 화난 기색이 역력했다. 매정하게 굴면서도 한편으론 자신을 채질하기도 했다. 속 좁은 사람처럼 굴지 말자고 되뇌면서도 행동은 그리 나오지 않았다. 못내 미안한 마음도 들었다. 자석에 이끌리듯 발길이 틀어졌다. 주춤, 그는 제 발길을 이성으로 틀어잡았다. 당분간 거리를 두는 게 나을 듯하다. 그는 외면하듯 돌아섰다.

"자라."

나지막한 울림이 들렸다.

목소리는 다정하지도 사무적이지도 않았다. 갈피를 잡을 수 없었다. 국희는 반동하듯 돌아봤다. 범안은 이미 침실로 넘어간 상태였다. 속내를 조금이라도 내비치면 안 될까. 차라리 한바탕 욕하고 화내면 그 속이 풀리지 않을까. 칸막이 너머의 그에게 말하고 싶다.

유리 칸막이에 길쭉한 그림자가 어른거렸다. 그림자의 두 팔이 높이 올라갔다. 쓰윽 한 꺼풀 벗기는 듯한 움직임이었다.

어? 옷을 벗나?

돌연 조금 전의 맨살이 불끈불끈한 자태를 뽐내며 나타날 것 같았다. 휘둥그레진 동공이 칸막이에서 꽂혀 떠나지 못했다. 그러나 안타깝게도(?) 그는 침실에서 나오지 않았다. 침실 불은 이내 꺼졌고, 그림자도 암흑에 묻혔다.

안도인지, 아쉬움인지 한숨이 새어 나왔다. 그녀는 태아처럼 소파에 웅크린 자세로 누웠다. 제 무릎을 안듯이 껴안았다.

저기서 그가 잔다.

옷도 벗고 자나 보다.

뇌리에 침대에 누워 있을 나신이 연상되었다. 아무래도 뇌가 제정신이 아닌 모양이다. 그녀는 질끈 눈꺼풀을 닫았다.

아침 6시.

샤워기에서 쏟아지는 물이 전신에 퍼졌다. 쫓기는 것도 아님에도 씻는 손길이 바빴다. 전광석화 같은 손놀림으로 샤워를 끝낸 국희는 서둘러 물기를 닦아냈다. 옷을 대충 입고서 젖은 머리카락을 수건으로 감싸고 후다닥 드레스룸으로 들어갔다.

남자와 한집에서 단둘이 사는 것이 이리 불편한 건지 미처 몰랐다. 다들 결혼해서 어찌 사는 건지 못내 궁금해졌다. 젖은 머리를 드라이기로 말리고 단정히 빗었다. 가벼운 화장을 한 후 출근 준비까지 완벽히 끝낸 시각은 고작 6시 30분이었다.

너무 일찍 준비했구나.

퀭한 눈을 끔벅이며 소파로 돌아갔다. 소파에서 자서인지 몸이 찌뿌듯했다. 기지개를 켜며 CCTV 화면을 체크하는데 범안이 침실에서 나왔다. 긴장한 목이 뻣뻣하게 돌아갔다.

"일찍 일어났네?"

"자는 데 불편하지 않았어?"

"어, 괜찮았어."

뚝뚝한 말투와 어색한 말투가 오고 갔다.

가벼이 끄덕거린 범안이 욕실로 들어갔다. 조용히 닫히는 문을 그녀는 게슴츠레 주시했다. 참 나, 자고 일어난 얼굴이 어째서 더 해사한 걸까. 제 눈에만 그리 보이는 건지 참으로 신기할 따름이었다. 그가 냉청히 굴면 굴수록 마음이 조급해진다. 떠나려는 사람 붙잡고 싶은 욕심인 건가. 제 속인데도 선명하지 않아 갑갑했다.

"PC MS, GP OZ."

[8층, 주차장 세이프.]

PC가 이동 예정이니 동선을 확인하라는 무전을 보냈다. 즉시 답이 와서 그녀는 복도로 나갔다. 좌우로 살피고서 기다리는 범안을 먼저 보냈다. 바짝 붙은 상태로 그의 뒤를 따랐다. 이제 당당히 경호원의 행동을 할 수 있기에 국희는 자신감이 넘쳤다. 엘리베이터 버튼을 누르고 열린 문을 손으로 잡았다. 한편으로 비켜서며 반듯이 정면을 봤다.

범안은 그런 국희를 묵묵히 지켜봤다. 귓가엔 리시버(무전 이어폰)를 끼고 여느 때와 달리 날카로운 시선으로 주변을 살피는 그녀가 수행비서로 위장했을 때와는 사뭇 달랐다.

이 모습이 진짜 지국희인가. 감추느라 힘들었겠군.

낯선 모습이 새삼스럽기도 하고 쓸쓸하기도 했다. 범안은 국희 곁을 지나 엘리베이터에 올랐다.

"오늘부터 에스코트하게 된 오경진입니다. 오 대리라고 불러주시면 됩니다."

주차장 엘리베이터 홀에는 출근경호를 맡은 오 대리가 대기하고 있었다. 그와 간단한 인사를 주고받고서 세 사람은 차로 갔다. 오 대리가 앞장섰고, 범안이 가운데, 국희가 뒤를 따르는 샌드위치 형태로 이동했다. 오 대리가 운전대를 잡고 범안은 뒷좌석에 올랐다. 만약의 사태를 대비해서인지 국희가 그의 옆자리에 앉았다.

"일일이 이렇게 맞추려면 번거로우시겠네요."

"직업인걸요."

운전대를 잡은 오 대리에게 범안은 차분히 물었다. 오 대리가 거뜬하다는 듯 빙그레 웃었다. 차가 움직였다. 그는 창밖으로 시선을 돌렸다. 곁의 그녀가 의식되었다.

"범안이 화 많이 났겠다."

그간의 자초지종을 밝히니 현주는 기함했다. 범안과 구내식당에서 점심을 간단히 한 후에 국희는 현주를 만나러 나왔다. 굳이 오지 말라고 엄포를 놨는데도 현주는 굳이 회사 앞으로 찾아왔다. 범안과의 일로 한동안 두문불출하다시피 연락을 끊은 원인이 컸다.

"그래도 어떻게 안 잘리고 일은 계속하네? 풀어지긴 했나 봐?"

"사정이 있어서 일은 하는 건데…… 화는 아직 안 풀렸어. 미안하다고 사과했는데 받아주지 않네."

"너한테 미안해서 노력하겠다고 했었는데, 정작 본인은 속은 기분이겠다. 너에 대한 신뢰도 떨어졌고."

그랬다. 그는 당당히 현주 앞에서 그리 밝혔었다. 그걸 배신한 거나 마찬가지인 상황이 되고 말았다. 암담해서 한숨이 나왔다.

"애교를 부려봐. 남자들은 애교에 껌뻑 죽는다."

현주가 은밀한 음성으로 속삭였다.

"애교? 내가! 나 여기 닭살 돋았다."

허옇게 소름이 돋아난 팔뚝을 보여주며 국희는 진저리쳤다.

"하긴 네가 애교를 부린다고 생각하니 진짜 안 어울린다. 절대 하지 마라. 상상하니 끔찍하다."

"욕하는 거냐?"

혀를 내두르는 현주의 동조에 돌연 기분이 상했다. 그녀는 깔깔 거리면서 손가락 세 개를 오그려 닭발 모양을 만들었다.

"내가 한번 보여줘? 그까짓 애교?"

"오, 해봐. 동영상 꼭 찍어서 증거로 만들어놔라, 평생 간직하 게."

"됐다. 내가 약점 잡힐 일 있냐? 너 어서 가. 나 들어가게."

심드렁하게 대답하며 일어섰다.

"심심해."

"그러게 연차인데 나한테 왜 와? 데이트나 해."

"할 사람이 있어야 하지. 안 그래도 날씨가 쌀쌀해서 옆구리 시 리다."

두 사람은 나란히 카페에서 나왔다. 퉁퉁거리는 친구를 보며 국 희는 쿡쿡거렸다. 입술을 삐죽이던 현주가 샐쭉하니 쳐다봤다.

"그래도 넌 편범안이랑 같이 있어서 좋지?"

같이 살게 되었다고 고백하면 엄청 시달릴 것이 뻔했다. 덮기로 작정하고 국희는 어물쩍 넘어갔다. 현주가 연신 '기집애, 좋으면서.'라고 이죽거렸다. 그녀와 지하철역 앞에서 헤어지고 서둘러 회사로 향했다. 자리를 오래 비운 것이 지레 걸렸다. 물론 범안이 최대한 협조하겠다고 했으므로 믿고는 있었다.

정문으로 들어가 로비를 가로질렀다. 맞은편에서 세준을 비롯하여 배강수 부회장 내외가 걸어오고 있었다. 그녀는 반듯이 묵례했다.

"먼저 가세요."

갑자기 세준이 멈춰 섰다. 그가 부모님에게 양해를 구한 후에 국희에게로 왔다. 배강수와 송 여사가 걸음을 옮기다 말고 의아한 눈길로 돌아봤다. 그는 아랑곳하지 않았다. 제 눈에 들어오는 그녀만을 보며 부드러운 미소를 머금었다.

"회사에서 보니 좋네요. 우리 좋은 친구로 있기로 했죠?"

"이사님."

"국희 씨가 나를 남자로 보지 않는다는 건 인정했어요. 그러니 친구 해줘요. 가끔 대화하고, 가끔 만나면 웃어줄 수 있는…… 국희 씨가 힘들 때, 어려울 때 도움이 되는 좋은 친구."

사뭇 쓸쓸한 미소를 짓고 있지만, 그의 음성은 여전히 다정다감했다.

"이사님이 저에게 이렇게까지 하실 필요는 없어요."

"필요 있어요. 나를 국희 씨가 어렵게 보거나 피하는 게 더 싫다는 결론이에요. 제가 남자다움을 포기할게요."

어색한 분위기를 깨려는 듯 그가 농담했다. 국희는 픽, 웃고 말았다.

"해줄 거죠?"

하는 수 없이 고개를 끄덕였다. 그제야 그가 환히 웃으며 손을 내밀었다.

"친구로서의 악수."

그와 손을 맞잡았다.

"앞으로 잘 부탁해요."

"네, 저도요."

친구로서의 인사를 마치고 두 사람은 각각의 엘리베이터와 정문으로 향했다. 두 사람의 거리가 점점 멀어졌다. 남녀 사이로서의 거리는 딱 그만큼임을 세준은 체감했다. 정문으로 나온 그는 대기 중인 차량의 보조석에 올랐다.

"누구 비서니?"

"편범안 실장 비서예요."

송 여사가 궁금했는지 바로 물었다. 그는 주저 없이 대답했다.

"그 비서하고 무슨 대화를 그리 길게 하니? 너 편범안과 어울리는 거니? 그쪽과는 가급적이면 거리를 두어라. 어울려 봤자 좋을 게 없어."

"별 쓸데없이…… 그런 것까지 당신이 참견하지 않아도 세준이가 알아서 할 거요. 어차피 경쟁 상대 아니오."

송 여사의 말에 배강수가 핀잔했다.

어차피 경쟁 상대…….

범안과의 선을 분명히 그으라는 말이었다. 그 말인즉 지국희라는 여자 또한 포함된 말이었다. 씁쓰레한 입술을 다물며 세준은 차 창 밖을 내다봤다.

이틀을 꼬박 쓰게 보냈다. 완벽하게 거절당한 상태라 헛헛한 속을 달랠 수 없었다. 그러다가 내린 결론은 남자가 아닌 친구로라도 있자, 였다. 한데 막상 제 결심을 말하는 순간, 가슴 한편에 통증이 일었다.

지국희 씨. 당신, 이제 내게 친구인가?

막바지에 다다른 가을의 거리는 낙엽조차 없었다. 앙상한 가지를 드러낸 가로수가 즐비했다. 그는 멀거니 도시를 주시했다. 초점의 끝은 쓸쓸했다.

차는 지정된 자리에 안전히 주차했다. 국희는 먼저 내려 뒷좌석 문을 잡고 대기했다. 뒤늦게 차에서 내린 범안을 운전석에서 서둘러 내린 오 대리와 함께 오전처럼 호위했다. 오 대리의 수행은 8층 엘리베이터에서 끝났다.

803호로 들어가자마자 범안은 갑갑하다는 듯 넥타이를 비틀어 풀었다. 상당히 불편한 것이 이해되었다. 그녀는 조용히 집 안을 살폈다. 침입 흔적은 전혀 없었다. 안전을 확인하고서 노트북부터 켰다. 곧바로 CCTV 화면을 열고 무전 확인을 끝냈다. 묵묵히 바라보던 범안이 가까이 왔다.

"이걸 계속 주시하고 있어야 해?"

"아니. 의심스러운 상황이 발생할 경우 무전이 올 거야. 그때 확인하면 돼."

"언제까지 이래야 하지?"

"용의자가 잡힐 때까지는……."

국희는 조심스레 대답했다. 어렵게 대답하는 그녀를 범안이 일별했다.

"……들었어?"

"응, 어제."

굳어진 그의 잇새에서 짧은 한숨이 토해졌다. 대꾸 없이 그가 돌아섰다.

"김 실장님이 주말에는 어떻게 할 건지 물어보라셨어. 난 주말엔 OFF이거든, 원래는."

"그래서 쉰다고?"

"응."

"쉬어, 마음껏."

범안이 의외로 시원스레 답했다. 놀랍기도 했고 반갑기도 했다. 그의 마음이 풀어진 건가, 기대도 되었다.

"정말?"

"응, 여기서."

태평스러운 말투인데도 한없이 강압적으로 느껴졌다. 그는 간단한 문제라는 듯 어깨까지 으쓱하고 침실로 들어가 버렸다. 먼지. 어둠이 덮으면 눈에도 보이지 않는 먼지 같은 취급이다.

그럼 그렇지.

불만스레 그의 뒷등을 보다가 그녀는 소파에 앉았다. 멍하니 CCTV를 주시하며 한숨을 쉬었다. 냉한 기류가 가득한 공간에 이러고 있으려니 좀이 쑤셨다. 서먹한 공기가 깨질 기미가 없었다. 회사에서도 내내 이랬다. 가시처럼 날카롭지는 않았지만, 그는 사무적인 태도로 일관했다.

한 공간에 둘이 있음에도 혼자인 것 같다.

이러고 어떻게 지내지?

"애교를 부려봐. 남자들은 애교에 껌뻑 죽는다."

현주의 말이 상기되었다.

애교라…….

그래, 애교 같은 거, 그까짓 거 한다고 죽진 않잖아?

국희는 벌떡 일어나 소파 주위를 서성거렸다. 고기도 먹어본 사람이 더 맛을 안다더니 애교도 부려본 사람이 아나 보다. 도통 떠오르지 않았다. 주변을 휘둘러보다가 책장에 장식된 곰 인형을 발견했다. 번뜩 이 녀석을 이용해야겠다는 생각이 들었다. 팔다리 짧은 통통한 녀석을 꺼내었다.

메모지에 몇 글자를 쓱싹쓱싹 적었다. 그러곤 식탁 아래 놓인 로봇청소기를 가져왔다. 살금살금 침실 칸막이로 다가가 로봇청소기의 전원을 켰다. 빙그르르 돌며 동작을 시작하는 녀석을 잽싸게 안으로 쓱 밀어 넣었다. 그러곤 후다닥 유리 칸막이에 등을 대고 숨었다.

가벼운 옷으로 갈아입은 범안은 노트북을 켰다. 거실에서 부스럭거리는 소리가 들렸지만 관심 두지 않으려 애썼다. 무심한 척 가장하곤 있지만 못내 신경 쓰였다. 노트북 화면을 무심히 보는데 딸깍거리는 소리가 들렸다.

시선을 돌리니 유리 칸막이에 그림자가 있었다. 가냘픈 몸매가 희미하게 드러나 있었다. 의아해서 갸웃하는데 미세한 소음이 아래서 들렸다. 내려다봤다. 로봇청소기가 스멀스멀 안으로 들어오고 있었다. 청소기 위에는 곰 인형이 엎어진 상태로 있었고, 등에는 새하얀 메모지가 얹어져 있었다.

메모지 내용이 시야에 들어왔다.

—지국희 씨 대신 석고대죄 중입니다. 힘듭니다. 제발 용서해 주세요.

곰 인형의 하소연이었다.

읽어 내려간 순간, 그는 쿡 웃고 말았다.

어?

안에서 짧지만 분명한 웃음소리가 들려왔다.

긴장하고 있던 국희는 발꿈치를 들썩였다. 기대에 찬 웃음이 배시시 나왔다. 숨죽이고 기다리는데 침실 진입에 성공했던 로봇청소기가 유유히 밖으로 나왔다. 한데 청소기 위에는 곰 인형이 여전히 석고대죄 중이었다.

돌려보냈다. 거부의 표시인 듯해서 그녀는 뾰로통해졌다. 그런데 메모지가 뒤집힌 상태로 그의 시원스러운 필체가 적혀 있었다.

주저앉아 로봇청소기를 잡고서 메모지를 들었다.

　—이 녀석이 뭔 죄입니까?

　킥, 웃음이 나왔다.
　부리나케 새 메모지와 펜을 들고 왔다. 그녀는 열심히 끄적거렸다.

　—제가 직접 하면 받아주시겠습니까?
　—글쎄요. 방법이 썩 마음에 들진 않습니다.
　—제가 상상력이 부족합니다. 어떤 방법을 원하십니까?
　—원하는 대로 해줍니까?

　죄 없는 인형은 여전히 석고대죄를 한 채 메모지를 날랐다. 칸막이 사이를 오고 가며 청소기만 쉴 새 없이 바빴다.

　—그건 안 됩니다. 너무 포괄적입니다.
　—협상 결렬.
　—치사하게.

　매몰찬 답이 날아왔다. 국희는 씩씩거리며 휘갈겨 썼다. 성질나서 발끝으로 로봇청소기를 툭 밀어 넣었다. 그런데 볼모로 잡혔는지 인형은 답을 가져오지 않았다. 슬슬 불안해져서 슬그머니 칸막이 너머로 목을 뺐다. 그때, 칸막이를 잡은 커다란 손이 불쑥 튀어 나왔다. 이내 범안의 얼굴이 넘어왔다.

"사과하는 태도가 불량이야."

이죽거리며 그가 비딱하게 고개를 기울였다. 눈동자는 웃고 있었다.

"뭐…… 뭐? 그럼 어쩌라고!"

돌연 드리워진 얼굴에 국희는 기겁했다. 당황한 나머지 바락 성 질내면서 떨어졌다. 도망치듯 물러나려는 그녀의 팔을 범안이 재 빨리 잡아 끌어당겼다. 칸막이를 사이에 두고 붙듯이 두 사람이 섰 다.

"다른 방법을 고심해 봐."

얄궂게 말하곤 있었지만 눈동자에 어린 웃음은 걷히지 않았다. 산뜻한 윤기가 도는 동공엔 요 근래 보아왔던 탁한 기운이 완전히 사라져 있었다.

그의 기분이 풀렸다. 안심된 국희는 금세 마음이 편안해졌다.

"난 최선을 다했어."

턱을 올리며 도도를 떨었다. 웃음이 나오려는 것을 삼키며.

그녀의 이목구비가 범안의 동공에 또렷이 들어왔다. 삐죽 웃음 이 새어 나오는 촉촉한 입술이 시각을 자극했다. 조금만 고개를 숙 이면 그녀와 입술이 닿을 만한 간격이었다. 그는 피식 웃었다. 손 으로 그녀의 턱을 잡으며 금방이라도 키스할 것처럼 고개를 기울 였다.

"지극히 위험한 자세야."

그가 은밀히 속닥였다. 웃음기를 머금은 입술의 움직임이 국희의 동공을 가득 채웠다. 깜짝 놀라 그의 가슴팍을 밀어냈다.

"……자꾸 놀릴 거야?"

그는 억지로 잡아두지 않고 편히 놔줬다. 빨라지는 맥박을 느끼며 그녀는 몸을 돌렸다. 범안이 침실에서 마저 빠져나와 느긋이 칸막이에 등을 기댔다.

"지국희."

그가 불렀다. 그녀는 걸어가다 말고 슬쩍 뒤돌아봤다.

"나도 미안해."

그도 사과했다.

찌릿한 전율이 가슴골을 스쳤다. 단순히 사과를 받았을 뿐인데 소름이 돋았다. 묘한 경험이었다. 빙그레 웃으며 고개를 흔들었다. 그의 입술이 더 길게 늘어났다.

그와 다시 제자리를 찾았다.

[엘리베이터, TC, TC.]

의심 대상이 출현했다는 무전이 왔다. 반복되는 무전에 국희는 서둘러 노트북 CCTV를 확인했다. 엘리베이터 안에 탑승한 통통한 남자가 보였다. 관자놀이 부근을 긁적거리는 모습이 크게 위협적이진 않았다. 곧바로 전화벨이 울렸다.

[8층 버튼을 눌렀습니다. 올라갈까요?]

"잠시 대기하세요."

엘리베이터는 8층에서 멈췄다. 8층 복도를 걸어오는 남자의 모습으로 이어졌다. 남자의 행동을 침착하게 지켜봤다. 껄렁한 걸음걸이는 아니었고 느긋하고 여유로운 걸음걸이였다. 남자가 801호를 지나 802호를 지나쳤다.

"혹시 손님 오기로 되어 있어?"

"응. 말했어야 했는데……."

빠르게 침실의 범안에게 물으니 그가 대답하며 나왔다. 그 순간, 초인종이 울렸다. 두 사람이 함께 인터폰을 확인했다. 사람 좋은 인상의 곱슬머리 남자였다.

"예정된 손님이시랍니다. 수고하세요."

국희는 한 주임에게 알렸다. 긴박했던 상황이 종료되었다.

"이렇게 치밀하게 하는 줄 몰랐어. 다음부터는 미리 말할게."

"예정된 손님이 있더라도 확인은 해야 돼. 어떠한 방문자이든 경계는 해야 하니까."

미안해하는 그에게 그녀는 명료히 설명했다. 곧 범안이 현관문을 열고 남자를 맞이했다.

"항상 오시게 해서 죄송해요."

"아니요. 제가 오는 게 당연하죠."

인규가 너털웃음을 터뜨리며 들어섰다. 뒤편에서 경계 어린 눈빛으로 지켜보고 있던 국희는 그의 행색을 머리부터 발끝까지 살폈다. 위험스러울 만한 것은 감지되지 않았다.

본능적으로 인규는 국희의 경계를 느끼고 있었다. 자신과 비슷한 직종에서 풍기는 분위기를 감지하며 그도 국희를 살펴보았다. 서로가 느끼는 경계를 풀지 않고서, 두 사람은 각각의 위치로 갔다. 국희는 노트북을 챙겨 아일랜드 식탁으로 이동하고, 인규는 범안의 손짓에 따라 소파로 갔다.

"여자친구가 있는데 제가 방해했나요?"

"아닙니다."

범안이 '여자친구'라는 말에 피식 웃었다.

식탁에서 노트북을 세팅하던 국희도 움찔했다. 무심코 웃음이 나오려고 해서 얼른 삼켰다. 그녀는 자연스레 냉장고에서 음료수를 꺼내 소파 테이블에 갖다 놓았다. 그러고선 주방으로 돌아와 노트북을 열었다.

"말해도 되나요?"

"네, 괜찮습니다."

그녀가 못내 신경 쓰이는지 인규가 넌지시 물었다. 범안은 끄덕이며 그와 마주 앉았다.

"이런 걸 물어봐도 되나요?"

"말씀하세요."

"여자친구 직업이 뭔가요?"

행여 불쾌할까 싶은지 인규가 속닥이듯 자그마하게 물었다. 범안은 픽 웃었다.

"경호원이에요."

"아…… 어쩐지…… 낯익은 아우라가 풍기더라니."

"그런 것도 느끼시나요?"

"제가 워낙 촉이 좋습니다. 여자친구가 경호원이니 든든하시겠어요."

음료수 뚜껑을 따며 인규가 농담처럼 말했다. 범안은 미소로 대답을 대신하며 슬며시 국희를 넘겨다봤다. 그녀는 차분히 노트북을 보고 있었다. 대화에 최대한 방해하지 않으려 떨어져 있으면서도 경계 자세를 풀지 않고 있었다. 그의 입술이 빙그레 늘어났다.

"그동안 조사한 것이 몇 가지 있습니다."

인규가 본격적으로 본론에 들어갔다.

"안수인 씨 사고도 조사하셨습니까?"

"사고 지역 담당 형사가 지인이라 사고 경위를 확인했어요. 사고 장소는 노원구 공릉동에 위치한 찜질방 부근이에요. 안수인 씨는 한동안 찜질방에서 지냈던 모양입니다. 그러다 퇴실을 하고 나오자마자 사고를 당한 거죠."

"그녀가 나오길 기다렸다는 건가요?"

범안은 긴장했다.

"먼젓번에도 말했지만, 가해 차량은 뺑소니 차량이고 무번호 차량이었어요. 가능성을 완전히 배제할 수는 없죠. 경찰에서는 안수인 씨 참고인 조사를 하고 있던데, 경찰의 연락은 안 왔습니까?"

"안수인 씨하고는 이 사건 이전엔 그저 형의 비서였기에 짧게 인사한 정도뿐이었어요. 서로 모르던 사이나 마찬가지였습니다."

"노트북 좀 주시겠습니까?"

그가 재킷 안주머니에서 USB를 꺼내었다. 범안은 침실로 들어가 제 노트북을 가져왔다.

"사고 현장 CCTV를 카피해 왔습니다. 낯익은 차량인지 확인해 보세요."

동영상이 재생되었다. 끔찍한 사고 장면이 포착된 동영상을 바라보던 범안의 얼굴이 일그러졌다. 굳게 말아 쥔 주먹이 바르르 떨렸다.

잔인하다. 어떻게 사람을 이토록 잔인하게…….

형도 이런 사람들에게…….

질끈 입술을 악다물고서 그는 고개를 흔들었다.

"모르는 차량입니다."

"대포차의 번호를 뗀 것이 분명해요. 그리고 문제는 이다음."

가차 없이 수인을 쳐버린 차량은 화면에서 즉시 사라졌다. 인규는 다른 동영상을 재생시켰다. 자그마한 체구의 녀석이 사고 현장으로 빠르게 달려왔다. 사고 현장에 피를 흘리는 사람이 있음에도 불구하고 녀석은 횡단보도 근처에 떨어진 가방만 낚아채 달아났다.

이어 연결된 다른 동영상은 다른 각도의 CCTV였다. 그러나 야구 모자를 눌러쓰고 마스크까지 하고 있어 녀석의 이목구비를 명확히 파악하기 어려웠다.

"단순 절도가 아닙니다. 계획적으로 가방을 가져간 것입니다. 이곳은 사고 현장 근처 공영주차장입니다."

다른 동영상이 시작되었다. 어둑한 화면은 여러 대 차량이 주차된 주차장을 비췄다.

"공영주차장의 CCTV가 화질이 떨어지고 몇 대 없어서 제대로 안 보이지만, 안수인 씨 차예요. 보이시죠?"

인규가 화면의 끄트머리에 나타난 차량 하나를 손가락으로 짚었다. 선명하진 않았지만 윤곽은 확실했다. 슬렁거리는 거뭇한 그림자가 차량으로 다가갔다. 그림자는 운전석 문을 차 키로 열고 안에 올라탔다.

"같은 녀석이에요. 사고 직후 녀석은 주차장으로 왔어요. 이미 안수인 씨 차가 어디에 있는지 파악하고 있었다는 거죠. 그리고 차 안의 물건을 전부 가져갔습니다."

한동안 차에서 나오지 않던 녀석은 트렁크까지 뒤적거렸다. 그리고 커다란 가방을 들고 사라졌다.

"안수인의 물건이 필요한 거였군요."

"그렇습니다. 안수인 씨가 그들이라고 말하는 사람에게 파일을 넘겼다고 했죠? 아마도 증거를 남겨놓았을 가능성이 있기 때문에 죄다 회수해 간 거죠."

인규의 설명에 범안은 고개를 끄덕였다. 안수인과의 통화 내용은 인규에게 모두 전한 바 있었다.

"이 녀석의 행적을 뒤쫓았으나 주택가 골목에서 행로가 끊겼어요. 근방의 CCTV를 모두 찾았지만, 없답니다. 아마도 사라진 쪽에서 대기하던 차량을 타고 이동한 것 같아요."

"이 사람을 찾을 수 있을까요?"

"경찰에서 탐문 조사를 했는데 근처 사는 녀석은 아닌 것 같답니다. 그렇게 단순할 리도 없고요. 그리고 사고 당일 오피스텔 당직자를 찾았는데요, 퇴사 이유는 별다른 것이 없고 좋은 조건의 일자리가 들어와 이직했다더군요. 그리고 그날의 사고는 현장 목격자라서 정확히 기억은 하더군요."

범안은 동공의 초점을 또렷이 인규에게 두었다.

"아시다시피 오피스텔 관리직원은 두 명이 교대 근무하잖아요? 그날은 이 사람이 밤 근무자였는데, 저녁 9시쯤 주차장에서 접촉 사고로 주민끼리 실랑이가 벌어졌답니다. 그래서 관리사무소를 비웠다더군요. 그런데 비명이 들려 밖으로 나갔답니다. 그곳에 형님 사고가 있었던 거죠."

"……그러고요?"

"경찰이 오기 전까진 CCTV가 고장 났던 사실은 전혀 몰랐답니다. 자리 비우기 전까진 제대로 돌아갔다더군요."

건조해지는 입술을 범안이 축였다. 역시 자리를 비운 사이에…….

"유추되는 것이 있는데 심증일 뿐이라 오피스텔 CCTV를 확인해야 됩니다. 그런데 경찰이 보안 사안이라고 협조를 안 하네요. 그래서 방법을 고심 중이에요."

"그건 제가 해결해 보겠습니다."

"가능해요?"

범안은 고개를 주억거렸다. 어차피 아버지가 경찰서장을 통해 막은 사안이었다.

"그럼 기다리겠습니다. 저는 좀 더 실마리를 잡도록 노력하겠습니다."

소파에서 일어서는 인규를 범안이 따랐다. 인규가 현관문으로 걸어가면서 국희를 곁눈질했다. 노트북을 하던 국희는 움직이는 두 남자를 보고서 서둘러 식탁에서 나왔다.

"여자친구가 상당히 미인이십니다. 경호원들 많이 봤지만 이렇게 미인 경호원은 처음 봤네요."

슬그머니 인규가 귓속말했다.

"비주얼 커플이시네요."

엄지손가락까지 들어 보이며 넉살을 피우는 그의 말에 범안은 비로소 웃었다. 묵직했던 그의 마음을 달래려는 그의 배려처럼 느껴졌다. 고마운 인사를 미소로 대신했다.

인규가 오피스텔을 떠나고 국희는 꼼꼼히 문을 닫았다. 그러고선 분주히 제자리로 이동했다. 도로 소파 테이블에서 노트북 세팅을 하는 그녀를 범안은 지그시 응시했다.

"안 물어봐?"

"물어봐도 돼?"

고개를 트는 그녀에게 다가간 그는 먼저 소파에 앉았다. 그러곤 턱을 까닥 움직여 앉으라는 신호를 보냈다. 그녀가 그와 나란히 앉았다.

"우리 형 얘기 들었다고 했잖아. 타살인 것도 알지?"

범안의 잇새에서 무거운 숨이 토해졌다.

부정하고 싶은 단어. 입에 담는 이 짧은 순간조차도 울컥해지는 감정.

짓눌러지는 무게가 감당되지 않을 만큼, 억제하려 애쓰면 애쓰는 만큼 압박감을 만들어낸다. 그런 데다 안수인의 사고 장면까지 본 후라 더 참혹했다.

"알아."

국희는 최대한 침착히 대답했다. 공연히 겁먹은 모습을 보이거나 흔들린다면 그가 힘겨울 것 같았다.

"그걸 조사하고 있어. 누군가 무슨 이유로 형을 그렇게 만들었는지⋯⋯ 형이 무슨 사건에 연루된 건지⋯⋯. 방금 다녀간 사람이 대신 조사하고 있어."

테이블 언저리를 초점 없이 응시하며 그가 말했다.

"위험한 거 아니야? 두 사람이 죽은⋯⋯ 거잖아."

"모르겠어, 위험한 건지. 다만⋯⋯."

그녀의 시선을 회피하며 범안은 눈을 내리깔았다.

"그거라도 해야 해, 그것밖에 할 수 없어."

그의 가슴팍이 크게 들썩거렸다.

"형은 언제나 나를 위해 희생했어. 형에겐 나밖에 없었어. 나는 언제나 형에게 받기만 했어. 그런데 나는 형에게 아무것도 해준 게 없어. 갚을 기회도 없었어. 그런데⋯⋯ 잃고 말았어⋯⋯."

그 누구에게도 말하지 못했던 아픔을 비로소 꺼내자, 순식간에 무너지기 시작했다. 억누르려 주먹을 바짝 쥐었으나 걷잡을 수 없는 고통이 치솟았다.

"미안하다는 말도 못 했어⋯⋯."

그가 고개를 깊숙이 떨구었다.

"고맙다는 말도⋯⋯."

끝내 그는 말을 맺지 못했다. 부들거리는 팔뚝에 시퍼런 힘줄이 도드라졌다. 어금니를 물고는 힘겹게 슬픔을 눌렀다.

안쓰러웠다.

이토록 아팠으면서, 그동안 내색 한 번 못 했던 그. 얼마나, 얼마나 힘들었을까.

그의 눈가에 눈물이 맺혔다. 그걸 삼키며 범안은 반대 방향으로 고개를 틀었다. 고통스러울 정도로 아프면서도 또 참는 그를 위로해 주고 싶었다.

국희는 팔을 들었다. 휘둘러 그의 어깨를 감고서 안았다. 이어서 쓰다듬듯이 그의 등을 쓸었다.

괜찮아, 괜찮아.

네 잘못이 아니야.

제 어깨에 기대어지는 턱과 제 몸을 끌어당기는 그녀의 몸짓에 범안은 놀랐다. 여울지는 슬픔을 가까스로 제어하고 있는데, 그녀가 자신을 안았다. 그리고 달래듯, 위로하듯 등을 쓰다듬었다.

축 늘어진 팔을 들어 그녀의 자그마한 등을 안았다. 그리고 그녀 어깨에 제 얼굴을 묻고, 따스한 위안을 받았다. 그러는 동안에도 괜찮다, 괜찮다 하는 듯 쓰다듬어 주는 그녀의 손길은 멈추지 않았다. 시리던 속이 서서히 따스해졌다.

한참 만에야 그는 묻었던 고개를 들었다. 천천히 떨어지는 그의 동작에 국희도 상체를 떨어뜨렸다. 약간의 간격을 두고서 두 사람의 눈동자가 마주 보았다.

"고마워."

쉬다시피 한 허스키한 목소리로 범안이 말했다.

국희는 여린 미소를 지으며 고개를 흔들었다. 등을 안았던 그의 손이 올라왔다. 그녀의 뺨을 한 손으로 가득 품었다. 마주 보는 네 개의 눈동자는, 다른 곳을 보지 못했다. 그저 서로만 깊게 바라봤다.

그윽한 동공이 기울어졌다.

온기가 되살아난 입술이 그녀의 입술을 어르듯 덮었다.

2화
이슥한 밤

거부할 수 없었다.

움찔하긴 했으나 국희는 스륵 눈을 감았다. 간질이듯 덮어진 입술이 윗입술을 물며 꾹 눌렀다. 가해진 압력에 서서히 입술의 틈이 생겼다. 그 사이로 서로의 숨결이 엉켰다. 농밀한 키스는 아니었다. 위로하듯, 위로받듯 조심스레 시작한 키스였다.

보드랍고 촉촉한, 그리고 뜨거운 그.

달았다. 다디단 향내가 입안 곳곳에 퍼졌다.

그녀는 저도 모르게 입술을 더 벌리며 그를 받아들였다.

그 반응에 범안은 용기를 더 내었다. 수줍었던 키스가 간절해졌다. 목마른 갈증을 취하듯 그녀의 입술과 입안을 빨아들였다. 뺨을 감쌌던 큰 손은 미끄러지듯 귀 뒤로 넘어가 머리카락 속을 헤집었다. 그러다 뒷목을 움켜쥐듯 잡고서 더욱 강하게 끌어당겼다. 그 힘은 거칠다 못해 억셌다. 늘어져 있던 다른 팔도 올려 가냘픈 허리를 옥죄듯 감았다.

불끈거리는 가슴팍과 두근거리는 가슴이 맞닿았다.

국희는 제 상체 위로 기울어지는 그의 몸을 고스란히 느꼈다.

그의 숨소리, 그의 체온, 그의 박동까지.

취해갔다.

이대로 나락에 빠져도 좋다고 느낄 만큼 미치도록 황홀했다.

이토록 좋은 것인가.

이토록 짜릿한 것인가.

온몸의 세포까지 빨아들일 정도로 열성적이던 키스가 멈췄다. 천천히 제 입안을 떠난 움직임은 입술에 닿은 상태로 멈췄다. 서로의 입술을 댄 채, 거친 숨을 몰아쉬었다. 상당히 오랫동안 키스를 나눴기에 숨이 가빴다. 막혔던 숨을 간신히 토해내면서도 심장은 불만을 토로했다.

왜 이럴까.

왜 이렇게 아쉬울까.

그 마음을 아는지 그의 입술과 손도 떨어지지 않았다. 그러다 그도 아쉬운지 입술을 다시 기울였다. 스치듯 그녀의 윗입술을 물며 짧은 입맞춤을 했다. 그 작은 접촉 또한 달콤했다. 한데 그마저도 부족했다. 더, 더, 그와 키스하고 싶어졌다.

"……있잖아."

"응."

제 안에서 일고 있는 갈증을 억제하며 국희는 가까스로 입을 열었다. 목소리가 잔뜩 쉬어 갈라졌다. 그의 대답을 입술이 느꼈다.

"우리…… 이대로 있으면 안 될 것 같아……."

몽롱해진 정신을 부여잡고 웅얼거렸다.

불안스레 떠는 말소리에 비로소 그의 입술이 완전히 떨어졌다. 범안이 피식 웃었다.

"왜?"

"아니…… 그냥."

무언가 걷잡을 수 없는 욕구가 인다. 이 상태가 지속되면 감당하기 어려운 일이 발생할 것 같다. 부끄러워 그의 얼굴도 바로 보지 못하고 엉덩이를 쓱 밀었다.

벌어진 간격으로 제 눈에 들어오는 이목구비를 범안은 지그시 내려다봤다. 약간 겁먹은 눈동자의 초점은 흐트러져 있었다. 그녀의 모습이 예뻐 보였다. 빙그레 웃음을 그린 그는 팔을 올렸다. 부드럽게 그녀의 정수리에 손을 얹으며 고개를 움직였다. 그의 입술은 그녀의 도드라진 이마에 내려앉았다.

"오늘은 여기까지."

입매를 늘리며 그가 중얼거렸다.

촉감은 찌릿했다. 국희는 발긋해진 뺨의 기운을 느끼며 쑥스러워 눈꺼풀조차 들지 못했다. 바라보던 범안이 귀엽다는 듯 정수리를 쓰다듬었다.

"하지 마."

어조가 앙탈조로 이상하게 나왔다.

수줍었다. 그녀는 후다닥 욕실로 도망쳤다. 욕실 문에 등을 대고 서 두근거리는 제 가슴에 손을 얹었다. 뜨거운 키스의 여운이 쉬이 사그라지지 않았다.

오전 일정 보고를 마쳤다. 임원들이 사장실을 하나둘 빠져나갈 때까지 범안은 꼼짝 않고서 대기했다. 편명호와 단둘이 남게 되자, 명함을 꺼내었다. 보고서를 훑던 편명호의 눈썹이 의아한 듯 올라 갔다. 그의 동공이 명함에 새겨진 [이인규]라는 이름을 보았다.

"제가 개인적으로 고용한 민간 조사원, 즉 흥신소 사람입니다."

"민간 조사원?"

"저는 처음부터 형의 사인을 의심했었어요. 그래서 안수인 씨의 행방을 찾느라 이 사람을 고용했었죠."

"너였구나, 안수인을 찾던 사람이……."

일전에 박 반장으로부터 들었던 바가 있었다. 누군지 궁금했는 데 아들이었다는 사실에 기가 찼다. 그동안 어렵사리 감추었던 기밀은 얄팍한 속임수에 불과했다.

"이제 명확하게 사건 경위를 알아야겠습니다. 경찰에 지시한 보안 사안 풀어주세요. 언론이나 구설 때문이라면 이 사람에게라도 알려주세요. 이 사람과 경찰이 협력한다면 사건 조사도 좀 더 수월 해질 겁니다."

"민간 조사원이 개입할 문제가 아니야."

"뛰어나고 믿음직한 사람이에요. 전직 강력계 형사였습니다. 안 타까운 사고의 책임으로 어쩔 수 없이 사직했지만, 경찰들 사이에서도 신뢰가 높았던 사람이었어요."

"내가 알아서 하마. 넌 끼지 마라. 너의 안전을 위해 경호까지 붙였는데 이런 일을 쫓으면 어떡하느냐? 넌 네 직분의 일이나 해라. 임원회의가 코앞이다."

"이런 일이 아니에요. 형이 죽었잖아요, 누군가에게."

막힘없이 범안은 단호히 뱉어냈다.

"그리고 중간보고서 보셨잖아요. 말씀하신 대로 철저히 준비하고 있습니다. 그러니 허락해 주세요. 이인규 씨에게 사고경위서와 확보한 CCTV 카피해 주세요. 안 해주신다면 전 자리를 정리하고 형의 사건만 조사할 겁니다."

"네가 지금 나를 협박하는 거냐?"

편명호가 엄한 눈초리를 올렸다. 가시 같은 눈초리에도 범안은 꼿꼿한 자세를 유지했다. 흔들림 없는 아들의 태도에 그는 더 당혹스러웠다.

"알았다. 이 사람 조사에 협조하라고 지시하겠다."

한숨을 내쉬고서 편명호는 허락했다. 부러뜨리는 것만이 능사는 아니다.

"단, 넌 개입하지 말고 이 사람에게 일임해라. 그리고 이 사람은 내가 고용한 것으로 하마."

"제가 완전히 개입 안 할 순 없습니다. 대신 전 노출되지 않도록 노력하겠습니다."

뚝뚝한 말에는 아들의 신변에 대한 우려가 내포되어 있었다. 이를 알기에 범안도 한발 양보했다.

"알았다. 그런데 오피스텔 경호원으로 지국희가 들어갔다고? 그 아이와 함께 사는 거냐?"

"네."

"엄연히 남녀가 유별한 법이다. 그런 데다 김 실장이 여자 요원은 아무래도 남자 요원과 체력 차이가 커서 그 일에는 적합하지 않다더구나. 그러니 남자 경호원으로 바꿔라."

"제 소관이라고 하셨잖아요."

신랄한 나무람에도 범안은 의연했다.

"내가 해고할 수도 있다."

"그렇게 하세요, 다른 경호원들도 같이."

"그 아이와 연애하냐?"

재차 협박성 대꾸를 받은 편명호의 낯빛에 노여움이 깃들었다. 분명 아니라고 하더니 거짓말이었나? 일전에 국희와의 대화가 떠올라 그는 쾌씸했다.

"아니요."

아버지의 목표를 거스르진 않을 계획이다. 그러나 이 문제만큼은 엄연히 달랐다. 제 여자를 지키는 길은 물러서지도, 돌아가지도 않을 생각이었다.

"제가 좋아해요. 제가 좋아하는 여자예요."

"내가 용납할 것 같으냐? 넌 한 그룹의 경영 후계자가 될 사람이다. 설사 경영 승계를 받지 못하더라도 경영자와 버금가는 2인자로 기업을 이끌어야 된다. 그러니 항상 처신을 똑바로 해야 된다. 그런데 어디서 되지도 않을 여자를……."

"제 감정까지 강요하지 마세요. 이 문제는 절대 아버지 뜻을 따르지 않겠습니다."

그는 흔들리지 않았다. 강단 어린 말을 끝내고서 서슴없이 사장실을 나갔다.

지금까지 보아오던 아들이 아니었다. 어릴 적엔 반항을 많이 했었다. 억압하려 후회 어린 손찌검도 많이 했었다. 그걸 겪은 탓인지 클수록 아들은 수동적으로 변해갔다. 그래서 실망스럽기도 했고, 자책하기도 했었다. 그런데 지금의 모습에서는 짐짓 살아생전의 장남을 보듯 올곧았다. 그제야 아들의 본모습이 눈에 들어왔다.

저 녀석, 언제 이렇게 컸나.

뇌리에 '소신'이라며 당돌히 제 소관을 밝히던 국희 모습이 떠올랐다.

그 아이 때문인가.

노트북 화면에 붉은 기운이 스며들었다. 어느덧 저녁 6시가 넘어간 시각이었다. 범안은 작성하던 화면을 닫고서 노트북을 종료시켰다. 태블릿을 챙기며 그는 가운데 소파로 시선을 돌렸다. 그곳엔 탑처럼 쌓인 보고서를 체크하는 국희가 있었다.

"퇴근합시다."

"네."

그제야 그녀는 고개를 들었다. 한편에 마무리된 보고서들 중 하나를 들어 그의 책상에 올려놓았다.

"알흠다운 화장품 온라인 실적 현황 보고서가 잘못되었어요. 작년도 현황표가 끼어 있네요. 포스트잇으로 체크해 놨어요. E—마케팅 팀장님께 수정 요청해 놓겠습니다."

"그러세요. 수고하셨어요."

표시된 부분을 살핀 범안은 고개를 끄덕였다. 그러곤 고개를 들어 옅게 웃었다.

두 사람은 서둘러 퇴근 준비를 했다. 국희는 휴게실로 이동하여 사복으로 갈아입었다. 기획실장실로 돌아오니 책상에 걸터앉다시피 기댄 자세로 기다리고 있었다. 길쭉한 다리를 힐끗 보고서 지나쳤다. 그의 눈길이 그녀를 좇았다. 핸드백을 챙겨 나오는 동안에도 범안의 시선은 오롯이 그녀에게 머물러 있었다. 핸드백을 어깨에 메며 그녀는 그의 앞에 섰다.

"저녁 식사는 어떻게 하시겠어요? 어제처럼 구내식당으로 가실 거예요?"

질문에 대한 답은 안 하고서 범안이 손을 뻗었다. 그가 그녀의 손을 잡았다.

"우리 데이트할까?"

"데이트? 오 대리님이 따라오실 텐데?"

"꼭, 그래야 하나?"

범안의 미간이 좁혀졌다. 불만 어린 그의 반응에 국희는 킥킥거렸다. 스륵, 그의 손을 놓고서 또각또각 걸음을 옮겼다. 문을 열고서 한편에 반듯이 섰다.

"퇴근해요, 실장님."

까닥 턱을 움직이니 그가 그제야 몸을 일으켰다. 두 사람은 두런

두런 대화를 나누며 기획실장실에서 나왔다. 복도는 인적 없이 적막하여 자연스러운 행동을 이어갔다.

"가까운 곳으로 이동해서 저녁 먹는 건 어때? 한강 갈래?"

범안은 일전에 예약했다가 취소했던 한강 레스토랑이 떠올랐다. 그녀와 함께 분위기를 만끽하며 저녁 식사를 하고 싶었다. 그러나 국희의 반응은 영 시원찮았다. 게슴츠레 그를 올려다봤다. 한강 가서 밥 먹는 거와 데이트의 차이를 모르겠어서였다.

"오 대리님이 지켜보시는 와중에 한강까지 가서 밥 먹는 것도 이상해. 네가 다른 사람과 식사하는 자리에 내가 수행하는 거면 모를까……."

"오 대리가 문제군."

아무런 죄도 없는 오 대리가 일순 걸림돌이 되었다.

"구내식당이 제일 좋을 듯해요, 실장님."

국희는 도착한 엘리베이터의 열림 버튼을 누르며 싱긋 웃었다. 하는 수 없이 수긍하며 범안이 먼저 올랐다. 국희는 구내식당이 있는 지하 1층 버튼을 누르다 말고 멈칫했다. 번뜩 뇌리에 좋은 아이디어가 떠올랐다. 그녀는 충동적으로 입을 열었다.

"아니면 내가 해줄까? 근처 마트에서 장 보면 될 것 같은데……."

"할 수 있어?"

돌연 범안의 동공이 반질거렸다.

"뭐…… 요리가 별건가?"

"그렇다면 기꺼이."

막상 내뱉고선 후회막심인 국희였다. 그러나 자존심에 번복하고 싶지 않아 허풍을 떨었다. 범안은 의심 없이 즐거이 받아들였다. 그래서 더더욱 부담스러워졌다.

"1층으로 가야겠네."

그 심정을 모르는 채 그가 지하 1층 버튼을 취소하고 1층 버튼을 눌렀다. 붉은 빛이 들어온 1층 버튼을 국희는 퀭한 눈길로 주시했다. 그 흔한 계란말이도 해본 적 없으면서 내가 왜 그랬을까. 대체 뭘 만들어야 한단 말인가.

"오 대리님, 정문으로 나갈 예정입니다. 100m 전방의 마트를 들렀다가 오피스텔로 이동할 예정이에요."

[지하주차장입니다. 잠시 정문에서 대기하세요. 올라가겠습니다.]

두 사람은 1층 로비로 나왔다. 오 대리에게 보고하는 국희를 범안이 기다렸다. 몇몇 직원이 범안에게 인사했다. 가벼이 응하며 범안은 해사한 동공을 돌렸다.

"뭐 해줄 건데? 메뉴를 말하면 되는 거야?"

기대하지 말란 말이야. 그녀는 동그란 눈동자를 끔벅이며 도리질했다.

"아니, 그건 안 돼."

"왜?"

"그냥 안 돼. 주는 대로 먹어."

만들 줄 아는 것이 아무것도 없는데 메뉴 주문을 받을 순 없었다. 마트에 가면 수많은 즉석 음식이 있다. 몰래 담아야지.

"좀 불안한데?"

강압적인 태도에 범안이 의심하기 시작했다. 먼발치에서 지하주차장에서 빠져나온 문제의 오 대리가 시야에 들어왔다. 두 사람은 그쪽으로 걸음을 옮겼다. 오 대리와 약간의 간격을 두고서 마트 방향으로 이동했다.

"왜? 내가 독이라도 탈까 봐?"

"독?"

그녀의 농담에 범안은 어이없는 웃음을 터뜨렸다. 넉살 피우듯 그녀가 턱을 올렸다. 그 모습이 한없이 귀여워 손으로 그녀의 정수리를 톡톡 건드렸다. 국희가 얼른 그의 손을 치웠다.

"하지 마. 뒤에서 오 대리님이 보고 있잖아."

"오 대리가 또 문제군."

볼멘소리가 자동으로 튀어나왔다. 둘 사이에 자석처럼 한 사람이 더 붙어 다닌다는 건 상당히 거치적거리는 것이었다. 그녀는 해맑게 깔깔 웃었다. 그녀의 웃음소리가 듣기 좋아, 범안은 이내 불퉁거리는 마음을 지웠다. 그의 입술도 한껏 벌어졌다.

휴대폰 주소록에서 머문 시선이 떼어지지 않는다. 그곳에서는 '지국희'라는 이름이 있었다. 통화 버튼 아이콘이 이름 옆에 있었다. 손가락을 대면 신호가 갈 것이다. 그러나 굳은 손가락은 움직여지지 않았다.

"하."

세준은 묵직한 한숨을 내쉬었다.

선뜻 전화조차 할 수 없는 허울뿐인 친구가 되고 말았다. 이런 상태로 얼마나 더 지나야 감정 정리가 되는 것일까.

시동을 걸었다. 지하주차장에서 빠져나온 차는 빌딩 숲의 도로로 진입했다. 우회도로에서 핸들을 돌리며 그는 무심히 보도블록을 힐끗 봤다. 거리는 퇴근하는 사람들로 붐볐다. 혼자인 사람, 둘인 사람, 한데 뭉친 무리도 있었다. 멀거니 바라보다 정면으로 시선을 돌리려던 찰나였다. 인파와 섞인 낯익은 사람들이 있었다.

국희와 범안.

황급히 핸들을 꺾어 도로가에 차를 세웠다.

고개를 뒤로 젖히며 웃는 범안과 방긋방긋 입술을 벌리는 국희. 그들이 도로가에 세워진 세준의 차를 지나쳤다. 오롯이 서로를 보느라 그의 차는 미처 발견하지 못하고서.

언뜻 봐도 여느 연인들처럼 익숙하고 자연스럽다. 걸으며 서로를 내려다보고, 올려다본다. 윤기가 흐르는 동공은 맑고, 입매의 미소는 닫히지 않는다. 설렘을 동반한 시선과 미소.

범안이 무슨 말을 한 건지, 국희가 까르르 웃음을 터뜨렸다. 얼굴 가득 그녀의 감정이 고스란히 드러났다.

당신 마음은 거기군.

가슴팍에 지끈한 통증이 왔다. 그제보다 쓰리고, 어제보다 아픈 통증이었다. 그녀의 뒷등을 좇던 세준은 쓸쓸히 웃었다. 멈췄던 차를 움직였다. 외면하듯 정면만을 보며, 행복해 보이는 그들을 지나쳤다.

야경의 도시 속으로 차가 묻혔다.

오 대리는 거리를 둔 채 국희와 범안의 뒤를 따랐다. 가급적이면 경호원인 것을 표 내지 말라는 지시에 따라 그는 캐주얼정장 차림으로 느슨히 움직였다. 국희나 범안 또한 선혁의 지시에 따라 편히 움직이고 있었다. 그런데 점차적으로 그들의 행동이 변했다. 처음엔 오 대리를 의식한 듯 거리를 뒀던 그들의 간격이 시간이 흐를수록 가까워졌다. 그러곤 아예 오 대리의 존재를 망각한 듯 둘이 찰떡처럼 붙어 다녔다.

두 사람 사귀나?

지켜보던 오 대리의 눈매가 가늘어졌다. 물건을 고르면서도 보여주고 확인하며 눈을 마주쳤다. 마주 보는 눈길엔 애정이 가득했다. 다른 사람들의 시선은 일절 아랑곳하지 않는 이제 막 사랑이 싹튼 연인 같았다.

"뭐 해줄 건데?"

"맛있는 거."

마트를 반 바퀴나 돌았는데 카트에 담긴 물건은 몇 개 되지 않았다. 범안은 양파와 피망을 훑고서 물었다. 국희는 휴대폰 검색을 끝내고 능청스레 웃었다. 두 사람은 시식대를 돌았다. 그녀는 지나치다 말고 이쑤시개로 시식 군만두 하나를 집었다. 그러곤 팔을 쭉 올렸다.

"먹어봐."

익숙한 것처럼 범안이 고개를 숙여 받아먹었다.

"맛있어? 살까?"

국희가 눈꼬리를 휘며 물었다. 입꼬리를 올리며 범안이 끄덕거렸다.

두 발짝 떨어져 있다가 그 광경을 본 오 대리는 멈칫했다.

내가 왜 여기 있는 거야. 느글거리는 내장으로 인해 시원한 냉수가 떠올랐다. 그는 한숨을 쉬며 게슴츠레 주변을 살폈다. 카트에 만두를 담고서 국희가 두리번거렸다. 그러다 오 대리와 눈이 마주쳤다. 그녀는 머쓱한 듯 자세를 바로잡고서 슬그머니 다가왔다.

"오 대리님, 식사는 어떻게 하세요?"

"전 퇴근하고 먹으면 됩니다. 신경 쓰지 마세요."

속삭이는 듯한 질문에 오 대리는 미소 지으며 손사래를 쳤다.

"네."

예의상인 건지 그녀는 쪼르르 범안 곁으로 가버렸다. 두 사람은 또 킥킥거리며 장을 보기 시작했다.

낯선 남자가 범안에게 다가갔다. 주시하던 오 대리는 깜짝 놀라 성큼 움직였다. 국희가 제정신을 차리지 못하고 그를 놓칠 것 같았다. 그런데 까르르거리던 국희는 즉시 정색하며 남자를 경계했다. 범안의 뒷등에 서며 남자의 행동을 또렷이 주시했다.

남자는 단순히 그들 사이에 놓인 물건이 목적이었다. 물건을 집은 남자는 멀어져 갔다. 그제야 국희의 경계가 풀렸다.

그래도 제 할 일은 하네.

오 대리는 안심하고 거리를 유지했다.

다시 편안해진 국희의 자세를 내려다보던 범안이 환히 웃었다. 제 몸을 보호하는 그녀가 대견하다는 듯 손으로 그녀의 머리카락을 쓰다듬었다. 하지 말라면서 국희는 손을 휘저었다. 그런 그녀의 손을 범안이 덥석 잡았다. 거부하며 그녀는 팔을 흔들었다. 그러나 뼈 없는 연체동물처럼 힘이 하나도 안 들어간 무른 동작이었다.

범안이 소리 내어 웃고, 국희의 입술은 호선을 그렸다. 그러면서도 두 사람의 반지르르한 동공은 오롯이 서로만 바라봤다.

저것들.

오 대리는 어금니를 꽉 물었다.

투명한 물이 물보라를 일으키며 보글보글 끓어올랐다. 다급한 손길이 파스타 면을 투하시켰다. 그러곤 기다란 젓가락으로 휘휘 저었다. 싱크대에 놓은 휴대폰을 들어 내용을 살폈다. 파란색 색채로 인쇄된 '소금'이라는 단어를 그제야 발견했다. 아! 소금! 얼른 소금을 넣고선 젓가락으로 저었다.

"후."

못 하는 요리하느라 유체 이탈될 지경이었다. 땀까지 솟구쳤다. 아랫입술을 말아 올려 열기가 오른 얼굴을 숨으로 식히고 인터넷 레시피를 꼼꼼히 읽었다. 뒤에서 기척이 느껴졌다.

욕실에서 씻고 나온 범안이 주방으로 들어왔다. 냉수를 한 잔 마신 그가 가까이 왔다. 그러나 국희는 일부러 뒤돌아보지 않았다. 그러자 돌연 뒤에서 단단한 팔이 그녀의 허리를 감아왔다.

"잘 되고 있어?"

"뭐, 뭐야!"

"요리가 잘 되는지 궁금해서."

별안간의 접촉에 국희는 화들짝 놀랐다. 짓궂음이 밴 음성은 웃고 있었다. 그가 천연덕스레 어깨 너머로 고개를 돌렸다. 그녀는 상체를 비틀며 벗어나려고 했다. 그럴수록 범안의 팔엔 힘이 들어갔다. 제 허리를 감은 잔 근육이 어린 팔뚝에, 간간이 뺨을 스치는 숨결, 그리고 금방 씻은 탓에 진하게 풍겨지는 그의 체향.

또 난다. 맛있는 냄새.

"어, 어련히 알아서 만들까."

그것은 방금 만들어놓은 스파게티 소스의 냄새는 아니었다. 그의 몸에 밴 냄새. 허기가 확 졌다.

"떨어져, 빨리! 자꾸 허락 없이 접촉하면 죽는다. 저기서 대기해!"

그녀는 침을 꿀떡 삼키고서 젓가락을 높이 쳐들었다. 강한 으름장에 범안의 팔이 풀렸다. 선선히 물러난 그는 그녀가 가리키는 식탁으로 걸어갔다.

"알겠습니다."

그러곤 건성으로 대답하며 언제라도 덮칠 만한 자세로 엉성히 걸터앉았다.

"한 발짝만 움직이면 날라차기할 거야."

"주방이 그 정도로 넓진 않아."

"주먹도 있어."

능청스레 구는 그에게 국희는 강한 의지의 주먹을 내보였다. 삐죽, 범안의 입술이 움직였다.

저런 귀여운 표정도 있어? 되레 국희는 당황했다. 그녀는 후다닥 얼빠지는 정신에 채질하고서 경고 주듯이 젓가락을 일직선으로 내밀었다. 범안이 두 손을 올리며 '항복' 했다. 그제야 그가 바로 앉았다. 그녀는 끓어오르는 냄비로 돌아섰다.

범안은 식탁에 턱을 괬다.

제 눈에 들어오는 그녀를 직시했다. 앞치마를 두르고 요리에 집중하는 그녀를 지그시 바라봤다. 빙그레 입술이 늘어났다.

건강에도 좋고, 맛도 좋으라고 양파도 듬뿍듬뿍, 당근도 듬뿍듬뿍 넣어 볶았다. 면 삶기는 약간 실패였다. 삶는 시간의 실패로 면이 퍼졌다. 그래도 먹는 덴 지장 없다고 자위했다. 면 위에 야채가 한가득인 소스를 두툼하게 얹었다. 그러곤 조심스레 바질 잎을 올려놓았다. 붉은 스파게티 위에 놓인 청록의 잎이 식욕을 자극하며 시각까지 즐겁게 만들었다. 식탁에 놓이는 스파게티를 보며 범안이 감탄했다.

"비주얼이 제법인데?"

"맛도 좋을 거야."

당연한 비주얼이었다. 인터넷 레시피를 토씨 하나 빼지 않고서 그대로 카피해서 만든 요리였기에. 또한 맛도 보장한다. 마트의 소스는 거짓말을 안 하지 않는가.

"맛있어."

한입 먹어본 범안이 칭찬했다. 처음 해본 요리라 장장 한 시간 동안 온갖 정성을 쏟았기에 지당한 칭찬이었다.

"남기지 말고 다 먹어."

"감사히 먹겠습니다."

국희는 거만스레 턱을 한껏 들며 그의 접시를 손가락질했다. 야채까지 싹싹 긁어 먹으라는 지시였다. 그가 정중히 인사하고서 스파게티는 물론이거니와 당근도, 양파도 열심히 먹었다. 그러다 서너 가닥이 뭉쳐 버린 면 덩어리를 그가 포크로 들어 올렸다.

"위에 들어가면 다 소화되는 거야. 먹어."

강력한 강요에, 범안이 눈매를 가늘게 뜨며 반항했다. 국희는 더더욱 엄격한 시선을 뒀다. 울며 겨자 먹기 식으로 그는 욱여넣었다. 양심에 걸리긴 했으나 꾹 참았다. 뭐든 사전 교육이 중요하다. 돌도 맛있게 소화할 수 있는 위장으로 훈련시키면 된다.

"근데 있잖아. 나한테도 알려주면 안 돼?"

"뭐?"

식사가 거의 끝날 때쯤 국희가 조심스레 물었다. 그러자 범안은 의아해했다.

"어제 오피스텔로 오신 분과 조사하던 내용. 나도 도움이 되고 싶어. 같이 하면 안 될까?"

'같이' 라는 단어는 분명 기분 좋은 단어였다. 그러나 범안은 가슴 한 켠이 서늘해지는 기분을 맛봤다. 그의 표정이 굳어졌다.

"안 돼."

일말의 망설임 없이 일축했다.

"왜? 한 사람이라도 더 있으면 좋잖아?"

"좋지 않아. 절대 안 돼."

위험한 일일 수도 있다. 위험에 널 노출시킬 순 없다.

"마저 먹어."

냉정히 답하고 그는 스파게티를 입에 넣었다.

일순 야멸차지는 목소리에 국희는 불만스러웠다. 불퉁거리는 표정으로 레이저를 쏴댔다. 그래도 그는 꿈쩍하지 않았다. 외면하듯 기계적으로 먹기만 했다. 마음에 들지 않아. 그녀는 탁, 젓가락을 내려놓았다.

"난 이미 개입된 거나 마찬가지야. 난 네 곁을 항시 수행하는 경호원이잖아. 다른 건 몰라도, 같이 움직이는데 나도 알아야 돼. 그래야 나도 대비하지."

나름 일리가 있는 말이라고 국희는 생각했다. 그러나 씨알도 먹히지 않았다. 그는 무시하면서 컵을 들어 물만 마셨다. 그를 혼자 위험한 사건 조사를 하도록 놔둘 순 없는데…… 방법을 바꿔야 하나?

"실장니임, 나도 알려줘요. 네?"

그녀는 충동적으로 코맹맹이 소리를 냈다. 꿀떡꿀떡 물을 목구멍으로 넘기던 범안은 사레가 들 뻔했다. 숨을 토해내며 쳐다봤다. 그러자 국희는 머리와 어깨까지 흔들어댔다.

"아잉."

교태 섞인 소리까지 내뱉으며. 단 한 번도 보지 못한 기습적인 애교에 웃음이 터졌다.

"알려줄 거지요? 응? 응?"

자신감이 붙었는지 그녀가 재차 어깨를 흔들어댔다. 터진 웃음이 닫히지 않았다. 제 눈에 가득 그녀를 담고서 범안은 웃었다. 듣기 좋은 그의 웃음소리가 집 안을 채웠다.

소란스러운 소음들이 가득 메워진 공간으로 들어섰다. 익숙하고 그리웠던 소리들이었다. 거드름이 잔뜩 담긴 걸음걸이로 박 반장이 다가왔다. 가까이 선 그가 좁은 어깨를 넓히며 못마땅하게 쳐다봤다.

"오랜만에 뵙겠습니다. 저녁까지 수고하시네요."

"인사는 됐고…… 내일 오라니까 지금 옵니까?"

"마음이 급해서요."

얼렁뚱땅 인사를 받고서 핀잔하는 박 반장에게 인규는 허허 웃었다.

"내가 민간인에게 이런 협조를 해야 되나? 서장님 지시만 아니라면……. 여기 카피한 CCTV. 외부에 누출되지 않도록 조심해서 보고, 확인 후에는 폐기하세요."

"고맙습니다, 박 반장님."

'민간인'이라는 단어를 강조하며 빈정거리는 그에게 인규는 깍듯이 응수했다. 오래전 호칭은 서로의 이름이었고, 경어를 쓰지 않던 사이였다. 그러나 5년 만의 대면은 서먹하다 못해 인색했다.

"그리고 이건 사건경위서. 카피해 줄 순 없으니까, 여기서 봐요."

박 반장이 두터운 서류 뭉치를 넘겼다. 인규는 받아 들고서 그가 가리킨 자리에 앉았다. 내용을 읽어 내려가는 그의 곁에 박 반장이 감시하듯 섰다.

"반장님."

강력계 2팀으로 김 형사가 부리나케 들어왔다. 그는 책상에 앉아 머리를 조아린 인규를 미처 발견하지 못했다. 급히 박 반장 곁으로 간 그가 입을 열었다.

"안수인 사고 현장의 그 녀석을 잡았답니다."

"가방?"

"네."

김 형사의 말에 인규는 고개를 들었다. 순간 김 형사와 인규의 눈이 마주쳤다. 먼젓번 만남에서 제 팀 사건 아니라고 거짓말을 한 마당이라 김 형사는 소스라치게 놀랐다. 진즉 눈치챈 바 있던 인규는 대수롭지 않게 눈짓했다.

"어디서 잡았어?"

"그게⋯⋯."

"괜찮아. 말해."

인규의 존재로 머뭇거리는 김 형사에게 박 반장이 채근했다.

"잠실대교 근처 가출청소년 집결지에서 찾았더군요. 가출한 지 6개월이 넘은 열일곱 살 녀석이랍니다."

"그 녀석이 확실하대?"

"네. 처음엔 잡아떼다가 증거 사진을 보여주니 충동적으로 훔친 거라고 둘러대더랍니다. 그러다가 결국은 알바한 거라고 자백했답니다."

"알바?"

박 반장이 눈살을 찌푸렸다.

"노숙자가 알바 자리가 있다고 해서 노숙자 전화로 통화한 것이

전부랍니다. 알바비가 두둑해서 했답니다. 가출한 지 오래되어 빈 털터리 상태라서 구미가 당길 만큼 큰 액수였습니다."

"요즘 녀석들은 하여튼 무섭다니까. 옆에서 사람이 죽어가는데, 그걸 단순 알바라고 생각하다니. 노숙자는?"

안수인은 현장에서 즉사하지 않았다. 응급처치가 조금만 빨랐다 면 살 수 있었다고 했다.

"얼굴도 기억 못 한답니다. 흔하디흔한 노숙자라 분간도 어려울 것 같답니다."

"대포폰으로 통화했겠군."

"그럴 것 같답니다. 목소리도 위조가 되어 있었고요. 그저 전화 로 지시받고 행동했답니다. 돈을 지정된 장소에서 미리 받고, 가방 을 그 장소로 놓은 후에 나머지 금액을 받았답니다. 녀석이 말한 장소는 CCTV가 없는 공원 구석이었습니다."

"지나치게 철두철미해. 한 사람이 아니라 조직적으로 움직이고 있어. 이 사건, 정말 더럽다. 그 녀석 지금 어디 있어?"

박 반장이 물었다.

"N경찰서에요."

"지금 가보지."

김 형사와 움직이려던 박 반장이 멈칫했다. 인규는 뒤따르고 싶 어서 의자에서 엉거주춤 일어났다.

"같이는 못 갑니다. 그거나 다 보고 반납하세요. 서장님 지시가 있으니까 사건 진행 상황은 알려줄게요. 딱 그 정도까지."

그를 막고서 박 반장이 매몰차게 말했다. 그래도 한때의 동료에게 배려는 해주었다. 인규는 선하게 웃었다. 박 반장은 서둘러 걸음을 옮겼다. 그의 뒤를 따르며 김 형사가 계면쩍은 표정으로 고개를 까닥였다. 이해한다는 듯 머리를 주억거리고서, 인규는 멀어지는 그들을 우두커니 주시했다.

징—

휴대폰의 진동이 울렸다. 조명을 최대한 낮춘 서재의 커다란 의자 등받이에 기댄 그림자의 팔이 뻗어졌다. 휴대폰을 집어 메시지를 확인했다. 사진 몇 장이 포함된 장문의 메시지였다.

—편범안 경호원들입니다. 첫 번째 사진은 낮 근무조이고, 두 번째 사진은 밤 근무조입니다. 밤에는 오피스텔 관리사무소 보안실에서 대기합니다.

첫 번째 사진에는 제법 덩치가 큰 남자가 앞장서서 걸었고, 그 뒤로 편범안이 있었다. 그리고 편범안의 뒤에도 한 여자가 뒤따르고 있었다. 지국희였다. 클로즈업된 사진도 보내졌다. 정면과 측면이었는데 무전 이어폰을 귀에 꽂고 있는 것이 영락없이 경호원이었다. 사내에서는 수행비서로 있지만 실제론 경호원임은 이미 보고받은 상태였다.

—오피스텔 내에선 경호원들 사이에 무전으로 연락을 취하고, 8층을 비롯하여 전체 오피스텔에 CCTV가 보안되었습니다.

―편범안 동태는?

―조용합니다. 편범안이 안수인으로부터 어떠한 정보를 받았는지는 명확지 않습니다. 서울에서 두 사람이 만난 적은 없고, 알고 계신대로 전화 통화만 한 듯합니다.

안수인 휴대폰은 확보했다. 통화 내역에는 편범안의 번호가 있었고, 통화 시간은 그리 길지 않았다. 통화 시간으로 지레짐작하는 건 자세한 정보는 못 들었을 가능성이 높다. 그러나 그것 또한 장담할 수 없다.

―이상 정황이 포착되면 바로 보고하겠습니다. 그리고 그 녀석이 경찰에 잡혔습니다.

이어지는 부연에 까딱거리던 손가락이 멈췄다.

―경찰이 비공개 수배자 명단에 녀석을 넣어놓아 예상외로 빨리 잡힌 듯합니다. 하지만 저희 쪽 신분은 녀석에게 전혀 노출되지 않았으니 걱정하실 필요는 없습니다.

―알겠습니다.

마지막 메시지를 끝으로 남겨진 메시지 전부를 삭제했다. 굳게 닫힌 서랍장의 자물쇠를 풀었다. 안에는 브라운 계열의 큰 가방이 들어 있었다. 어렵게 제 손에 들어온 안수인의 가방이었다. 안의 물건들 중 새하얀 명함을 꺼냈다.

편범안의 명함.

분명 두 사람이 접선했다.

서울이 아니라면 삼척이었을 것이다.

편범안은 강원도 출장을 다녀왔다. 그가 그곳에서 한 일은 정확히 확인되지 않았지만 안수인이 삼척에 있었다. 그가 강원도 출장을 간다고 했을 때부터 의심해 봤어야 했다. 그곳에서 두 사람이 만났을 확률이 높다. 삼척에서 만난 두 사람이 어떤 내용의 대화를 나눈 건지, 편범안이 어디까지 알고 있는지 기필코 확인해야 된다.

어이없는 사실은 편범안이 자신들보다 안수인을 먼저 찾은 것이었다. 편범안은 안수인을 어떻게 그리 빨리 찾은 걸까. 두 사람 사이에 연결 고리가 있는 건가?

손이 움직였다.

톡톡.

명함으로 테이블을 두들기는 소리가 약하게 울렸다.

테라스 아래의 도시는 화려하고 소란스러웠다. 화려한 것은 꽃밭 같은 야경이었다. 소란스러운 것은 공기마저도 들썩이게 만드는 도시의 산만한 소음이었다. 한데 소음이 나쁘지만은 않았다. 살아 있는 공간임을, 우리가 살아 있음을 여실히 알려주는 소음이기에.

"출장도 그 이유로 갔던 거야? 삼척에서 안수인 씨를 만나기 위해서?"

국희의 질문에 도시를 내다보던 범안이 뒤돌았다.

"아버지의 눈을 피해 안수인 씨와 접촉할 방법이 그것뿐이 없었어. 아버지는 내가 형 사건과 무관하길 바라셨거든. 아버지 모르게 처리해야 했어. 그리고 나는 형의 타살을 의심했었는데 아버지는 아니라고 믿은 상태였거든."

"거기서 형이 타살인 줄 안 거야?"

"아니. 얼마 전 안수인 씨와 통화했었어. 그때 알았어."

범안은 안수인 씨와의 통화 내용과 인규에게 전달받은 사실을 상세히 설명했다.

"어쩌면 그들도 그 파일을 찾는 것이 아닐까 싶어. 그래서 안수인 씨의 물건을 회수해 간 거지. 증거를 남겨두지 않으려고."

"그게 뭐기에……."

"자신들의 안위를 건드릴 만한 치명적인 것이겠지."

예리한 빛이 어른거리는 동공이 번뜩였다.

"꼭 찾아야 돼, 그 파일."

그는 단호했다.

국희는 만류하고 싶어졌다. 섬뜩했다. 무엇을 숨기기 위해 그들은 살인까지 저지르는 걸까?

"안수인이라는 사람도 죽었다며. 그런데 네가 이 사건을 조사하면……."

"말했잖아. 난 이것밖에 할 수 없어."

되레 목소리는 의연했다. 그 어떠한 억압이 있더라도, 절대 부서지지 않을 만큼 결의가 단단했다. 그의 단조로운 태도가 더 안쓰러

왔다. 국희는 촉촉해지는 가슴을 부여잡고 그의 시선을 빗겨냈다. 돌아서서 난간을 힘없이 쥐었다.

아무리 설득해도 안 될 것이다. 그는 기필코, 이 사건에 끼어들 것이다. 만약 그 무서운 사람들이 그를 건든다면…….

"나는 무서워…… 너 위험할 것 같아."

이토록 무서웠던 적이 있던가.

그 누구보다도 담력이 세다고 자평하던 나인데…….

그러나 그가 위험해질 수도 있다는 가정은 상상도 하기 싫을 만큼 무서웠다.

"괜찮아."

여린 미소를 지으며 되레 그가 다독였다.

빵빵―

귀청을 때리는 경적 소리가 들렸다. 불야성의 도시로 국희의 시선이 옮겨졌다. 자동차 한 대가 추월하는 큰 화물차를 향해 클랙슨을 누르는 듯했다. 혼잡한 도로를 내려다보던 그녀는 입을 열었다.

"혼자서 이 많은 걸 어떻게 담고 있었어?"

그녀는 몸을 틀었다. 난간에 옆구리를 기대며 올려다봤다. 그도 몸을 틀었다.

"나한테라도 살짝 알려주지. 내가 큰 도움은 못 되더라도 그래도 누군가 털어놓을 만한 사람이 있다는 건 그나마 위안이 되잖아."

"충분히 큰 도움이었어."

그가 손을 올렸다. 그녀의 가냘픈 머리카락을 어르듯 쓸었다.

"지국희가 내 곁에 있어서, 위안이었어."

뒤통수를 감싼 그의 손에 힘이 가해졌다. 그가 그녀를 끌어당겼다. 국희의 작은 몸이 너른 가슴팍에 안겨졌다.

"내가 지국희를 많이 좋아해."

심장도 녹아내릴 것처럼 달콤한 속삭임이었다. 등을 깊게 안은 그의 턱이 어깨에 기대어졌다.

"그래서 네가 있으면, 네가 있는 것만으로도 좋아."

그가 고개를 움직였다. 입술을 파묻듯 그녀의 머리카락에 입맞춤을 했다. 그러고선 떨어져 진지하게 내려다봤다. 엷은 미소를 머금은 입술이 부드럽게 말했다.

"그러니까 지금처럼 곁에만 있어줘."

막연히 곁에만 있을 순 없다. 널 그저 바라보고만 있을 순 없다.

"싫어."

"국희야."

단호한 대답에 범안의 눈매가 가늘어졌다.

"나도 할 거야."

"안 된다고 했잖아."

"나도 이제 다 알잖아. 나도 같이 파헤치면서 진실을 찾을 거야."

그녀는 애원하듯 그의 손을 잡았다. 거부하듯 범안이 손을 놓으며 테라스 정면으로 몸을 돌렸다. 강경한 그의 태도에도 국희는 물러서지 않았다.

"같이 해."

"안 돼."

"좋아해."

그녀의 돌발 고백에 범안이 깜짝 놀랐다.

"나도 좋아해. 그래서 널 혼자 둘 수 없어."

놀라서 커진 동공이 세차게 일렁거렸다. 거친 풍랑이 불어대는 동공은 발긋한 열기가 치솟았다.

"널 혼자 두지 않기 위해 온 거야, 네가 걱정되어서."

가팔라지는 그의 숨결이 느껴졌지만 국희는 숨기지 않았다. 제 가슴속에 이는 감정을 서슴없이 내뱉었다.

"그러니까 나도 같이 하게 해줘. 나도…… 그냥 두고 볼 수만은 없으니까……. 나도 좋아하니까……."

더는 말을 할 수 없었다.

그의 입술에 막혀 버리고 말았다. 범안의 커다란 양손이 제 뺨 전체를 감쌌다. 그리고 거침없이 입술을 덮었다. 잠시의 틈도 없이 뜨거운 입술이 힘주어 제 입술을 벌렸다. 벌어진 입술 사이로 기습적인 키스가 이어졌다. 화염에 싸인 열기를 품은 서로의 숨결이 섞여들었다.

마치 집어삼키듯 그가 제 모든 숨과 체온을 빨아들였다. 애달프도록 뜨겁게, 탐하고 탐했다. 처음으로 제 마음을 고백하고, 확인하고 이어진 키스는 소름 끼치도록 짜릿했다.

온 세상의 소음이 잦아들었다.

도시를 메웠던 인공의 소리가 숨죽였다.

야경의 도시엔 오롯이 그와 그녀만이 존재했다.

열성적이다 못해 격렬했던 키스가 천천히 끝났다. 제 입술을 떼며 그의 손아귀 힘이 풀렸다. 뺨을 감쌌던 그의 양손이 어루만지듯 그녀의 머리카락을 쓸어내렸다. 그의 엄지손가락이 발긋한 기운이 도는 그녀의 부풀어 오른 입술을 쓸었다. 그러곤 그가 고개를 다시 숙였다.

촉촉한 그녀의 입술에 짧은 입맞춤을 했다.

떨어지는 그의 동공이 국희를 또렷이 올려다봤다. 진한 키스로 수줍긴 했지만 그의 시선을 피하진 않았다. 그녀는 입을 열었다.

"그러니까……."

목소리가 갈라져서 나왔다. 그의 키스가 제 목소리까지 삼킨 기분이었다. 그녀는 헛기침을 하고서 말을 이었다.

"나도 같이 하게 해줄 거지?"

"뭐?"

고백을 하고서, 키스까지 한 마당에 나온 첫말은 고집이었다. 그녀의 말에 범안은 황당했다.

"지국희."

"나도 같이 한다. 응?"

그의 팔뚝까지 잡으며 사정했다. 슬쩍 눈썹도 올리고, 애원하듯 고개까지 갸우뚱 기울였다. 불안한 시선으로 그녀는 재차 채근했다.

"응?"

범안은 기막힌 웃음을 흘렸다. 그러다 양팔로 그녀의 어깨를 불끈 끌어안았다. 상체를 기울여 그녀의 몸과 틈 없이 밀착했다.

"지국희, 널 어쩌면 좋냐."

그녀를 품에 가득 담으며 그는 중얼거렸다.

"받아들인 거지? 응?"

희망에 찬 어조로 물으며 그녀가 품에서 꼬물거렸다. 다부진 양팔에 힘을 줘, 강하게 안으며 그는 그녀의 어깨에 얼굴을 묻었다. 쿡쿡거리는 웃음이 새어 나왔다. 이 사랑스러운 여자를 정말 어쩌면 좋지?

맛깔스러운 반찬을 식판에 담고서 돌아섰다. 뒤편에서 기다리던 범안이 빈자리를 턱짓했다. 그의 뒤를 따라 이동하던 국희는 디저트 코너에 놓인 동그란 크림빵 두 개까지 집었다. 두 사람은 직원들과 떨어진 구석진 자리에 마주 앉았다. 앉자마자 그녀는 빵 하나를 그의 식판에 놓았다.

"많이 먹어. 그래야 전투력이 상승하지."

"전투력?"

"응. 많이 먹고 힘내야 싸우지."

그녀의 말에 범안이 쿡쿡 웃었다.

"누구하고?"

"누구든. 건들기만 해봐, 다 죽었어."

입술을 질근거리며 국희는 숟가락을 들었다.

내 남자를 건드리는 악의 무리는 반드시 처단하리라. 숟가락을 쥔 손아귀에 불끈 힘이 가해졌다. 힘줄이 도드라질 정도로 단단히 쥐며 결의를 다졌다.

그녀의 행동에 범안은 입을 다물었다. 쿡쿡거리던 웃음이 크게 터질 것 같았다. 직원 몇 명이 근처에서 자리를 잡았다. 국희와 범안은 장난기 서린 대화를 금세 멈추고, 점잔을 뺐다.

"진짜 우리 회사 구내식당 식단은 끝내주는 것 같아요. 진짜 최고의 쉐프들이라니까."

"우리 회사?"

범안은 피식 웃으며 반문했다. ㈜이음 소속이라는 핀잔은 아니었다. 그저 '우리' 라는 단어가 좋아서였다.

"내가 지금은 편범안 기획실장님 비서니까, 여기가 우리 회사잖아요."

"맞아요, 우리 회사."

각인시키듯 반복하며 범안이 웃었다. 그러고선 그가 상체를 숙였다. 근처에서 식사하는 직원들이 듣지 못하도록 자그마하게 속삭였다.

"내 비서, 지국희 씨."

그의 덧붙임에 국희는 킥 웃었다.

뺨이 발그레해지는 것 같았다. 어젯밤 서로의 마음을 고백하고, 키스를 얼마나 많이 했던가. 마치 목마른 사슴이 오아시스를 찾은 것처럼 그는 제 입술의 모든 것을 앗아갔었다. 그녀는 혹시 누가 들었을까 싶어 잽싸게 주위를 훑고서 얄밉다는 듯 흘겼다. 기름한 눈매를 휘며 그가 수저를 들었다.

구내식당으로 들어서는 세준을 본 직원들이 묵례했다. 여직원들이 호감 어린 시선으로 힐끔거렸다. 익숙하게 응하며 세준은 식판을 들었다.

"간만에 점심 먹자면서 구내식당으로 오는 법이 어디 있어?"

"구내식당 밥이 맛있잖아."

볼멘 표정인 윤진을 넘겨다보며 세준이 말했다. 그러면서 동생의 식판에 반찬을 담아줬다. 오빠의 배려에 그녀의 불퉁거리던 마음이 조금은 누그러졌다.

빈자리를 찾아, 두 사람이 식당 안을 휘둘러봤다. 그러다 구석진 자리에 앉아 있는 국희와 범안을 발견했다. 은밀한 대화를 주고받는 듯 상체를 수그린 그들이 일순 즐거이 웃었다. 두 사람의 공기는 한없이 다정했다.

"저기로 가자."

제 속에 이는 감정을 감추고서 세준은 그들에게로 다가갔다. 윤진은 눈살을 찌푸렸지만 하는 수 없이 오빠의 뜻을 따랐다.

"뭐가 그리 재미있어요? 저희도 합석해도 되나요?"

갑작스러운 그들의 등장에 범안과 국희의 자세가 반듯해졌다. 범안은 정중히 맞았다. 세준은 편히 그의 옆자리에 앉고 윤진도 어쩔 수 없이 국희 옆으로 갔다.

"오늘 식단 좋네요. 맛있어요?"

"네, 맛있어요."

친절한 세준의 물음에 국희도 친절히 응수했다.

서먹한 가운데 네 사람은 밥을 먹었다. 범안은 힐끗 세준의 모습을 보다가 결심하고 입을 열었다.

"이사님, 물어볼 것이 있었습니다. 시간 되실 때 말씀해 주세요."

"그래요? 나도 편 실장하고 할 얘기가 있었는데 오늘 저녁 어때요? 편 실장 입사한 이래 변변한 식사 한 번 한 적이 없잖아요."

"저녁이요?"

의외로 세준이 선선히 받아들였다. 범안은 무심코 국희를 봤다. 경호원인 그녀의 양해를 구하는 뜻이었다. 하지만 세준의 눈에는 연인들의 신호처럼 보였다. 쓰린 속을 누르며 국희를 쳐다봤다.

"국희 씨도 같이 하죠."

"네? 저도요? 제가 낄 자리는 아닌 것 같은데……."

"어차피 인성 직원이잖아요. 친목 도모 회식으로 하면 되겠네요. 마침 오늘 금요일이기도 하니까."

"그럼 나는?"

윤진이 끼어들었다. 고백을 거절당한 마당이라 범안과 대면하는 것이 못내 불편했지만 국희가 두 남자와 함께한다는 것은 더더욱 싫은 그녀였다.

"그래, 윤진이 너도 같이 하자. 어때요? 괜찮아요?"

세준이 서글서글하게 웃었다.

굳이 거절할 이유는 없었다. 범안이 가뿐히 응해서 국희도 업무상 받아들일 수밖에 없었다.

"7시까지 정문에서 만납시다. 이 근방 먹자골목으로 가죠. 메뉴는 국희 씨가 좋아하는 걸로 정해요."

세준의 제안에 윤진은 못마땅했다. 그녀의 반응을 눈치 못 챌 국희가 아니었다.

초파리, 너 내 남자 입술 덮쳤었지? 얍삽한 속이 기회를 놓치지 않고 비릿하게 웃었다.

지지직—

허여멀건 색을 띠던 꼼장어가 노릇하니 먹음직스럽게 구워졌다. 뒤틀어지던 꼼장어에서 새하얀 척수가 흘러나왔다. 그것을 윤진이 끔찍하다는 듯 오만상을 찡그리며 노려봤다. 국희는 얼기설기 불판 위에서 뒹구는 것들 중 가장 맛깔스럽게 구워진 것을 하나 집었다. 윤진에게 내미니 탐탁지 않은 눈초리로 고개를 돌려 버렸다.

"먹어봐요. 맛있다니까요?"

"지국희 씨나 많이 먹어요."

연거푸 거부해서 국희는 제 입에 쏙 넣었다.

초파리가 싫어할 만한 메뉴를 골랐는데, 정확히 맞아떨어졌다. 쫄깃쫄깃한 꼼장어의 식감이 혀끝을 자극했다. 이렇게 고소할 수가.

"난 정말 이런 데 질색이야."

냄새가 지독하다는 듯 코와 입을 막으며 윤진이 불만을 터뜨렸다. 자신이 머무는 곳을 벗어나고 싶음이 역력했다. '명품'이라는 특급 도장이 찍힌 듯한 화사한 원피스를 입은 그녀가 연기 자욱한 꼼장어 집과 안 어울리긴 했다.

"보기하고 달리 맛있다니까요."

"일부러 이러는 거죠? 나 약 올리려고?"

또 다른 하나를 집어 내밀었다. 이번엔 윤진이 턱까지 뒤로 빼며 경계했다.

"아니에요. 새로운 맛의 세계에 눈뜰 거라니까?"

"먹어봐, 맛있어."

세준까지 거들었다. 마주 앉은 범안은 여린 미소를 지었다.

다 적인 것 같다. 의심스러운 눈초리로 세 사람을 둘러보며 윤진이 결국 자포자기한 심정으로 입을 벌렸다. 조막만 하게 벌려진 틈새로 국희는 잽싸게 커다란 놈을 하나 넣었다.

"으."

끔찍한 고문을 당하는 양 윤진은 진저리쳐 댔다. 한데 혀끝에 닿는 맛은 그리 나쁘지 않았다. 그녀는 짧게 오물거렸다.

"못 먹겠으면 뱉어요."

국희는 냅킨을 꺼내 내밀었다. 그러나 윤진의 오물거림은 멈추지 않았다. 침샘을 자극하는 오묘한 고소함과 쫄깃한 식감이 상당히 괜찮았다. 서서히 찌푸려졌던 미간이 펴졌다. 그녀는 꼼장어를 꿀떡 삼켰다. 그러고는 살며시 젓가락을 들었다. 도도를 떠느라 허기가 진 탓에, 불판 위에서 노릇노릇 익어가는 것들을 외면할 수 없었다.

"거봐, 맛있죠?"

"배고파서 먹는 거거든요?"

불판으로 옮겨지는 그녀의 젓가락을 보며 국희는 놀리듯 웃었다. 샐그러지게 대꾸하며 윤진은 먹기 시작했다. 느슨해진 동생의 태도에 세준은 피식 웃었다. 그가 옆자리의 범안에게 고개를 돌렸다.

"편 실장, 나한테 할 얘기가 뭐죠?"

"둘이 얘기했으면 좋겠습니다."

"그래요? 그럼…… 우리 잠시만 따로 앉을까요?"

세준의 부탁에 국희는 곧바로 수긍했다. 정신없이 집어 먹던 윤진이 엉거주춤한 자세로 그녀를 따랐다. 그녀들은 멀찍이 떨어진 자리로 옮겨 새로 주문을 했다. 그녀들을 힐끗 보고서 세준이 맞은 편 자리로 건너갔다.

"무슨 얘기죠?"

"다름이 아니라, 배 이사님이 사용하시는 이사실이요. 원래 편 기안 이사님이 쓰셨잖아요. 혹시 편 이사님 물건을 본 적이 있으신 가 해서요."

국희와의 일로 선혁에게 물어볼 기회를 놓쳤었다. 현재는 세준이 이사실을 사용하기에 그가 정확히 알 것 같았다.

"이사실은 편 이사님 돌아가시고 김선혁 비서실장이 정리했어요. 이사실로 옮겼을 때는 책 몇 권 정도 남아 있었는데 부회장님 지시로 그 책들도 치웠어요. 사장님도 동의하셨고요. 찾는 거라도 있나요?"

"형의 물건이라 뭐든 남아 있다면 갖고 싶어서요."

에둘러대고서 범안은 시선을 내렸다. 투명한 잔에 채워진 소주를 망연히 주시했다.

USB나 BEL이라고 명시된 파일. 찾을 수 없는 건가. 수풀이 우거진 깊숙한 골짜기를 헤매는 기분이다. 빛이라곤 존재하지 않는,

한 치 앞도 안 보이는 암흑의 세계에 숨겨진 길. 윤곽이 드러나지 않는 사건이 암담하다.

"내가 다시 한 번 찾아볼게요, 혹시 남아 있는 게 있을지도 모르니까."

"고맙습니다."

"나도 물어볼 게 있어요."

세준이 소주를 마셨다. 알싸한 액체가 입안을 훑고 목구멍으로 들어가는 느낌을 가라앉힌 후에야 그는 입을 열었다.

"나 사실 지국희 씨에게 고백했었어요. 그런데 보기 좋게 거절당했어요."

쓸쓸한 동공이 꼼장어가 타고 있는 불판으로 옮겨졌다. 종업원이 다가와 타는 것들을 한쪽으로 밀어놓았다. 두 남자의 젓가락은 테이블에 놓인 채 움직이지 않았다.

"밀어붙이고도 싶었어요. 그런데 포기했죠. 약간이라도 여지가 있다면 해봤겠지만 파고들 틈도 없더라고요. 지국희 씨가 선을 분명히 그었어요. 의외로 냉정해요."

농담조로 덧붙이며 세준이 피식 웃었다. 그러나 쓰디쓴 미소였다.

그랬나.

범안은 힐끗 국희를 넘겨다봤다. 멀찍한 테이블에 윤진과 마주 앉은 그녀는 옅은 미소를 짓고 있었다. 거절당한 세준에게는 미안했지만 이상야릇한 들뜸이 스며들었다.

"사실 매번 느끼긴 했지만 지국희 씨는 편 실장에게 호감이 있는 것 같아요. 내가 완전히 진 거죠."

"여전히 플레이로 생각하셨습니까?"

"아니요. 그게 잘못된 거라는 걸 이젠 알아요. 욕심보다는 지국희 씨를 향한 좋은 감정이 우선이었어요. 그런데 아무것도 못 해보고 미지근하게 끝나 버렸죠. 솔직히 많이 섭섭하고 허탈해요. 시간이 갈수록 더 아쉽네요."

연거푸 소주잔을 비우는 그의 동공은 공허했다.

"이런 얘기를 저에게 왜 하시는 거죠?"

"편 실장 마음을 알고 싶어요. 내가 좋아하는 사람이 아프지 않길 바라니까. 편 실장도 지국희 씨에게 호감이 있는 거죠?"

설령 그녀 마음이 자신에겐 냉정하더라도 그녀가 행복하길 바랐다. 세준은 진심이었다.

"저는 호감 정도가 아닙니다."

범안의 진중한 답 또한 진심이었다. 깊은 감정이 고스란히 드러나는 까만 동공을 마주한 세준은 그제야 빙그레 웃었다.

"그래요. 다행이네요."

조금은 홀가분해지는 기분이었다.

"주변에서 편 실장과 나는 경쟁 상대라고 말해요. 그런데 사실난 그러고 싶지 않아요. 때론 협력하고, 때론 의존하며 지내면 어떨까라는 생각을 많이 해요. 회사 내에서 우정을 나눌 만한 내 편하나 있으면 좋겠다는 생각을 많이 하거든요. 편 이사님이 살아 계실 땐 이사님과 그런 사이가 되고 싶다고 희망했었어요. 내가 이사님 편이 되고 싶었죠. 그런데 기회를 놓쳤어요. 그래서 이젠 그러고 싶지 않아요."

두 남자가 마주 봤다.

"나 차여서 조금 쓸쓸해졌는데 편 실장이 내 친구 해줄래요? 내가 형이니까 형 아우 같은 친구 해요, 우리."

서글서글한 눈매는 웃고 있었다. 묵묵히 듣던 범안은 차분히 웃었다. 소주병을 들어 그의 빈 잔을 채웠다. 그리고 대답했다.

"네, 동생 같은 친구가 되어드릴게요."

평행선처럼 닿지 않았던 거리가 비로소 좁혀졌다. 제 부모들이 그어놓은 경계를 차마 넘지 못하던 아들들이 드디어 용기를 냈다. 세준의 손이 테이블 위로 넘어왔다. 그가 내미는 손을 범안이 굳게 맞잡았다. 친구로서의 첫 악수였다.

한편, 국희와 윤진의 테이블 분위기는 오묘했다.

못마땅했던 꼼장어가 감칠맛이 난다며 윤진은 상당히 만족해했다. 그러면서 소주를 몇 잔 비웠다.

"내가 진짜 오해한 거예요? 지국희 씨, 우리 오빠한테 작업하려는 거 아니에요?"

"욕을 얼마나 들어먹고 싶어서 자꾸 이래요? 내가 한바탕해 볼까요? 들으면 귀가 썩을 텐데?"

살기 어린 이죽거림에 윤진이 흘겼다.

"꼭 그렇게 살벌하게 말해야겠어요?"

"그쪽이 내 전투 본능을 자꾸 일깨워요."

"치, 좋아요. 그 점은 내가 사과할게요. 화해하는 의미로 건배할까요?"

의외로 시원스레 윤진이 말했다. 국희는 약간 놀랐다. 하지만 그동안 얄미웠던 것이 곱절로 많기에 부러 심드렁하게 응수했다.

"드세요. 전 오늘 술 안 마셔요."

업무 중이었다. 면전에 어른거리는 소주가 맛있어 보이긴 했지만 허벅지 꼬집는 심정으로 참았다. 윤진이 입술을 삐죽거리며 술을 마셨다. 혀를 쏘는 맛에 그녀는 '카' 하면서 후다닥 꼼장어를 먹었다.

"이런 건 질색이라면서 잘 먹네요?"

"살려고 먹는 거예요, 살려고."

핀잔에도 지지 않는 대꾸에 국희는 실소를 터뜨리고 말았다.

"편 실장님하고는 무슨 관계예요? 설마 사귀는 건 아니죠? 아까 분위기가 이상하던데."

"배 팀장님이 알 바 아니에요."

"지국희 씨도 괜히 나처럼 헛물켜지 마요. 편 실장님 친절해서 안 그런 줄 알았더니 의외로 꼿꼿해요. 취해서도 키스하고 싶은 여자는 분간한대요. 무슨 남자가 그래?"

"네?"

"나 편 실장님한테 고백했다가 차였어요. 완전 자존심 상해."

이죽거리던 그녀가 끝내 울상을 지었다.

그럼 그때⋯⋯.

키스를 목격하고 비상구로 숨었을 때가 기억났다. 윤진과 같이 있을 거라 생각했는데 짧은 시간이 지나 범안이 나타나서 기겁했었다. 그 이유를 이제야 깨달았다.

"내가 왜 싫을까요? 솔직히 말해봐요. 왜 내가 인기가 없죠? 진짜 이해가 안 돼."

취기가 올랐는지 비뚤어진 턱을 괴며 윤진이 게슴츠레 쳐다봤다. 국희는 피식 웃었다.

"배 팀장님 사실은 연애 별로 안 해봤죠?"

"그러는 지국희 씨는 많이 해봤나 봐요?"

"뭐, 나도 이런 거 조언할 입장은 아니긴 한데요. 배 팀장님은 좀…… 재수 없거든요. 그래서 인기 없는 거 아닐까요?"

"지금 대놓고 시비 거는 거죠?"

의외로 초파리가 눈치가 있다.

"솔직히 말해달라면서요."

"지국희 씨도 만만치 않거든요!"

"난 그래도 인기는 조금 있어요."

국희는 어깨를 으쓱하며 거만을 떨었다.

"치, 재수 없어."

입술을 질근거리며 윤진이 잔을 들었다. 국희는 잽싸게 젓가락으로 막창을 집었다. 소주를 꿀떡 넘긴 그녀에게 내미니 윤진이 넙죽 잘도 받아먹었다. 밉상으로만 봤었는데 의외로 귀여운 구석이 있다. 질투심 때문에 더 밉게 보였나?

빙그레 웃으며 그녀의 잔을 채워주었다.

자욱한 연기가 모락모락 피어올랐다. 화장실에 다녀오던 국희는 후다닥 다가가 집게를 들었다. 부리나케 막창을 한편에 놓고서 센 불의 화력을 줄였다. 분명 화장실 가기 전에 줄여놨는데…….

"뭐야…… 안 익잖아. 안주가 없어! 빨리 익혀!"

범인은 윤진이었다. 풀린 동공을 희번덕거리며 허수아비 풍선처럼 손을 휘저었다. 그러면서도 찰랑대는 소주잔을 입으로 가져갔다.

"그만 마셔요."

"이씨."

재빨리 잔을 뺏어 들자 그녀가 입술을 삐죽거렸다.

"오빠, 오빠! 자?"

이번 공격 대상은 세준이었다. 손가락질 해대는 그녀의 손을 내리고 그녀 옆자리에 앉았다.

"아까부터 자요."

"왜 다들 자고 그래……."

당신도 얼마 남지 않은 것 같은데…….

혀 꼬인 소리로 웅얼대는 그녀를 보면서 국희는 짧은 한숨을 쉬었다. 그러곤 맞은편 남자들을 쳐다봤다.

다시 합석한 후엔 화기애애한 분위기가 이어졌다. 데면데면하던 네 사람이 그동안 갖고 있던 거리감을 지우고 한결 편안히 술자리를 즐겼다. 그런데 얼마 후 남자들이 가물가물해졌다. 원래 술이 약한 범안이 먼저 눈꺼풀을 닫고, 곧이어 세준의 고개도 꺾어졌다. 그러더니 서로의 몸을 의지한 채 곱게 잠들어 버렸다. 술을 많이 마신 것도 아닌데…….

툭, 둔탁한 것이 어깨에 떨어졌다. 윤진의 머리였다.

"가셨구나."

그녀도 드디어 정신줄을 놓았다.

국희는 생수를 한 모금 마시고 유리창 너머를 주시했다. 오 대리가 대기 중이라 범안은 둘이 옮기면 된다. 문제는 세준과 윤진이었다. 그들의 차는 사내 지하주차장에 있을 것이다.

이 사태를 어찌하나?

"선배, 참 고생하는구나."

감탄 섞인 음성이 무진장 반가웠다. 퀭한 동공을 들며 국희는 재운을 반갑게 쳐다봤다.

"왔어? 고마워. 우리 회사 지하주차장에서 차 좀 빼내와. 차번호는……."

그에게 윤진의 차 키를 건넸다. 윤진을 가까스로 깨워서 얻어낸 정보였다.

몇 분이 지나고 재운이 윤진의 차를 몰고 왔다. 그러곤 세준을 부축해서 옮겼다. 세준이 빠져나가자 맞대고 있던 범안의 몸이 기우뚱거렸다. 국희는 반사적으로 벌떡 일어나 건너갔다. 기울어진 범안의 고개를 제 어깨에 기대게 만들었다. 반면 홀로 남겨진 윤진은 의자에 고꾸라졌다. 옆으로 누워 버린 그녀에게 미안했지만 어쩔 수 없었다.

사랑은 냉정한 거야, 배 팀장.

"주소는 내비게이션에 있대. 미안해, 부탁한다."

"괜찮아. 이럴 땐 언제든지 부려먹어."

한껏 미안해하는 국희에게 언제나 그렇듯 재운은 가뿐히 웃었다.

"이 사람은…… 어쩌지?"

"업어."

굴곡진 콜라병 몸매가 역력히 드러난 원피스 차림의 윤진을 재운은 난감해했다. 머뭇거리던 그가 하는 수 없이 윤진을 업었다. 뭉실, 제 등으로 포개어진 감촉에 재운은 주춤했다. 침을 꿀떡 삼킨 그가 걸음을 옮겼다.

"나 간다, 선배. 근데 실장님과 너무 붙어 있는 아냐? 좋을 때다."

깐죽거리면서 재운이 걸음을 옮겼다. 취한 윤진이 반동에 눈을 떴다. 고개를 틀어대던 그녀가 별안간 재운의 머리카락을 잡아당겼다.

"너, 누구시죠? ……어머? 귀엽게 생겼네?"

"아, 아! 하지 마요."

"아흐…… 불편해."

윤진이 이상한 신음을 내뱉으며 상체를 비틀어댔다. 그로 인해 재운의 등과 완전히 밀착된 풍만한 가슴이 요동쳤다. 고스란히 전해오는 감촉에 재운이 울컥했다.

"아! 아! 쫌! 움직이지 마요!"

재운은 윤진에게 머리카락을 잡힌 채 거리로 나갔다. 발긋해진 재운의 얼굴이 역력히 보였다. 국희는 쿡쿡거리며 오 대리에게 전화를 걸었다.

　[이제 들어오셔도 될 것 같아요.]

　불편한지 그의 얼굴이 목덜미로 파고들 듯이 움직였다. 어깨를 넓게 펴며 그의 자세가 편하도록 만들어주었다.

　취해도 키스하고 싶은 여자는 분간한다고 했다.

　배시시 웃으며 손을 들었다. 흐트러진 그의 머리카락을 매만졌다. 손끝에 닿는 보드라운 촉감이 한없이 좋았다.

　이슥한 밤.

　부연 눈꺼풀을 떴다. 범안은 암흑에 묻힌 공간을 멍하니 보다가 상체를 들었다. 공간을 확인하니, 침실이었다. 막창전문점이 기억의 마지막이었다. 연일 많은 일들로 피로가 누적된 터라 술 몇 잔으로 잠이 들었던 모양이다.

　침실에서 나와 욕실로 들어갔다. 몸에 밴 술기운을 말끔히 씻겨내고, 편한 옷으로 갈아입었다. 젖은 머리카락을 닦아내고, 소파로 천천히 다가갔다.

　국희는 웅크린 자세로 깊게 잠들어 있었다.

　오 대리와 함께 옮긴 건가. 피곤할 텐데 소파에서 불편하게 잠든 그녀가 못내 안쓰러웠다. 그는 조용히 소파 앞으로 넘어갔다. 최대한 몸을 기울여 조심스레 안아 올렸다.

　제 몸이 들리는 동작에 국희가 약간 꼬물거렸다. 그러나 그의 가슴팍에만 파고들 뿐 잠에서 깨진 않았다. 그녀도 쉴 틈 없이 긴장된 업무로 지칠 만했다.

가만가만 움직여 침대에 조심히 눕혔다. 이불을 고이 덮어주고 서 그는 떨어진 우측 자리에 앉았다. 팔을 길게 뻗어 헝클어진 그녀의 머리카락을 매만졌다. 그녀가 약하게 뒤척거렸다. 깰까 싶어 범안은 얼른 손을 치웠다. 그러곤 나직하게 픽 웃었다.

그리고…… 새벽녘.

어둠이 소멸되고, 희뿌연 아침 빛이 서서히 집 안으로 침범했다. 소리 없이 침실까지 스며든 하얀 빛으로, 새근새근 숨을 고르는 그녀의 옆얼굴이 점점 또렷해졌다.

범안은 세워놓은 베개에 기대듯 팔베개를 한 채, 그녀를 지그시 바라봤다. 입술에 그윽한 미소를 담고서.

3화
찾다

허연 빛이 비쳐든다. 눈부신 아침의 색은 형언할 수 없을 정도로 청연하다.

빛 속에 네가 있다. 그저 바라보는 것만으로도, 그저 곁에 있는 것만으로도 세상의 전부를 가진 것 같다. 이 짧은 순간이 영원처럼 행복하다.

첫사랑이었고, 억지로 잊은 사랑이었다.

그리고 다시 만난 사랑.

열여덟이라는 나이 땐 좋아하는 감정이 앞섰었다. 그 외의 것은 생각나지 않았다. 오롯이 너만 보고, 오롯이 너에게만 달려갔었다. 한데 나이가 들어 재회하게 되니, 마음이 커지면 커질수록 조심스러워졌다. 그것은 잃었던 순간의 아픔을 알기에 또 잃을까 봐 두려워서였던 것 같다.

"좋아해. 나도 좋아해."

너의 그 말을 듣는 순간, 심장이 터지는 줄 알았다.

9년 만에 들은 너의 마음.

얼마나 듣고 싶었던 마음인가.

이제는 돌이킬 수 없는 시간이라고 얼마나 전전긍긍했던가.

지그시 국희를 바라보던 범안이 움직였다. 팔을 길게 뻗어 흘러내린 이불 끝자락을 잡아 조심조심 덮어줬다.

그는 몸을 일으켰다. 소리 내지 않으려 애쓰며 침대에서 내려왔다. 그러곤 조용히 침실을 빠져나왔다. 그녀가 잠에서 깨면 민망해할 듯해서 피해 주기 위함이었다. 소파로 간 그는 CCTV가 켜진 국희의 노트북 옆에 제 노트북을 놓았다. CCTV 속의 현관문 앞과 8층 복도는 인기척 없이 고요했다. 또한 토요일 오전이라 1층 정문도 한산했다. 아무런 일도 없는, 일어나지 않을 듯한 지극히 평범한 아침. 숨겨진 이면이 무엇인지 예측할 수 없지만 이대로 평화로운 나날이 이어지길 바란다.

범안은 휴대폰을 들었다.

─김 실장님, 형의 이사실 물건 어떻게 처리했는지 알려주세요. 이른 아침이라 문자로 보냅니다.

메시지를 입력하다 말고 침실 유리 칸막이를 힐끗 넘겨다봤다. 그리고 마저 입력했다.

—확인하시면 오전 9시 넘어 전화 주세요.

행여 그의 전화로 그녀의 단잠을 깨울 듯싶어 시간 차를 뒀다. 메시지 전송을 끝내고서 노트북 전원을 켰다. 다음 주에 3분기 2차 임원회의가 있을 예정이다. 아버지와 약속한 만큼 임원회의를 잘 마쳐야 한다. 그래야 형의 사건 조사를 이어서 할 수 있다.

무엇이든 순차적으로 해결하다 보면 하나씩 제자리를 찾겠지. 짧은 심호흡을 한 범안은 자세를 바로잡았다. 마우스를 잡았다.

포근하다. 몽실몽실한 구름 위에 누운 양 포근하고 따스하다.

보드라운 느낌이 좋아 손을 더듬거렸다. 제 몸을 덮은 푹신한 이불이 만져졌다. 끌어당겨 깊숙이 그 속으로 들어갔다. 그러면서 잠결에 그녀의 눈꺼풀이 들렸다.

허연 빛으로 물든 공간. 부연 망막 너머 낯익은 사람의 형상이 나타났다.

그다. 범안. 옅은 미소가 메워진 입매가 보이고, 제 얼굴을 다정히 주시하는 동공이 보인다.

국희는 무의식중에 피식 웃었다.

참 나, 꿈에서도 편범안을 보는 거야.

나 이렇게 좋은 거야.

도로 눈을 감았다. 너른 그의 품처럼 따스한 꿈속으로 빠져들었다.

아침 8시.

한껏 취했던 달콤한 꿈에서 깨어났다. 가물가물한 시야가 서서히 넓어졌다. 오랜만에 깊은 단잠을 잔 듯 몸이 개운했다. 그런데 공간이 달랐다. 침실. 나 침대에 누워 있네……

멍한 뇌가 현실을 직시하지 못하고 헷갈려 했다. 하얀 빛이 완연히 비쳐든 공간이 낯익기도 하고 낯설기도 했다. 한동안 제 몸이 있는 곳을 인지하지 못하고, 국희는 송아지처럼 눈꺼풀을 끔벅였다. 내가 왜 침대에 있을까……

"헉."

그제야 정신이 번쩍 들었다.

국희는 벌떡 일어났다. 그러고선 정신없이 제 몸을 더듬거리며 훑어 내렸다. 불현듯 스친 생각과 달리 옷은 어제 입고 잠든 상태 그대로였다.

"휴."

안도의 한숨을 쉬고서야 내심 상상한 생각에 기막혔다. 지국희, 너 대체 뭔 생각을 하는 거니. 아무래도 음란국희의 영역이 넓어지고 있는 모양이다. 망상이 점점 음흉해지고 있다. 도리질을 쳐대며 서둘러 침대에서 내려왔다. 그나마 다행인 것은 이 공간에 범안이 없고 혼자 있다는 사실이었다.

어젯밤 취한 범안을 오 대리와 함께 침실로 옮겨놓았었다. 부축하고 옮기는 동안 잠결에 움직이기는 했지만 깊은 잠에서 깨진 않은 그였다. 그의 슈트 재킷과 넥타이를 벗겨내어 잠자리를 봐주고 잘 준비를 했었다. 그 후에 분명 소파에서 잠들었다.

어째서 내가 침실에서 자고 있을까. 헝클어진 머리카락을 손으로 빗고서 옷매무새를 다듬었다. 크게 들숨을 마시고서 거실로 나갔다. 범안은 소파에 앉아서 일하는 듯했다.

"일어났어?"

기척을 느낀 그가 뒤돌아봤다.

"어."

자다 일어난 얼굴을 보이긴 창피했다. 국희는 후다닥 욕실로 들어갔다. 공연히 죄 없는 심장이 콩닥거렸다. 뛰는 박동을 진정시키고 상의를 벗었다. 그러다 그녀는 날카로운 눈초리로 욕실을 훑었다. 속옷을 걸친 제 모습을 비추는 거울이 전부였고, 욕실의 문은 단단히 잠겨 있었다.

왜 꼭 알몸을 내보이는 기분이 드는 걸까. 거실에 범안이 있는데 빈 몸인 상태가 무진장 신경 쓰였다. 어색하고 쑥스러운 것이 컸다. 후딱 씻고서 드레스룸으로 들어갔다. 젖은 머리카락을 드라이기로 말리고서 옷을 갈아입었다. 민낯은 괜스레 신경 쓰여, '생얼 화장법'으로 한 듯 안 한 듯한 가벼운 화장을 끝냈다.

거실로 나가니 범안은 여전히 일에 열중하고 있었다.

"내가…… 왜 침실에 있어? 네가 나 옮긴 거야?"

신기한 일이었다. 옮겨지는 동안 어째서 깨지 않은 걸까. 타인의 접촉에도 깊은 숙면을 취했다는 것이 의아할 지경이었다.

"나 아니면 옮길 사람이 누가 있나? 지국희가 무거워서 내가 고생 좀 했지."

노트북 화면을 주시하며 범안이 짓궂은 공치사를 날렸다.

"그러게 왜 멀쩡히 자고 있는 사람을 옮겨? 난 CCTV 옆에서 대기해야 된단 말이야."

발끈해서 샐그러지게 핀잔하며 돌아섰다.

빈말이라도 새털처럼 가벼웠다고 하면 안 되는 건가. 입술을 질근거리면서 신경질적으로 걸어갔다. 주방으로 들어가 시원한 냉수 한 잔을 들이켰다. 그러면서 옆구리 살을 매만졌다. 놀리는 말인 줄 뻔히 알면서도 괜스레 신경 쓰였다. 많이 무거웠나? 나 다이어트해야 하나?

설렁설렁 주방에서 나왔다. 얄미웠지만 일에 열중하는 그를 방해할 수는 없었다. 침실로 들어가려고 돌아서려는데, 불현듯 뇌리에 지금까지 놓친 중요한 사실이 스쳤다.

"너 설마 나하고 잤어? ……우리 같이 잤어?"

아무래도 꿈결에 범안의 얼굴을 본 것 같다. 보호하듯 제 가슴을 양팔로 감싸며 눈을 부라렸다.

"너…… 나 건든 건 아니지?"

돌아보던 범안은 황당했다. 그런 데다 잔뜩 경계하는 몸짓이라니. 헛웃음이 나왔다. 그는 성큼성큼 그녀에게 다가갔다. 여전히 경계를 풀지 않던 국희가 기겁하며 뒷걸음질 쳤다.

"너 대체 날 뭐로 보는 거야? 자는 사람을 내가 어쨌을까 봐?"

"그거야 모르는 법이니까……."

민망했으나 국희는 고집스레 중얼거렸다.

전전날에도 키스를 얼마나 진득하게 했던가. 더욱 밀착하고 싶다는 욕구를 가까스로 참아내며 그는 억지로 떨어졌다. 매너를 지켜주긴 했으나 인내가 힘든 기색도 역력히 보였었다.

"아니면 은근히 바랐는데 아니라서 실망했어?"

가까이 선 그가 비딱하게 턱을 숙였다. 얄궂은 동공에 윤기가 돌았다. 성질을 건드리는 말이었다. 저도 모르게 발이 먼저 나가 버렸다.

"이게!"

"아!"

거침없이 정강이를 차버린 국희. 범안은 속절없이 당했다. 아픈 통증으로 정강이를 잡으며 상체를 수그렸다. 국희도 제 행동에 화들짝 했다. 많이 미안하긴 했다. 그러나 위기다. 도망쳐야 한다. 황급히 튀려는 국희. 하지만 범안이 빨랐다. 낚아채듯 그녀의 어깨를 감았다. 사슬처럼 단단히 묶고서 그가 얼굴을 어깨 너머로 기울였다.

"어딜 도망가."

"악!"

상체를 숙이며 그녀는 방어했다. 하지만 범안은 빈틈을 주지 않았다. 억세게 묶은 상태로 옴짝달싹 못 하게 만들었다.

"자꾸 이렇게 폭력 쓸 거야? 잘못했다고 할 때까지 안 풀어줘."

엄한 목소리와 함께 입술이 관자놀이를 스쳤다.

"놔! 뒷발차기할 거야."

강하게 몸부림치며 국희는 뒤꿈치를 들었다. 올라오는 발을 여유롭게 피하면서 범안이 쿡쿡거렸다. 그러면서 발버둥 치는 그녀를 더욱 강하게 끌어안았다. 터럭만큼의 틈도 없이 두 사람의 등과 가슴이 밀착되었다. 목을 억압한 힘보다는 진득한 접촉이 더 힘겨웠다. 왠지 나 이 상황을 즐기는 것 같다.

"항복! 항복!"

"그것뿐?"

"잘못했습니다!"

크게 잘못을 시인하는 그녀의 외침에 범안의 팔이 비로소 풀렸다.

"다음엔 이대로 안 놔줘."

놓아주면서도 그가 경고했다.

국희는 불만스레 그를 흘겼다. 놀린 건 자기가 먼저면서. 좋아하는 거 맞아? 내가 심심풀이 장난감 정도가 아닐까? 의심하며 돌아서려는데 범안의 커다란 손이 덥석 팔을 잡아당겼다. 기습적인 힘에 그녀는 엉거주춤 그의 몸에 안겼다. 순간, 범안의 입술이 관자놀이에 닿았다.

짜릿한 입맞춤이었다.

얼굴이 화끈 달아올랐다. 무슨 가스레인지가 된 것 같은 심정이다. 똑딱, 버튼만 누르면 확 달아오르는.

"뭐야……."

샐그러지게 찡그리며 국희는 흐느적거렸다. 쓰윽 그의 팔이 내려와 허리를 감았다. 그의 입술이 스멀스멀 기울어졌다.

"그래서? 잠은 잘 잤어?"

"덕분에 숙면은 했어."

이끌리듯 턱을 들면서 국희는 빙그레 웃었다. 서서히 입술이 가까워졌다. 한껏 웃음기가 도드라진 그의 입술이 시야를 가득 차지했다. 국희의 입술도 저절로 늘어났다. 두 사람의 입술이 막 닿으려던 찰나였다.

휴대폰 벨소리가 들렸다. 테이블에 놓인 범안의 휴대폰이었다. 범안이 떨어졌다. 그가 시원스러운 걸음으로 소파로 다가가 전화를 받았다.

국희는 무심코 입맛을 다셨다. 아쉽다. 기기 막힌 타이밍으로 방해를 하는군.

"네, 김 실장님."

[문자메시지 확인했습니다. 이사님 물건을 왜 갑자기 찾으십니까?]

방해자는 선혁이었다.

"김 실장님이 이사실을 정리하셨다는 얘기를 들었습니다. 어떻게 처리하셨습니까?"

[대부분은 사장님 지시로 폐기처분했고 개인 물품은 본가로 보내졌습니다. 사모님이 정리하셨을 겁니다. 필요하신 물건이 있으신 겁니까?]

의아한 듯 선혁이 물었다. 형이 사망한 지 3개월이 넘은 지금에서야 물건을 찾는 것이 이상하게 보일 것이다.

"문득 궁금해서요. 알겠습니다."

둘러대고서 범안은 전화를 끊으려고 했다.

[실장님, 주말엔 가급적이면 외출을 자제해 주시기 바랍니다. 외출하시더라도 보안실에서 대기 중인 경호원을 꼭 대동하셔야 합니다.]

"알겠어요."

담담히 대답하고 전화를 끊었다. 그는 기다리고 있는 국희를 넘겨다봤다.

"평창동 본가에 가야 돼. 보안실에 연락해야 되나?"

"내가 준비시킬게. 근데 나도 가야 돼?"

"가기 싫어?"

"그게 아니라 난 엄밀히 말하면 OFF인 건데……."

싫은 건 아니라 평창동 본가에 간다는 것이 걸렸다. 편명호 사장과 마주치는 건 어려웠다.

"약속 있어?"

"아니, 약속은 없어."

"그럼 같이 가자. 네가 내 차로 같이 타고 다른 경호원들은 다른 차량으로 이동하면 안 되나? 나 불편한데."

그의 부탁을 차마 거절할 수는 없었다. 그의 불편한 심정이 이해되긴 했다. 끄덕이자, 범안이 환히 웃었다.

범안의 굳센 고집으로 경호원들은 따로 움직였다. 대신 국희와 꼼꼼히 동선 체크를 하고서 무전기까지 착용한 후에야 이동을 시작했다.

"운전은 내가 한다니까."

"내가 하는 게 편해."

도로의 차량을 살피면서 국희는 중얼거렸다. 핸들을 손가락으로 톡톡 두들기며 범안이 싱긋 웃었다. 그러면서 그가 한 손을 뻗었다. 무릎에 놓인 그녀의 손을 끌어당겨 굳게 쥐었다. 놀란 국희는 그를 쳐다봤다. 치, 이러려고 둘이 가자고 한 거야?

짐짓 뾰로통한 척 굴긴 했으나 손을 빼진 않았다.

"우리 연애하는 거지?"

"응."

수줍은 질문에 범안은 가벼이 대답했다. 가볍지만 단호하기도 했다.

국희는 보조석 차창 밖으로 시선을 돌렸다. 허파에 난 구멍으로 웃음이 연신 새어 나오고, 뇌는 허옇게 탈색된 것처럼 아무런 생각도 들지 않았다. 넘겨다보며 범안이 해사하게 웃었다. 그의 손가락이 꼬물거리면서 깍지를 꼈다. 여덟 개의 손가락이 엉키듯 겹쳐졌다.

연애란 좋은 거구나.

백미러로 뒤편에서 졸졸 쫓아오는 경호 차량을 또렷이 주시했다.

저 사람들이 없다면, 더 좋을 뻔했다.

경호 차량과 나란히 대문 앞에 멈춰 섰다. 차고로 들어가지 않고 범안의 차도 높다란 담벼락 아래 세워졌다. 제집의 초록 대문보다

세 배는 더 큰 대문을 응시하며 국희는 말문이 막혔다. 담벼락조차 넓고, 높고, 고급스럽다. 새삼 그가 얼마나 다른 세계의 사람인지를 각인하게 되었다.

"들어가자."

"나도?"

깜짝 놀라는 국희를 보며 범안이 느긋하게 웃었다. 그는 어서 오라는 듯 끄덕이며 운전석에서 나갔다. 대문 쪽으로 이동하다 말고 국희는 걸음을 멈췄다. 몇 발자국 떨어진 다른 경호원들이 의식되었다.

"여기서 대기하겠습니다."

"들어와요."

범안은 단호했다. 경호원 둘이 차에서 내려 그들을 잠자코 지켜봤다. 앞뒤로 막힌 상황에서의 선택이었다. 국희는 하는 수 없이 그를 따랐다. 한 걸음, 한 걸음 내디뎠다. 문밖의 경호원들 대신 에스코트를 하는 것이므로 엄연히 근무 중이나 마찬가지였다. 그런데 기분이 묘했다. 대문턱을 넘는 순간, 이상하게도 소름이 돋았다.

멋스럽게 깎아 쌓아놓은 돌계단을 올랐다. 계단은 수목원의 숲길처럼 운치 있게 꾸며져 있었다. 동그란 가로등이 간간이 세워져 있었다. 마지막 계단을 오르니 잔디가 깔린 넓은 정원과 우아한 느낌의 붉은 벽돌과 나무색으로 칠해진 2층 건물이 나타났다.

"사모님, 도련님 오셨어요."

단정히 쪽머리를 한 여자가 맞이했다.

세련된 입구와 인테리어만으로도 아찔했는데, 검은색 조끼 형식으로 된 정갈한 메이드 옷을 입은 여자까지 공간을 차지했다. 그런데다 도련님이라니.

지난 3년 동안 스타들도 여러 번 경호했었다. 그들의 근사한 집도 몇 번 방문한 적이 있었다. 한데 이곳은 그곳과 차원이 다른 세계 같았다. 그런데 범안의 집이라니…….

비현실적이다 못해 환상 같다. 편명호 사장이 어째서 재차 확인했는지 이해되었다. 그가 절대, 우리의 연애를 받아들이지 않을 것 같았다. 그리고 '사모님'이라 불리는, 그의 어머니는…… 과연?

"왔니?"

집과 조화로운 목소리였다. 지적이고 차분한 음성에 국희는 바짝 긴장했다.

대리석 바닥을 소리 없이 거닐며 그의 어머니가 주방 같은 곳에서 나왔다. 작은 체구는 바람으로도 휘날리는 억새풀처럼 가냘프고, 이목구비는 중년 여자 탤런트처럼 세련되고 고혹적이었다.

범안이 엄마를 닮았구나.

그녀가 입구에서 우두커니 있는 그들에게 다가왔다. 좁지도 넓지도 않은, 딱 적당한 보폭의 걸음걸이조차 목소리만큼 우아했다. 쩌렁쩌렁 고함을 치고 무시무시한 손바닥을 휘두르는 제 엄마와 완전히 다른 자태에 그녀는 더욱 위축되었다.

겁먹지 말자. 어디까지나 경호원으로서 임무 중이다.

"어쩐 일로 연락도 없이 왔구나. 식사는 했니?"

오랜만에 들른 아들의 방문에 어머니는 마냥 좋은 듯 반겼다.

그녀가 범안의 뒤편에 서 있는 국희를 발견하고 의아한 듯 쳐다봤다.

"누구……."

"안녕하세요. 편 실장님의 경호를 맡고 있는 지국희라고 합니다."

국희는 정자세를 잡고서 꾸벅 묵례했다.

"아, 경호원……. 여자 경호원이네요."

어머니는 편히 받아들였다.

"그런데 네 아버지가 나한테도 경호원을 보냈더구나. 외출할 때는 꼭 대동하라고. 무슨 일이 있는 거니?"

"그건 아니에요. 대비 차원이니 크게 걱정하지 마세요."

"알았다. 점심 아직 안 먹었지?"

범안의 말에 어머니가 안심하고 돌아서려고 했다.

"어머니."

범안이 그녀의 발길을 붙잡았다. 영문을 모르는 채 어머니가 눈길을 도로 돌렸다. 그가 뒤돌아보며 그녀를 쳐다봤다. 그의 동공에 어린 뜻을 간파하지 못하고 국희는 눈썹을 올렸다. 그 순간, 범안이 덥석 국희의 손을 잡았다. 그리고 제 옆으로 끌었다. 힘에 이끌려, 국희는 주춤 그의 옆으로 당겨졌다.

"저 연애해요."

돌발 발언에 국희의 동공이 휘둥그레졌다.

지금? 놀란 그녀는 잡힌 손을 얼른 **빼내려고** 했다. 한데 범안의 손아귀 힘은 단단했다. 옥죄듯이 억세게 잡고서 흔들림 없이 말을 이었다.

"어머니에게 제일 먼저 소개해 드리고 싶었어요."

어머니도 깜짝 놀랐다. 그녀가 잠시 당황한 기색으로 범안을 보다가 국희에게 시선을 돌렸다.

일순, 짧은 침묵이 흘렀다. 불현듯 뇌리에 '집어치워!' 하는 앙칼진 목소리가 들리는 듯했다.

다음 말은 뭐더라? '어디서 이런 여자를!' 이런 말이었나?

그래, 수많은 드라마에서 '사모님들'이 해오던 말이었다. 그것은 괜히 작가가 없는 말을 지어서 쓰는 건 아닐 거다. 그의 어머니면서, 편명호 사장님의 아내면서, 인성그룹의 사모님인 그녀가 과연 어떤 반응을 보일지 암담해서 눈앞이 캄캄해졌다. 설마 믿을 수 없다며 까무러치진 않으시겠지?

"그럼 여자친구?"

"네."

기함한 어머니의 질문에 범안은 주저 없이 대답했다.

"인사드려, 우리 어머니."

그러면서 그가 국희를 내려다보며 빙그레 웃었다. 너무나도 태평스러운 미소에 국희는 울고 싶어졌다. 그는 모르는 걸까. 심장이 울 작정을 했다.

"안녕하세요."

무턱대고 뛰쳐나갈 수도 없기에 우선 인사부터 드렸다.

"정말 여자친구를 나한테 소개해 주는 거니?"

믿을 수 없다는 듯 어머니가 연거푸 물었다.

네. 역시 가당치도 않고 기가 차시겠지만, 제가 여자친구랍니다.

갈 길 잃은 동공의 초점이 애먼 대리석 바닥만 훑었다. 반짝반짝한 빛을 발하는 대리석은 무진장 견고해 보였다. 혹시 그의 어머니가 까무러치시면 재빨리 잡아드려야겠다고, 엉뚱한 생각을 하며 그녀는 자포자기한 심정이 되었다.

"네."

확답을 하듯 범안이 명확히 대답했다.

"어서 와요."

그런데 일순 그녀가 환한 미소를 지으며 바라봤다. 망상이 물거품처럼 순식간에 소멸되었다. 어안이 벙벙해졌다. 국희는 멍청하니 재차 고개만 꾸벅 숙였다.

"미리 말 좀 해주지. 그럼 엄마가 준비를 해놨을 거 아니야."

"볼일이 있어서 들른 김에 인사드리는 거예요. 아버지는요?"

몸을 돌리면서 어머니가 우아하게 나무랐다. 그제야 범안이 손을 놓았다. 어머니 뒤를 따르며 그가 얼어 있는 국희에게 턱짓했다. 미적미적 국희도 걸음을 옮겼다.

"모임이 있으셔서 라운딩 나가셨어. 같이 점심 먹고 갈 거지?"

"네, 주세요."

"잠깐 기다려."

그녀가 기분 좋은 미소를 지으며 부리나케 주방으로 들어갔다. 주방 안에도 가사도우미가 있는 모양이었다. 말소리가 연이어 들려왔다.

"앉아."

범안은 자연스레 소파를 가리켰다. 국희는 볼멘 표정으로 그를 올려다봤다.

이런 법이 어디 있어? 그녀의 소리 없는 불만을 들은 듯 그는 쿡 웃었다. 그러면서 그녀의 양어깨를 잡아끌고서 소파에 먼저 앉혔다. 어정쩡히 쭈뼛거리는 그녀의 행동이 재미있는지 그는 연신 쿡쿡거렸다. 앉지는 않고서 그가 상체를 숙이고 등받이에 팔을 대었다.

"어머니가 너 보면 좋아하실 줄 알았어."

"형 물건 찾으러 온 거라며."

"겸사겸사."

어깨 너머로 그를 넘겨다보며 국희는 속닥이듯 자그마하게 불만을 토로했다. 범안이 씩 웃으며 응수했다. 미소가 매력적이라 용서해 주기로 했다.

메이드 차림의 여자가 차를 내왔다. 어머니가 그녀의 뒤를 따라 나왔다. 그들의 맞은편에 앉는 그녀의 표정은 흐뭇했다. 한껏 행복해 보이는 어머니의 기분에 찬물을 끼얹을까 싶어 범안은 조심스러웠다. 꺼내기 어려운 용무지만 미룰 수만은 없는 문제였다.

"어머니, 형이 이사실에서 사용하던 물건 받으셨죠? 그거 어디에 두셨어요?"

"기안이 물건?"

금세 어머니 낯빛이 어두워졌다. 풍파를 맞은 양 찻잔을 들던 손끝이 희미하게 떨렸다.

"네. 치우셨어요?"

"아니. 아버지는 태워 버리라고 했는데…… 차마 그럴 수 없어서……. 형 방에 있다. 거기에 가져다 놨어. 뭘 찾는데?"

"별건 아니고요, 업무상 필요해서요. 올라가서 찾아볼게요."

"그래."

수긍하는 어머니의 눈빛에서 고통이 배어 나왔다. 하지만 국희를 의식해서인지 평정심을 잃지 않으려 애썼다.

"잠깐 기다려."

범안이 양해를 구했다. 국희는 짧게 머리를 주억거렸다. 2층과 연결된 계단으로 올라가는 범안을 두 여자의 눈길이 좇았다. 잠시, 짧은 정적이 흘렀다.

"……범안이 형 얘기 알아요?"

"네."

침묵을 깨며 어머니가 물어서 얌전히 대답했다.

"그래요……. 어서 들어요."

슬픔 어린 미소와 함께 그녀가 찻잔을 마저 들었다. 어머니의 손짓에 국희는 제 안의 숨겨진 조신을 최대한 끌어올렸다. 차를 들어 천천히 마셨다. 목구멍으로 차 한 모금 넘기는 단순한 일인데도 상당히 조심스럽고 어려웠다. 온몸을 스캔당하는 기분이었다. 머리부터 발끝까지 어떠한 점수가 매겨질지 감이 잡히지 않았다.

"경호원이라고 했죠?"

"네, 경호원입니다."

마뜩잖아할 것이 분명하다. 일전에 편명호 사장과 겪은 바가 있던 터라 단단히 각오했다.

"멋있네."

그런데 어머니 반응은 사뭇 달랐다. 신기하다는 듯 감탄하면서 빙그레 웃었다.

"겉으로 보기엔 그리 안 보여요. 우리 범안이 경호를 하는 거예요?"

"네."

"여자친구가 경호원이니 범안이는 든든하겠네."

그녀는 있는 그대로 아들의 여자친구로 받아들이고 있었다. 표정도, 목소리도 가식이 없었다. 비로소 국희는 안심했다. 저도 모르게 치아가 보이도록 환히 웃었다. 그 미소에 어머니 또한 따라 웃었다.

"범안이가 좀 무뚝뚝하죠?"

"아, 아니요."

"그래요? 여자친구한테는 또 안 그러나 보네?"

"아…… 그게……."

돌연 어머니가 서운한 표정을 지었다. 공연히 실수한 것 같아 난감해졌다. 건조해진 입술을 불안스레 축이며 안절부절못했다.

"쿡."

돌연 어머니가 웃었다. 장난기가 다분한 동공에 윤기가 흘렀다. 영락없이 아들과 닮은 미소였다.

"괜찮아요. 당연히 여자친구한테 무뚝뚝하면 안 되지. 제 아버지를 닮지 않아서 다행이네. 제 아버지는 얼마나 무뚝뚝한지 몰라."

다정한 미소와 다정한 목소리가 가슴을 울렸다. 국희의 입매에 옅은 미소가 그려졌다.

어머니는 그런 국희를 차근히 보면서 차를 들었다.

범안의 여자친구. 야무진 이목구비도, 맑은 눈동자도 마음에 들었다.

단 한 번도 이성에 관한 얘기를 한 적이 없던 아들이었다. 하늘로 먼저 떠난 장남 또한 연애는 젬병이었다. 큰아들은 공부와 일밖에 몰랐고, 작은아들은 이성엔 관심조차 없는 듯 보였다. 강권한 아버지로 인해 제 인생을 제대로 즐기지 못하는 아들들이라 언제나 안쓰러웠다. 또한 남편에게 기죽어 눈치만 보는 못난 어미라 못내 미안했었다.

그런데 제일 먼저 소개해 주고 싶은 여자친구라고 했다.

고맙고, 반가웠다.

그리고 제 아픈 사정도 털어놓은 사람인 데다 바라보는 눈빛 또한 진심이 가득했다.

다행이다.

언제나 혼자였던 아들이 외롭지 않게 되어서 다행이었다.

"갑자기 어머니와 인사해서 불편했지?"

오피스텔로 돌아와 재킷을 벗으며 범안이 물었다. 국희는 고개를 흔들며 수순대로 노트북 CCTV 화면부터 열었다.

어머니와 함께 식사를 하고 차까지 마신 시간은 생각 이상으로 즐거웠다. 어머니는 호감 어린 눈빛으로 편안히 이끌어줬다. 왠지 그에게 한 걸음 더 성큼 다가간 기분이었다.

"USB는?"

"없었어. 다이어리가 있어서 살펴봤는데 힌트가 될 만한 것이 없네."

큰 기대는 하지 않았기에 범안은 실망하지 않으려 애썼다. 돌림판처럼 빙빙 제자리걸음을 하고 있는 심정이었으나 조급하게 굴어봤자 이득 되는 것은 없었다.

"차분히 찾아봐야지. 난 일해야 되는데 넌 뭐 할 거야?"

"난 책이나 볼까?"

셔츠 소매를 걷으며 범안이 노트북 앞에 앉았다. 국희는 뒷짐을 지고서 슬렁슬렁 책장으로 다가갔다. 책장엔 많은 책들이 꽂혀 있었는데, 전반적으로 교양서적과 경영전문 서적들이었다. 어차피 할 일이 없었다. 책이나 본다는 핑계로 그의 곁에 있고 싶었다.

"책이 많다. 다 네 책이야?"

"형 책이야. 이 안의 물건들 대부분이 형 거야. 아버지는 치우라 했지만 일부러 놔뒀어. 간직하고 싶었거든."

형의 물건을 태우지 못하는 어머니와 비슷한 마음일 것이다. 평온히 대꾸하나 그 깊숙한 속은 아플 것이다. 국희는 부러 모르는 척 자연스레 넘겼다.

"여기 앨범 있다. 나, 이거 봐도 돼?"

"형 앨범인가? 나도 본 적이 없는데······. 가져와 봐."

하단에 꽂힌 두터운 앨범을 가리키자 그가 가벼이 손짓했다.

냉큼 앨범을 꺼내어 그의 옆자리에 앉았다. 둘이 나란히 붙은 채 앨범의 첫 장을 넘겼다.

첫 장에는 한 손에 졸업장을 든 말끔한 정장 차림의 남학생과 초등학생쯤으로 보이는 남자아이가 있었다. 남학생은 열여덟 살의 범안과 닮은 이목구비이긴 했으나 좀 더 차분한 인상이었다.

"형····· 고등학교 졸업사진이네."

범안의 눈길이 형의 얼굴에서 쉬이 떨어지지 못했다. 한참을 들여다보던 그의 손가락이 움직였다. 형의 반듯한 이마를, 높은 콧대를, 여린 미소가 번진 다물린 입술을 각인하듯 천천히 매만졌다. 손가락이 떠나는 자리엔 그리움이 머물렀다. 공연히 상처를 건든 듯해서 미안했다.

"내가 괜히 앨범을 꺼냈나 봐. 다시 넣는 게 좋겠어."

"아니야."

도로 앨범을 덮으려는 국희의 손을 커다란 손이 저지했다.

"편히 보자."

범안이 짐짓 주문을 외우듯, 일렁이는 감정을 누르듯 잔잔히 말을 이었다. 가슴에 부는 선득한 바람을 제 스스로 달래는 온기 어린 말소리였다.

"매 순간 형이 그리워. 때론 무기력해질 만큼 속상하고 안타까워. 그건 먼지 털듯 훌훌 털어낼 수 없는 아픔이야. 그런데 형을 기억할 때마다 슬픈 기억만 떠올리긴 싫어. 형과 좋았던 추억은 나도 좋은 기억으로 공유하고 싶어. 가볍게, 편히 보자."

"응."

한쪽 앨범에 얹어진 그의 손등을 손바닥으로 덮었다. 다독이듯 톡톡 두들기고서, 활짝 웃었다. 그녀를 내려다보며 범안이 피식 웃었다. 그의 또 다른 손도 국희의 손등에 얹어졌다. 겹쳐진 손바닥의 온기가 그 어느 때보다도 곱절로 따스했다.

웃는 입술이 기울어졌다.

쪽.

입술을 스친 짧은 접촉은 갈증을 일으켰다.

"뭐야…… 틈만 나면……."

공연히 볼멘소리를 내면서도 국희는 입안에 고인 침을 꿀떡 삼켰다. 잠자고 있던 음란국희가 깨어났다. 청각이 좋은 범안이 침 삼키는 소리를 들었다.

"아쉬워?"

"아니, 목말라서 그래."

"그래?"

국희는 새침하게 눈꺼풀을 내리깔았다. 범안의 입에서 연거푸 쿡쿡거리는 소리가 새어 나왔다. 동공은 그윽한 빛을 머금고 있었다. 나긋하고 은밀한 속삭임은 심장이 곤두박질치게 만들 만큼 유혹적이었다.

"나도 목이 마른데?"

"……물…… 가져다줘?"

누가 듣는 것도 아닌데 속삭이듯 대화가 오고 갔다. 그러는 동안 입술이 점점 가까워졌다.

"아니."

벌어진 잇새에서 토해지는 숨결이 쓰다듬듯 서로의 입술을 훑었다. 입술과 입술의 간격은 닿을 듯, 닿지 않을 듯 아슬아슬했다. 한껏 달뜬 공기가 그 좁은 틈을 채웠다.

어떡해. 키스는 시작도 안 했는데, 심장이 터질 것 같아.

쿵덕쿵덕 뛰어대는 심장이 진정되질 않았다. 애간장을 태우듯, 입술을 간질이듯 그의 입술이 선뜻 포개어지지 않았다. 우스운 건 마냥 기다리는 저 자신이었다. 확, 밀쳐 내면 될 것을.

"……저……."

안 되겠다. 왠지 또 장난치는 것 같아.

거부하려는 순간, 끝이 뾰족한 혀가 입술을 훑었다. 마치 제 입술의 맛을 보듯 천천히 쓸어내리는 따스한 촉감으로 일순 호흡이 멈춰졌다. 한없이 보드라웠다. 찌릿찌릿해하는 입술은 목마름에 허덕였다. 천천히 음미하듯 입술을 섬세히 훑던 그가 벙긋하니 벌어진 틈새를 공략했다. 애달프도록 느긋이.

점점 안달이 났다. 실컷 놀려먹으려는 건가.

저도 모르게 그의 따스한 혀를 물어버렸다. 제 행동이 깜짝 놀라 국희는 치아를 벌렸다. 그 찰나를 범안이 놓치지 않았다. 되레 자극적이었는지 그의 혀가 거침없이 파고들기 시작했다. 그녀의 치열을 가르고 입안 구석구석 훑고 탐색했다. 그리고 묶듯이 그녀의 혀를 감아 빨아들였다. 서로의 타액이 엉키며 곱절로 뜨거운 열기를 내뿜었다.

하면 할수록 좋다.

하면 할수록 목마르다.

또 하고 싶고 더 하고 싶다.

전신이 타버릴 정도로 강렬한 전류가 흐르고 세포 하나하나까지 녹아내릴 듯 고양되는 열기에 심장이 멎어버릴 것 같았다. 힘줄이 불끈불끈 박동하고 혈류가 폭발할 지경으로 요동쳤다. 신기해. 어떻게 이렇게 좋을 수 있지? 그의 입술에 무슨 약이라도 발라진 것이 아닐까?

"국희야……."

잠시 키스가 소강상태가 되었다. 가쁜 숨을 토해내며 그가 입술을 머금은 채 불렀다. 헐떡거릴 것 같은 숨을 가까스로 참으며 그녀는 입을 벌렸다.

"응."

"우리……."

그의 가슴팍이 크게 들썩거렸다. 염화가 될 정도로 뜨거워진 숨결이 잇새에서 쏟아졌다. 고스란히 제 입술에 닿았다. 돌연 그가 국희의 양어깨를 잡더니 확, 떨어뜨렸다.

"……앨범 보자."

"어? ……어."

대답은 했지만 얼빠진 뇌가 상황을 분간하지 못했다. 혼이 나간 동공으로 게슴츠레 그를 올려다봤다. 뭐지? 왜 갑자기…….

순간, 보았다. 제 눈앞의 먹잇감을 삼켜 버리고 싶은 남자의 이글이글한 욕망을. 그제야 번뜩, 가출했던 혼이 돌아왔다.

"어! 앨범 보자!"

비스듬히 기울어졌던 몸을 추스르고 국희는 반듯이 앉았다. 범안은 여전히 거친 숨을 몰아쉬며 성가시다는 듯 머리카락을 쓸어넘겼다. 두 사람이 서로를 보지 못하고, 앨범으로 시선을 내렸다.

키스는 멈췄는데, 심장이 더 난리가 났다. 용암처럼 타오르는 뜨거운 욕구를 분출하고 싶어 미칠 지경이었다. 이성을 차리라고 아무리 채질을 해도 소용이 없었다.

끈적끈적한 침묵이 흘렀다. 긴장한 손끝이 파르르 떨렸다. 국희는 바싹 팔목에 힘을 주었다.

앨범의 다음 장으로 넘겼다. 예닐곱 살 정도로 보이는 범안과 형이 정원 같은 곳에서 뛰노는 모습이었다. 여름인 건지 정원의 풍경은 청명한 잎이 가득했고, 범안은 수영복 차림이었다. 기다란 호수를 들고 형에게 물을 뿌리고 있었고, 교복을 입은 형이 도망치고 있었다.

"넌가 봐. 귀엽네……."

귀엽긴 개뿔. 눈에 들어오지도 않는다. 심장이 발광하듯 뛰어댄다. 이러다 심장마비가 올 것 같다.

그는 대꾸하지 않았다. 거친 숨소리만 들렸다. 언뜻 허기로 애달아서 내는 야수의 숨소리처럼 들리기도 했다. 물론 그리 큰 소리는 아니었음에도, 온 신경세포가 예민해진 국희의 귀엔 그리 들렸다.

떨리는 손길로 다음 장을 넘겼다. 형의 독사진이 있었다. 고등학교 졸업사진인 듯 정면인 형의 얼굴이었다. 눈동자가 또릿또릿한 것이 영락없이 수재의 얼굴이었다.

"형, 잘생겼다······."

애써 태연한 목소리로 말했다. 그때, 별안간 범안이 큰 날숨을 토해냈다. 그 소리에 국희는 무심코 흠칫했다. 그러면서 범안이 덥석 국희의 어깨를 잡아 돌렸다.

"안 되겠어."

"어?"

"한 번 더 하자."

경고하듯 말하며 그의 입술이 도로 다가왔다.

"······형님이 보고 계시잖아······."

자지러진 국희는 옹알이하듯 웅얼대며 도망치려 했다. 고개를 젖히며 엉덩이를 뺐다. 선을 넘어서는 안 될 것 같았다.

범안의 손이 움직였다. 한 손은 펼쳐진 앨범을 탁, 덮어버렸다. 그리고 나머지 손은 뒤로 빠지는 그녀의 뒷목을 움켜쥐었다.

"안······."

그의 열망을 자제시키려는 순간, 그의 입술이 거칠게 막아버렸다. 억세게 밀어붙이는 상체의 반동에 국희는 소파로 벌러덩 눕고 말았다. 주저 없이 범안이 그 위를 타고 오르듯 덮었다. 그녀의 몸을 옴짝달싹 못 하도록 감았다. 그러곤 정말, 삼켜 버릴 듯한 뜨거운 키스를 퍼붓기 시작했다. 밀착된 혀와 혀는 잠시의 여유로움도 없이 서로를 묶었다.

아, 난 이대로 죽을지도 몰라.

흡사 블랙홀 같은 키스였다. 아차 하고 발끝이 빠져 버린 블랙홀로 서서히 전신이 빨려 들어갔다. 헤어 나오지 못하는 사차원 공간

속에서 허덕이며 몽환의 맛을 맛보았다.

"허……."

샅샅이 제 속을 탐하던 그의 입술이 잠시 떨어졌다. 국희는 그제
야 막혔던 숨을 한 번에 몰아쉬었다. 그 짧은 시간조차도 허락하지
않는 듯, 허비하고 싶지 않다는 듯, 그의 입술이 도로 입술을 물어
댔다. 갈증이 나서 못 견디는 사람처럼 취하고, 취했다. 온몸이 졸
아들 것처럼 미치도록 뜨거웠다.

띠리리, 띠리리—

그때, 찬물을 끼얹듯 휴대폰 벨소리가 울렸다. 몽롱한 블랙홀에
서 끌어당기는 힘이었다. 국희는 번쩍 정신이 들었다. 전화벨 소리
에 꼬물거리는 그녀를 범안이 한껏 아쉬워하며 놔줬다. 발신자를
확인하니 엄마였다.

"엄마…… 왜?"

[뭐 하고 있어?]

으레 흔한 엄마의 질문일 뿐이었다. 그런데 나쁜 짓 하다 걸린
기분이었다. 국희는 자세를 바로 하고 옷매무새를 만졌다. 그러곤
헛기침을 하고서는 목소리를 가다듬었다.

"일하고 있지."

[너는 주말에도 안 오는 거야? 무슨 일인데 몇 날 며칠 못 들어
와? 지방 순회공연 쫓아다니는 것도 아니면서. 어디서 지내는 건
데?]

"회사 동료 집."

업무 때문이라고 두루뭉술하게 설명했던 터라 엄마는 걱정 어린

기색이 역력했다. 통화를 이어가며 범안을 곁눈질했다. 그는 비로소 야수에서 사람으로 돌아와 있었다. 온전히 정신을 차린 그가 소파에서 일어났다. 흐트러진 제 머리카락을 쓸어 넘기면서 주방으로 성큼성큼 걸어갔다.

[회사 동료 네서 지낼 거면 그냥 집에 오지. 혼자 사는 동료야?]

"응. 업무 특성상 어쩔 수 없어."

[먹을 건? 엄마가 반찬을 많이 해놨는데 와서 가져가.]

거짓말이 이어져서 얼른 끊고 싶었는데 엄마의 말이 길어졌다. 남은 갈증을 채우는 건지 화끈한 열기를 잠재우려는 건지 범안은 냉수를 여러 차례 들이켰다.

[오기 힘들면 국철이 보낼게. 어디야? 거기? 주소 문자로 찍어 줘.]

"됐어. 뭘, 오빠까지 보내."

[너 수상해. 남자 집에 있는 거 아냐?]

돌연 눈치 백 단인 엄마가 추궁하기 시작했다. 집에 들르지 않으면 금방이라도 쫓아올 기세였다.

"뭔 소리야? 알았어. 반찬 가지러 갈게."

[언제? 지금?]

"어!"

크게 대답하고 후다닥 전화를 끊었다. 주방에서 나온 범안이 시원한 물이 가득 채워진 컵을 내밀었다. 그녀의 열기도 식히라는 물약이었다. 머쓱한 미소를 흘리며 받아 들었다.

"집에 다녀와야 될 것 같아."

"나도 같이 갈까?"

"아니, 나 혼자 다녀올게. 괜히 경호원들까지 쫓아오잖아."

물을 마셨다. 내장 속에 불끈거리던 화기가 소리 없이 꺼졌다.

그녀는 주섬주섬 테이블에 떨어진 앨범을 집었다. 얄팍한 경계선을 두고서 벌어진 진득한 키스로 괜히 서먹했다. 그의 얼굴을 보기 민망해서 빙그르르 돌아 책장으로 걸어갔다. 뻣뻣하게 움직이는 동작을 범안이 즐기듯 잠자코 주시했다. 제자리에 앨범을 꽂아놓고서 그를 일별했다. 어색해진 공기를 깨려 태연한 척 입을 열었다.

"앨범은 나중에 봐야겠다."

"갔다 오면 다시 보자."

뉘앙스가 묘했다. 눈썹까지 슬그머니 올리며 능청스러운 미소까지 도드라진 입술.

치, 또 뭐 하려고. 그는 날이 갈수록 엉큼해지고 있다. 그걸 본인도 즐기고 있으면서 국희는 애먼 범안만 탓했다. 살짝 흘기는데 그가 다가왔다. 그러더니 뒤에서 그녀의 허리를 슬그머니 안았다.

"왜, 왜?"

"일찍 올 거지?"

당황해서 더듬거리는데 그가 은밀히 속삭이듯 물었다. 그러곤 칭얼거리는 아이처럼 턱을 어깨에 대며 애처로운 눈빛을 보냈다. 넘겨다보며 그녀는 킥 웃었다. 그와의 이런 접촉이 싫지 않았다. 그러면서도 심드렁한 척 정면을 보았다. 책장을 휘둘러보며 화제를 돌렸다.

"형님은 의외로 섬세한 분이셨나 봐."

"응?"

의아하다는 듯 범안의 고개가 비스듬히 기울어졌다.

"책장 장식이 조금은 여성스럽다고 할까? 상패들 옆에 곰 인형들이 있잖아."

책장 상단에는 그의 형이 받은 상패가 몇 개 놓여 있었다. 그 옆에는 장식처럼 곰 인형이 각각 자리를 차지하고 있었다. 그와 화해하는 데 결정적인 역할을 했던 갈색 곰 인형, 새하얀 백곰처럼 생긴 곰 인형, 그리고 옅은 브라운 계열의 귀여운 곰 인형.

그제야 범안이 시선을 올렸다. 그의 눈길이 곰 인형에 머물렀다.

"형님의 취향이 아니라면 여자의 손길이겠지?"

"글쎄……."

범안은 그것들에게 또렷이 초점을 두었다. 이곳에 살면서 눈여겨보지 않았던 인형들이었다. USB나 증거를 찾겠다고 온 집 안과 책장을 헤집었을 때도 무심코 넘겼었다. 그러고 보니 형은 이런 곰 인형을 간직하고 있을 성격이 아니었다. 무엇이든 심플하고 깔끔한 것을 좋아하는 형이었다.

범안의 동공에 예리한 빛이 감돌았다. 그녀의 허리를 감고 있던 팔을 풀었다. 책장 앞으로 성큼 다가가 갈색 곰 인형을 잡았다. 사방으로 돌려가며 인형을 세심히 살펴봤다. 아닌가. 이어 브라운 계열의 곰 인형을 들었다. 마찬가지로 꼼꼼히 훑었다. 그런데 인형의 꼬리 아래에 자그마하게 꿰맨 자국이 있었다. 손가락으로 꾹꾹 인형의 솜을 눌렀다. 속 안에서 딱딱한 것이 만져졌다.

있다!

묵직한 압박감. 교묘히 감춰진 물건을 매만지는 건 손끝인데 촉감은 심장에 전이되었다. 서걱거리며 충돌하는 뇌와 심장을 진정시킨 그는 돌아섰다. 주방으로 가서 서랍장을 열었다. 차분히 움직였으나 손끝은 바르르 떨렸다.

"왜 그래?"

멀뚱거리던 국희가 쪼르르 식탁으로 다가왔다. 범안은 잠시 머뭇거렸다. 설명해야 하는데 입술이 떨어지지 않았다. 끝내 입을 열지 않고서 담담한 표정으로 인형을 뒤집었다.

아무것도 아닐 수도 있다. 기대했다가 실망할 수도 있다.

꿰매진 틈을 조심스레 벌리고 가윗날을 넣었다. 촘촘히 꿰매진 실밥이 어렴풋이 시야에 들어왔다.

싹둑.

부러 만들어낸 소리처럼 실 잘리는 소리가 크게 들렸다. 복슬복슬한 겉이 벌어지면서 속을 꽉 메우고 있던 새하얀 솜이 튀어나왔다. 손가락을 틈새로 비집어 넣었다. 보들보들한 솜뭉치에 박혀 있는 자그마한 물체가 미끄러지며 쉽사리 잡히지 않았다. 휘젓던 손가락으로 물체를 잡아채서 끌어내었다. 약간의 솜뭉치와 함께 새하얀 물체가 딸려 나왔다.

USB.

찾았다.

"아! 이거 그 USB?"

숨죽인 채 지켜보던 그녀가 탄성을 내었다.

"확인해 봐야겠어."

조바심이 일었다. 그러나 범안은 침착히 대응하려 애썼다. 노트북에 USB를 꽂았다.

USB를 곰 인형에 숨겨둔 것이 위험을 감지하고 한 일인 건지, 단순히 대비하기 위함인지는 가늠되지 않는다. 형의 의도를 섣불리 단정할 순 없다. 다만 무엇이든 간에, 이 안에 중요한 것이 있음은 분명하다.

"잠깐만."

국희는 문득 두려웠다. 부리나케 그의 손을 저지시켰다.

"만약 이 안에 저장된 것 때문에……."

판도라의 상자를 열면 불행이 다가올 수 있다. 숨겨진 진실로 아픈 희생이 뒤따랐었다. 그 또한 거대한 풍랑에 휩쓸릴지도 모른다. 저항할 수 있을까? 그 무시무시한 힘들에게서.

무엇이 옳을까. 만류해야 되는 건지, 독려해야 되는 건지.

"형도 안수인 씨도…… 그렇게 된 거라면……. 차라리 경찰에 넘기면 안 될까?"

범안은 지그시 내려다봤다. 그녀의 동공이 아련히 흔들리고 있었다. 무엇을 걱정하는지 알고 있었다. 그녀를 불안하게 만들고 싶지는 않았다. 그러나 피해갈 수 없는 문제였다.

"어떤 건지도 모르고 무턱대고 넘길 순 없어. 그리고 무엇보다도 내가 확인할 거야."

그는 단호한 결단을 굽히지 않았다. 훼방 놓지 않으려 결심했는지 그녀의 손이 물러났다. 이동디스크 위로 멈춰 있던 마우스 커서가 움직였다. USB가 열리면서 많은 파일들이 주르륵 나열되었다. 파일 이름을 순차적으로 읽어 내려가던 그는 미간을 좁혔다. 수인은 'BEL'이라는 약자로 표기된 파일을 보았다고 했다. 그러나 BEL이라는 파일이 없었다.

"뭔지 알겠어?"

"재무제표 같은 파일들인데…… 아직은 모르겠어. 자세히 살펴봐야겠어. 집에 다녀와. 그동안 난 이거 보고 있을게."

"혼자 있어도 돼? 대기하는 요원 올려 보낼까?"

"아니야. 괜찮아."

걱정하는 그녀에게 범안은 가뿐히 거절했다. 선뜻 움직이지 못하는 그녀의 어깨를 잡고서 걸음을 옮겼다. 가방까지 챙겨주고서 내쫓듯 현관 밖으로 밀어냈다.

"별거 없을지도 몰라. 안수인 씨가 말한 게 아닐지도 모르고."

안심시키려 가벼이 덧붙였다. 현관 앞에서 시간 낭비를 할 수 없다고 판단한 그녀가 미적미적 돌아섰다. 잔뜩 무거워진 표정이 풀리지 않았다. 범안은 장난스럽게 찡긋 눈살을 찌푸렸다. 그제야 국희가 짤막히 웃었다.

가방을 고쳐 멘 그녀가 손을 흔들었다. 그는 복도를 걸어가는 그녀의 등을 지그시 주시했다. 그러다 803호의 문을 닫았다. 탁, 닫히는 소리가 끝으로 적막이 내부를 감쌌다.

토요일 쇼핑타운은 한적했다. 몇몇의 손님이 설렁거리는 통로를 지나 인규는 관리사무소로 갔다. 출입문에는 '관계자 외 출입금지'라는 푯말이 붙어 있었다. 거침없이 들어서니 소파에 드러눕다시피 앉은 상태로 희끗한 노년 남자가 신문을 보고 있었다. 그에게 능청스레 거수경례하듯 손을 들었다.

"수고하십니다."

"왜 또 왔어?"

"어르신과 친해지고 싶어서요. 점심 안 하셨죠? 제가 모실 테니 같이 하시죠? 오다 보니까 맛있어 보이는 국밥집이 있던데."

달갑지 않은 표정인 남자에게 인규는 꿋꿋이 넉살을 피웠다. 남자는 신문을 접으며 바로 앉았다. 그는 오피스텔 전(前) 관리인이면서 편기안 사고 현장의 목격자였다.

"내가 자리를 오래 비울 순 없고…… 배달도 되긴 하는데……."

작은 냉장고에 붙어 있는 자석 전단지를 턱짓하며 그가 넌지시 말했다. 인규는 싹싹한 표정을 풀지 않고서 잽싸게 냉장고로 갔다.

"아이고, 여기 맛있는 거 천지네. 국밥 주문할게요."

세 번째 줄 자석 전단은 국밥집 메뉴가 있었다. 인규가 묻자, 그가 성가시다는 듯 고개를 끄덕였다. 주문을 끝낸 인규는 소파에 앉아 태블릿을 켰다.

"어르신, 제가 사건경위서하고 CCTV를 봤거든요. 근데 어르신 확인이 좀 필요해서요."

동영상 화면에 오피스텔 주차장이 나타났다. 주차장을 진입한 차량이 한 바퀴를 휘돌다가 한 자리를 찾았다. 후진해서 빈자리로 들어가던 차가 멈춰 섰다. 곧 운전자가 밖으로 나와 옆 차의 앞 유리창에 부착된 번호로 전화를 걸었다. CCTV 화면의 시각은 21시였다.

"사고경위서에는 가해자는 903호 주민이고, 피해자는 301호라고 하던데요. 903호 주민, 오피스텔에 얼마나 살았어요?"

"난 정확히 모르지. 근데 301호는 몇 년 살았던 사람이고…… 903호는 이사 온 지 얼마 안 되었을걸? 자주는 못 본 것 같아."

실랑이하는 그들 사이에 낀 관리인이 만류하는 장면이 이어졌다.

"시비는 어떻게 붙었죠? 경위서에는 단순 주차장 과실상계라고 명시되어 있던데."

"요지는 간단하지. 903호는 301호 차가 주차 라인 밖으로 비뚤게 주차되어 있다, 301호는 주차 중 과실이니 903호의 100% 책임이다, 이러면서 실랑이가 붙은 거지."

"903호 사는 사람, 뭐 하는 사람입니까? 요즘은 안 보인다던데."

"내가 그런 걸 알 턱이 있나. 오피스텔이라 사무실 빼곤 주민들이 자주 바뀌거든. 대부분 월세라. 계약 사항은 오피스텔 관리 부동산에서 확인해."

관리인의 부언을 들으며 인규는 CCTV 영상을 꼼꼼히 주시했다. 주차장은 빈자리가 띄엄띄엄 있어 상당히 여유로웠다. 그런데 903호는 굳이 비뚤게 주차된 차량 옆자리의 좁은 틈새로 들어갔다. 의혹이 이는 장면이었다.

잘 보이던 영상이 끊겼다. 마지막 타임은 9시 25분이었다.

"네, 그러겠습니다. 그리고 한 가지 더. 사건경위서에선 빠진 거라."

그는 다른 동영상을 열었다.

오피스텔 정문과 연결된 편의점으로 들어선 남자가 포착된 CCTV였다. 남자는 담배를 하나 사들고선 로비와 연결된 문으로 나왔다. 허공으로 담배를 던지던 남자가 로비에 담배를 떨어뜨렸다. CCTV가 없는 사각지대인 건지 담배를 주우러 가는 남자의 모습은 이내 사라졌다. 더는 남자의 모습이 없었다. 그 상태로 동영상은 끝났다. 그 시각은 21:25분이었다.

경찰에서는 단순히 넘긴 장면인 듯 사건경위서에는 기재되어 있지 않았다. 그러나 그의 눈에는 기막힌 타이밍으로 보였다.

"이 사람은 누구죠?"

"글쎄, 잘 모르겠는데……. 얼굴이 잘 안 보여서……."

"여기. 여기에선 얼굴이 잘 보입니다."

관리인이 고개를 가로저었다. 그는 재빨리 다른 동영상을 실행시켰다. 편의점 계산대에서 내려다본 영상이었다. 뚜렷하진 않지만 남자의 이목구비가 조금은 포착되었다. 갸웃거리던 관리인이 입을 열었다.

"정확지는 않지만 206호 같네. 이사 온 지 한 달도 안 되었던 것 같은데……."

803호의 바로 위층인 903호.

엘리베이터를 이용하지 않는 비상구 바로 옆의 206호.

206호의 얼굴로 끝난 동영상을 뚫어지게 주시하며 인규는 손가락으로 제 턱을 쓸었다.

마우스에서 손을 뗐다. 무수히 나열된 숫자들을 보고 있자니 관자놀이가 지끈거렸다. 범안은 무심한 손길로 머리카락을 털어냈다.

USB에 담긴 파일은 대부분 이사급 이상만 볼 수 있는 미공개 정보였다. 재무제표에 대해서 제대로 모르기에 문제될 만한 점을 발견하기 어려웠다. 다만, 최근 날짜뿐만 아니라 3년 전 파일들까지 있는 것이 의아했다. 형이 찾고자 하는, 아니면 찾은 것은 무엇일까.

휴대폰이 상념을 방해했다. 인규였다. 그는 오피스텔 전(前) 관리직원을 만나 나눴던 대화 내용을 세세히 전했다.

[903호와 206호의 동선 체크를 해보세요. 그리고 사건 당일이 아니라 그전의 CCTV 녹화분을 카피해 달라고 하십시오. 보안 사안이라고 거부할 경우 제게 연락 주세요.]

"그러죠."

[경찰이 회수해 가지 않았다면 자료는 받으실 수 있을 겁니다. 근데 CCTV 화면이라는 것이 놓치기 쉽습니다. 차라리 제가 지금 오피스텔로 갈까요?]

"제가 우선 찾아보겠습니다. 지금은 시간도 늦었고 주말인데 쉬셔야죠."

[어차피 할 일도 없는걸요.]

인규가 허허, 하고 너털웃음소리를 냈다. 노트북 전원을 끄고서 범안은 소파에서 일어났다.

"CCTV 확인하고 연락드리겠습니다. 그리고 가방 절도범은 어떻게 되었습니까?"

[녀석과 연결된 노숙자를 찾곤 있지만 솔직히 어려울 것 같습니다. 찾는다고 해도 지시한 사람을 찾을 확률도 낮고요. 다만 한 사람이 아니고 조직적인 형태로 움직이는 것 같습니다. 전문가들이란 얘기죠.]

"전문가라면 청부업자를 말하는 겁니까?"

범안의 눈썹이 일그러졌다.

[지금 제 촉으론 그렇습니다. 전화로 말씀드리기 어려우니 내일 뵙고 설명해 드리겠습니다. 그동안 오피스텔 동영상을 확인해 주세요.]

"네, 그게 좋겠네요."

통화 종료를 한 후에 범안은 노트북에서 USB를 빼내었다. 곰인형 속에 USB를 도로 넣고서 책장에 올려놓았다. 무엇 하나 놓쳐선 안 된다. 날카로이 인형을 주시하다 803호에서 나왔다. 복도를 직진하는데 경호원으로부터 전화가 왔다.

[어디 가십니까?]

"관리사무소로 갈 거예요."

[아래에서 기다리겠습니다.]

주말 경호원은 뚝뚝한 사람이었다. 터럭만큼의 여유도 없이 올곧은 태도를 일관했다. 로비에서 대기 중인 그와 함께 관리사무소로 들어갔다. 관리직원은 범안이 오피스텔 임대인의 아들임을 익히 알았던 터라 상당히 협조적이었다.

"903호 입주자분은 7월부터 거주하셨습니다."

"아직도 사십니까?"

"월세 입금이 꼬박꼬박 되었네요. 그렇다면 아마도 사시겠죠."

정확히는 모른다는 말이었다.

"206호는 8월. 한 달 계약이었네요. 지금은 다른 분이 거주하십니다."

"한 달이요?"

"저층 같은 경우는 평수가 작아서 단기로 계약하시는 분들이 간혹 있어요. 한 달, 3개월, 이런 식으로요. 보증금 없이 월세를 조금 더 내고요."

석연치 않은 단기 계약이었다.

"거주자 인적 사항은 확인이 어렵겠죠?"

"네, 개인 정보라."

"그렇군요. 오피스텔 내 CCTV 녹화분 카피해 주세요. 8월 13일 이전부터 최근까지 전부."

"원칙상 녹화분은 6개월 단위로 갱신돼요. 종전 것들은 폐기되고요. 지금 드릴 수 있는 건 올 7월분부터인데요."

"그거면 충분해요."

범안의 수긍에 관리직원이 움직였다.

직원과 함께 그는 관리사무소 안쪽 보안실로 들어갔다. 경호원들이 대기하고 있는 보안실이었다. 관리직원이 녹화분을 복사하는 동안 범안은 예리한 눈초리로 한쪽 벽면을 차지한 CCTV를 훑었다.

다수의 화면이 내보이는 공간은 평온하다. 흡사 바다로 항해를 나선 유람선과 비슷하다. 배 밑에 가해지는 거친 파도의 충격을 갑판대에서는 까맣게 모르고 있는. 설사 알더라도 무관심하게 흘려보낼 것이다.

씁쓰레한 여운을 남기며 그는 눈길을 돌렸다.

늦은 밤까지 범안은 동영상을 확인했다. 집에서 돌아왔을 때도 마찬가지였다. 그를 방해하지 않으려 국희는 최대한 조용히 움직였다. 차라리 다른 공간이 나을 듯해 그녀는 침실로 들어가 책을 읽었다. 그 상태로 밤이 깊어갔다. 그러다 그녀는 어느 틈에 졸고 말았다.

깬 시각은 새벽 3시가 넘어서였다. 어스름한 공간에 서늘한 기운이 돌았다. 성큼 겨울이 다가온 터라 새벽녘의 공기는 냉할 정도로 찼다. 조심히 침실에서 나와 보일러를 켰다. 거실은 암흑에 휩싸여 있었고 소파 너머 또한 기척이 없었다.

살금살금 맨발을 내디뎠다. 소파로 다가가니 그의 노트북은 절전모드로 꺼진 상태였고 CCTV 화면이 켜진 제 노트북만이 유일하게 암흑을 깨우고 있었다.

범안은 소파에서 잠들어 있었다. 느지막한 밤까지 확인을 하다가 잠든 모양이었다.

감기 들면 어쩌려고.

이불을 꺼내와 그의 몸 위에 덮어주었다. 그러고선 절전모드인 노트북을 끄려 돌아섰다. 그때였다. 이불 밖으로 기다란 팔이 불쑥 튀어나왔다. 수그린 그녀의 허리를 감고서 끌어당겼다.

"억! 뭐야?"

국희는 벌러덩 드러누워지는 몸을 바둥거렸다. 범안이 허리를 틀며 발버둥 치는 그녀를 깊숙이 당기며 폭 안았다. 그의 가슴팍과 등이 틈 없이 밀착되었다. 그의 숨결이 귓전에 닿았다.

"자자."

"깼으면 들어가서 자."

"졸려."

웅얼대며 그는 묵직한 눈꺼풀을 닫았다. 그녀는 크게 반항하지 않았다. 주먹 한 대쯤은 날아올 줄 알았는데 이상하리만치 잠잠했다. 대신 약간 불편한지 자그마하게 꼬물거렸다. 제 품 안의 그녀의 감촉이 좋았다. 미세한 심장박동까지 전해져 왔다.

범안의 입매가 호선으로 휘어졌다. 그녀를 가득 품고서 밀려드는 잠에 빠져들었다.

따뜻하다.

한없이 따뜻하고, 좋다.

숨소리가 야릇해. 목덜미를 간질이는 숨결은 더 관능적이야.

어쩜 가슴팍 진동까지 섹시하지?

상당한 시간이 흐른 게 분명했다. 그건 깊은 잠에 빠진 그의 숨소리로 가늠되었다. 그러나 국희의 시간은 정지되어 있었다. 시간이 흐르면 흐를수록 정신이 말똥거렸다. 그런 데다 등마루의 척추 뼈까지 닿을 듯 밀착된 가슴팍 때문에 꼼짝도 할 수 없었다. 더한 문제는 그의 몸이 너무 세세하게 느껴진다는 것이었다. 상체든, 하체든.

제 팔과 허리를 묶은 그의 팔뚝을 내려다봤다. 근사한 잔 근육이 어린 팔뚝은 노트북 액정의 푸르스름한 빛을 받아 관능적인 자태를 뽐내었다.

난 이렇게 잠 못 들고 있는데 이 녀석은 어째서 이렇게 잘 자는 거지?

아무리 피곤해도 말이야. 이게 말이 돼? 나를 안은 상태인데?

애먼 원망이 올라왔다. 마주 보이는 노트북 화면을 쏘아보다가, 문득 제가 무슨 생각을 하는지 깨달았다. 나 밝히는 여자였나.

한심스러워서 헛웃음이 나오려고 했다. 가출한 이성을 되찾아야 한다. 그 방법은 그의 품에선 해결 안 된다. 벗어나야 한다.

그녀는 꼬물꼬물 몸을 비틀었다. 뱀처럼 감겨 있던 그의 팔뚝이 맥없이 풀렸다. 틈이 생기는 찰나를 놓치지 않고 냅다 상체를 들었다. 그 순간, 기척으로 깬 그의 팔이 도로 올라왔다. 옴짝달싹 못 하도록 강하게 감았다.

"그냥 자."

잠에 취한 낮고 허스키한 목소리.

"……잠이 안 와."

"왜 잠이 안 올까……."

간신히 웅얼대자, 그가 나직하게 읊조리면서 팔을 들었다. 제 팔뚝에 그녀의 머리를 베도록 해주고 보드랍게 머리카락을 쓰다듬었다. 자장가처럼 다정한 손놀림이었다. 되레 그의 손길은 정신까지 불끈거리게 만들었다.

이게 아니라고. 그냥 잠이 안 오는 게 아니란 말이야…….

"걱정하지 마. 난 지국희가 유일한 하나야. 소중하고 아까운 단 하나. 그러니까 안심하고 자."

다정히 말하고서 범안은 고개를 숙였다. 국희의 드러난 목덜미에 새기듯 입술을 꾹 눌렀다. 그녀의 체향을 머금듯. 입술을 뗀 그는 더욱 깊숙이 안았다. 따스한 온기가 고스란히 전해져 왔다.

"오늘은 이것으로 만족."

만족이라는 말은 거짓말이다.

몸은 더 많은 것을 원한다. 더욱 밀착하고 싶고, 뜨겁게 안고 싶은 욕구가 인다. 불끈거리며 요동치는 온몸의 세포가 그것을 말해주고 있었다. 그러나 그녀의 긴장은 아직은 아니라고 말하고 있었다.

그러니, 기다린다.

고행의 시간이겠지만.

픽, 입술이 미소를 그렸다. 그 상태로 범안은 눈꺼풀을 닫았다. 그녀를 가득 품은 채 잠들었다.

반대로 국희는 입도 벙긋 못 했다. 어둠을 뚫는 초점이 끔벅끔벅 흔들렸다.

그가 오해했다. 긴장하고 잠 못 드는 이유가 그의 행동을 걱정하는 것이라고.

그 반대인데. 내가 야수로 변할 지경인데 말이야.

그것도 모르고 소중하고 아끼니까 함부로 손대지 않을 거란 다짐을 해주는 그. 구구절절 긴말보다 함축된 그 단어들이 심장에 스며들었다.

너는 왜 이렇게 다정해? 왜 이렇게…… 날 행복하게 만들어?

그녀의 입술이 늘어났다. 형언할 수 없는 감정으로 입술을 한껏 말아 올리며 기분 좋게 눈을 감았다. 밀착된 그의 몸에 비로소 안정적으로 제 몸을 실었다. 긴장했던 게 거짓말인 것처럼 금세 달콤한 잠 속으로 빨려 들어갔다.

천연의 빛이 테라스 창으로 투과되었다. 희뿌연 빛은 닫힌 눈꺼풀 위까지 드리워졌다. 발긋해지는 색채에 범안은 천천히 눈을 떴다. 턱을 간질이는 그녀의 머리카락 감촉이 느껴졌다. 그녀의 가냘픈 허리를 감은 팔에 힘을 줬다. 새벽녘까지 잠 못 들고 쌕쌕거리던 국희는 어느 틈에 새근새근 자고 있었다. 보드라운 머리카락에 얼굴을 묻었다.

향긋한 체향이 코끝을 건드린다.

한껏 그녀의 체향을 들이마시고 정수리에 입을 맞췄다. 그러곤 조심스레 놓고서 소파에서 빠져나왔다. 소파와 나란히 놓인 테이블에 앉아 제 눈앞의 그녀를 빤히 내려다봤다. 무릎이 그녀의 몸과 닿을 듯 가까운 거리에서 굽혀졌다. 아침 햇살을 받은 얼굴은 창백하면서도 평온했다. 숱이 많아 짙은 속눈썹이 차양처럼 내리깔려 있었고, 살며시 벌어진 입술 사이로 소리 없이 숨이 뱉어내졌다.

지국희.

이대로, 이렇게 바라보는 시간조차도 아까운데 어떡하냐.

어제보다 오늘 더 네가 좋다.

아마도 내일은 더 좋아지겠지.

상체를 숙였다. 도톰히 오른 그녀의 눈꺼풀에 어르듯 부드럽게 입을 맞췄다. 국희는 깊은 잠에서 깨지 않았다. 빙그레 미소를 채운 입술을 뗐다. 흐트러진 이불을 덮어주고 일어났다.

욕실로 들어가 가벼운 샤워를 마친 그는 조용히 803호를 나왔다. 초겨울의 이른 아침 공기는 찼다.

802호를 지나고, 801호를 지날 때였다. 운동복을 갖춰 입은 중년 여자가 801호에서 나왔다. 일면식이 있는 범안을 보고서 그녀가 눈인사를 했다. 범안은 정중히 인사하고 복도를 걸었다. 그녀가 뒤따르며 넌지시 입을 뗐다.

"원래 803호에 살던 사람이…… 형이에요?"

"네."

"어쩐지 닮았더라. 형님 사고는 안타까워요. 어쩌다 그런 사고가 난 건지……."

호기심에 차서 수다스럽게 말하는 것은 아니었다. 진심으로 안타까워서 건네는 말이었다.

"네."

범안은 담담히 대답했다.

사고경위서에는 801호 여자의 참고인 진술도 있었다. 그녀는 사고 당일 친정이 있는 지방에 머물러서 형 사고와 완전히 무관했다. 그리고 대부분 칩거하다시피 지내는 사람이라 신빙성 있는 목격 내용 또한 얻을 수 없다고 명시되어 있었다.

"이 오피스텔에 오래 사셨어요?"

"네, 한 1년 정도요."

"혹시 오피스텔 내에 잘 알고 지내는 분이 계신가요?"

"저는 워낙 낯가림이 심해서…… 그런데 왜요?"

의아해하며 그녀가 물었다. 범안은 엘리베이터 앞으로 도착하여 내림 버튼을 눌렀다. 엘리베이터는 막 8층을 지나 위로 상승하고 있었다.

"9층에서 층간 소음이 있어서요."

"우리 집은 괜찮은데 803호는 그런가요? 그러고 보니 903호 사람이 좀 유난이긴 하죠?"

"그분 아세요?"

'903호'와 '유난'이라는 단어에 범안은 멈칫했다.

"잘은 모르고 본 적이 있어요. 그러니까 형님 돌아가시기 전날인가……. 나는 친정 가려고 나오던 길이었는데 그 사람이 형님하고 803호 앞에서 얘기하고 있었어요. 물이 샌다고 확인해야 된다고 그랬던 것 같아요."

"물이 샌다고요?"

"내가 보고 있어서 그런 건지 크게 시끄럽게 굴진 않았어요. 형님이 괜찮다고 거부하니까 금방 비상구로 갔어요."

사고경위서에는 없던 내용이었다. 대수롭지 않게 여긴 그녀가 경찰 참고인 조사에서 말하지 않은 모양이었다.

엘리베이터가 8층에 도착했다. 막 문이 열리려는 찰나, 803호에서 국희가 튀어나왔다. 잠결에 문 닫히는 소리를 듣고 퍼뜩 깨어난 그녀였다. 멍하니 주위를 보다가 집 안에 범안이 없다는 사실을 깨닫고 부리나케 나온 것이었다.

동시에 범안의 휴대폰이 울렸다. 관리사무소 경호원이었다. 영락없이 감옥살이다. 잠시 집 밖으로 나온 것인데 이렇게 난리가 났다.

"먼저 내려가세요."

그는 거부 버튼을 누르고 801호 여자에게 인사했다. 여자가 벌게진 얼굴로 뛰다시피 다가오는 국희를 넘겨보다 엘리베이터에 올랐다. 곧 8층 복도에는 두 사람이 남았다.

"깜짝 놀랐어. 혼자서 어딜 가려고 나왔어?"

"이 아래 상가 베이커리 가려고 잠시 나온 거야."

"사올 거 있음 날 시키지. 아니면 깨우던가."

"지국희가 복이 없는 거야. 빵 사다가 서프라이즈 아침을 준비해 주려고 했다고. 난 죄수라서 그것조차 어렵네."

농담인지 시비인지 범안이 마뜩잖은 어조로 이죽거렸다.

"그런 깜찍한 발상을 했단 말이야? 나중에 실컷 해줘. 오늘은 같이 해."

국희는 피식 웃으며 그의 팔뚝을 슬며시 건드렸다. 마음 같아선 그의 팔에 팔짱을 끼고 싶었다. 그러나 지켜보는 눈이 많기에 연애도 쉽지 않은 그들이었다. 그저 서로의 눈을 마주 보고서 환히 웃는 게 전부였다.

　정오가 되어 803호에서 나섰다. 인규와 인근 카페에서 만나기로 한 약속 때문이었다. 두 사람은 비상구로 향했다. 범안이 스스럼없이 국희 손을 잡았다. 싫진 않았으나 그녀는 잽싸게 뿌리쳤다.

　"주말 팀이 CCTV로 볼 거란 말이지. 좀 전에 외출한다고 연락했단 말이야."

　"안전을 위한 장치가 날 옭아맬 줄은 몰랐다."

　그녀가 제 귀에 꽂은 리시버를 가리켜서 그는 투덜거렸다.

　비상구로 들어간 그는 거꾸로 계단을 올라갔다. 사각지대 없이 꼼꼼히 보완된 CCTV의 위치를 살폈다. 차라리 모르는 편이 속 편할 것이다. 되레 구속당하고 있는 심정이다.

　국희는 범안의 뒤를 얌전히 쫓았다. 어지간히 갑갑하긴 할 것이다. 그의 심정이 이해되긴 했다. 사실 국희 또한 그와 편히 이동할 수 없음이 불편하긴 했다.

　9층으로 올라간 범안은 903호 앞에 멈춰 섰다. 이곳에 기거하는 사람과 단도직입적으로 대면할 계획이었다. 만약 나온다면 층간 소음 용건이라 밝히고 이목구비를 세세하게 각인할 목적이었다.

　초인종을 눌렀다.

　딩동―

　복도를 메운 적막을 깨우는 초인종 소리는 유난스레 컸다.

　딩동―

두 차례 초인종이 울렸으나 상대편은 묵묵부답이었다. 헛걸음이었다. 예상했던 바라 범안은 주저 없이 되돌아갔다. 비상구를 통해 곧장 2층에 도달했다. 206호까지의 동선 체크를 마친 그는 1층 로비로 나왔다.

903호, 803호, 206호는 끝 부분 라인이다. 비상구를 통한다면 두 지점에서 803호까지의 접근은 용이하다. 한 사람이 아니라 조직적으로 움직인다면 애초에 두 지점은 한패였을 가능성이 높다.

범안은 CCTV로 확인했던 곳으로 이동했다. 206호 사람이 담배를 떨어뜨리고 줍기 위해 사라진 지점인데, 관리사무소 근방이었다. 관리사무소 입구부터 비상구까지는 CCTV 사각지대였다. 담배를 줍고 비상구로 이동했다고 단순히 가정할 수도 있다. 그러나 반대의 가정도 충분히 존재한다. 그가 텅 빈 관리사무소로 진입했을 수도 있다.

범안이 예리한 눈초리로 로비를 살피는 동안, 국희는 보안실 경호요원과 무전을 주고받았다. 이동할 장소를 알려주고 그녀는 리시버를 머리카락으로 가렸다. 검정 재킷 안쪽에 착용한 가스총도 재차 체크했다.

이걸로 괜찮을까?

두 건의 살인사건이 연달아 일어난 이후 단둘의 외출이었다. 직분을 망각했던 첫 데이트 때와는 사뭇 달랐다. 긴장되어 손바닥에 식은땀이 고일 지경이었다.

"주말 팀에서 남자 요원 한 명이 나온다는데 아무래도 부르는 것이 좋겠어. 우리 둘이 외출하는 건 내키지 않아."

"번거롭고 귀찮아."

"살인사건이 일어난 후잖아."

"아무 일도 없을 거야. 지금은 일요일 한낮이고, 우린 기껏 이 앞의 커피전문점에 갈 거야."

범안의 단정에 국희는 마른 한숨을 쉬었다.

"예고 없이 일어나는 게 사고야."

"만약 누군가가 나를 노리고 있다면 적어도 오늘은 아니야."

"어떻게 장담해?"

"오늘 죽기엔……."

넉살을 피우듯 그가 어깨를 으쓱했다. 자신감 넘치는 걸음이 그녀를 성큼 앞질렀다.

"아쉬울 일이 많으니까."

넌지시 내뱉는 말은 애매모호했다. 갸우뚱했지만 이런저런 생각할 겨를이 없어 국희는 쪼르르 따라갔다. 두 사람이 오피스텔 정문 대로변으로 나왔다.

햇빛이 강렬히 내리쬤다. 눈부심에 국희는 눈살을 찡그렸다. 선글라스를 꺼내려고 움직이는 그녀의 손보다 범안의 손이 빨랐다. 커다란 손바닥이 차단막처럼 눈썹 위에 얹어졌다. 거뭇한 그늘 덕분에 뿌옇던 망막이 또렷해졌다. 초점 끝엔 다정한 범안의 얼굴이 있었다. 국희는 활짝 웃었다. 휘어지는 눈매를 그가 빤히 들여다봤다. 기름한 눈매가 더욱 가늘어졌다.

"큰일이다."

"응? 뭐가?"

"세월 이기는 장사 없다더니, 지국희 눈가에 벌써 주름이 있네."

짐짓 가엾이 여기는 어투였다. 치명적인 지적에 뒷골이 당겼다.

"뭐시라? 내가 뭔 주름이 있어!"

"가자."

성깔진 외침을 그는 과감히 무시했다. 혀까지 차댈 기세였다. 빙그르르 돌아선 그가 걷기 시작하면서 손을 덥석 잡았다. 발끈한 성질을 못 이겨 국희는 우악스럽게 뿌리치려 했다. 그러나 범안의 손아귀 힘도 만만치 않았다. 그는 앞을 보며 혼잣말처럼 덧붙였다.

"지국희 더 늙기 전에 빨리 데려와야겠다."

팔을 휘젓던 국희는 멈칫했다.

응? 데려와?

듣긴 명료히 들었는데 뇌가 멍청해졌다. 가물가물한 사고를 깜박이며 그의 뒤통수를 올려다봤다. 뒤돌아보지 않고서 걷기만 하는 그는 한껏 여유로웠다.

설마……. 프러포즈 같은 건 아닐 거야…….

명확한 답을 알 수 없어 그녀는 요리조리 살펴봤다. 그의 표정은 하염없이 해맑았다.

싱거운 농담일 게 뻔해. 내가 이런 어설픈 낚시질에 걸려들 줄 아나?

잡힌 물고기엔 밑밥을 안 준다고 했다. 그녀는 더 버틸 작정을 했다. 그러면서도 얄미운 그의 손을 뿌리치진 않았다. 잡힌 손의 온기가 따뜻하다는 그럴듯한 핑계가 있었다.

"이제 겨울인가 봐. 햇볕은 좋은데 체감온도가 제법 쌀쌀해."

새하얀 머그컵 속에서 아지랑이처럼 김이 모락모락 피어올랐다. 뜨거운 커피를 후후 불면서, 국희가 두 다리를 길게 뻗었다. 테이블 아래에 네 개의 발이 맞닿을 듯 교차되었다.

범안은 심플한 원목의자 등받이에 느긋이 기대며 유리창 밖을 내다봤다. 거리의 풍경은 한층 을씨년스러웠다. 오피스텔 뒤편 작은 커피전문점의 건너편은 아파트 단지였다. 거리를 메운 건 방음벽과 띄엄띄엄 심어진 가로수가 전부였다. 초겨울의 가로수는 잎이 거의 떨어져 앙상한 가지를 드러내고 있었다.

곧 거리는 겨울의 한파에 묻힐 것이다. 그때쯤이면 모든 일이 말끔히 정리되었으면 좋겠다.

맞은편 그녀에게로 시선을 돌렸다.

모든 시간을 오롯이 이 여자에게 할애할 수 있도록.

"추우면 이리 와."

"그 정도로 춥진 않아요."

그는 제 옆자리를 턱짓했다. 그녀가 오만하게 턱을 들며 심드렁한 척 굴었다. 범안은 그저 빙그레 웃었다. 달랑거리는 종소리와 함께 커피전문점 문이 열렸다. 들어선 남자가 씩씩하게 손을 들었다.

"오래 기다리셨나요?"

"아닙니다. 저희도 좀 전에 왔어요."

범안의 대답에 인규가 사람 좋은 미소를 지었다. 그와 국희는 가벼운 눈인사를 나눴다.

"CCTV는 확인하셨어요?"

"네, 어제."

앉자마자 인규는 노트북부터 켰다. 범안은 CCTV 녹화분을 저장해 온 USB를 넘겼다. 인규가 실행시키는 동영상으로 세 사람의 초점이 집중되었다. 마우스를 잡으며 범안은 설명을 시작했다.

"206호가 8월 한 달 동안 CCTV에 잡힌 것은 단 두 번뿐입니다. 사건 당일과 그 며칠 전이 전부죠. 한 달 계약을 하긴 했지만 실제 거주했다는 정황이 없습니다."

마우스 커서가 하나의 동영상을 열었다. 영상의 날짜는 9월 1일 18시였다. 엘리베이터에 오르는 남자의 모습이었다.

"903호는 8월 13일 이후 한동안 보이지 않았습니다. 그러다 9월 1일부터 오피스텔을 들락거렸습니다. 머문 시간은 길진 않아요. 그리고 최근 CCTV엔 포착되지 않았습니다. 이 사람 개인 정보를 확인할 수 있을까요?"

"어렵진 않습니다. 하지만 오피스텔에 기재되거나 부동산에 저장된 정보는 가짜일 겁니다."

"그렇군요."

인규의 말을 범안은 수긍했다.

"왜 하필 9월 1일일까, 생각해 봤어요. 그런데 그날 오전부터 제가 오피스텔에 기거하기 시작했더군요."

"설마……."

범안은 무감한 어투였다. 그러나 묵묵히 듣고 있던 국희는 경악하고 말았다. 지독히도 섬뜩한 뜻이 내포된 말이었다.

"우연의 일치겠지?"

그는 아무렇지도 않게 웃어넘겼다. 그녀를 안심시키기 위한 말이었다.

"제 억측일 수도 있지만 사건 당일의 그림이 그려졌어요."

"말씀해 보세요."

"사건경위서를 보니 테라스 화단의 흙이 바닥으로 흩어져 어지럽혀 있었다고 하더군요. 그 근처에는 물기가 어려 있었고 발바닥의 1/3 정도로 족적이 남겨져 있었고요."

"맞아요. 볼 넓이가 약간 편기안 씨보다 넓은 족적입니다. 그러나 완전히 타인이라고 장담하기도 애매하죠."

인규는 수첩과 펜을 꺼내었다. 날렵한 글씨체로 메모하기 시작했다.

"왜 그것만으론 증거가 안 되는 거죠? 경위서에도 족적에 대한 설명은 그뿐이었어요."

"전체 발도 아니고 앞볼뿐이라 어려운 겁니다. 맨발도 아닌 양말을 신고 있어 발가락 나열도 확인이 안 되고요. 날씨 확인해 보셨어요?"

"네."

범안은 피식 웃었다. 설명하려던 부분을 인규는 이미 간파하고 있었다. 한데 그는 범안에게 설명을 양보했다.

"비가 안 왔습니다. 전날도, 사건 당일에도 날씨는 쾌청했어요. 그런데 테라스에는 물기가 있었고, 그로 인해 족적이 만들어졌죠. 멀쩡하던 화단의 흙은 떨어졌고요. 근데 경찰이 이 과정을 면밀히 조사하지 않았더군요."

"단순히 화단에서 생긴 물기라고 생각한 거겠죠."

"가사도우미 아주머니에게 물어봤어요. 오래전부터 일해주신 분이거든요. 그런데 아주머니는 테라스 화단엔 오시는 날 아침에 물을 주신다더군요. 그날들은 안 오시는 날이었고요."

"정확하시네요."

인규가 흡족한 미소를 머금었다.

"가정을 하나 했습니다. 9층에서 테라스를 통해 물을 붓는다면 어떻게 될까?"

범안은 인규로부터 펜을 건네받아 수첩에 벽을 하나 그렸다. 상하로 9층, 8층이라고 각각 표시하고, 8층 좌측 끝 부분에 네모 박스를 그려 화단이라 적었다. 그러곤 9층부터 화단까지 물줄기 같은 두터운 선을 그었다.

"물이 떨어지면 가속으로 화단의 흙이 패일 겁니다. 그 흙은 테라스 바닥에 흩어지겠죠. 사방으로 물도 튀었을 거고요."

"그렇겠네요."

"전날 903호가 내려와 형과 대화했다고 합니다. 물이 샌다면서 안으로 들어가 확인해야겠다고 했다더군요. 801호 거주자가 목격한 내용입니다. 형님은 거부했고, 다른 사람도 보고 있던 터라

903호는 금방 물러났다고 합니다."

처음 듣는 내용에 인규가 집중했다.

"가정을 심증으로 바뀌게 하는 말이군요. 듣고 보니 8월 12일이 실행 날이었을 가능성이 있네요. 처음엔 903호가 해결하려 했다가 틀어져서 계획이 바뀐 거죠."

"네. 그래서 2차 가정을 했습니다. 형은 낯선 사람을 무턱대고 들일 만큼 허술하지 않습니다. 그러니 903호가 형을 해한 건 아닐 겁니다. 현장엔 강압적인 흔적이 없었다고 했으니까요."

인규가 수첩에 동그라미를 세 개 그렸다. 주차장과 관리사무소였고, 나머지 하나는 803호였다. 그가 설명을 시작했다.

"이들은 안수인의 가방 때문에 알바를 한 녀석이나 노숙자와 마찬가지로 청부 지시를 받은 겁니다. 903호는 주차장 사고를 일으켜 관리직원을 불러냈고, 206호는 빈 관리사무소에 침입을 한 거죠. 206호가 CCTV 메인프로그램을 건드려 멈추게 만든 역할을 했을 겁니다."

"그러고 나서 형과 일면이 있는 면식범이 온 걸까요?"

"그렇겠죠."

"중요한 것은 그 사람인데 단서가 없습니다."

"제가 왜 여기서 보자고 한 줄 아십니까?"

커피전문점을 휘둘러본 인규가 선하게 웃었다.

"여긴 오피스텔 주차장 바로 옆입니다. 오피스텔 주차장 진입로가 어렴풋이 보이죠. 반대편 공원 라인에 CCTV가 포착하지 못한 것. 그것이 어쩌면 여기 잡혔을지도 모르죠."

그의 손가락이 허공을 가리켰다. 국희와 범안의 눈길이 좇는 손가락 끝에는, 커피전문점 입구 CCTV가 있었다. 즐기듯 인규가 쾌활히 말했다.

"운에 한번 맡겨보죠."

4화
구름이 가린 밤

　스산한 바람을 동반한 재색 먹구름이 까만 하늘을 이중으로 덮었다. 태풍이 올 것처럼 삽시간에 음습한 기운이 돌았다. 까만 어둠이 그슬린 놀이터 울타리를 재색 RV밴이 지나쳤다. 밴은 빌라가 즐비한 좁은 골목길을 지나쳐 한 동짜리 빌라 앞의 거주자 주차 공간에 멈춰 섰다.

　툭.

　유리창에 굵은 방울이 떨어졌다.

　투두둑.

　이어 투박한 소리를 내며 빗줄기가 무서운 속도로 하강하기 시작했다. 자동차 시동을 끈 인규는 바람막이 재킷을 여미며 뒷좌석에서 주섬주섬 우산을 찾았다. 파라솔 같은 우산을 펼치며 골목으

로 나왔다. 폭격을 내리는 것처럼 굵은 방울이 길바닥을 무참히 때
렸다. 투덕투덕한 걸음으로 금세 바짓단이 젖어들었다.

제집의 보안문 쪽으로 이동하는데, 불현듯 섬뜩한 기운이 뒷골
을 와락 덮쳤다. 뒤돌아봤다. 굵은 빗방울 사이로 시커먼 그림자가
희미하게 비쳤다. 건물 뒤편 좁은 틈 사이로 움직이는 물체였다.

눈초리가 빗줄기 사이로 꽂혔다. 그의 손이 움직였다. 주섬주섬
재킷 안주머니에서 담배를 꺼내었다. 거칠기만 한 칼바람을 손바
닥으로 막으며 라이터로 불을 켰다. 담뱃불을 붙이고 한숨 크게 들
이마셨다.

"휴."

기다란 연기를 내뿜고서 그는 설렁설렁 움직였다. 좁은 틈으로
한 걸음, 한 걸음 다가갔다. 그때, 별안간 시커먼 것이 타닥― 소리
를 내며 튀어나왔다.

"억!"

무심코 인규는 비명 비슷한 소리를 냈다.

냐옹. 짧은 울음소리와 함께 암흑을 뚫는 노란 눈알이 보였다.
시커먼 털을 가진 길고양이였다. 비에 쫄딱 젖은 고양이가 처량 맞
았다. 녀석이 연약한 울음소리를 내며 그를 우러렀다. 곧 고양이는
타다닥 뛰어 다른 골목으로 사라졌다.

"으이고, 저 녀석."

고양이에게 지레 놀란 자신이 한심했다.

허탈하게 웃으며 인규는 담배를 하수구 구멍에 던져 버렸다. 붉
은 불똥이 빗방울에 치직― 죽어버렸다. 비를 등지고 그는 현관으

로 들어갔다.

활자가 뇌에 입력되지 않는다. 같은 줄을 서너 번 읽다가 끝내 책을 덮었다. 국희는 읽던 책을 내려놓고서 침실에서 나왔다. 소파에 앉아 있는 범안의 너른 등이 시야에 잡혔다. 그는 USB에 담긴 파일을 분석하느라 여념이 없었다. 발소리를 내지 않고 가만가만 걸어 그에게 다가갔다.

"알아낸 거 있어?"

마우스에서 손을 떼면서 범안이 올려다봤다. 잠시도 쉴 틈 없는 그가 안쓰러웠다.

"파일 내용의 대부분은 개별 브랜드 리스크 관련이야. 내가 알고 있던 경영 실적과 상반되게 순손실이 커. 브랜드가 개발되자마자 손실을 안고 시작한 경우도 있고…… 왜 이런 위험을 감수하면서까지 브랜드 개발을 했을까, 조금 의아하긴 해."

"언제까지 할 거야? 자정이야."

"먼저 자."

"내일은 출근해야 하잖아. 어젯밤에도 몇 시간 못 잤는데 너무 무리하는 거 아니야?"

소파 팔걸이에 앉으며 그녀는 걱정스레 물었다. 눈썹을 올린 범안이 노트북을 정리하고서 일어났다. 그가 돌연 국희의 어깨를 잡으며 침실 쪽으로 이끌었다.

"좋아, 자자."

"응? 같이 자자고?"

국희는 슬그머니 경계했다.

"방전되기 직전이야. 충전시켜 줘."

침실로 들어서자마자, 그가 부드럽게 등줄기를 쓸어내렸다. 은밀하고 은근한 접촉이었다. 허리까지 내려온 손에 힘이 들어갔다. 그녀 몸으로 바짝 당긴 그가 고개를 숙였다. 입술이 서서히 다가왔다.

"어이구!"

황급히 손바닥으로 그의 가슴팍을 밀어냈다. 단단한 가슴팍이 차지게 손바닥에 감겼다. 이런, 이 다부진 몸을 느끼면 안 된다.

"언제는 내가 너무 소중해서 아낀다며? 난 소파에서 잘래."

"아낀다니까, 아주 많이."

휑하니 돌아서려는데 범안이 팔을 강하게 끌어당겼다. 품 안으로 들어가는 작은 몸을 옥죄듯 안고서 그가 돌아섰다. 버둥거리며 거부했다. 그 충돌로 인해 다리가 중심을 잃었다.

"악!"

침대 위로 감긴 채 떨어졌다. 국희는 외마디 비명을 토해내며 벗어나려 했다. 그런데 범안은 기회를 놓치지 않았다. 잡아채듯 그의 상체가 몸 위로 올라왔다.

"아끼니까, 오늘은 굿나잇 키스로 만족할게."

위에서 내려다보던 그가 씩 웃었다. 입술이 다시 숙여졌다.

"안 돼! 여긴 지극히 위험한 장소야. 키스도 안 돼."

국희는 급히 손바닥으로 그의 입술을 막았다. 어정쩡한 자세로 두 사람의 동공이 마주쳤다. 불만 가득한 표정으로 범안이 일어났다. 그녀도 후딱 몸을 일으켰다.

"날 믿지 못하는 거야?"

"넌 믿어."

"그런데?"

"남자는 못 믿어."

그리고 나도. 속말을 할 순 없었다. 국희는 침대 우측 끝으로 가서 최대한 간격을 유지했다.

"같이 침대를 쓰긴 하자. 근데 넌 저쪽 끝에, 난 여기서 자는 거야. 여기가 선이니까, 선 넘으면 죽는다."

침대 중간 부분을 손날로 가르며 엄포를 놨다.

"이 선 넘으면 짐승, 이런 거야?"

"응."

"난 짐승보다 못한 놈이 되긴 싫은데."

내키지 않은 듯 범안이 미간을 일그러뜨렸다.

"숙면을 취하게 만들어줄까?"

국희는 침실 테이블에 놓아둔 가스총을 들어 보였다. 황당한 나머지 범안이 헛웃음을 쳤다. 끝내 입술을 질근거리던 그가 침대의 좌측 가장자리로 갔다. 그러고선 신경질적으로 돌아누웠다.

"절대 안 건들 테니까 안심하고 자."

불퉁거리는 말이 건너왔다.

삐친 모양이다. 웃음이 나오려는 걸 애써 참으며, 스탠드 조명을 켜놓고 침실 스위치를 내렸다. 침대로 돌아와 여전히 그의 등을 경계하며 우측 끝에 누웠다. 어릴 때 언니와 한 침대를 쓸 때 빼고는 그 누구하고도 한 침대를 써본 적이 없었다. 하물며 남자하고는 더 더욱.

그와 한 이불을 공유하고 누워 있는 것이 이상했다. 얌전하던 심장이 서서히 빠르게 박동했다. 행여 그에게 들릴까 싶어 국희는 숨도 가만가만 내쉬었다. 이불을 더 끌어당겨 입술까지 덮었다. 따스한 온기가 밴 이불의 반대편엔 그가 있다. 희미하게 그의 숨소리도 들려온다.

차라리 어젯밤처럼 안겨 있는 게 속 편할까. 어째서 이 상태가 더 긴장되는 거지?

그녀는 나직한 숨을 삼키고서 자그마하게 입을 열었다.

"잘 자."

"응. 너도."

단순 인사일 뿐인데 범안은 움찔하고 말았다.

못 견디겠다. 저 목소리를 품은 입술만이라도 삼키고 싶었다. 숨소리까지 들릴 정도로 가까운 거리인데 제 욕구를 제어해야 하는 현실이 그 어느 때보다 불만스러웠다.

그는 눈꺼풀을 닫아버렸다. 그러면서도 그녀의 미약한 움직임을 세세히 느끼고 있었다. 등허리에 있던 이불이 약간 끌려갔다. 꼬물거리는 기척에 감았던 눈을 떴다. 침 삼키는 소리가 여릿하게 들려왔다. 불끈거리는 제 심장에 불 지피는 소리처럼 들렸다.

가만히나 있지.

불만이 토해졌다. 범안은 도로 눈을 감았다. 어금니를 굳게 악물었다.

밤이, 너무 길 듯하다.

　월요일 오전은 언제나 그렇듯 분주했다. 출근하여 인트라넷에 올라온 일과표를 살펴보고 각 부서에서 올라온 결재 서류를 챙겼다. 정리를 끝낸 국희는 실장실로 들어가 책상 위에 바인더를 놓았다.

　"오늘 검토해서 이사님께 결재받을 문건들입니다. 오후 2시에는 3분기 임원회의가 내정되어 있습니다. 그리고 사장님으로부터 저녁을 같이 하자는 전언이십니다. 그리고 재무팀에 임원진 공개 파일을 요청했으나 원칙상 이사급부터 가능하기에 어렵다는 답입니다. 어떻게 할까요?"

　"그래요? 알았어요."

　결재 문건을 확인하며 범안은 뚝뚝하게 대답했다. 눈길 한 번 주지 않았다. 아침 내내 저기압인 상태였다.

　"차 내올까요?"

　"필요 없어요. 나가 봐요."

　미동조차 하지 않는 국희를 범안이 올려다봤다. 짐짓 심통 난 아이처럼 모난 눈동자였다.

　"언제까지 토라져 있을 거야?"

　"토라져? 너 내가 사탕 사달라고 조르다가 삐친 아이처럼 군다는 거야?"

　원인을 알기에 국희는 비딱하게 굴었다. 공격적으로 이죽거리자, 범안이 맞받아쳤다.

"어. 딱, 자신을 아는 비유네."

빈정거리며 깐죽대는 태도에 범안의 눈썹이 치떴다. 그의 성질이 스멀스멀 올라오는 것이 또렷이 보였다.

"토라진 아이, 내가 달래야 하나?"

그녀는 설렁설렁 책상으로 다가갔다. 그러고선 한 손을 책상에 짚으며 상체를 숙였다. 눈동자를 마주 보는 거리가 가까워졌다. 도발적으로 그를 주시하며 내뱉었다.

"사탕 대신이야."

동시에 손을 뻗었다.

순식간에 낚아채듯 그의 넥타이를 잡아당겼다. 그 행동은 우악스럽기까지 했다. 예측하지 못한 행동에 범안의 상체가 앞으로 쏠렸다. 놀란 범안의 동공이 커졌다. 바싹 가까워진 그의 얼굴로 더욱 고개를 숙였다. 그대로 그의 입술에 제 입술을 갖다 댔다.

충동적인 행동이었다. 그래도 상관없다 생각했다. 그 누구보다도 그의 마음을 알기에, 단순히 판단했다.

그가 좋으면 그만.

놀라 벌어진 그의 입술을 머금고 제 촉촉한 입술을 움직였다. 먼젓번의 심플한 키스보다 조금은 더 공들였다. 그의 아랫입술을 물듯이 훑고, 용기 내어 혀를 들이밀었다. 그리고 그의 혀를 찾아 당당히 감았다.

달콤했다. 토라진 아이가 바라던 사탕보다 달콤할 것이다.

짧게 끝내려 떨어지는 입술을 금세 그의 입술이 쫓아왔다. 처져 있던 범안의 팔이 들렸다. 도망치려는 목덜미를 잡아채고서 당겼다. 곧바로 쫓아온 입술을 옴짝달싹 못 하도록 묶었다. 발긋한 열기를 품은 키스가 짙어지려 했다. 막상 일을 벌인 사람은 국희였지만 그 기회를 잡은 것은 범안이었다.

뒤꿈치가 들린 상태로 파닥거리던 다리에 국희는 힘을 줬다. 바닥을 디디며 상체를 번쩍 들었다. 저항하듯 떨어지는 발긋한 입술이 범안은 아쉬웠다.

"……됐지?"

확인 사살을 끝내고, 그녀는 부리나케 물러났다.

미친 거지. 회사에서, 그것도 언제 누가 방문할지 모르는 실장실에서 무슨 짓인가.

후다닥 실장실을 나가 버리는 뒷등을 범안은 멍하니 바라봤다. 이제 막 사탕의 단맛을 맛보려던 참에 빼앗긴 기분이었다. 그는 주저하지 않았다. 성큼성큼 실장실을 나가니 비서실은 텅 비어 있었다. 대신 탕비실에서 자그마한 소음이 들렸다.

그는 한쪽 입꼬리를 올렸다. 한 걸음 크게 움직여 기획실장실 문고리를 잠갔다. 그러고선 즉시 탕비실로 들어갔다. 국희는 목이 타는지 정수기 앞에서 냉수를 꿀떡꿀떡 삼키고 있었다. 그의 기척을 눈치 못 챈 국희.

"지국희 씨."

나직한 부름에 그녀가 화들짝 놀랐다. 엉거주춤 뒤돌아보는 그녀에게 느긋하게 다가갔다.

"업무를 이런 식으로 합니까?"

"네?"

지레 겁먹은 국희가 뒤로 물러섰다. 차가운 벽이 등에 닿았다. 옆의 좁은 자리만이 유일한 공간이었다. 그녀는 발을 움직였다. 잽싸게 옆의 빈틈으로 비집고 나가려는 그녀를 범안의 팔이 가로막았다.

"시작을 했으면 끝을 내야죠."

"뭐, 뭐 하는 거야? 누가 오면 어쩌려고……."

금방이라도 입술을 덮칠 기세에 국희는 자지러졌다.

"문이 잠겼으니 대답 없으면 돌아가겠지."

"네?"

대꾸할 틈도 없었다. 저돌적으로 범안의 입술이 그녀의 입술을 막아버렸다.

이런 치밀한 놈…….

열성적으로 들어오는 기세에 국희는 외마디 비명조차 지르지 못했다. 거침없이 몰아붙이는 혀와 입술이 체내의 모든 것을 빨아들였다. 등은 단단한 벽이 닿았고 가슴엔 단단한 그의 가슴팍이 닿았다. 그의 몸이 완전히 겹쳐질 듯 덮어버렸다. 잡아 뜯듯이 물어대는 성미 급하고 열렬한 키스였다. 숨이 막힐 지경이었다.

공적인 공간에서 벌어지는 은밀한 키스는 자극적이었다. 벽에 대어졌던 범안의 손이 움직였다. 보드랍게 목덜미를 쓸어내린 손길이, 어깨를 타고 팔까지 서서히 내려왔다. 탐색하듯 팔을 쓸어내린 손길은 옆구리로 옮겨졌다. 움켜쥐듯 옆구리를 잡은 그의 손아귀에 힘이 들어갔다. 그 상태로 더욱 강렬히 끌어당겼다.

하나가 되고 싶은 욕구는 그 어느 때보다도 미치도록 강했다.

비틀어진 국희의 다리가 금방이라도 풀릴 지경으로 흐트러졌다. 맞닿은 허리와 복부가 터럭만큼의 틈도 없이 밀착되었고, 네 개의 다리가 겹치듯 교차되었다.

그때였다. 실장실 안쪽에서 휴대폰 벨소리가 들려왔다. 범안의 휴대폰이었다.

"······전화······."

그제야 그의 입술이 떨어졌다. 화기를 품은 동공이 그녀를 내려다봤다. 그는 가까스로 이성을 찾았다. 거칠어진 숨을 몰아쉬며 고개를 숙였다. 그녀의 목덜미에 제 얼굴을 묻고서 호흡을 가다듬었다. 제 품 안에서 파르르 떨고 있는 그녀를 고스란히 느꼈다.

정상 호흡을 되찾고서 범안은 고개를 들었다. 발갛게 부풀어 오른 국희의 입술이 시야에 잡혔다. 매혹적인 이 입술을 종일 머금고 싶다.

"일합시다, 지국희 씨."

제 욕구는 묻어두고 그는 빙그레 웃었다. 손을 들어 보드라운 그녀의 뺨을 쓰다듬었다. 이내 그가 물러났다. 실장실로 돌아가는 그의 등을 국희는 샐쭉하니 흘겼다. 그러다 배시시 웃고 말았다.

"이상으로 각 브랜드별 부서장 실적 보고를 마치겠습니다. 다음으로 편범안 마케팅기획실장님의 브랜드 확장 기획 보고가 있겠습니다."

오른편에 놓인 사회대에서 회의 진행자가 마이크에서 입을 뗐다. 왼편 끝자리에 앉아 있던 범안은 단상으로 향했다. 마이크를 넘겨받은 그가 프로젝터 리모컨을 눌렀다. 임원진들의 이목이 집중되었다.

"편범안입니다."

임원들을 향해 허리 굽혀 인사한 그는 사회대에 올랐다.

"여기 계신 모든 분들이 새 브랜드 개발에 얼마나 큰 목적을 두고, 많은 투자를 해왔는지 익히 잘 알고 있습니다. 그러나 저는 오늘 새 브랜드에 대한 안건을 발표하지 않겠습니다."

일순 컨퍼런스룸이 술렁거렸다. 중앙 자리에 앉은 장 회장은 의아한 표정이었다. 진작 임원회의 자료를 검토했던 편명호는 담담했고, 배강수나 배영수는 입매를 비뚤게 늘였다.

범안은 리모컨 버튼을 눌렀다. 기존 브랜드들이 선명한 이미지와 함께 스크린에 떠올랐다.

"화면에 보이는 것이 인성그룹의 주 브랜드인 '알흠다움'을 비롯하여 카페 IN 등의 기존 브랜드들입니다. 인성의 대표적인 성공사례 브랜드입니다. 그리고 이어서 보이는 브랜드들은 실패한 사례들입니다."

손가락의 움직임에 따라 스크린 화면이 연속적으로 바뀌었다.

"인지하셨던 것보다 실패한 브랜드가 많을 겁니다."

몇몇의 임원이 끄덕이며 수긍했다.

"이 브랜드들을 개발한 임원분들께 묻겠습니다. 기존 개별 브랜드들의 실패 원인이 무엇인가요? 기존 브랜드의 프로세스도 제대로 파악하지 못하고, 단순 영업 논리만으로 운영했기 때문이 아닌가요?"

대답하는 임원은 없었다. 그는 힘 있는 목소리로 말을 이었다.

"브랜드들의 리스크를 그대로 안고 브랜드 확장만을 목적으로 하는 경영은 차후 더 큰 손실을 입힐 겁니다. 그래서 오늘 제가 준비한 건, 기존 브랜드의 실질적인 운영 방안입니다."

"대처 방안이 있습니까?"

전무가 질문했다.

"네. 몇 가지 방안이 있습니다. 첫 번째는 브랜드 리뉴얼, 즉 라인 확장을 통해 기존 브랜드를 활용하는 방안입니다. 제품의 개선이나 포지셔닝에 변화를 주는 거죠. 두 번째 방안은 트레이딩 시스템 설계와 업무프로세스 설계를 해서 운영 리스크를 한눈에 볼 수 있도록 하는 겁니다."

자신 있게 몇 걸음 움직인 범안은 리모컨을 눌렀다. 스크린엔 설계 프로세스 화면이 나타났다. 임원들이 스크린에 집중하기 시작했다. 건성으로 놓아뒀던 자료를 넘기며 그의 발표를 세심히 들었다.

제법이군. 또 한 방 맞았군.

획일적으로 새 브랜드 개발에 주력했던 세준도 인정했다. 허를 찌르는 발표였다. 또한 3분기 1차 임원회의 때와는 상반되게 다른 범안의 태도였다. 의욕적이고 자신만만한 목소리는 강약 조절을 정확히 했고, 손짓 발짓까지도 계산된 듯 힘이 넘쳤다. 꼼꼼히 지켜보던 장 회장의 입매에 흡족한 미소가 번졌다. 조금은 불안했던 편명호도 느슨히 등받이에 제 몸을 실었다.

장장 네 시간에 걸친 임원회의가 끝났다. 임원들은 1차 회의 때와 달리 범안에게 악수를 청하며 독려했다. 배강수와 배영수만이 못마땅한 기색으로 지나쳤다.

"다크호스가 등장한 것 같네. 그렇지?"

"잘하네요. 형만 한 아우 없다는 속담은, 역시 속담일 뿐인 모양입니다."

배영수가 빈정거리자, 배강수가 신랄하게 맞받아치고서 빠른 걸음을 옮겼다. 배영수가 눈을 부라리며 아우의 뒷등을 주시했다.

"브랜드 리뉴얼로 방향을 틀 거라곤 생각지 못했어요."

"요행입니다."

세준이 범안에게 여유로운 농담을 전했다. 범안도 가뿐히 받아들이며 웃었다.

엘리베이터로 향하던 장 회장이 슬그머니 그들을 뒤돌아봤다. 세준과 범안이 동시에 허리를 굽혀 묵례했다. 두 경영 후계자 후보를 뿌듯한 눈길로 보고서 장 회장은 마저 걸어갔다.

그때 회의 자료 정리를 끝낸 국희가 컨퍼런스룸에서 나왔다. 앞에서 나란히 기다리던 세준과 범안이 쳐다봤다. 세준이 그녀에게 친절히 미소 짓고서 엘리베이터로 걸어갔다. 모든 임원이 빠져나간 19층 컨퍼런스룸 앞에 국희와 범안이 남았다.

"끝내줬어요."

국희가 엄지손가락을 들어 올리고, 살며시 손바닥을 내밀었다. 범안은 쿡 웃으며 그녀의 손바닥을 탁 쳤다.

"평가가 좋다."

그릇과 부딪치던 달그락거리는 움직임이 멈췄다. 편명호는 젓가락을 내려놓고서 물컵을 들었다. 범안도 젓가락을 얌전히 내려놓았다.

"내가 검토했던 자료보다 더 보완했더구나. 브랜드 개발에 주력했던 몇몇 임원을 빼곤 대부분 호의적이었다. 처음부터 모두를 만족시킬 순 없지. 그래도 나쁘지 않았다."

처음으로 아버지 입에서 나온 칭찬 같은 말이었다. 언제나 매정할 정도로 냉담했던 목소리도 잔잔했다. 일전의 일로 팽팽해졌던 아버지와의 관계가 조금은 느슨해진 것 같기도 했다. 룸의 문가를 지키고 있던 선혁도 놀라 쳐다봤다.

"감사합니다."

"이번에 잘했다고 자만하진 마라."

"네."

범안은 짤막히 대답했다. 편명호가 멈췄던 식사를 이어갔다. 그는 결심하고 입을 열었다.

"아버지께 부탁이 있습니다. 임원진 공개 파일에 대한 권한이 필요합니다."

"임원진 공개 파일? 넌 열람할 수 없는 거냐?"

"네. 원칙상 이사급부터 가능하다고 합니다."

"무슨 파일이 보고 싶은 거냐? 사내 미공개 파일은 네 업무에 굳이 필요 없을 텐데."

"경영 실적 재무제표나 브랜드 리스크 현황 등이요. 제가 살펴볼 것이 있어서요."

"알았다. 권한을 부여해 줄 테니 재무팀에 요청해라."

편명호가 순순히 응했다.

"고맙습니다."

"네 업무에 필요한 일이라면 당연한 일이다. 고마운 일이 아니야."

젓가락으로 반찬을 집으며 편명호가 입을 다물었다. 뚝뚝한 어투였지만 냉담하지는 않았다.

범안은 고개를 숙였다. 그의 입가에 옅은 미소가 번졌다.

띠. 보안카드를 인식한 자동문이 열렸다. 시원스레 통과한 국희는 정렬된 파티션 사이를 걸어갔다. 모니터 화면을 주시하던 재무팀 과장이 그녀를 발견했다.

"안녕하세요."

"오셨어요. 준비해 놓고 있었어요."

과장이 한 무더기로 뽑아놓은 서류철을 건넸다. 그는 인트라넷으로 보내달라는 요청에, 보안 자료라 온라인 전송은 안 된다며 깐깐히 굴었다. 하는 수 없이 그녀가 자료를 직접 받으러 온 것이었다.

"여기 사인해 주세요. 살펴보신 후에는 바로 폐기해 주셔야 합니다."

정보보안정책 사항이 기재된 서류를 내밀면서 그가 공란을 가리켰다. 펜을 건네받고, 국희는 서명을 끝냈다.

"수고하세요."

무게감이 상당해서 국희는 양팔로 안아 들었다. 나오자마자, 맞은편 엘리베이터 버튼을 눌렀다. 3호기가 5층에 도달했다. 열리는 문으로 들어서려던 그녀는 무심코 멈칫했다. 안에는 배영수 부사장의 비서실장이 탑승해 있었다.

일전에 배영수는 그에게 그녀의 프로필에 관해 물었었다. 어제 임원회의 때 멀찍한 거리를 두고 마주치긴 했으나 그뿐이었다. 그날 이후 첫 대면이나 마찬가지인지라 무의식중에 긴장이 되었다.

"19층으로 가죠?"

"네, 고맙습니다."

자유롭지 않은 국희의 팔을 일별하며 그가 물었다. 국희는 공손히 대답했다.

"적응은 좀 했어요? 보통 신입 비서 적응 기간이 3개월 정도 되는데."

"네. 어느 정도는……."

"그런데 지국희 씨, 비서로 취업하기 전엔 어떤 일을 했어요? 신입사원치곤 나이가 있는데."

이미 경력 사항을 조사하고서 떠보는 걸까? 어설픈 행동은 공연히 의심만 불러일으킨다. 그녀는 침착히 대응했다.

"취업 재수생이었어요."

"용케도 취업에 성공했네요. 특채였죠?"

"네."

"비서는 항상 공채였는데, 어떻게 특채로 들어왔어요? 줄이 있나?"

"뭐…… 비슷해요."

속없는 여자처럼 국희는 어리숙한 미소를 지었다.

비서실장의 눈썹이 꿈틀했다. 마땅치 않다는 눈길로 그녀를 훑던 눈길이 팔로 옮겨졌다. 팔 위에는 두터운 서류철이 얹어져 있었다. 저 마크는……. 서류의 표지는 사내 미공개 파일에만 찍히는 인증 마크가 있었다.

"그럼 수고하세요."

엘리베이터가 19층에 도착했다. 국희는 인사하며 먼저 내렸다. 그녀의 뒷등을 비서실장이 뚫어지게 주시했다.

한기에 젖은 바람이 들어왔다.

미닫이 창문의 틈이 벌어져 있었다. 시린 바람이 유난히 거친 밤이었다. 앙상한 나뭇가지가 그 힘에 못 이겨 맥없이 흐느적거렸다. 금방이라도 부러질 것처럼 연약해 보였다. 정원을 내다보다 창을 닫았다. 세상의 소음과 단절된 공간은 적막감이 흘렀다. 슬리퍼를 신은 발을 움직여, 등받이가 높은 의자에 앉았다.

기다렸다는 듯 문자메시지가 도착했다.

─일요일 오후 1시. 오피스텔 근방 카페입니다. 편범안이 만난 이 남자에 대해 조사했습니다.

편범안과 낯선 남자가 카페에서 노트북 화면을 보는 사진이 첨부되어 왔다. 맞은편 자리엔 지국희도 있었다.

―이인규

　연달아 메시지가 왔다.

　곱슬곱슬한 헤어스타일을 한 통통한 남자의 얼굴이 클로즈업되어 포착된 사진이었다. 등받이에 깊숙이 기대며 전송된 사진을 뚫어지게 관찰했다.

　―37살. 5년 전까지 ㄱ경찰서 강력계 팀장이었고, 편기안 사건 담당인 박수철 반장과 동기입니다. 총기사고로 사직하고 현재는 민간 조사원으로 흥신소를 운영하고 있습니다.

　―편범안이 이 사람을 통해 안수인을 찾은 겁니까?

　―그런 것 같습니다. 경찰일 때도 유능했던 사람이었답니다. 현재는 박수철 반장과 협력하여 편기안 사건을 조사하고 있습니다. 카페에서도 조사 진행 상황에 대해 대화를 나눴을 겁니다.

　또 다른 사진이 전송되었다. 비 오는 어두운 골목에 커다란 우산을 든 남자가 있었다. 장대비가 내리는 밤의 먼 거리 포착이라 남자의 모습은 또렷하지 않았다.

　―이인규가 기거하는 곳입니다. 2년 전 이혼하고 혼자 살고 있습니다. 어떻게 할까요? 영민한 사람이라 이 상태로 두면 위험합니다. 그런데 쉬운 상대도 아닙니다.

—생각해 봅시다.

톡톡톡.

손톱이 원목 책상을 두들겼다. 간헐적으로 울리는 자그마한 소리는 섬뜩할 정도로 날카로웠다.

강력계에서 잔뼈가 굵은 팀장이었다면, 만만한 상대가 아니다. 더군다나 편기안에 이어 안수인 사건까지 맞물렸으니 더욱 접근이 어려울 것이다.

—그리고 오늘 재무팀에서 임원진 공개 파일이 편범안 실장에게 갔습니다. 미공개 파일을 열람할 수 있도록 편명호 사장이 권한을 부여했습니다.

—어떤 자료인지 확인하셨습니까?

—경영 실적 재무제표 등을 복사해 갔습니다. 편기안 USB에 있던 자료와 동일합니다.

책상을 두들기던 손가락의 움직임이 멈췄다.

편범안이 USB를 찾았군.

윙—

매서운 바람이 분다.

바람이 가진 힘은 거세다 못해 억셌다. 테라스 전면 유리창이 바람의 반동으로 무기력하게 흔들렸다. 두들겨 대는 바람 소리에 국희는 읽던 책을 내려놨다. 조용히 침실에서 나와 테라스로 나갔다. 매섭게 휘몰아치는 바람이 사정없이 머리카락을 흐트러뜨렸다.

이상하리만치 삭막한 밤이다. 한파가 온 것처럼 체감온도도 냉했다.

오소소 돋는 소름을 느끼며 국희는 안으로 들어갔다. 폭격을 당한 것처럼 무참히 헝클어진 머리카락을 손가락으로 빗었다. 넌지시 소파 쪽으로 고개를 돌렸다. 그런데 범안이 한 손으로 이마를 짚고서 심각하게 앉아 있었다. 그는 퇴근하자마자 재무팀에서 받아온 자료와 USB 파일을 비교 분석하고 있었다.

"왜 그래? 머리 아파?"

부리나케 다가갔다. 그제야 범안이 고개를 들었다. 퀭할 정도로 동공은 기운이 없었다. 낯빛도 창백하다시피 파리했다.

"괜찮아."

"두통약 갖다 줄까?"

범안은 안심시키려는 듯 내색하지 않았다. 물이라도 갖고 오려고 국희는 발길을 틀었다. 그런 그녀의 팔목을 그가 잡았다.

"찾았어."

"응?"

"원인."

담담한 음성. 그의 말에 뒷덜미의 솜털이 쭈뼛 곤두섰다.

"정말?"

"USB 파일은 재무팀 파일과 동일한 것처럼 보이지만, 달랐어. 형이 숨겨놓은 USB 파일이 정확하다면 회사에서 보존하던 파일들이 조작된 거야. 실적금액이나 순손실액 차이가 커."

그가 침착하게 설명하여 그녀는 옆자리에 앉았다.

"이제 조금은 짐작이 돼. 안수인이 말하던 그들이 무엇을 했는지……."

"뭔데?"

"그들은, 횡령을 했을 거야. 실적금액과 손실액 등 리스크 금액을 조작하고 회사엔 조작된 내용으로 보고했을 거야. 형이 그걸 눈치채고 조사를 한 거지. 임원들이 그동안 개별 브랜드를 왜 그렇게 확장했는지도 알 것 같아. 계획적으로 리스크를 떠안고 시작한 브랜드들도 있어. 처음부터 버리는 카드였던 거지. 브랜드 창업주들의 투자금만 유입시킨 악의적인 형태야."

"그럼…… 그걸 숨기기 위해서?"

"단순한 금액이 아니야. 몇백억에 해당돼. 그런데 아마 여기 나와 있는 금액보다 훨씬 더 크겠지."

횡령 사실을 숨기기 위해서 그의 형을 해한 건가.

"안수인 씨가 말한 BEL이라는 파일은 아무리 찾아도 없어. 약자로 된 파일인 것으로 보아 형이 따로 작성한 거야. 그 파일에 뭔가 명확히 나와 있을 텐데."

"그들이 누구일까? 임원진들일까?"

"그럴 거야."

"장 회장님도 아실까? 아니면 장 회장님도 포함된 걸까?"

조심스레 국희는 물었다.

"모르겠어. 혹시…… 아버지는 아니겠지?".

그의 동공이 불안정하게 떨렸다. 그가 무엇을 생각하는지, 무엇이 그의 뇌리를 사로잡은 건지 깨달았다. 국희는 번쩍 팔을 들어 그의 목을 끌어안았다. 그의 등줄기를 쓸어내리며 강단 서린 목소리로 말했다.

"아니실 거야. 사장님도 형의 타살 원인을 전혀 모르시잖아. 그러니까 절대 아니실 거야."

그가 떨고 있다. 형을 죽음으로까지 몰고 간 잔혹한 진실에, 아버지도 연관이 있을까 봐.

범안은 그녀의 어깨에 얼굴을 기댄 상태로 숨을 골랐다. 거칠었던 숨이 서서히 안정을 되찾았다.

"오늘은 그만해. 응?"

떨어지면서 그녀는 말했다.

옅은 미소를 지으며 그가 끄덕였다. 그녀는 서둘러 주방에서 우유를 꺼내왔다. 전자레인지에 따뜻하게 데우고 그에게 건네었다.

"뜨거운 우유를 마시면 숙면을 취한다잖아. 한 잔 마시고 푹 자."

말 잘 듣는 아이처럼 범안은 거부하지 않고 쭉 들이켰다.

국희는 그를 침실로 먼저 보내고서 주변 정리를 했다. CCTV가 켜진 노트북을 침실 테이블로 옮겨놓고 집 안 조명을 낮췄다.

"아무 생각 하지 말고 자."

범안은 깍지 낀 양손을 베개 삼아 누워 있었다. 반대편 가장자리에 눕는 그녀를 그의 눈이 좇았다.

"지국희."

"응?"

"이리 와."

그녀 쪽으로 돌아누운 그가 팔을 뻗었다. 제 팔뚝을 툭툭 치는 그의 동공은 잔잔했다. 그 눈동자를 매정히 외면할 수 없었다. 국희는 흔쾌히 그의 품 안으로 들어갔다.

"오늘은 자비로운데?"

의외의 행동에 범안은 감탄했다.

킥, 웃음을 내뱉고서 국희는 턱을 한껏 들었다.

스탠드 조명의 여린 다홍빛이 전부인 공간을 뚫고, 두 사람의 눈동자가 서로의 얼굴만을 들여다봤다. 까만 동공과 갈색 동공에 각각의 얼굴이 비쳤다.

"내가 있잖아. 아무것도 못 해줘도 네가 나로 인해 힘이 났으면 좋겠어. 내가 위로가 되는 사람이면 좋겠어."

국희는 속삭이듯이 조용히 말했다.

그의 입매가 호선을 그렸다. 커다란 손을 움직여 부드럽게 그녀의 머리카락을 쓸어 넘겼다.

대꾸는 없었으나 깊은 감정을 담은 눈동자는 그대로였다.

웃는 입술이 내려왔다.

국희는 그저 기다렸다. 느긋이 제 입술에 덮이는 촉감은 짜릿한 전율을 동반했다. 어정쩡하게 놓여 있던 손을 들어 그의 옆구리에 슬며시 대었다. 얇은 셔츠 너머로 그의 다부진 몸이 움찔했다. 그 미세한 반응까지도 감지되었다.

누가 먼저랄 것도 없이 입술이 벌어졌다. 섬세하게 치고 들어오는 촉촉한 감촉은 한없이 보드라웠다. 차츰차츰 입술을 빨아들이는 강도도 깊어갔다. 얼기설기 엉켰던 마음을, 서로의 기운으로 풀어갔다.

그러다 짙어지려는 키스를 멈춘 것은 범안이었다. 더 진행되었다가는 제어회로가 끊길 것만 같았다. 불그스름한 열기에 젖은 그녀의 입술에 짧은 입맞춤을 하고서 키스를 마무리 지었다. 그러고서도 그녀 콧잔등에 제 콧잔등을 댄 채로 떨어질 줄 모르는 범안이었다.

"있잖아…… 나 궁금한 게 있어."

얼큰하게 취한 기분이다.

"말해."

나직하게 숨을 몰아쉬며 범안이 대답했다. 그의 다정한 손길은 끊임없이 국희의 머리카락을 쓰다듬었다. 쉬이 떨어지지 못하는, 아쉬운 마음이 그대로 전해져 왔다.

"이건 정말 순수한 호기심인데 말이야……."

"응."

"나…… 복근 한 번만 만져 봐도 돼?"

"뭐?"

그의 콧잔등이 멀어졌다. 그는 긴가민가한 듯 어리둥절해했다. 제 귀가 잘못 들었나 의심하고 있는 눈빛이었다.

"매번 궁금했거든…… 이거……."

국희는 그의 옆구리에 얹어진 손을 들었다. 그의 복부를 손가락으로 쿡 찔렀다.

말초적인 호기심일 뿐이었다. 얼마나 단단할까, 어떻게 이런 복근이 만들어진 걸까.

범안은 잠시 당황했다. 믿을 수 없다는 눈으로 그녀를 뚫어지게 바라봤다. 그런데 국희의 눈동자는 순수 그 자체였다. 장난치는 것도 아니고, 농담하는 것도 아니었다. 벌떡 상체를 일으켰다.

"얼마든지."

내리깔린 눈동자는 강렬했다. 주저하지 않고 범안이 셔츠 단추를 풀었다. 셔츠가 서서히 벌어지면서 그의 가슴팍이 드러났다. 마지막 단추를 푼 그가 거침없이 셔츠를 벗어젖혔다. 거칠기까지 한 그의 동작으로 굴곡을 이루는 탄탄한 복근이 드러났다.

흡사 조각 같았다.

제 망막을 가득 채우는 그의 몸에서 국희는 눈을 떼지 못했다. 부드러운 선을 그리는 목선과 쇄골은 멋진 음영을 만들어냈고, 각이 진 어깨 또한 근사했다. 성난 것처럼 바짝 일어난 이두박근과 실 근육이 잡힌 팔은 정성스레 그린 것 같았다. 짧은 호흡을 뱉을 때마다 그의 가파른 가슴팍이 들썩였다.

눈길이 저절로 그의 맨몸을 위에서 아래로 훑어 내렸다. 울퉁불퉁하지 않은 매끈한 가슴팍, 군살 하나 없는 탄탄한 복근과 길고 곧은 허리 라인까지 무엇 하나 모난 곳 없이 아름다웠다.

와……!

가까이서 보니까, 진짜 끝내준다. 남자의 몸도 이렇게 예쁠 수 있구나.

이상하게도 부끄러운 감정이 들지 않았다. 멋진 작품을 우러러

보듯 감상하면서 진심으로 감탄했다.

"만져도 돼?"

"응."

초롱초롱 빛나는 눈동자가 물었다. 되레 긴장한 것은 범안이었다. 팽팽할 정도로 그의 복근이 긴장했고, 또렷이 도드라진 목울대도 꿈틀했다.

서슴없이 국희의 손이 올라왔다. 긴장이 고조된 허공을 가르며 두 개의 손가락이 그의 복부에 슬며시 닿았다. 일순, 그는 뒷골이 지끈했다. 따끔한 전류가 복부를 타고 전신으로 퍼졌다. 그의 호흡도 멎었다. 얼어붙은 것처럼 굳은 채, 제 아래의 그녀를 내려다봤다.

"어쩜 이렇게 단단히 만들었어? 꾸준히 운동해 왔던 거야?"

조심조심 국희는 손가락을 움직였다. 복근을 찬찬히 쓸어봤다. 그의 살갗이 보드라워 좋았고, 딴딴해서 더 좋았다.

"······응."

티 없이 해맑은 질문이 이어졌다. 어금니를 악다물며 범안은 간신히 대답했다. 그녀의 손가락이 이동할 때마다 오소소한 소름이 돋았고, 등마루가 바짝 곤두섰다.

이 여자는 정말 모르는 건가. 원초적인 호기심이 얼마나 노골적인 건지.

기막힐 정도로 순수한 눈동자가 원망스러울 지경이었다. 어쩌면 그동안 얄궂은 놀림에 대한 복수일지도 모른다는 생각까지 들었다.

“신기해. 여자는 복근 만들기 정말 힘든데…… 나도 열심히 운동하면 만들어질까?”

자신감이 붙은 손가락이 복근을 꾹꾹 눌렀다. 돌연 범안의 손이 그녀 손목을 낚아챘다.

“그만.”

“어?”

그제야 국희는 범안의 얼굴로 시선을 올렸다. 잔뜩 경직된 그의 얼굴은 마치 화난 사람처럼 굳어 있었다. 차양처럼 내려진 짙은 속눈썹 아래 까만 동공이 번뜩였다.

“너 지금 나 유혹하는 거지?”

“뭔 소리야? 진짜 궁금해서…….”

엉뚱한 오해에 얼굴이 화끈 달아올랐다. 비로소 국희는 제 행동이 얼마나 그를 도발시켰는지 깨달았다. 그의 눈동자가 이글이글 타오르고 있었다.

“궁금증은 다 풀었어?”

“뭐…… 그런대로…….”

이 상황을 어찌 모면하지……? 시선을 회피하며 국희는 눈알을 팽그르르 굴렸다.

“그럼, 이번엔 내 호기심.”

경고하듯 그가 강한 어조로 내뱉었다.

그러곤 거침없이 상체를 숙였다. 성미 급한 입술이 포악할 정도로 거세게 덮쳐 왔다. 참을 만큼 참은 욕구의 분출이었다. 지레 겁먹은 국희는 잠시 저항했다. 밀어내려 그의 어깨를 잡았으나 팽팽해진 몸을 느끼고 말았다. 움찔하며 그녀의 손이 망설였다.

시작부터 격렬했다.

파고들고 탐하는 놀림은 터럭만큼의 틈도 주지 않았다. 이건 분명 호르몬 과다 분비로 인한 이상 증세가 맞다. 열풍에 휩싸인 열렬한 키스 세례를 받으며 그녀는 그렇게 생각했다. 뇌가 하얗게 탈색되었다.

좋다. 너무 좋다.

뻣뻣했던 몸의 긴장도 녹아버렸다. 한 사람이 시작한 키스를 두 사람이 공유하기 시작했다. 오롯이 그만이 전부인 것처럼, 오롯이 그녀만이 전부인 것처럼. 그가 탐하고, 그녀가 탐했다.

뺨과 목덜미를 쓸던 그의 손이 미끄러졌다. 갖고 싶다는 듯 그녀의 살갗을 움켜쥐던 손이 허리춤으로, 옆구리로 옮겨졌다. 그의 매만짐이 싫지 않았다.

국희의 손바닥도 펴졌다. 그의 맨 등을 손바닥으로 가득 품었다. 근육의 꿈틀거림이 여실히 전달되는 그 감촉이 짜릿할 만큼 보드라웠다. 열렬히 입안을 훑던 입술이 떨어졌다. 그녀의 가느스름한 턱으로 느른히 미끄러졌다.

"하아……."

화기 어린 숨이 토해졌다.

혼이 나갈 정도의 열기에 국희는 턱을 한껏 들고 공기를 빨아들였다. 목선을 부드럽게 훔친 입술이 쇄골에 머물렀다. 새하얀 살갗이 머금는 자리는 온통 발그스름한 열꽃만 남았다. 그만큼 뜨겁고, 뜨거운 입술이었다. 뜨겁기는 그의 손도 마찬가지였다. 얄팍한 상의 속으로 파고드는 손의 온도는 화기를 고스란히 품고 있었다. 금방이라도 연소될 정도로 두 사람의 몸이 불덩이가 되었다.

이내 투박한 손길이 그녀의 상의를 벗겨냈다. 걸치고 있던 얇디얇은 티셔츠가 속절없이 벗겨졌다. 그리고 단 하나의 속옷만 걸친 맨몸을 그의 빈 몸이 덮었다. 한기가 들 정도로 소름이 끼쳤다.

그의 입술이 그녀를 다시 찾았다. 애달프도록 뜨겁게, 찾고 또 찾았다.

국희도 양손 가득 그의 뺨을 감싸며, 놓지 않겠다는 듯 빨아들였다. 두 사람의 시계는 멈춰진 채 움직이지 않았다.

그때였다.

휴대폰 벨소리가 울렸다. 일순 정지했던 시간이 움직이며, 현실을 일깨워 줬다. 퍼뜩 눈을 뜬 국희는 손을 뻗었다. 그녀의 손을 범안이 잡았다.

"……받지 마."

허스키해진 저음이 막았다.

"안 돼…… 보안실일지도 몰라……."

그녀의 중얼거림에 어쩔 수 없이 범안이 상체를 들었다. 그가 기다란 팔을 뻗어 휴대폰 발신자를 확인했다. 발신자는 경호원이 맞았다.

"네."

국희는 그에게서 휴대폰을 건네받았다.

[주무실 예정입니까?]

"네. 무슨 일 있어요?"

국희도 일어나 앉았다. 이불을 끌어당겨 드러난 빈 몸을 가리면서 테이블에 놓인 노트북 CCTV로 시선을 돌렸다. 어두침침한 8층 복도는 인적 없이 말끔했다.

통화가 이어지자, 범안은 침대에서 내려갔다. 한편에 떨어진 제 셔츠를 집고서 그가 침실을 나갔다. 그림처럼 근육이 도드라진 척추 라인을 국희는 멍하니 응시했다. 곧 그가 유리 칸막이 밖으로 사라졌다.

[저녁 식사를 제대로 못 해서 상가 식당을 갈까 합니다. 둘이 함께 움직이고 싶은데 괜찮으십니까? 30분 정도 비우게 될 겁니다.]

"아…… 네, 그러세요."

[외출하지 않으실 거죠?]

"네, 걱정 말고 다녀오세요."

[혹시 이상 정황이 포착된다면 바로 호출하십시오.]

"알겠습니다."

국희는 구겨진 채로 침대 위로 나뒹굴고 있는 제 옷을 잡았다. 두근거리는 심장박동이 가라앉질 않았다. 침착히 통화를 이어가곤 있었으나 실은 숨도 가까스로 내뱉고 있었다.

범안은 거실로 나왔다. 두런두런한 말소리가 멀어진 지점에 이르러서야 셔츠를 도로 걸치고 단추를 채웠다.

"후."

가빠진 호흡도, 심장도 제자리를 찾지 못했다. 제 몸에 담은 열기는 쉬이 식지 않았다. 그녀를 제 것으로 만들고 싶다는 욕구가 그 어느 때보다도 강렬했다. 이대로라면 폭주하는 야수로 돌변할 것만 같았다.

그는 소파로 성큼성큼 걸어갔다. 테이블 위에 놓인 제 휴대폰을 들고서 현관으로 걸어갔다.. 힐끗 침실 너머를 일별하고 문을 열었다.

"잠깐 나갔다 올게."

그는 대답도 듣지 않고 그대로 803호에서 나왔다. 조급한 걸음으로 복도를 직진했다.

한바탕 뛰어야겠다. 그래야 솟구치는 욕망을 잠재울 수 있을 것이다.

엘리베이터를 타고 1층으로 나와 뛰듯이 정문으로 향했다. 그럴 동안에도 그를 가로막는 사람은 아무도 없었다. 도시를 집어삼킬 듯한 억센 바람이 몰아치는 밖으로 나갔다. 셔츠 한 장만 달랑 걸쳤는데도, 불덩이처럼 달아오른 몸은 한기를 체감하지 못했다.

뛰었다.

차디찬 공기를 뚫고, 뛰었다.

"맛있게 식사하세요."

국희는 전화를 끊고 헝클어진 머리카락을 빗었다. 통화하느라 억제했던 숨을 크게 쉬어대며 제 몸을 추슬렀다.

"잠깐 나갔다 올게."

그때, 거실에서 범안의 목소리가 들렸다. 곧이어 쾅— 하는 현관문 닫히는 소리가 끝이었다.

"어?"

설마, 진짜 나갔어?

"범안아!"

소스라치게 놀라 크게 불렀다. 하지만 돌아오는 건 침묵뿐이었다. 그녀는 부랴부랴 상의를 챙겨 입었다. 그러곤 후다닥 쫓아 나갔지만 거실엔 범안의 그림자조차 없었다. 서둘러 휴대폰을 찾아 그에게 전화를 걸었다. 엘리베이터를 탄 건지 신호음은 갔지만 그는 받지 않았다. 그는 경호원들이 자리를 비운 것도 전해 듣지 못한 상태였다. 국희는 부리나케 신발을 신고 그의 뒤를 쫓았다.

앙상한 나뭇가지가 바람 따라 비벼대는 소리가 을씨년스럽다. 가로수 사이에 묶여진 현수막이 세찬 바람으로 금방이라도 끊어질 듯 파닥거렸다. 공원 울타리 근방엔 검은 차 한 대가 유유히 주차되어 있었다. CCTV가 잡히지 않는 사각지대였고, 가로수의 그림자가 차량을 덮고 있어 윤곽이 뚜렷하지 않았다.

운전석에는 남자가 있었다. 어두컴컴한 차 내로 남자의 이목구비는 명확히 보이지 않았다. 오피스텔 정문을 빤히 주시하던 남자의 미간이 일그러졌다. 지시를 받고 몇 시간째 성과 없는 대기 중이었다.

그만 갈까.

남자가 시동을 걸던 참이었다. 그때 키 큰 남자가 오피스텔 정문에서 뛰어나왔다. 길쭉한 다리와 체형이 낯익었다. 남자는 보행자 신호로 바뀐 횡단보도를 즉시 건넜다.

편범안이다.

그 모습을 좇던 남자의 동공이 커졌다. 얼른 보조석에 놓아뒀던 휴대폰을 들었다. 두 번의 신호가 떨어지고 상대방이 전화를 받았다.

"편범안이 오피스텔에서 나왔습니다."

[경호원들은?]

"없습니다. 아무도 없이 혼자 나왔습니다, 옷차림이 가벼운 것으로 봐선 잠시 나온 것 같습니다."

범안은 공원 울타리를 따라 반대 방향으로 뛰었다. 남자의 눈이 예리하게 좇았다.

[그런 보고 필요 없을 텐데요. 지시한 대로 하세요.]

신랄한 답이 돌아왔다.

말뜻을 간파하고 남자는 전화를 끊었다. 그리고 자동차 시동을 걸었다. 핸들을 거머쥐는 그의 가느다란 눈동자가 매섭게 번뜩였다.

횡단보도를 건넌 범안의 다리는 멈추지 않았다. 곧장 추위로 잎이 오그라든 사철나무 울타리를 지나고 공원 입구로 내달렸다. 막혔던 숨을 내쉬고 찬 공기를 들이마셨다.

징—

바지주머니에 넣은 휴대폰이 떨어댔다. 국희일 것이다. 범안은 멈춰 섰다.

[어디야? 혼자서 나가 버리면 어떡해?]

"머리 좀 식히고 올게. 걱정하지 마."

[안 돼. 혼자 있으면 안 된다고 했잖아.]

국희의 음성은 걱정으로 파르르 떨고 있었다.

[경호원들도 식사하러 갔단 말이야.]

"알았어. 다시 돌아갈게."

공연히 그녀를 놀라게 만든 모양이었다. 그는 미안해졌다. 제 욕구로 인해서 그녀 입장을 미처 생각지 못했다.

[나 엘리베이터 앞이거든. 곧바로 내려갈 거니까, 다른 데 가지 마.]

"네, 얌전히 기다리겠습니다."

착실히 대답하고 몸을 돌렸다. 휴대폰을 쥔 채 왔던 길을 되돌아갔다.

느닷없이 몰아친 한파 때문인지 거리는 인적이 없었다. 도로를 달리는 차량도 없는 썰렁한 밤이었다. 울타리를 따라가다 횡단보도 앞에서 멈췄다. 붉은 눈을 부라리고 있는 건너편 신호등을 멀거니 주시했다. 오피스텔 전면 유리창을 통해 로비를 가로지르는 국희의 모습이 시야에 들어왔다. 그의 입술이 환히 벌어졌다.

파란불이 켜졌다.

기다리던 범안의 다리가 움직였다. 한 발, 두 발 횡단보도를 내디딜 때였다.

끼익—

지면이 깎이는 날카로운 소리가 들렸다. 소리를 따라 고개가 우측으로 틀어졌다.

거뭇한 공간에 웅크리고 있던 그림자가 빠른 속도로 달려오고 있었다. 시야를 하얗게 태워 버리는 헤드라이트 불빛. 일순, 망막 전체가 부옇게 부서졌다.

달려든 그림자는 검은 차였다.

부연 시야 너머로 어렴풋이 보였다. 본능적으로 범안의 몸이 틀어졌다. 급박한 움직임으로 다리가 엉켰고 손에 쥔 휴대폰이 도로에 떨어지며 무참히 박살 났다. 그는 중심을 잃고 휘청했다. 오른손으로 바닥을 짚으며 앉고 말았다.

그 순간, 시커먼 악의가 그를 향해 돌진했다.

1층으로 내려오자마자 국희는 뛰었다. 로비를 가로질러, 정문을 막 나서는 순간이었다.

끼익―

귀청을 때리는 섬뜩한 소리. 자동으로 그녀의 눈이 소리를 따라갔다. 그 순간, 횡단보도를 막 디딘 범안에게로 검은 차가 달려드는 것이 보였다.

"범……."

숨이 멎는 순간이었다.

지금 무슨…….

눈앞에서 일어나는 끔찍한 광경을 믿기 어려웠다. 제게로 달려드는 차를 본 범안이 민첩하게 움직였다. 그러나 중심을 잃고 휘청거리고 말았다. 그가 바닥으로 주저앉았다. 그를 향해 차가 돌진했다.

"악!"

국희는 비명을 질렀다.

그 순간, 차량이 아슬아슬하게 범안을 피해갔다. 달려들었던 차는 정지하지 않았다. 그대로 도로 끝으로 사라져 버렸다. 후미등조차 켜지 않은 차량의 뒤를 범안의 눈이 넋 놓고 좇았다.

"범, 범안아!"

국희는 내달렸다.

곧장 그에게 달려갔다.

헐떡이는 숨을 토해내며, 시뻘게진 동공을 부릅뜨고서 그만 봤다. 오롯이 그만 봤다.

거의 다다랐을 때, 양팔을 뻗었다. 그에게 달려들며 그의 목을 단단히 감아쥐고 강렬히 안았다. 심장이 타버릴 것 같았다.

그를 잃을 뻔했다.

무참한 공포가 의식을 집어삼켰다. 뼛속까지 사늘했다.

춥다. 뼈가 시릴 정도로 춥다. 입술도 춥고, 손가락도 춥다. 심장까지도 춥다.

충격에서 벗어나지 못하고 국희는 치아까지 부딪칠 정도로 덜덜 떨어댔다. 그러면서도 그를 안아 든 육체에 힘을 풀지 않았다. 으스러져라 부둥켜안고, 놓칠세라 꽉 조였다. 위경련이 일어날 정도로 복부까지 부들거렸다. 제 몸의 떨림이 통제되지 않는다. 경호 원칙 같은 건 까맣게 잊고 말았다. 오롯이 제게 하나뿐인 그를 잃었을지도 모른다는 생각에 숨이 막혀왔다.

그가 위험했다.

그가 위험했었다.

머릿속에 반복되는 단어들조차 끔찍했다.

범안 또한 충격으로 굳어 있었다. 경직된 정신이 깨어나지 않았다. 초점 잃은 그의 동공이 밝은 빛의 오피스텔 입구만 아스라이 주시했다. 멀지 않은 그곳이, 냉기 어린 이곳과 차원이 다른 것처럼 까마득했다.

"허……."

그때, 귓전에 국희의 심호흡 소리가 들렸다. 비바람 맞은 가냘픈 새처럼 파들거리는 국희.

비로소 제 목을 끌어안고, 금방이라도 의식을 잃을 것처럼 가쁜 숨을 몰아쉬는 국희를 느꼈다. 그는 현실로 돌아왔다.

"……국희야."

그녀를 불렀다.

일순 옥죄듯 감겨 있던 그녀의 팔이 느슨해졌다. 꼿꼿하던 등허리도 축 처졌다. 그리고 돌연 그녀가 흐느끼기 시작했다.

"흐흐흑."

숨을 참듯 시작된 흐느낌이 끝내 울음소리로 변질되었다. 국희는 그의 목덜미에 얼굴을 파묻고서 크게 울어댔다. 제 이름을 부르는 그의 목소리를 듣자마자 가까스로 공포에서 벗어난 국희였다. 안심과 더불어 서러움이 복받쳤다.

"국희야……."

이토록 서럽게 우는 모습은 처음이었다. 단 한 번도 보지 못한 그녀의 눈물이었다.

그녀가 운다. 나 때문에 그녀가, 운다.

심장이 갈기갈기 찢기는 것처럼 아팠다.

범안은 도로에 짚었던 손을 들어 올렸다. 그런데 손목이 끊어질 듯 욱신거렸다. 중심을 잃고 넘어지면서 잠시 동안 손목이 체중을 지탱했었다. 그 충격으로 접질린 모양이다. 그래도 팔을 움직였다. 통증으로 그의 한쪽 눈이 일그러졌다. 그러나 제 몸보다는 그녀의 안정이 우선이다.

"괜찮아."

그녀의 머리칼을 부드럽게 어르고, 부드럽게 쓰다듬었다. 하나 국희의 울음소리는 잦아들지 않았다.

"국희야."

범안은 상체를 들었다. 양손으로 그녀의 뺨을 감싸고, 얼굴을 들어 올렸다. 눈물, 콧물이 범벅된 국희는 하염없이 울었다. 눈도 제대로 뜨지 못하고서 꺽꺽거렸다.

"나 봐. 응?"

경미했던 통증의 강도가 고통으로 바뀌었다. 살갗의 색채가 불그스름하게 달아올랐고, 서서히 부어오르기 시작했다.

나는 상관없다.

폭포수처럼 눈물을 쏟아내는 그녀의 눈가를 두 손가락으로 닦아내었다. 구멍이 뚫린 모양인지 길쭉한 고랑을 만들 태세로 눈물의 길은 끊어지지 않았다.

"나 괜찮아."

닦아낸 것도 잠시, 금세 주르르 제 손가락을 적시는 눈물은 데일 정도로 뜨거웠다.

"응? 국희야."

그의 다정다감한 목소리가 울렸다.

국희는 혼미해진 정신을 가다듬었다. 막이 낀 듯 부옇던 시야가 그의 따스한 손길로 걷혀졌다. 시야 너머엔 범안이 있었다.

"안 다쳤어. 괜찮아."

의연히 고개를 주억거려 주는 범안. 흐느끼며 국희는 그의 얼굴을 마주 봤다.

그가 오히려 날 걱정한다. 안심시키려 옅은 미소까지 짓고 있다.

안도가 되긴 했으나 치밀어 오르는 비통은 중화되지 않았다.

"내, 내가 쫓, 쫓아야 하는데……."

국희는 흐느끼며 웅얼거렸다. 내뱉어지는 말들이 제대로 되지 않고 스타카토처럼 끊겼다. 이성과 감정이 충돌했다. 그러다 도로 울음을 터뜨리고 말았다. 이성은 PC를 안전한 곳으로 이동시키고 사고를 파악하라고 지시하였으나 감정은 암흑으로 치닫고 있었다. 그제야 그가 어떠한 존재인지, 자신에게 얼마만큼 소중한 존재인지 절실히 깨달았다.

"이제 보니 지국희 울보였네."

피식, 웃는 범안의 입술이 말아 올라갔다. 그녀의 머리카락을 끊임없이 쓸어내리며 토닥였다. 그러면서 그도 안도했다. 파문이 일던 내장의 요동이 차츰차츰 가라앉았다.

비로소 살 것 같다.

상가 식당에서 식사를 마친 경호원들이 거리로 나왔다. 거친 바람으로 재킷이 젖혀졌다. 저절로 어깨가 움츠러드는 한기까지 몰려왔다.

"오늘따라 바람이 맵네."

"아휴, 겨울이긴 하구나."

투덜대며 한 주임은 재킷을 여몄다. 그러다 문득 시선을 돌렸다. 횡단보도 보도블록 가에 부둥켜안은 상태로 앉아 있는 남녀가 보였다. 여자는 남자의 가슴팍에 얼굴을 묻은 채였고, 남자는 눈을 내리깔고 있었다.

"어? PC인데?"

낯익은 얼굴이었다. 그의 눈이 휘둥그레졌다. 소스라치게 놀란 그는 다리를 뻗었다. 횡단보도로 무조건 내달리기 시작했다. 뒤편에 있던 김영국도 부리나케 뒤따랐다. 타다닥. 행인 없는 거리에 남자들의 둔탁한 구두 소리만 울려 퍼졌다.

"무슨 일입니까! 사고입니까?"

헐레벌떡 달려간 그들이 이구동성으로 물었다.

낯익은 목소리에 국희는 정신이 퍼뜩 들었다. 한 주임이 보호하듯 범안 주변에 섰고, 김영국이 경계 어린 눈초리로 희번덕거렸다. 그녀는 그의 품에서 벗어나 바짝 긴장한 채 일어섰다.

범안의 가슴팍에 얼굴을 묻고 있던 여자가 국희임을 인지한 한 주임의 미간이 찌푸려졌다. 그녀의 얼굴은 시뻘겋게 상기되어 있었고, 눈두덩은 퉁퉁 부어 있었다.

"지국희 씨, 왜 두 분이 밖에 계십니까?"

연락도 없이 나온 것에 대한 의구심이었다.

"일이…… 있었습니다."

"별일 아닙니다."

범안이 가로막고 섰다. 조금은 힘겨운지, 일어서는 모양새가 엉성했다. 그럼에도 일절 내색하지 않고서 흐트러진 매무새를 다듬었다. 경호원들은 긴장을 풀지 않은 채 예리한 눈초리로 두 사람을 훑어봤다.

눈물에 젖은 입술을 훔치고서 국희는 침착해지려 연신 심호흡했다. 그러고선 범안의 모습을 일별했다. 그러다 팽창하듯 부어오른 범안의 오른 손목을 발견했다. 그 부위의 살갗은 열꽃이 핀 것처럼 벌겠다.

"손목, 접질린 거야?"

순간 경호원들의 시선 같은 건 상관없었다. 그녀는 저도 모르게 그의 손목을 잡았다. 왼쪽과 비교가 될 정도로 두툼하게 부어올라 있었다. 넘어지면서 접질린 모양이었다.

"괜찮아."

들켜 버린 범안이 감추듯 그녀 손을 치우고 다른 손으로 가렸다. 미세한 움직임에도 한쪽 눈썹을 움찔거리면서 그는 태연히 견디었다.

"다치셨다면 병원에 가서야겠습니다."

"계십시오. 제가 차를 빼오겠습니다."

그들의 호위를 받으며 두 사람은 횡단보도를 건넜다. 한 사람은 황급히 지하주차장으로 이동하고 다른 사람은 여전히 경계하듯 주변을 살폈다.

"날이 춥습니다. 이거라도 걸치십시오."

"아닙니다."

한 주임이 셔츠만 걸친 범안에게 제 재킷을 벗어주려 했다. 그러나 범안은 거절했다. 곧 지하주차장을 빠져나온 차가 도로가에 멈췄다. 뒷좌석에 범안이 먼저 오르고 국희가 뒤따랐다.

잔혹한 잔영이 남은 횡단보도를 뒤에 두고, 차는 출발했다.

"교통사고입니까?"

"넘어진 겁니다."

차를 피하다가 다친 거니 엄밀히 말하면 교통사고였다. 그러나 범안은 간략히 설명하고 말았다.

그 검은 차는 자신에게 돌진했다. 시야를 차단한 헤드라이터 빛과 달리 차의 후미등은 꺼져 있었다. 그러나 범안은 놓치지 않고 봤다. 그 차의 번호판은 없었다. 무번호 차량이었다. 그 차는 자신을 노린 것이 분명했다. 그러나 마지막 순간, 차는 충돌을 피하는 것처럼 진로를 바꾸었다. 넘어진 그를 비켜내고서 사라져 버렸다. 목숨을 앗아가려 했다면 절호의 기회였을 텐데 어째서일까.

"엑스레이 확인 결과 뼈엔 이상이 없습니다. 염증도 없고, 넘어질 때의 충격으로 인대가 약간 늘어난 정도입니다. 부목고정까지는 필요 없고 일주일 정도 소염제와 물리치료를 병행하면 될 겁니다."

"물리치료는 매일 해야 합니까?"

안수인의 사고 가해자는 무번호 차량이었다. 그 차량도 검은색이었다. 같은 차일까.

"그게 좋습니다."

"통원치료는 어렵습니다."

"그럼 압박붕대를 해드릴 테니 일주일 정도 하고 계십시오. 일주일 후에도 압통이 남은 상태라면 그때 다시 검사해 보죠."

의사의 설명에 범안은 수긍했다.

만약 같은 차량이라면, 그들이다.

그들이 나를…….

범안이 검사받는 동안 경호원들은 범안 곁을 꼼짝없이 지키고 있었다. 국희는 무기력하게 기다렸다. 응급실 대기 의자에서 어긋난 사고를 정리했다. 그 차량, 우연일까? 아니면 그를 노린 걸까?

"지국희!"

탁한 외침이 들렸다. 반사적으로 그녀는 벌떡 일어났다. 응급실로 막 들어선 선혁이 그녀에게 뛰어왔다. 다급한 발소리가 채질하듯 크게 울렸다.

"대체 무슨 일이야?"

첨예한 목소리가 크게 울렸다. 응급실을 메운 몇몇의 보호자가 힐끔거렸으나 그는 아랑곳하지 않았다. 그의 목울대가 파르르 떨듯이 울렸다.

한 주임의 보고를 받자마자 달려온 선혁이었다. 한 주임은 사고의 목격을 정확히 하지 못하여 영문을 모르는 채로 정황 보고만 해왔었다.

"자세히 보고해."

창백하다시피 파리해진 국희의 낯빛에도 선혁은 가차 없었다.

"사고가 날 뻔했어요. 그걸 피하다가 손목을 다쳤습니다."

국희는 솔직하게 털어놨다. 아찔했던 장면이 상기되어서 오싹했으나 차분히 대답했다.

"어째서 편 실장님이 그 시각에 혼자 나간 거지? 넌 뭐 했어?"

"잠시…… 놓쳤습니다."

"네가 책임진 일이 얼마나 중요한 건지 모르는 거야? 한눈을 팔았어? 설사 일이 있더라도 다른 요원들에게 미리 알렸어야지!"

"죄송합니다."

매서운 윽박을 반박할 수 없었다. 국희는 깊숙이 머리를 조아렸다. 각오했던 질책이었다. 뜨거웠던 시간이 이런 결과를 초래하고 말았다.

"일을 이렇게 만들다니……."

나무라던 말이 멈췄다. 노르스름한 압박붕대를 손목에 감은 범안의 모습을 발견해서였다. 그의 곁을 따르던 경호원들이 선혁을 발견하고 꾸벅 묵례했다.

"네 실책은 각오해야 될 거다."

어금니를 맞물고서 선혁이 나직하게 읊조렸다. 말을 마친 선혁은 부리나케 범안에게로 갔다. 범안은 눈살을 찌푸렸다.

"괜찮으십니까?"

"김 실장님이 여긴 왜 오셨어요?"

"보고받고 놀라서 왔습니다."

"별일 아닌데 괜한 일을 하셨군요."

그는 질타하듯이 경호원들을 일별했다. 선혁이 등장했다는 것은 곧 아버지에게 보고된다는 의미였다. 복잡한 상황으로 이어질 것이 뻔했다. 또한 사고의 책임이 국희에게 모두 전가될 우려도 있다. 그녀를 보호해야 한다.

"지국희 씨에게 사고 내용을 간략히 들었습니다. 뺑소니 사고 아닙니까?"

"아닙니다."

범안은 일축해 버렸다.

"제가 실수한 겁니다. 직접적인 충돌은 없었습니다."

"경찰에 알리지 않아도 되겠습니까?"

"공연히 일을 크게 만들지 마세요."

무엇보다도 동일 차량인지 확인이 먼저다.

"하지만 실장님……."

"피곤합니다. 집으로 돌아갈게요."

그는 먼저 걸음을 옮겼다. 성큼성큼 앞지르는 그를 경호원들이 재빨리 쫓았다. 응급실에서 나온 그들은 주차장으로 이동했다. 선혁이 제 차의 뒷좌석을 열었다.

"제 차로 모시겠습니다."

거센 풍랑이 지나간 터라 피로하긴 했다. 그는 관자놀이의 지끈거리는 압박을 느끼며 끄덕였다. 국희는 한 발 물러선 상태로 지키고 있었다.

"지국희 씨는 저 차로 이동하고……."

"아니요. 지국희 씨는 저와 함께 갑니다."

경호원의 차를 가리키는 선혁의 말을 범안이 가로막았다.

"실장님, 저희가 경호하겠습니다."

고집스러운 선혁 또한 쉬이 물러서지 않았다. 두 남자의 대립이 허공을 가르고 부딪쳤다.

범안은 무시하듯 몸을 틀었다. 그가 팔을 뻗어, 낚아채듯 국희의 손을 잡고 끌어당겼다. 갑작스러운 행동으로 국희는 엉거주춤 그에게 이끌려 갔다. 선혁과 경호원들이 동시에 놀랐다.

"제 여자와 같이 갑니다."

일언반구도 못 하게 만드는 말이었다.

불편한 침묵이 흘렀다. 오피스텔로 이동하는 차 안에서 그 누구도 입을 여는 사람이 없었다. 보조석에 앉은 선혁은 화난 사람처럼 입을 꾹 다물고 있었다. 범안은 국희의 손을 놓지 않았다. 국희가 슬며시 빼려고 당겨도 꼼짝 말라는 듯 단단히 쥐었다. 803호까지 그런 상태로 이동했다.

거부하는 범안의 말을 어기고 선혁은 고집스레 803호까지 뒤따랐다. 문 앞에서 그를 저지시킨 범안은 국희에게 턱짓했다. 먼저 들어가라는 신호였다. 하는 수 없이 국희는 안으로 들어갔다. 문이 닫힌 후 선혁과 마주 본 상태로 그는 단호히 입을 열었다.

"지국희 씨 잘못이 아닙니다."

"실장님 신변에 문제될 만한 일이 발생했습니다. 엄연히 말하면 제대로 단속 못 한 지국희 실책입니다.”

“지국희 씨가 욕실에 들어갔을 때 저 혼자 나온 겁니다. 잠깐 운동하려고 했어요. 그런데 일이 잘못된 겁니다.”

틀린 말은 아니었다. 침실에 국희를 두고서 무작정 나온 것이지 않은가. 그런 일이 발생할 것이라곤 상상조차 할 수 없었다.

“지국희 씨와의 개인적인 감정 때문에 실장님이 감쌀 문제가 아닙니다.”

“분명히 말하지만, 제 잘못입니다.”

강경히 말하고 범안은 돌아섰다.

“아버지에게도 보고하지 마세요. 수고하셨습니다.”

“……몸조리 잘하십시오.”

선혁이 물러나는 것을 지켜본 그는 돌아섰다. 안으로 들어가니 국희는 반쯤은 넋이 나간 상태로 우두커니 서 있었다.

“피곤하다. 자자.”

범안은 태연스레 그녀의 어깨를 잡았다. 밀어내듯 어깨를 잡고서 걸음을 옮겼다. 어쩔 수 없이 엉거주춤하며 그녀는 침실로 들어갔다. 그녀를 침대에 먼저 앉히고서 범안도 나란히 앉았다. 그녀는 희어멀뚱해진 눈동자를 떨군 채 침실 끄트머리를 주시했다.

“오늘은 편히 자자.”

쏟아 내려진 국희의 머리카락을 쓸며 범안은 빙그레 웃었다.

“내가…….”

조개처럼 맞물렸던 국희의 입술이 간신히 떨어졌다. 울먹이다시피 말을 시작했다.

"……내가…… 잘못했어. 나 때문에…… 나 때문에 네가 위험해질 뻔했어……."

생기 잃은 말이 끝나자마자 또르르 눈물이 떨어졌다. 그녀는 제 눈물도 닦지 못하고 소리 없이 울었다. 전신의 기운이 모조리 빠져나간 기분이었다. 혼자 나간 그의 잘못이라고 치부하기엔 너무 끔찍한 일이 일어났다. 매 순간순간 주의했어야 했다. 해이해진 내 잘못이다.

"네 잘못이 아니야."

다정한 말이었지만 국희는 세차게 고개를 가로저었다. 긴 속눈썹 끝에 매달려 있던 방울진 액체가 사방으로 흩날렸다.

"내가 똑바로 못 한 거야……. 내가 경계하고, 긴장했어야 했어……."

"아니야. 내 잘못이야. 무턱대고 나간 건 나잖아."

설득하듯 조용히 달래도 국희의 눈물은 멈출 기세가 없었다. 뇌리에 각성된 자책이 뿌리 깊이 박힌 탓이었다. 그런 그녀를 범안은 지그시 내려다봤다. 다시 눈물범벅이 된 그녀의 얼굴에서 눈을 떼지 않았다.

너를 보지 못할 뻔했다.

이렇게 아프게 우는 너를, 너를 더 아프게 만들 뻔했다.

그는 손을 올렸다. 손가락으로 물기 어린 그녀의 눈가를 닦아내었다.

젖은 눈동자가 올라왔다. 그렁그렁 눈물이 맺힌 눈망울을 들여다보던 범안은 고개를 비스듬히 기울였다. 하염없이 눈물이 흐르는 국희의 아래 눈꺼풀에 입술을 대었다.

짠 눈물을 훔쳐 내듯 머금었다. 인장을 찍듯 범안의 입술이 그 자리에 머물렀다. 그녀의 속눈썹이 파들거렸다. 그 미세한 진동까지도 세세히 전해졌다. 그 상태로 입술을 지그시 누른 채 그는 깊고 그윽하게 말했다.

"사랑해."

사랑한다.

이 말이 부족할 정도로, 사랑한다. 너의 옅은 숨소리, 너의 자그마한 떨림까지도 사랑한다.

나는 처음부터 너를 알아본 것 같다.

내가 너를 사랑하게 될 것을.

네가 내 전부가 될 것을.

이렇게 너를 보려 그 긴 세월을 돌고 돌아왔는지도 모른다. 이제 다시는 너를 놓치지 않을 거다. 이제 다시는.

"사랑해."

아래 눈꺼풀에서 떼어진 입술이, 보드라운 뺨으로 내려갔다. 그 뺨에도 말해줬다. 고개는 더 기울어졌다. 뺨에서 멀어진 입술도 더 기울어졌다. 갓 피어나려는 꽃봉오리처럼 살며시 벌어진 그녀의 입술에, 그는 입술을 대었다.

"사랑해."

그녀의 입술에도 말해줬다.

애잔하고 짙은 마음이다.

오롯이 너를 위해 존재하는 마음이다.

전할수록 아쉽고, 전할수록 모자라게 느껴진다.

국희야.

국희야.

사랑한다.

얼어붙었던 심장을 녹이는 말이었다.

싱그러운 풀잎에 맺힌 이슬을 머금듯 조심히 제 눈물을 훔치는 입술. 산들바람처럼 온화한 온기를 품은 나긋한 말소리. 아련하고, 애틋한 그 말.

사랑해.

눈물이 그쳤다. 쏙 들어가 버렸다는 표현이 맞았다. 바르르, 심장까지 떨었다.

"사랑해."

그리고 포개어졌다, 그의 입술이.

해빙된 심장은 발긋한 색채에 휘감겼다. 서늘했던 공기도 차츰차츰 포근한 온기로 물들어갔다.

그를 느꼈다.

느끼고 또 느꼈다.

그가 곁에 있음을, 아무 일 없이 제 곁에 있음을.

감사히 여기고 여겼다.

길고 긴 키스가 끝났다. 발그스레하게 여운이 가시지 않은 상태로 두 사람이 서로를 들여다봤다. 시선 끝에는 그 무엇도 존재하지 않았다. 서로의 동공에 채워진 서로를 보았다.

다시 입술이 닿았다. 감기듯 어르듯 부드럽게 포개어졌다.

살며시 서로의 체온을 느낀 입술이 도로 떨어졌다. 그리고 깊은 시선을 두었다. 빙그르르 두 사람의 눈꼬리가 휘어졌다. 그리고 누가 먼저랄 것도 없이 두 입술이 겹쳐졌다. 보드랍고, 보드랍게.

그녀의 손이 먼저 올라갔다. 힘줄이 도드라진 그의 굵고 긴 목선을 훑다가 단단한 어깨를 쓸어내렸다. 그 손은 이내 다부진 가슴팍으로 옮겨졌고, 대담히 셔츠 단추에 머물렀다. 곧 하나의 단추를 풀었다.

다정한 키스에 몰입하던 범안이 움찔했다. 잇속도 그의 긴장을 눈치챘으나 국희의 손은 멈추지 않았다. 지금, 바로 이 순간 느껴야만 했다. 그를, 살아 있는 그를.

겹겹의 꽃잎을 풀어헤치듯 셔츠 단추를 찬찬히 풀었다. 셔츠가 벌어졌다. 그 틈새로 숨겨져 있던 그의 탄탄한 복근이 드러났다. 느른히 어루만지는 손길이 살갗을 보듬었다. 맨살의 근육이 성난 것처럼 딴딴해졌다. 그 발끈한 긴장이 감격이었다.

그의 입술에서 제 입술을 떼어냈다. 그녀는 고개를 숙였다. 그의 심장에 제 입술을 맞추었다.

고마워.

언제나 고마워.

아무런 일도 일어나지 않은, 오늘 더 고마워.

감사의 입맞춤이었고, 사랑의 입맞춤이었다.

범안의 손이 올라왔다. 그의 양손이 국희의 뺨을 가득 품었다. 들려진 턱과 벌려진 입술을 그의 입술이 머금었다. 투명한 액체가 서로 엉키고 섞이는 만큼 숨결 하나하나, 숨소리 하나하나 전부가 포개어졌다.

자연스레 두 사람의 몸이 침대로 기울어졌다. 단추가 모두 풀어 헤쳐져 펄럭이는 셔츠를 범안이 벗어버렸다.

국희는 손바닥 가득 그의 팔뚝을 잡았다. 범안의 부드러운 손길이 국희의 옷 속으로 들어왔다. 국희는 등허리를 들어 제 옷을 벗겨내는 그의 손길을 도왔다. 곧 브래지어도 벗겨져 탄력 있는 풍만한 가슴이 드러났다. 여린 살갗으로 뒤덮인 가슴을 쥐는 손길은 다정했다. 가슴 전체로 퍼지는 뜨거운 온기를 그녀는 고스란히 느꼈다. 입술을 떠난 혀가 목덜미와 쇄골을 간질이듯 머금었다. 그리고 정성스레 그녀의 가슴 위를 타 넘었다. 그녀의 체향, 살갗을 맛보듯 세심하게 핥고, 세심하게 애무했다. 제 온몸을 전부 내맡기며 국희는 턱을 뒤로 젖혔다. 달뜬 숨을 토해내는 아랫입술을 그의 검지가 매만졌다. 그 접촉만으로도 온몸이 젖어들었다.

곧 두 사람은 나머지 옷도 벗어냈다. 초연으로 돌아간 몸은 아름답기 그지없었다. 두 몸이 온전히 서로의 체온을 느끼고 품었다. 기억시키듯, 각인시키듯 서로를 끊임없이 보듬으며, 입술을 또 찾았다.

그가 제 몸에 들어오는 순간은 감동이었다. 형언할 수 없는 경이로움, 그 자체였다. 부드러우면서 자상하게 움직여 주는 놀림이 이어지면서 그 어느 때보다 깊은 친밀감이 형성되었다. 하나가 된 그들은 터럭만큼도 부족함이 없었다.

굵은 땀이 그의 이마를 타 넘어 제 뺨에 떨어졌다. 손바닥으로

땀으로 젖어버린 그의 말간 얼굴을 쓸었다. 초점이 흐려지려 했으나 그에게서 제 눈을 떼지 않았다.

보고 또 보고 싶었다. 올곧은 시선으로 자신을 보는 그의 생기 넘치는 눈동자.

격한 숨이 토해지는 입술이 빙그레 미소를 머금었다. 그 선홍의 입술이 휘어지는 모양새에 따라 손가락을 움직였다. 지워지지 않도록 손끝으로 입술을, 입술 끝자락을 어루만졌다.

"국희야."

그가 소리 내는 제 이름을 입술의 움직임에 따라 손끝으로 느꼈다.

범안의 입술이 기울어졌다. 입술이 제 손끝에 가벼운 입맞춤을 했다.

국희도 빙긋 웃었다. 그리고 촉촉이 젖은 목덜미를 강하게 감았다. 그의 입술이 목덜미에 파묻혔다. 터질 듯이 뛰어대는 맥박의 자리를 흡입하듯 물어버리는 입술과 혀의 감촉. 입술이 다물리지 않았다. 격한 숨이 토해지며 공기 속으로 유입되었다.

두 다리에 힘을 줘, 제 몸을 덮은 그를 꽉 안았다. 두 팔로 미끄러울 정도로 젖어버린 그의 등을 꽉 감았다. 더더욱 서로에게 몰입되었다.

밀착된 심장이 내는 신음, 입술과 입술이 토해내는 숨소리, 살갗이 내는 초연의 소리만이 공간을 차지했다. 그것뿐이 없었다.

숨소리가 격렬해졌다.

밤하늘에 홀로 떠 있던 달이 기울어졌다. 달은 불그스름하게 발광하는 별과 맞닿았다. 창백하여 푸르기까지 하던 달은 눈부실 정도로 환한 빛을 뿜어냈고, 약한 빛으로 전멸하던 별은 금방이라도 타버릴 듯 벌겋게 달아올랐다. 푸른 기운과 붉은 기운이 만나 사그락사그락 수줍은 속삭임을 내었다.

유유히 흐르던 검은 구름이 기울인 달을 덮었다. 그로 인해 달이 품은 별 또한 가려졌다.

구름에 가려진 열기.

도시의 소리도 격리된 공간.

오롯이 뜨거운 숨소리만 섞여들었다.

이슥한 새벽녘, 국희는 잠에서 깨어났다. 이상하게도 저절로 눈이 떠졌다.

등이 따뜻했다. 제 몸을 감싼 범안의 가슴팍이 느껴졌다. 국희는 살며시 그의 팔을 치우고 상체를 일으켰다. 침침하던 시야는 곧 어둠에 익숙해졌다. 깊은 잠에 빠진 범안은 그녀의 기척을 느끼지 못했다. 허전한 가슴팍을 느낀 그가 본능적인 몸짓으로 엎드려 버렸다.

빙그레 웃으며 이불을 끌어당겨 빈 몸을 가렸다. 벗겨진 이불로 인해 그의 너른 등이 훤히 드러났다.

지그시 그의 등을 내려다보던 국희는 손가락을 얹었다.

그리고 천천히 글자를 새겼다.

잠든 범안의 무의식이 손끝의 움직임을 명확히 느꼈다. 잠결에 그는 국희가 써넣는 글자를 읽었다.

사.

랑.

해.

범안은 눈을 번쩍 떴다.

휙 돌아누웠다. 어스름한 어둠을 뚫고서 제 얼굴을 내려다보는 그녀를 보았다. 돌발적인 그의 움직임에 국희는 깜짝 놀랐다.

"어? 깼어?"

꼼꼼히 감추듯 그녀는 이불을 바짝 끌어당겨 빈틈없이 제 몸을 가렸다. 이미, 보여줄 것은 다 보여줬으면서.

"입으로 다시 말해봐."

범안이 올려다봤다.

우물쭈물 입술을 달싹거리며 그녀는 주저했다. 등이 근질근질하고 발바닥까지 간질거려서 쉬이 말이 나오지 않았다.

"얼른."

그가 채근했다.

초점이 엉뚱한 곳으로 이동했다. 먼 산을 보듯 벽을 넌지시 보면서 국희는 쪼그맣게 입술을 움직였다.

"사랑해."

속사포처럼 빠르게 토해냈다. 후딱 해치우자는 심보가 더 가득했다.

"으이그."

피식 웃어버린 범안이 냉큼 팔을 뻗었다. 그녀의 몸을 덥석 끌어안으며 덮쳤다.

"악!"

외마디 비명을 지르며 국희는 이불 속에 파묻혔다. 사실, 범안의 품속이었다. 뜨거운 밤은 아직 끝나지 않았다.

부옇게 세상이 밝아왔다.

잠잠한 소리를 내던 도시의 소음도 눈을 떴다. 그러나 시끄러운 소음과 별반 상관없는 두 사람이 있었다. 제 여자를 꽉 끌어안고, 제 남자의 품에 꽉 안긴 두 사람은 다디단 잠에서 헤어 나오지 못했다.

깊은 잠에서 깨지 못하고 국희는 뒤척거렸다. 그녀의 움직임에 범안도 풀어지듯 반듯이 누웠다. 그러면서 잠결에 그녀를 제 가슴팍으로 끌어당겼다. 그의 어깨를 베개 삼은 국희는 달콤한 꿈을 꾸며 빙그르르 웃었다. 손바닥이 가득 품은 그의 너른 가슴팍은 따뜻했다.

/

5화
그들

/

충혈됐다. 아래 눈꺼풀을 까뒤집어 제 눈동자를 들여다보던 국희는 미간을 찡그렸다. 수면 시간이 부족한 탓에 흰자위 부위가 희미한 실핏줄이 일어나 있었다. 밤새 잠 못 자게 하더니 이런 꼴을.

입술을 질근거리던 그녀의 동공이 제 얼굴을 훑었다. 눈동자와 뇌는 피곤하다고 아우성인데 피부는 그 어느 때보다도 말갛다. 여린 복숭앗빛이 감도는 뺨은 생기가 넘쳤고 고운 홍색으로 물든 입술은 고혹적으로 보이기까지 했다. 여지없이 사랑으로 충만된 얼굴이다. 제 입술을 쭉 내밀며 요염한 표정을 지었다.

"국희야."

범안의 목소리가 들렸다.

행여 들킬세라 그녀는 잽싸게 거울에서 떨어졌다. 후다닥 드레스룸에서 나가니 범안이 막 씻고 나와 있었다. 그는 목욕타월로 하체를 가린 상태로 거의 빈 몸이나 마찬가지였다. 아무리 그래도 이렇게 대놓고 나오시나?

그래도 좋네. 참, 잘 영글었어.

이성은 은근슬쩍 불만을 토로했으나 본능에 충실한 눈은 어김없이 그의 몸을 훑어봤다. 오른손이 불편해서인지 타월의 오른쪽이 약간 내려가 있었다. 잘못 감은 것이었다. 그 덕분에 치골이 슬쩍 드러나 있었다. 그 또한 기막히게 섹시했다.

국희는 마음껏 군침을 흘렸다.

수건으로 젖은 머리카락을 털어내고 있는 범안은 그녀의 음흉한 눈길을 모르고 있었다. 더듬거리듯 몸을 훑던 국희의 뇌리에 별안간 할머니가 정성스레 키우는 텃밭이 떠올랐다. 이맘때면 할머니는 나긋한 햇빛으로 영글어진 고추를 따곤 했다. 통통히 살이 오른 고추는 붉은빛으로 물들어 눈부시게 탐스러웠었다.

나 지금 무슨 생각이지? 채소일 뿐인데 왜 갑자기 선정적으로 느껴지는 걸까.

후두두 제 망상을 떨쳐 냈다.

"어제보다 손목이 더 아파."

수건을 내린 그가 오른 손목을 내밀었다. 그녀는 씻기 전에 감아 줬던 비닐랩을 풀고서 살펴봤다. 압박붕대는 멀쩡했고 붓기도 어제와 동일했다. 그러게 왜 무리를 해서는…….

샐그러지게 보긴 했지만 차마 말은 꺼내지 못했다.

"약은 먹었어?"

"응."

"통증이 가라앉지 않으면 이따가 병원에 가보자."

친절한 국희의 말에 범안이 빙긋 웃었다. 그러더니 고개를 숙였다.

쪽. 제 관자놀이에 닿는 입맞춤에 그녀는 배시시 웃었다.

"늦었어. 어서 준비해야 돼."

"나 손목 다쳤으니까 병가 낼까?"

돌연 그녀 목을 왼팔로 감으며 범안이 뺨을 비비적댔다. 간지러운 접촉에 국희는 킥킥거리며 몸서리를 쳤다. 그럴수록 범안의 몸이 달짝지근하게 들러붙었다.

"병가 내고 뭐 하려고?"

"할 거야 많지? 이것, 저것."

뉘앙스가 묘했다.

"빨리 준비합시다!"

살며시 흘기며 얼른 그의 품에서 벗어났다. 불도저처럼 그의 등을 양손으로 밀면서 드레스룸으로 들여보냈다. 그녀는 이미 출근 준비를 마친 상태였다. 그러나 손이 불편한 범안을 도와주기 위해 드레스룸에 같이 들어갔다. 슈트와 셔츠를 꺼내고 잘 어울릴 만한 넥타이를 고르는데 범안은 왼손으로 불편하게 드라이기로 머리카락을 말리고 있었다.

"내가 해줄게."

드라이기를 뺏어 들었다. 그를 화장대 의자에 앉혀놓고서 드라이기 전원을 켰다. 촉촉한 물기가 밴 머리카락을 손가락으로 섬세하게 흐트러뜨렸다. 가늘고 부드러운 머리카락이 따스한 바람에 따라, 그녀의 손길에 따라 산들산들 나부꼈다. 그동안 범안은 얌전히 그녀의 손길을 받았다. 곧 머리 손질을 끝낸 범안에게 국희는 자신이 골라놓은 슈트를 가져왔다.

"어때?"

"굿 초이스."

양손에 각각 넥타이와 슈트를 들며 묻자, 범안은 만족스러운 미소를 지었다. 국희도 뿌듯하게 웃었다. 그가 셔츠 입은 것도 도와주고 넥타이까지 매줬다. 범안은 알아서 척척 허리를 굽히며 그녀가 편하도록 해주었다.

"넥타이 매는 것이 능숙하네?"

"저도 자주 매거든요."

"경호원 차림인 지국희가 궁금한데? 조금, 멋지겠어?"

"끝내주게 멋지지."

그의 말을 정정하며 국희는 너스레를 떨었다. 쿡, 웃으며 범안이 허리를 일으켰다. 이내 그의 손이 허리를 감은 목욕타월로 내려갔다. 그냥 무작정 벗을 모양이었다. 그녀는 기겁했다. 그의 손을 급하게 저지시켰다.

"이건, 나 나가고 나서."

"하의 입는 것이 더 어려운데."

"벗는 건 잘하잖아. 거뜬히 할 수 있을 거야, 파이팅!"

주먹을 불끈 쥐여주고 도망치듯 돌아섰다. 범안의 빠른 팔이 그녀의 팔을 잡아챘다.

"대신, 다른 것."

비스듬히 턱을 기울인 그의 입술이 달싹거렸다. 말뜻을 알아챈 그녀는 까치발을 들었다. 그의 입술에 제 입술을 대었다.

쪽쪽쪽.

따―

인터폰이 울렸다. 영업팀에서 올라온 기안을 검토하던 범안은 손을 움직였다. 손으론 내선 스피커폰 버튼을 누르고 눈으론 시각을 확인했다. 시계는 오전 11시를 가리키고 있었다.

[실장님, 재무팀 박 부장님 오셨습니다.]

"들어오라고 하세요."

곧 박 부장이 실장실로 들어왔다. 그는 가벼이 인사하고서 중앙 자리로 이동했다.

"다치셨습니까?"

"살짝 접질린 겁니다."

오른 손목의 압박붕대를 본 박 부장이 놀라 물었다. 그는 가뿐히 둘러댔다. 출근한 이후, 여러 번 들은 질문이었다. 로비는 물론 엘리베이터에서도 마주치는 직원마다 걱정스레 물었었다. 그래서 그는 국희에게 자신이 인지도가 생긴 모양이라고, 우스갯소리를 했었다.

"오시라고 한 건 다름이 아니라……."

박 부장과 마주 앉은 범안은 재무팀에서 받은 자료를 꺼내었다. USB 파일과 비교 분석하면서 체크해 놨던 부분은 포스트잇으로 붙여둔 상태였다.

"임원 공개 파일입니다. 살펴보다 보니 의아한 부분이 있더군요. 특히 손실액이 불분명하게 기재된 부분이 많았어요. 이유가 뭐죠?"

"임원이 발생시킨 리스크는 절충해서 기재하거나 비워놓기도 합니다."

"그래도 됩니까?"

이해할 수 없는 일이었다.

"손실액이 클 경우엔 어차피 징계위원회에 회부됩니다. 감봉이나 좌천 등의 징계를 받게 되죠. 그렇기에 경영 실적에 타격이 적은 리스크의 경우엔 적당히 눈감아주는 겁니다. 관행 같은 겁니다."

관행이라……. 그 관행을 악용해 왔었군.

"알겠습니다. 그리고……."

다른 사항으로 넘어가려는 찰나, 인터폰이 울렸다. 박 부장에게 양해를 구하고 일어섰다.

[실장님, 사장님께 잠시 다녀오겠습니다.]

"무슨 일이죠?"

국희의 목소리는 차분했으나 범안은 민감히 반응했다. 아버지가 그녀를 공연히 호출한 것은 아닐 것이다. 분명 어제의 일과 연관이 있다. 수화기를 쥔 손아귀에 힘이 바짝 들어갔다.

[다녀와서 보고하겠습니다.]

"알겠습니다."

길게 붙잡아둘 수는 없었다.

딸깍.

하는 수 없이 수화기를 내려놓았다. 당장 뒤따라가고 싶었지만 우선 제 앞의 일부터 처리해야 됐다. 조바심이 일어 범안은 서둘러 중앙 테이블로 돌아갔다.

연꽃잎처럼 연한 색을 띤 검지 손톱을 반대편 엄지손톱이 건드렸다. 손톱을 긁으며 묵직한 긴장을 풀었다. 그래도 등마루는 꼿꼿하게 곧아 있었다.

사장실 문이 열리며 각 부서의 이사들이 나왔다. 그들 틈에는 세준도 있었다. 대기 의자에 앉아 있던 국희는 벌떡 일어나 묵례했다. 그녀 곁을 지나치며 세준이 일별했다. 시선을 감지했음에도 바닥으로 내리깐 눈길을 들지 않았다.

"들어가세요."

사장실 비서가 말했다. 국희는 꼿꼿한 자세를 유지하며 안으로 들어갔다. 편명호는 중앙 자리에서 미동 없이 기다리고 있었다. 그는 숨 돌릴 틈도 주지 않았다.

"어제 일 들었네. 뺑소니 교통사고라고?"

"네."

"자넨 뭘 하고 있었나? 어째서 범안이가 밤길을 혼자 다니다가 다쳐?"

"죄송합니다."

고압적인 억양에 국희는 움츠러들었다. 단단히 각오했었다. 그러나 막상 대면하고 나니 긴장이 고조되었다.

"자네가 자질이 부족한 것 같아 다른 직원으로 교체하기로 했네. 김 실장도 동의한 의견이니 그리 알게."

"일주일만 시간을 주세요."

"뭐라고? 일주일?"

"편 실장님의 오른손이 불편합니다. 의사는 일주일 정도면 괜찮아질 거라 했습니다. 그러니 실장님 손목이 나을 때까지는 제가 지키겠습니다. 그 후엔 바로 정리하겠습니다."

어젯밤 일로 깨달았다, 일과 사랑은 분리되어야 함을.

감정에 치우치다 보면 일을 그르칠 수 있음을 절실히 인지했다. 그러니 이제 그의 경호를 그만둬야 한다. 그를 다치지 않게 하기 위해선, 그를 보호하기 위해선, 한발 물러나야 한다.

"범안이와 연애하나?"

"……네."

잠자코 듣던 편명호가 날카롭게 물어, 국희는 솔직히 답했다. 돌아올 반응이 두렵긴 했다. 그러나 비겁하게 거짓말을 할 순 없었다.

"연애는 하지 않겠다고 약속하지 않았나?"

"지키지 못해서 죄송합니다."

편명호는 기막혔다. 미적거리는 기색도 없는 즉답이었다. 당돌한 친구라 생각하고는 있었으나 이 정도로 당당히 밝힐 것이라곤 예상치 못했다.

"좀 전의 말은 일주일이면 두 사람의 관계까지 정리하겠다는 말인가? 그건 별개라는 말인가?"

"절대, 별개입니다."

기겁한 국희는 빠르게 대답했다. 당연하지요. 제가 경호를 그만
둔다 했지 그와 헤어진다는 말을 했습니까? 어젯밤, 큰일도 치렀
다고요.

"별개라……. 헤어질 생각이 일절 없다?"

"좋아합니다. 많이 좋아합니다."

질문의 대한 답은 이것뿐이었다.

편명호는 지그시 국희를 쳐다봤다. 그녀 얼굴 위로 아들의 얼굴
이 오버랩되었다. 자신이 좋아하는 여자라고 단호히 말하던 아들.
둘이 언뜻 닮은 것처럼 보이기까지 했다. 부러뜨리는 것만이 능사
가 아닌 사람이 한 사람 더 있었군.

짤막한 한숨을 내쉰 그는 담담히 입술을 뗐다.

"어린아이들도 아니니 연애하는 것까진 관여하지 않겠네. 그러
나 그 이상은 바라지 말게. 난 두 사람을 절대 인정 못 하니."

"그 이상이라면 결혼을 말씀하시는 겁니까?"

결혼? 단 한 번도 생각지 못한 단어였다. 범안과의 결혼이
라…….

"그래, 난 절대 용납 못 하네."

편명호는 강경했다.

그런데 이미 국희의 사고는 먼 나라로 두둥실 떠나고 있었다. 그
와의 결혼 생활을 상상하는 망상에 날개가 돋아났다. 나쁘지 않을
것 같다. 아니, 좋겠지. 무진장.

상상만으로도 배시시 웃음이 나왔다. 별안간 국희의 눈동자가 초롱초롱해졌다.

"그 부분은 아직 편 실장님과 의논하지 않았습니다. 의논하게 되면 그때 바로 보고하겠습니다."

"바로 보고하겠다고?"

"네!"

당황한 건 되레 편명호였다. 겁먹고 울먹여도 시원찮을 판인데 되레 해맑아졌다. 어떻게 대응해야 하는지 그는 감이 잡히지 않았다. 그때, 인터폰이 울렸다.

[사장님, 편 실장님이 오셨습니다. 무조건 들어가신다는데…… 실장님!]

비서의 외침과 동시에 사장실 문이 벌컥 열렸다. 범안은 발긋하게 상기된 얼굴로 거침없이 들어섰다. 박 부장을 보내고서 급히 달려온 그였다.

"무슨 일인 게냐?"

"지국희 씨는 나가 보세요."

아버지의 질책은 외면하고서 그가 명령했다. 첨예한 공기가 바스러지기 직전이었다. 부자 사이에 선 국희는 망설였다. 자신이 나가면 부자가 날카롭게 부딪칠 것 같았다.

"어서요."

주저하는 국희에게 범안은 재차 명령했다. 난감해서 두 남자를 번갈아 보던 국희가 물러났다. 이내 사장실 문이 닫히고 부자만 남았다.

"지국희 씨를 왜 부르셨습니까?"

"부를 만하니까 불렀지. 어제의 일 김 실장에게 들었다."

성가신 표정으로 편명호가 책상으로 돌아갔다. 그러면서 범안의 오른 손목을 일별했다. 압박붕대가 감겨진 손목. 선혁의 보고로 크게 다친 줄 알았었다. 그런데 생각했던 것보단 경상인 모양이다. 그는 무심코 안도했다.

"지국희 씨 책임이 아닙니다. 제 책임입니다."

"보호하는 사람에게 일이 발생한다면 그 책임은 경호원에게 있는 거다. 설사 네 잘못이라고 하더라도 지국희 책임이라는 거다."

"괜한 꼬투리세요."

"내가 지국희를 고용한 이유는 단 하나다. 네 안전. 너하고 연애나 하라고 고용한 게 아니란 말이야. 그러니 책임을 져야 하는 게 마땅한 거야."

"책임이요?"

"해고할 거다. 다른 직원과 교체하마."

편명호는 냉담히 말했다. 일주일의 시간을 달라는 국희의 요구는 아직 허락한 상태가 아니었다.

"그건 받아들이겠습니다."

돌연 범안이 선선히 대답했다. 강력한 반발을 할 줄 알았는데 뜻밖의 대답을 하는 아들로 인해 편명호는 놀랐다.

"그런데 시간을 주세요, 일주일 정도."

국희와 같은 말이었다.

"그 후엔 평창동으로 들어가겠습니다."

장남의 발인이 끝나고, 며칠 동안 식음을 전폐하던 제 어미 곁을 지키던 아들. 그러다 아내가 병상에서 일어나자마자 평창동을 떠났다. 그 후엔 간혹 들르긴 했지만 머문 시간은 길지 않았다. 떨어진 거리만큼 부자 사이도 멀어졌다. 만회할 시간도 없이.

어떠한 연유로 아들이 이런 결정을 내린 것인지는 중요하지 않았다. 평창동으로 들어온다는 말만 새겨졌다.

"알았다. 일주일을 주마."

편명호는 허락했다.

고요가 감도는 복도.

사장실에서 나온 범안은 복도에 우두커니 섰다. 초점이 또렷한 동공이 각각의 임원실 문을 하나하나 되짚었다. 망막 끝에는 아스팔트를 돌진해 오던 검은 차가 있었다. 범안의 눈썹이 실룩거렸다.

그들은 임원들이다. 그들의 정체가 어림짐작만 될 뿐 명확히 파악되진 않으나 그들의 다음 목표가 누구인지 가늠은 되었다. 시선을 내리깔았다. 압박붕대를 감은 손목이, 그 목표를 말해주고 있다. 형도 이런 식으로 그들에게 당했다. 안수인도.

아버지가 노파심으로 걱정했던 위험이 근접해진 것을 깨달았다. 하나 겁먹고 피하거나 웅크리고만 있지 않을 거다. 무모한 정면 돌파가 될지도 모르나 기필코 그들을 밝힐 거다. 그러기 위해선 국희를 곁에 둬선 안 된다. 하물며 그녀는 경호원. 경호 대상에게 닥친 위험을 보호하고 대신 맞서는 사람. 그녀를 총알받이처럼 제 위험

앞에 세울 순 없다.

그것이 어젯밤의 일로 범안이 내린 결론이었다.

"편 실장."

현실을 일깨우는 목소리가 들렸다. 깊은 상념에 빠져 있던 범안은 뇌에 가득한 상념을 치워냈다. 세준이 반색한 미소를 띠고 다가오고 있었다. 두 남자는 가벼운 눈인사를 나눴다.

"어디 다녀오십니까?"

"콜라보 진행하는 EI와 미팅이 있어서요. EI 상무님이 무척 깐깐하시잖아요. 꼭 오라고 하네요."

"이사님이 불려 다니시는군요."

"그러게 말입니다. 이사로 승진은 했는데 실장일 때와 별반 다르지 않네."

한쪽 눈을 찡그리며 그가 엄살스레 말해서 범안은 쿡 웃었다.

"금요일엔 잘 들어갔어요?"

"네. 이사님은 괜찮으셨어요?"

"오래간만에 술을 마셔서 그런가, 금세 취해 버렸네요. 국희 씨가 보내준 사람이 데려다줬다는데, 기억이 전혀 없네요. 국희 씨가 애먹었겠어요."

세준은 취한 상태의 자신을 낯선 남자가 흔들어 깨웠던 기억이 어렴풋이 있었다. 얼렁뚱땅 대리기사쯤으로 생각했던 것 같다.

"그런 듯합니다."

"손목은……."

세준이 그제야 손목을 발견했다. 물으려는 찰나, 전무실 문이 열렸다. 비서를 대동한 전무가 복도로 나와 그들은 즉시 반듯한 자세를 갖췄다. 전무는 세준을 이어 범안까지 찬찬히 훑어봤다. 배강수와 편명호는 오래된 앙숙이나 마찬가지였다. 한데 그들의 아들들이 화기애애한 분위기로 마주한 것이 낯설고 이상했다.

"배 이사, EI 미팅 건은?"

"방금 다녀온 길입니다. 보고서 작성해서 올리겠습니다."

"그래요. 수고해요."

끄덕거리고선 전무는 엘리베이터로 이동했다.

"시간 돼요? 나하고 커피 한 잔 어때요?"

엘리베이터 홀로 그가 사라지자마자, 세준이 손가락으로 천장을 가리켰다. 옥외 정원에 가자는 말이었다. 범안은 흔쾌히 끄덕였다.

투박한 구두 굽이 내디딜 때마다 버석거리는 소리가 났다. 마른 낙엽이 비틀리며 내는 소리였다. 옥외 정원엔 짙은 황토색으로 퇴색된 낙엽이 융단처럼 두텁게 깔려 있었다. 낙엽을 밟는 두 남자의 발이 옥외 펜스로 이동했다.

"임원 공개 파일을 재무팀에서 받았다는 말을 들었어요."

자판기에서 뽑아온 커피를 펜스 위에 놓으며 세준이 입을 열었다.

"놀랐어요? 내가 그 사실을 알고 있어서?"

미간이 좁혀지는 범안을 본 그가 피식 웃었다.

"기업은 비밀이 없는 곳이죠. 공공연히 정보가 흘러나가고 새어들어와요. 약육강식의 세계처럼 이곳 또한 사냥터와 비슷해서죠.

기회를 틈타 먹잇감을 물려는 사람들이 허다해요. 그래서 항시 경계해야 돼요. 언제 살점이 뜯겨져 나갈지도 모르니까. 특히 편 실장이나 나는 주목받는 경영 후계자 후보들이잖아요. 우리의 일거수일투족을 지켜보는 사람들이 많아요."

"이사님도 저를 지켜보고 있습니까?"

"난 성가신 일은 잘 안 해요. 내 일만으로도 버겁고 바쁘니까. 그래서 사실 연애도 안 했던 거예요."

세준은 피식 웃었다. 마음에 완전히 담아지는 사람이 아니라면 굳이 감정 낭비를 하고 싶지 않았었다. 그런데 제 마음을 뺏는 사람을 몇 년 만에 만났다. 이 자리에 나란히 선, 이 남자에게 선수를 빼앗겼지만.

얼마 지나지 않은 일임에도 까마득하게 느껴졌다. 그는 아련한 미소를 떨쳐 내고 평온히 덧붙였다.

"가만히 있어도 정보가 들어와요, 바람처럼."

"그렇군요."

"임원 공개 파일에 문제가 있나요?"

"아닙니다. 리스크 관련해서 궁금해서 살펴본 것입니다."

"그래요. 한데 가급적이면 그 파일은 건들지 않는 게 좋아요. 그 속엔 암암리 정해놓은 관행 같은 것이 있으니까. 물론 편 실장이 필요한 일이 있었겠지만."

재무팀 박 부장과 비슷한 말을 세준도 했다. 모두 알면서도 모른 척 눈감아준다는 건가.

"만약⋯⋯."

세준은 아닐 것이다.

그들이.

범안은 그렇게 믿었다. 아니, 그렇게 믿고 싶었다.

"가까운 사람이 경우에 어긋난 일을 범한다면 어떻게 하시겠습니까?"

"어떤 경우인지에 따라 다르겠죠. 회유시킬 만한 것이면 시도를 해볼 수도 있고, 아닐 경우는 묵인할 겁니다."

"관계가 깨질까 두려워서요?"

"두려움보다는 비겁해서겠죠."

나는 두렵습니다.

내가 다치는 것은 무섭지 않으나 그로 인해 다른 사람들이 다칠까 봐. 그 진실이 모든 것을 망가뜨리고 무너지게 만들까 봐.

"안 좋은 일이 있는 건가요?"

세준이 흘끗 범안의 손목을 눈짓했다.

"아닙니다. 가정일 뿐입니다."

"팔은 왜 다친 거예요?"

"운동하다가 조금."

범안은 에둘러댔다.

"운동은 잘해요?"

"어느 정도는 합니다."

"스쿼시 할 줄 알아요?"

"네."

"그럼 그 팔 언제 나아요? 나하고 한 게임 하죠, 내기로."

그가 농담조로 말하며 자신 있다는 듯 엄지손가락을 들어 올렸다. 범안은 빙그레 웃었다.

"일주일 정도 걸린다고 했습니다."

"기대가 되네요."

세준도 웃었다. 돌아선 그가 양팔을 펜스에 대고서 하늘 끝을 응시했다. 범안은 펜스에 등허리를 기대며 반대편 수평의 하늘을 주시했다.

정적인 하늘이었다. 푸름을 메운 하늘은 구름 한 점 없었고, 바람의 기운조차 소멸된 상태였다. 살갗으로 내려앉은 기온은 한기가 어리나 하늘은 따스한 봄날처럼 맑았다. 한가로운 바람이 불어와 두 남자의 머리카락을 살며시 건드렸다. 남자들의 입매도 바람결을 따라 여릿한 미소가 흩날렸다.

"그런 일이 있었어요? 다치신 데는 없고요?"

휴대폰 든 손을 바꾸며 인규는 능숙하게 핸들을 꺾었다. 그의 차는 상가들이 즐비한 골목을 유유히 달렸다. 페인트칠이 벗겨진 허름한 4층 건물이 시야에 들어왔다.

[없습니다.]

"다행이네요. 큰일 날 뻔했네요. 범안 씨도 이제 조심해야겠습니다."

그는 범안으로부터 전날 밤 사고에 관해 막 전해 들은 상태였다. 편기안 사고와 무관했던 범안에게 그런 일이 일어난 것에 머릿속 사고가 실타래처럼 엉켰다.

[카페 CCTV는 받으셨나요?]

"지금 받으러 온 길입니다. 이따가 오피스텔 근방 CCTV도 확보해서 가져가겠습니다."

우선은 순서대로. 복잡한 사고는 한편으로 밀어놓고 4층 건물 입구에 주차했다.

CCTV 보안 업체는 이 건물 3층이었다. 엘리베이터가 없어 슬렁슬렁 계단을 올라갔다. 2층 계단참에서 내려오던 남자와 정면으로 마주쳤다. 검은색 야구모자를 눌러쓴 남자는 황급히 비켜갔다. 모자챙의 그늘로 인해 남자의 이목구비는 보이지 않았다. 무심히 일별한 인규는 3층 보안 업체로 갔다. 안에는 머리통이 휑하니 쓸쓸한 남자 직원이 있었다.

"수고 많으십니다. 이인규입니다. 부탁드렸던 CCTV 받으러 왔는데요."

"네? 누구요?"

능글맞게 인사하는 인규를 남자가 황당하다는 듯이 봤다.

"이인규요. 에디아 커피전문점 CCTV 건으로……."

"아, 그거야 알죠. 근데, 방금 이인규라는 사람이 와서 가져갔는데…… 왜 이인규가 또 오냐고요?"

"뭐라고요?"

뒤통수를 한 대 맞은 기분이었다. 인규의 뇌리에 검은색 야구모자의 남자가 떠올랐다.

그 녀석!

사고할 틈도, 허투루 허비할 시간도 없었다. 즉시 몸을 틀었다.

그의 운동화가 닳고 닳은 계단을 부리나케 밟았다. 삽시간에 1층으로 내려온 그는 날카로운 동공을 부라렸다. 다다닥 붙은 키 낮은 상가건물들의 앞쪽엔 번잡스러운 시장이었다. 그는 무작정 그쪽으로 내달렸다. 검은 모자. 모자엔 YN이 새겨져 있었다. 상의는 검은색 바람막이. 팔엔 노페이스 마크가 있었다. 짧게 스친 일면이었으나 인규의 매서운 동공이 복사기처럼 카피했었다.

폐지 줍는 할머니가 시장 입구 과일가게에서 박스들을 챙기고 있었다. 할머니의 리어카 너머로 검은 모자와 검은색 상의를 입은 남자의 뒷등이 어렴풋이 보였다. 녀석이다.

타다닥—

녀석의 뒤통수를 직시하며 인규는 최대한 폐활량을 끌어당겼다. 행인들을 유유히 지나치며 달려갔다.

껄렁껄렁 걷던 녀석이 엄습해 오는 불길한 기운에 힐끗 뒤돌아봤다. 녀석의 동공 가득 오리처럼 볼록한 배를 가진 남자가 뛰어오는 것이 들어왔다.

"에이 씨!"

침을 탁 뱉은 녀석이 냅다 뛰기 시작했다.

"야! 인마! 거기 안 서!"

인규는 손가락질을 해댔다. 말 잘 듣는 착한 녀석이 아님을 이미 알면서.

상가 골목은 거미줄처럼 엉켜 있었다. 도주하는 행로론 기막히게 적당했다. 그러나 인규는 만만한 상대가 아니었다. 행색은 오리였으나 뒤뚱뒤뚱 뛰지도 않았고 날렵하게 빨랐다.

"헉!"

반대편 골목에서 아저씨가 나왔다. 달리던 녀석과 아저씨가 비켜서며 간신히 충돌을 모면했다. 그러나 급한 틀어짐으로 녀석의 두 다리가 꼬이고 말았다. 비틀거린 녀석이 골목 모퉁이에 어깨를 부딪치고 나뒹굴었다. 인규는 그 기회를 놓치지 않고 녀석의 등허리에 올라탔다. 두 남자가 땅바닥에 거칠게 뒹굴었다. 녀석의 야구모자가 멀찌감치 떨어져 덥수룩한 머리카락이 쏟아져 녀석의 눈을 가렸다. 살결이 뽀얀 것이 어린 태가 났다.

"아이! 시팔!"

시멘트 바닥에 얼굴을 긁히면서도 녀석은 반항했다. 인규 또한 다리가 꺾어졌다. 고통스러운 통증이 올라왔지만 녀석의 제압이 먼저였다. 짧은 두 다리로 녀석의 한쪽 다리를 감고 팔로 녀석의 복부를 묶었다.

"네 녀석도 알바지? 지시한 배후가 누구냐?"

"시팔, 몰라!"

녀석이 버둥대다가 재킷 안주머니에서 CCTV가 담긴 CD를 꺼내었다. 그리고 CD케이스의 뾰족한 모서리를 가차 없이 인규의 손등에 꽂아버렸다.

"억!"

외마디 신음을 내뱉으며 인규의 팔이 풀렸다. 그 순간의 방심으로 녀석이 품에서 벗어났다. 골목을 달리면서 CD를 던져 버리고 녀석은 골목 끝으로 사라졌다.

"별별 알바로 용을 쓰는구만."

인규는 피가 흐르는 제 손등을 감싸며 비척비척 일어났다. 이미 녀석의 머리꼭지는 사라진 상태였고 검은색 야구모자만 흔적처럼 남았을 뿐이었다.

뒹굴면서 흙이 들어간 건지 입안이 지분거렸다. 퉤, 침을 뱉고서 CD를 집어 들었다.

저녁 8시.

국희와 범안은 퇴근하여 오피스텔로 돌아왔다. 다친 손목 때문에 슈트 재킷을 힘겹게 벗는 범안의 곁으로 국희는 쪼르르 다가갔다. 범안이 싱그레 웃으며 친절한 손놀림을 받아들였다. 재킷을 벗기고 넥타이를 푼 그녀는 이어 셔츠 단추도 하나하나 풀어댔다.

"딴생각하지 마."

스르륵 제 허리로 옮겨지는 그의 손짓이 느껴져 엄포를 놨다.

"아무 생각 안 했는데요? 어떤 딴생각을 말하는 겁니까?"

능청스레 그가 눈썹을 찡그렸다. 샐쭉하게 올려다보고서는 그녀는 셔츠 단추를 마저 풀었다. 셔츠가 벌어지면서 서서히 탄탄한 복근이 나타났다. 이놈의 섹시한 복근. 그러면서도 금세 딴생각 중인 음란국희였다.

"할 얘기가 있어."

편한 옷차림으로 갈아입은 범안은 그녀를 소파로 이끌었다. 두 사람이 나란히 소파에 앉아 서로를 보았다.

"나도 있는데."

"그럼 먼저 해."

"아니야. 네가 먼저 해."

싱그레 웃자 그가 잠시 침묵을 지키며 주시했다. 어려운지 망설여서 그녀는 잠자코 기다렸다.

"나, 지국희 해고하려고."

침묵을 깨는 목소리는 다정했고 허락받듯 조심스러웠다. 그녀의 할 말도 '사직'에 관해서였다. 어찌 말해야 되나 고심했는데 그의 입에서 먼저 나와서 놀랐다. 잘린 건데, 나 좋아해야 하는 거야? 싫어해야 하는 거야?

"평창동으로 들어갈까 해. 이 상태로 들어가면 어머니가 걱정하실 거야. 그래서 붕대 풀고 나면 들어가려고."

"오피스텔 경호만 해고하겠다는 거야?"

"전부. 수행비서로서의 지국희도."

그녀의 물음에 범안은 고개를 가로저었다. 넌 네 자리로 돌아가라. 위태위태한 이 상태의 경호는 더는 안 된다.

"그럼 수행비서는 누가 해?"

"당분간은 김 실장님이 하겠다는 전달을 받았어."

"아까 사장님께도 그 말을 한 거야?"

"응. 일주일만 이곳에 같이 있어줘."

그리고 그 후엔, 오롯이 내 여자로만 있어줘.

"응."

그의 대답에 국희는 쾌활하게 대답했다. 그의 안위를 위해서 물러나겠다는 말까진 할 필요가 없어졌다.

"냉큼 받아들이니까 왠지 서운한데? 나랑 24시간 붙어 있어서 불편했던 거야?"

"그럼, 완전히 불편했지. 아! 기대된다, 나의 자유!"

범안의 볼멘소리에 국희는 한껏 과장되게 탄성을 내질렀다. 어이없다는 듯 범안이 헛웃음을 지었다.

"네 할 말은 뭐야?"

"나 아까 사장님께 불려가서 무진장 혼났다."

힐책받은 이야기를 하는데 그녀는 명랑했다. 눈동자도 유독 말랑거렸다. 의아했으나 그는 진지하게 들었다.

"근데 사장님께 지금까지 한 번도 생각지 못한 말을 들었어. 그래서 내가 곰곰이 생각해 봤거든?"

"응."

서두가 잘린 말을 범안은 도통 알아들을 수 없었다. 그래도 착실히 대답했다.

"그러다가 내가 결론을 하나 내렸어."

"응."

"우리 결혼하자."

국희의 발긋한 입술이 활짝 큰 미소를 그렸다. 말간 눈동자도 호선으로 휘어졌다.

"뭐?"

잘못 들었나? 범안은 얼떨떨한 기분 이상이었다. 명치를 한 대 세게 얻어맞은 것 같았다.

"결혼하자고. 내가 평생 지켜줄게."

되풀이된 단어 '결혼'.

생기 넘치는 동공은 초롱초롱했고, 똑 부러진 목소리는 명료했다. 장난스러운 기색도 일절 보이지 않았다.

"너, 지금 나한테 프러포즈하는 거야?"

"응!"

그의 질문에 그녀가 천진난만한 목소리로 크게 대답했다.

내가 지금 지국희한테 프러포즈를 받았단 말이지? 기막혀서 말문이 막힌 범안은 그녀의 '결혼하자'는 말을 곱씹었다. 이게 뭐지? 프러포즈 받는 기분이 이런 건가.

"왜 표정이 그래?"

그제야 국희는 범안의 표정을 인지했다. 잔뜩 일그러진 표정은 떨떠름, 그 자체였다. 좋아해야 하는 거 아닌가? 왜 꼭 뭐 씹는 표정인 거지?

"별로 안 좋아?"

"내가 좋아해야 해?"

샐쭉하게 물으니 퉁명스레 범안이 반문했다. 이내 쳐다보기도 싫다는 듯 그가 성난 눈길을 다른 곳으로 돌려 버렸다.

황당한 나머지 국희는 얼빠졌다. 화장실 들어갈 때랑 나올 때랑 다르다더니, 해치웠다고 그새 마음이 바뀐 건가. 아니면 연애는 해도 결혼은 별개라는 건가?

날 선 콧대가 도드라진 옆얼굴을 노려봤다. 어금니가 빠드득 갈릴 정도로 악다물고서 인내했다. 한 번 더 기회를 줘보자.

"그래서 답은?"

"거절이야."

일말의 주저도 없는 답.

따뜻한 말 한마디는커녕 시선도 주지 않았다. 그러고선 범안이 벌떡 일어났다. 돌아서 버리는 그의 등이 별안간 침범할 수 없는 높다란 벽처럼 느껴졌다. 가슴 언저리에 절망이 내려앉았다. 진짜 별로이구나.

목구멍까지 올라온 욕설을 꿀떡 삼키고 질끈 눈꺼풀을 닫았다. 닫힌 눈꺼풀이 분노로 파르르 떨렸다.

주방으로 들어간 범안은 머리카락조차 성가셨다. 휙, 쓸어 넘기고 차디찬 냉수를 단숨에 들이켰다. 그녀에게 먼저 프러포즈를 받을 것이라곤 상상조차 하지 못했다. 한껏 부풀어 두둥실 떠오르던 풍선의 바람이 덧없이 빠져나간 듯 뭔가 허무했다.

선수를 뺏기다니. 편범안, 한심하다.

그는 힐끗 국희를 넘겨다봤다.

치솟는 노염을 감추지 못하고 부들부들 떨어대는 국희의 머리통이 보였다. 그사이 눈 밑까지 시커메진 그녀가 씩씩거리고 있었다. 막상 프러포즈를 해놓고 거절당하자 성질 나는 모양이었다. 더 건드리면 제명에 못 살 것 같다.

범안은 피식 웃고 말았다. 컵을 아일랜드 식탁에 내려놓으며 차분히 불렀다.

"지국희."

"말 시키지 마."

사나운 야수처럼 국희가 으르렁거렸다. 한마디만 더 했다간 그 못돼먹은 주둥이를 잡아 뜯어버릴 거야, 라고 온몸이 말하고 있었다.

"그 프러포즈는 무효야."

의연한 어투가 날아왔다.

"예, 예, 어련하시겠어요."

쳇. 저런 놈을 내가 뭘 믿고. 국희는 듣기 싫다는 듯 새끼손가락으로 제 귀를 후벼 팠다. 새끼손가락에 불순물이 묻은 양 후— 입김으로 털어냈다.

"그러니까, 기다려."

응?

"얌전히."

또박또박, 강조하고서 범안은 침실로 들어갔다. 돌아선 그의 뒷등을 국희는 쏘아봤다. 무슨 뜻인지 도통 감이 잡히지 않았다.

"김샌다, 진짜."

침실 유리 칸막이를 넘어가며 그가 혼잣말했다. 뾰족한 화살촉 같은 말이 국희의 귓바퀴로 날아와 명중되었다. 일순, 그녀는 알아챘다. 험악한 욕설을 해댔던 것이 1분도 채 되지 않음에도 양심 없이 키득거렸다. 프러포즈 선수 뺏겨서 삐친 거구나?

[이인규 씨 올라갑니다.]

"네, 확인했습니다."

보안실에서 올라온 보고를 받으며 국희는 CCTV 화면을 주시했다. 엘리베이터에 탄 인규가 목을 이리저리 비트는 모습이 시야에 잡혔다. 통화를 끝내고 침실에서 나왔다.

"이인규 씨 도착하셨어."

"응. 내가 열어줄게."

기다리던 범안은 나서려는 국희를 제쳤다. 현관문을 여니, 인규가 붕대가 감긴 오른손을 흔들었다.

"손 다치셨어요?"

"짝꿍의 표식."

천진난만한 어린아이처럼 인규가 범안의 오른 손목을 눈짓했다. 두 남자가 서로의 붕대를 보며 코웃음을 쳤다. 인규가 재킷 안주머니에서 CD 케이스를 꺼내 테이블에 놓았다.

"조사하시다가 다치신 겁니까?"

"작은 사고가 있었죠. 에디아 커피전문점에 CCTV를 받으러 간 길에 어떤 녀석과 마주쳤어요. 제 이름으로 이걸 가져가려고 했더 군요. 몸도 날씬하던데 말이야. 어디서 누구 행세를……."

제 통통한 배를 툭툭 치며 그가 유들거렸다.

"이인규 씨 행로를 알고 있었군요."

"우리의 조사 내용을 간파하고 있는 거죠. 카페에 들렀다가 오는 길인데 여사장이 이번엔 협조를 안 하네요. 아마도 그들에게 돈을 받았겠죠. 사건과 무관한 사람이니 강압적으로 캐물을 수 없어서 그냥 왔어요."

"그들이 어느 정도 알고 있을까요?"

"이걸 보면 그들의 메시지가 보입니다."

인규가 또 다른 주머니에서 USB를 꺼내어 흔들었다.

시간을 아끼기 위해 두 사람은 별반 말없이 CCTV 영상을 실행시켰다. 국희도 범안의 곁에 조용히 앉아 화면을 주시했다. 어제의 사고 장면이 담긴 오피스텔 근방 CCTV였다.

"안수인 사망 사고의 가해 차량과 동일합니다. 제가 여러 번 비교했습니다."

범안에게 돌진하기 직전 인규는 영상을 일시 정지시켰다.

"보통은 말입니다. 차끼리 충돌하든 사람하고 충돌하든 그 물리적인 충격으로 앞 범퍼 등이 손상됩니다."

그가 펜으로 차의 앞 범퍼를 찍었다.

"안수인의 경우는 충돌과 동시에 몸이 떴습니다. 그리고 차량의 앞창으로 두부(頭部), 즉 머리 먼저 떨어져서 경추골 손상을 입었죠. 그 후 바로 바닥으로 추락하면서 두개골에 2차 충격이 가해졌고 뇌진탕을 일으켰어요. 그래서 사망하게 된 겁니다."

펜이 떨어지는 낙하지점을 그려 내려갔다.

"이런 사고는 보통 앞 범퍼뿐만 아니라 앞창 또한 박살 납니다."

앞 범퍼와 앞창에 인규가 동그라미를 그렸다.

"한데 이 차는 말끔합니다. 수리했다는 증거죠. 안수인 사건 담당 형사는 공업사 수리 내역을 확보해서 조사 중입니다. 그러나 불법적인 형태로 수리했을 가능성이 높아서 찾는 데 고충이 있죠."

화면은 범안과 충돌하기 직전으로 옮겨졌다. 그에게 돌진하던 차가 미끄러지듯 비켜가는 장면이 펼쳐졌다.

동공에 채워진 섬뜩한 장면으로 국희는 마른침을 삼켰다. 심장이 크게 두근거려 심호흡을 짧게 내뱉었다. 긴장한 그녀를 느낀 범안이 손을 뻗었다. 잠시, 그녀의 손을 쥔 그가 괜찮다는 듯 고개를 주억거렸다. 다정한 다독임에 국희는 평정심을 되찾았다.

"범안 씨를 해치려는 목적이 아닙니다."

"그럼요?"

"위협이죠."

인규가 굽혔던 허리를 일으켰다.

"범안 씨가 지금 하는 조사를 알고 있으니 그만두라는 경고. 이것은 범안 씨가 그들에게 상당히 접근했다는 의미와도 같습니다."

"그들이 제 가까이에 있다는 말과도 같고요."

"쉽지 않은 싸움입니다. 고액 알바로 미끼를 던지고 생각 없이 덥석 무는 어린 학생들까지 이용하죠. 사람이 죽고 사는 문제가 이들에겐 하찮은 겁니다. 이런 사람들은 뒤가 구려서 제 모습은 숨기고 애먼 사람들만 이용해요, 돈으로. 그런 그들의 경고를 무시할 수는 없어요."

범안은 알고 있었다.

이 경고가 마지막일 수 있다. 다음은, 경고만으로 끝나지 않을 것이라는 의미.

"위협만 있었다는 건 아직 범안 씨까지 해칠 의향이 없다는 겁니다. 하지만 앞으론 모르죠. 이 상태로 지속되었다간 정말 큰일이 일어날 수도 있어요. 이제 경찰에게 일임하는 건 어떠십니까?"

묵묵히 듣던 범안은 국희를 일별했다. 선택권은 내게 있는가.

"……지금에 와서 그럴 순 없어요."

그는 제 집념이 국희에게 미안해졌다.

"그렇긴 하죠. 지금 물러나면 제 자존심도 좀 상하고."

어려운 선택임에도 인규는 선선히 웃었다.

"자, 다음을 볼까요? 병원에 다녀오느라 미처 이건 확인 못 했습니다."

인규가 이어서 카페 CCTV를 실행시켰다. 카페 입구에 설치된 CCTV는 입구와 내부 촬영용이라 도로는 측면으로 조금 나타났다. 그렇기에 도로를 지나치는 차량들이 어렴풋이 보일 뿐이었다.

CCTV 시간 타임을 확인하던 인규가 마우스를 움직였다. CCTV 영상이 8월 13일 PM 09:25분부터 흘러갔다. 31분가량이었다. 도로를 선회하는 검은 차 후미가 화면을 지나쳤다. 오피스텔로 진입하는 차였다.

"지금!"

그가 화면을 정지시켰다.

"이 차는……"

영상엔 전면은 전혀 안 보이고 후미 범퍼 측면만 보였다. 범안은 뚫어지게 검은 차의 후미를 주시했다.

"눈에 익는 차입니까?"

"언뜻 본 것도 같은데…… 정확히는 모르겠습니다."

"후미의 형태를 보아 고급 수입차입니다."

빤히 화면을 보던 국희는 흠칫했다. 뇌리에 번뜩 스치는 이미지를 차마 꺼내지 못했다.

설마……. 그녀는 건조해진 제 입술을 혀로 축였다. 장 회장과의 조찬이 끝난 후에 혼자 뒤따르며 봤던 편명호 사장의 차. 그 후미. 그 차였다.

아니야, 아직은 단정 지을 수 없어. 조사해 본 후에 말해도 늦지 않아. 이 차는 회사에서 지급되는 리스 차량이다. 임원들에게 모두 같은 차종이 지급될 수도 있다.

그녀는 입을 다물었다. 공연히 범안의 심경을 복잡하게 만들 수는 없었다.

"내가 주물러 줄까?"

인규가 돌아간 후에 범안은 한동안 굳어 있었다. 무지근한 상념을 떨쳐 내지 못하는 그에게 국희는 다가갔다. 그의 뒷등에 서서 조심스레 양어깨를 쥐었다. 긴장으로 인해 딱딱해진 어깨를 보듬 듯 주물렀다.

"이거 말고."

범안의 손이 거꾸로 올라와 그녀의 손목을 잡아끌었다. 제 옆자리에 그녀를 앉혀놓고 그는 포근히 안았다. 제 품 가득 그녀를 품고, 그는 턱을 그녀 어깨에 얹었다.

"지금은 이걸로."

따뜻한 그녀를 안고, 토막토막 잘린 사고를 붙인다. 사방으로 터져 버릴 것 같은 감정을 제자리로 돌린다.

"국희야."

"응?"

"미안해."

"응? 뭐가?"

가만히 울리는 네 목소리, 이 목소리만으로도 위안을 받는다. 네게 기대기만 하는 못난 내가 미안하다.

"사랑해서."

사랑하게 되니 미안한 것도 많아진다.

마냥 해맑게 웃게만 만들고 싶은데 풀어야 될 문제가 많아서 미안하다. 그들이 경고하는 것처럼 이제 그만두고 싶은 생각도 든다. 행여 너에게도 그 영향이 끼칠까 봐.

차라리 혼자라면…….

내가 혼자라면 물불 가리지 않고 달려들 텐데…….

이젠 무섭고, 미안하다.

국희는 손바닥으로 그의 등을 쓸어내렸다. 쉬이 풀리지 않는 사건의 실마리로 얼마나 갑갑할지, 얼마나 복잡할지. 어디 가서 비명이라도 지르고 싶은 심경일 것이다. 그래도 속이 뻥 하고 시원히 뚫리진 않겠지.

상체를 들었다. 지그시 그의 얼굴을 들여다보며 그녀는 입술 가득 평온한 미소를 띠었다.

"나도 사랑해."

새벽녘에 어영부영 치렀던 고백이 아니었다. 하염없이 화사하게 웃어주고, 하염없이 화사하게 고백했다.

"이건 서비스."

양 뺨 가득 제 남자의 얼굴을 품고 입술을 대었다.

쪽.

무겁던 범안의 입매가 휘어졌다. 칭찬하듯이 그녀의 머리카락을 어르고, 그도 고개를 숙였다. 가벼운 입맞춤이 연타로 이어졌다.

그러다 범안이 번쩍 국희를 안아 들었다.

"악! 뭐 하는 거야! 나 무겁다고!"

"으흠, 그건 이미 알고 있어."

짓궂게도 범안은 버거운 표정까지 지어 보였다. 헉헉, 거친 숨소리는 보너스.

바동거리던 그녀는 엉덩이를 들썩였다. 제 딴에는 중량을 줄이려는 얍삽한 노력이었다.

"고객 만족 서비스, 몰라?"

침대에 그녀를 내려놓고서 범안이 가볍게 덮쳤다. 얄궂은 그의 입꼬리가 슬며시 올라갔다.

"그건 고객 성향에 따라 달라서 맞추기 어렵지. 욕심 많은 고객이라면……."

"나는 욕심이 무진장 많은 고객이라고."

말을 채 끝내기도 전에 그의 입술이 다가왔다.

"치, 난 그런 고객 필요 없어!"

만만한 지국희가 아니라고. 국희는 발바닥으로 그의 가슴팍을 팍, 밀어버렸다. 우악스럽다 못해 포악하기까지 한 그 힘은 범안을 침대 밖으로까지 떨어뜨렸다.

쿵, 턱.

1차 충격은 등이었고 2차 충격은 뒤통수였다.

"윽."

연속적으로 가해진 고통으로 범안이 신음을 내뱉었다. 저절로 그의 몸이 꽈배기처럼 꼬였다. 화들짝 놀란 국희는 황급히 엎드려 마룻바닥을 내려다봤다.

"어? 괜찮아?"

"괜찮을 리가 있어? 지국희, 폭력적인 건 하여튼."

오만상을 쓰며 범안이 불만을 토로했다. 벌겋게 상기된 얼굴이 제대로 한 방 맞은 표정이었다.

쿡. 아까 프러포즈 때문에 잠깐 속상했던 마음까지도 포함된 듯, 웃으면 안 되는데 웃음이 터지고 말았다. 쿡쿡거리는 그녀를 그가 쏘아봤다.

"웃어?"

"편범안이 납작해졌잖아."

참지 못하고 까르르 웃어버렸다. 어이없다는 듯 보던 범안이 한 손을 들어 올렸다. 그녀의 뒷목을 강하게 잡고 끌어당겼다.

"악!"

짧은 비명을 그의 입술이 삼켜 버렸다. 엎드린 상태로 바동대던 국희는 본능적으로 침대 언저리를 굳게 움켜쥐었다. 안 그러면 제 몸이 아래로 낙하할 것 같았다. 치고 올라오는 키스가 멈춰지지 않았다.

결국 아슬아슬하던 국희의 힘이 빠져나갔다. 아래로 하강하는 그녀를 범안이 부드럽게 이끌었다. 제 몸 위로 떨어진 그녀를 옥죄 듯 감으며 몸을 비틀었다. 마룻바닥에 누운 채 두 사람의 몸이 엉키듯 감겼다. 국희도 그의 등허리를 꽉 안았다.

두 사람은 그 상태로 마룻바닥에서 사랑을 나눴다. 차디찬 마룻바닥도 그들의 뜨거움에 달궈졌다. 끝나지 않을 시간처럼 영원을 나눴다.

기다란 검지와 중지가 천천히 걷는다.

깊은 고랑이 어찌나 가파른지, 잠시 둔덕에서 쉬어야겠다. 언덕진 길 위에 머물렀던 휴식을 끝내고 다시 가던 길을 간다. 잘 고르는 밭고랑을 간신히 넘었더니 이번엔 두 개로 갈라지는 갈림목이 나타난다. 어디로 가야 할까. 검지는 우측, 중지는 좌측이 마음에 든다. 평화로운 중립을 위해 그냥 가운데로 가자.

그때, 커다란 손이 검지와 중지를 낚아챘다. 아, 잡혔다.

"간지러워."

가슴팍 위에서 꼬물거리던 그녀의 손가락을 잡으며 범안이 눈썹을 올렸다. 국희는 여전히 그의 가슴팍을 동공으로 탐색하며 킥킥거렸다. 어지간히도 그의 너른 가슴팍이 좋은 모양이다.

범안이 제 팔을 벤 그녀의 머리를 편히 해주려는 듯 슬쩍 들었다. 그녀는 머리통을 움직여 그의 팔 안쪽에 좀 더 깊숙이 들어갔다.

"국희야."

"응?"

턱을 들어 그를 올려다봤다. 그윽한 그의 눈길이 내려앉았다.

"내일모레, 평창동으로 들어갈까 해."

"일주일이 아니고?"

"내일 주변 정리하고 모레 들어가려고."

"나, 수행비서도 정리해?"

그의 끄덕임이 대답을 대신했다.

완전히 떨어지자는 말이 아님에도 형언할 수 없는 아쉬움이 남았다. 왜 그런지 불안감이 치솟아 국희는 그의 등허리를 꽉 끌어안았다.

"아쉬워?"

"……조금."

"나도 아쉽다."

그도 깊게 국희의 등허리를 당겼다. 등허리가 유연히 휘며 아름다운 곡선을 만들었다. 서로의 온기가 고스란히 품어졌다.

"그래도 이젠 네 PC는 안 할 거야."

정수리에 닿는 날렵한 턱을 느끼며 국희는 그의 쇄골로만 시선을 두었다. 그의 심장이 뛴다. 겹쳐진 가슴팍으로 미세한 그 박동까지 전해진다.

국희야.

범안의 눈이 그녀를 나직하게 불렀다.

사실은, 사실은……

당분간은 보지 않는 것이 좋을 것 같다. 그들이 가까이서 지켜보고 있다면 네게도 위험이 미칠 수 있다. 무엇보다도 네 안전이 우선이다. 하지만 걱정 마. 난 형처럼 그들에게 당하지 않을 거다. 절대, 너를 또다시 슬피 울게 만들지 않을 거다.

"다 마무리되면……."

정수리와 맞대어진 그의 턱이 멀어졌다. 수그러진 그의 입술이 아래로 내려왔다.

"네 남자로만 있을게."

그때까지만……

그때까지만 기다려 줘.

모든 일이 말끔히 마무리되고 우리가 평온해지는 그 시간을 기다려 줘.

네 남자로.

네 하나밖에 없는 동반자로,

올게.

네 곁에, 오롯이 네 곁에 머물며 남은 인생을 살도록.

자그마한 등을 안은 범안의 손아귀에 힘이 굳게 들어갔다.

다음 날, 국희는 선혁과 비서실에 결정된 사안을 알리고 주변 정리하느라 분주했다. 서로 마주할 시간도 없이 촉박한 하루였다. 퇴근하고서야 두 사람은 여유를 찾았다.

범안은 압통이 남아 있음에도 행동에는 무리가 없을 거라며 압박붕대를 풀었다. 그를 도와주고서 그녀는 욕실로 갔다. 씻고 나오니 그는 심각한 낯빛으로 노트북을 바라보고 있었다.

"뭐가 잘못됐어?"

"아무래도 이 USB가 이상해. 형이 곰 인형 속에까지 숨겨놓은 거야. 그런데 명확히 증거될 만한 것은 없어. 그들도 이 안에서 뭔가를 봤을 텐데."

"찬찬히 찾아보면 나오겠지."

의욕을 북돋아주는 국희의 말에 범안이 손을 뻗었다. 그의 손길에 따라 국희는 그의 무릎에 앉았다. 그의 목덜미에 팔을 감은 그녀와 그녀의 등허리를 쓰다듬는 그가 마주 보았다.

"짐은 안 챙겨도 되겠어? 내가 챙겨볼까?"

"내일 도우미 아주머니가 챙겨놓으신대. 어머니하고 아까 통화했거든."

"평창동으로 들어간다니까 어머니가 좋아하시지?"

"응."

빙그레 웃는 범안에게 국희는 입을 맞추고 일어났다. 아쉬웠지만 할 일이 많았다.

"보고 있어. 나도 내 짐을 좀 챙겨놓을게."

노트북으로 시선을 돌리는 그에게 말하고서 드레스룸으로 걸어 갔다. 그가 예리한 눈초리를 화면에서 떼지 않고서 끄덕였다. 걸어 가다 말고 그녀는 우뚝 멈춰 섰다. 깜박 놓쳤던 의문이 불현듯 떠올랐다.

"참 어제 말이야. 보안실 김영국 씨와 통화했었어?"

"아니, 왜?"

"이인규 씨 온다고 통화한 거 아니야?"

"아니, 네가 하지 않았어?"

범안이 뒤돌아보며 반문했다.

"어, 내가 했지."

웅얼대듯 대꾸하고서 국희는 찬찬히 되짚었다. 그가 의아하다는 듯 쳐다봐서 아무것도 아니란 듯 고개를 가로저었다.

"나 잠깐 보안실에 다녀올게. 다른 데 절대 가지 말고……

CCTV 화면에 뭐가 나타나면 바로 전화 줘."

"네, 다녀오세요."

범안은 다정히 대답하며 마우스를 잡았다. 곧 등 뒤에서 현관문 닫히는 소리가 들렸다.

803호 안에 정적이 감돌았다. 마우스 커서를 하염없이 이동시키며 그는 깊은 한숨을 내쉬었다. 답답한 심정이 일었다. 형, 대체 뭘 숨긴 거야?

범안은 성가시다는 듯 머리카락을 쓸어 넘기고서 마우스를 다시 잡았다. 중지가 마우스 오른쪽 버튼을 건드리면서 우측 팝업이 떴다. 아무 생각 없이 팝업창을 닫기 위해 클릭한 순간, 그의 동공이 번뜩였다.

마우스 커서를 움직였다. 메뉴의 보기를 클릭하고 숨기기 표시를 해제시켰다. 그러자 연한 노란색 폴더가 나타났다. 숨김이 되어 있는 폴더였다.

폴더명은 BEL.

한편, 국희는 관리사무소 앞에서 운동화 끈을 고쳐 묶고 트레이닝복의 매무새를 다듬었다. 그리고 주머니에서 머리끈을 꺼내 질끈 머리카락을 동여맸다. 심호흡을 크게 하고 관리사무소로 들어갔다. 관리사무소 당직자가 알아보고 인사를 해왔다.

가벼이 응하고 안쪽의 보안실로 들어갔다. CCTV를 통해 그녀가 내려온 것을 이미 알고 있던 김영국이 쳐다봤다.

"무슨 일입니까?"

"CCTV는 잘 돌아가죠?"

그녀는 평온히 웃으며 반문했다. 그러고선 설렁설렁 뒷짐을 지고서 벽면 가득 돌아가는 CCTV 화면을 살펴봤다. 8층 복도뿐만 아니라 803호 앞은 잠잠했다.

"PC를 혼자 오래 두시면……."

"네, 알죠."

CCTV에서 눈을 뗀 국희는 돌아서서 정수기로 다가갔다. 태연스러운 몸짓으로 물을 한 잔 들이켜며 곁눈질로 그를 힐끔거렸다. 그녀의 의중을 몰라 갸웃거리던 김영국이 돌아섰다.

지금이다!

그녀는 기회를 놓치지 않았다. 민첩한 동작으로 김영국의 뒷등으로 이동했다. 그러고선 그의 손목을 움켜쥐고 뒤로 꺾었다. 동시에 뒷목을 다른 손으로 짓누르며 상체를 제압했다.

"악! 뭐 하는 겁니까?"

별안간의 기습에 김영국이 속절없이 당했다. 뺨까지 테이블에 짓눌러진 상태로 그가 버둥거렸다. 국희의 손아귀 힘이 바짝 강하게 들어갔다.

"당신, 정체가 뭐야?"

국희는 어금니를 악다물며 으르렁거렸다. 단 하나도 놓쳐선 안된다. 눈을 부라리며 그의 뒤통수를 쏘아봤다.

"지, 지국희 씨…… 지금 뭐, 뭐 하세요?"

곁에 있던 한 주임이 당황해서 더듬거렸다. 그녀는 경계를 풀지 않고 매섭게 입을 열었다.

"한 주임님도 꼼짝하지 마요. 꼼짝하는 순간, 이 사람 가만 안 둘 거니까."

그에게 경고하고, 국희는 김영국의 팔을 더욱 위로 꺾어 올렸다.

"억!"

고통으로 김영국이 신음했다. 한 주임은 곤혹스러워했다. 그러나 주춤대면서도 그녀를 저지하진 않았다. 별안간 그녀가 이렇게 나오는 데는 이유가 있을 거란 판단에서였다. 그의 행동으로 보아 그는 이 일과 무관하다. 직감적으로 국희는 간파했다. 문제는 이 녀석.

"지, 지국희 씨! 왜 이러십니까!"

짓이겨진 제 뺨을 비틀며 김영국이 소리쳤다.

"당신, 배후를 말해."

"무, 무슨 소리입니까!"

"어제 나하고 통화했지, 당신."

"그런데요?"

냉정을 잃지 않은 국희와 달리 김영국은 바락바락 언성을 높였다. 곧 죽어도 할 말은 많은 모양이다. 그래 봤자 연기인 거 다 보인다고.

국희의 입꼬리가 서늘히 올라갔다. 뇌리에 어젯밤 일이 상기되었다. 인규가 방문할 예정이라 그녀는 보안실에 연락했었다.

"저녁 9시경 손님이 오실 예정입니다. 경계 없이 바로 올라오실 수 있도록 해주세요."

[어떤 손님입니까?]

"먼젓번에도 방문했던 손님입니다. 보시면 아실 거예요."

[알겠습니다.]

통화자는 분명 김영국이었다.

그리고 저녁 9시. 인규가 도착했을 때, 김영국으로부터 전화가
왔었다.

[이인규 씨 올라갑니다.]

범안은 그와 일절 통화한 적이 없다. 그리고 국희 또한 그에게
인규의 실명을 밝힌 적이 없었다. 그럼에도 김영국은 인규의 이름
을 명확히 알고 있었다.

"당최 무슨 일인 건지…… 설명을 해주십시오."

"한 주임님은 이인규 씨 아세요?"

"그게 누구인데요?"

한 주임이 의아한 듯 반문했다. 그의 낯빛은 변화가 없었다. 그
래, 이게 정상인 거다.

"당신, 이제 알겠지? 무심결에 뱉은 말이라 아직도 이 멍청한 뇌
가 안 돌아가는 모양이지, 김영국 씨?"

차갑게 국희는 읊조렸다.

"당신이 나를 허술하게 본 모양인데 숨기려면 철저하게 했어야
지."

꿰뚫어 보듯 주시하며 빈정거렸다. 그의 눈썹이 움찔했다. 그걸 그녀는 정확히 보았다.

"당신이 누구 지시에 따라 움직이는지 밝혀. 아니면 당신이 살인 용의자인가?"

"나는 모르는 일입니다!"

목덜미까지 시뻘게진 김영국이 끝끝내 부정했다. 듣던 한 주임이 자지러졌다.

"살인 용의자요?"

"이 사람이, PC를 조사하고 감시하는 끄나풀인 것 같아요."

"무, 무슨 근거로 그런 말을 합니까!"

"제가 잡고 있을까요? 그게 나을 것 같은데……."

"한 주임님까지 왜 이러십니까!"

끼어드는 한 주임에게 김영국이 발악했다. 그러나 한 주임은 무시했다. 발버둥 치는 그의 꺾어진 팔을 대신 잡으며 되레 억세게 뒷목을 짓눌렀다.

"고맙습니다."

국희는 흐트러진 매무새를 다듬으며 물러났다.

"한 주임님, ㈜풍신 소속이시죠? 오 대리님도요."

"네, 그렇죠."

㈜풍신은 이음과 비슷한 사설경호업체로 선혁과 연결된 곳이었다. 선혁이 ㈜풍신에게 의뢰하여 이들을 채용했다. 주말 근무조도 마찬가지였다.

"김영국 씨는요?"

"그러고 보니 자네 다른 데서 이직해서 온 지 얼마 안 되었지? 그전엔 어디 소속이었나?"

한 주임은 국희의 말을 올곧이 믿었다. 의혹을 품고서 김영국에게 추궁하는 목소리가 엄격해졌다.

"김선혁 실장님께 전화할게요."

휴대폰을 꺼내며 그녀는 말했다. 한 주임이 끄덕거리며 김영국을 억압한 손아귀에 더 힘을 주었다.

[일이 조금 있어서 여기서 잠시 대기해야 돼. 괜찮아?]

휴대폰이 울려 받아보니 국희였다. 보안실에 다녀오겠다는 그녀가 함흥차사라 걱정하던 참이었다.

"무슨 일인데? 안 좋은 일 있어?"

[경호원들하고 회의를 해야 할 것 같아서. 보안 사항 때문에.]

"알았어."

국희의 말을 범안은 믿었다. 냉정한 눈초리는 BEL에서 시선이 떼어지지 않은 상태였다.

[여기서도 CCTV 체크하고는 있는데 혹시 일이 생기면 바로 연락해. 만약 누군가가 오더라도 절대 문 열어주지 말고.]

"걱정 마."

통화 종료를 하고서 그는 느른히 휴대폰을 내려놓았다. 손끝이 기름칠을 덜한 기계인 양 삐걱거렸다. 탁한 숨을 토해내고서 마우스를 잡았다.

왜 이 생각을 못 했을까. 숨겨진 파일 해제를 한 후에 폴더를 더

블클릭했다. 열린 폴더 안에는 일반 텍스트 파일들과 함께 음성파일이 세 개 있었다.

차분히 음성파일부터 열었다.

[안수인이에요. 편 이사님이 갖고 계신 USB 파일 보내 드렸습니다.]

사망하기 전 통화했던 안수인의 목소리가 그대로 흘러나왔다.

[받았어.]

누구? 약간 날 선 남자의 목소리였다. 어투는 나직했고, 짧은 대답이라 분간되지 않았다.

[입금은 언제 해주시나요?]

[지난번과 마찬가지로 오후에 바로 들어갈 거야.]

배영수?

길어진 말로 인해 낯익은 목소리가 파악되었다. 그에 따른 인물이 선명히 떠올랐다.

[다른 건 없었어?]

[네. 확인되는 대로 부사장님께 보내 드리겠습니다.]

녹취파일이 끝났다. 관자놀이가 지끈하고 울렸다. 뒷골도 쭈뼛 서늘한 전류가 흘렀다. 바르르 떨리는 심장을 누르고, 두 번째 음성파일도 실행시켰다.

내용은 비슷했다. 그런데 두 번째 파일의 상대방은.

[원본인가? 복사본인가?]

비슷한 듯하나 배영수의 목소리보다는 까칠한 비음이 섞인 목소리.

[복사본입니다.]

[원본을 보내야지. 원본은 어떻게 처리했나?]

배강수였다.

[편 이사님 USB에 그대로 있습니다.]

[원본을 삭제하게.]

[하지만 부회장님, 파일이 삭제되면 편 이사님이 의심할 텐데요.]

[삭제하고 연락해.]

냉담히 명령한 배강수는 수인의 답을 듣지도 않고서 전화를 끊어버렸다. 녹취된 내용은 거기까지였다.

배영수 그리고 배강수.

안수인이 말한 그들이, 이 두 사람이었다.

범안은 파일의 날짜를 확인했다. 날짜는 두 파일 모두 동일했다. 8월 2일.

녹취파일의 시작으로 짐작건대 안수인이 녹취한 것이었다. 제 안위가 걱정되어 휴대폰 통화를 하면서 녹취해 놓았을 가능성이 높았다.

8월 2일. 안수인이 그들에게 형의 USB 파일을 넘겼다. 그리고 그들이 USB 파일을 본 후에 형을 해한 것이다.

이들이, 형을 살해한 걸까.

아니면 이들 중 한 명이 형을 해한 걸까.

식은땀으로 손바닥이 흥건해졌다. 긴장으로 곧추세워진 어깨를 내리고 눈을 질끈 감았다.

형의 USB에 녹취파일이 담겨 있다는 의미는 형은 안수인이 그들과 내통하고 있다는 사실을 파악했다는 것이었다. 안수인은 그 사실을 몰랐다. 그렇다면 안수인 모르게 그녀 휴대폰의 녹취파일을 복사했을 것이다.

불끈거리는 심장을 가라앉히고 눈을 떴다. 그리고 나머지 음성파일로 마우스 커서를 옮겼다. 그 파일의 날짜는 8월 9일이었다.

"선배님."

"무슨 일이야?"

부리나케 오피스텔에 도착한 선혁이 보안실로 들어섰다. 그가 결박한 상태는 아니나 의자에 앉혀진 상태로 한 주임에게 잡혀 있는 김영국을 보았다.

"편기안 이사님을 해한 용의자와 관련이 있을 겁니다."

"증거 있습니까? 증거도 없으면서 왜 억측합니까! 아니라면 아닌 줄 알지, 지국희 당신, 내가 가만히 안 넘어갑니다."

입술을 까뒤집으며 김영국이 으름장을 놨다.

"증거 있나?"

"저와 통화했습니다. 제가 증인입니다."

"무슨 통화?"

"실장님께 방문자가 있었습니다. 그런데 김영국, 저 사람이 그 사람의 이름을 알고 있더라고요. 전 그 사람의 이름을 말한 적이 없거든요."

선혁의 질문에 국희는 또박또박 답했다.

"난 그런 적 없다고!"

버럭 소리치며 김영국이 벌떡 일어났다. 덩치 큰 한 주임이 가로막으며 도로 앉으라고 우아하게 손짓했다. 한 주임을 노려보면서 김영국이 엉덩이를 도로 붙였다. 선혁이 김영국을 냉정히 일별했다. 차디찬 눈초리에 김영국이 불편한 기색으로 재빨리 시선을 회피했다.

"그 사람이 누구인데?"

"실장님 지인입니다."

"단순히 이름을 안다고 해서 증거론 불분명하지 않나?"

"하지만 저 사람이 실장님 지인 이름을 알고 있는 건 실장님 주변 조사를 했다는 뜻입니다."

"네 추측일 뿐이잖아! 추측만으로 사람을 의심하나?"

선혁이 냉담히 일갈했다.

"분명 의심 대상입니다! 그들이 보낸 사람입니다."

"그들? 그들이 누구지?"

국희는 그의 물음에 선뜻 답하지 못했다. 한 주임과 김영국을 번갈아본 그녀는 시선을 떨어뜨렸다. 그들에게 들릴세라 국희는 조그만 소리로 입을 열었다.

"여기서 말씀드리긴 어렵습니다."

"우선 여긴 정리한다. 한 주임은 종전과 마찬가지로 오늘 밤 근무하고 다른 직원을 보내겠다. 김영국은 사무실로 복귀해."

"그냥 풀어준다고요?"

그의 명령에 국희는 소스라치게 놀랐다.

"풀어주지 않으면 경찰에라도 넘기겠다는 건가? 무슨 근거로?"

"선배님, 이건 단순한 문제가 아닙니다. 근거가 없더라도 의심 대상을 놓아줄 수는 없어요."

"단순한 문제가 아니기 때문이다. 살인 사건이 연관된 만큼 더 확실한 증거가 있어야 되는 거야. 경찰에 넘긴다고 달라질 것 같나? 똑같이, 경찰에서는 증거 부족으로 내보낼 거다. 공연히 언론에만 노출될 가능성이 높아. 사장님이 원치 않으신다."

꼿꼿한 선혁의 자세는 변동이 없었다.

"하, 하지만……."

"김영국의 신상 정보에 대해선 내가 상세히 파악하고 있다. 문제 발생 시엔 내가 처리할 거다."

반발하려는 그녀의 말을 선혁이 막았다.

"꼼짝 말고 사무실에서 대기해."

김영국에게 명령한 그가 그녀에게 시선을 돌렸다.

"PC를 혼자 뒀나? 너나 위로 올라가."

머뭇거리던 한 주임이 하는 수 없이 김영국을 놓아줬다. 김영국이 신경질적으로 의자에서 일어나서 쓸데없이 제 옷을 털어댔다.

국희는 두 주먹을 불끈 쥐었다. 무언가 실마리를 잡을 기회인데. 이렇게 어처구니없이 놓쳐야 하는 건가.

"실, 실장님이 다칠 뻔한 사고는…… 고의였어요. 하마터면 크게 다쳤을 수도 있었어요. 편기안 이사님을 해한 사람들 짓이 분명해요. 그런데…… 저 사람이 그들과 연관이 있다고요. 이, 이대로 놓칠 순 없어요. 작은 것 하나라도 놓치면 안 되잖아요."

실토하다 보니 울컥하고 말았다. 그녀는 파르르 떨리는 입술을 깨물었다.

"그동안 저런 의심 대상이 실장님 주변에 있었어요. 지금은 그 누구도 믿을 수 없는 상황이라고요. 행여 믿었던 경호원들이 실장님을 해하기라도 하면……."

끝내 말을 맺지 못했다. 솟구치는 감정을 아무리 추스르려고 애써도 힘겨웠다. 가까이서 범안을 경호하는 사람. 그 사람조차도 믿을 수 없다. 이 상태로, 그를 혼자 두고서 내가 내 자리로 돌아가도 되나?

무서워졌다.

"내가 조사해 보마."

시뻘게진 국희의 동공을 선혁이 침착히 내려다봤다. 그제야 그녀 속내를 간파한 듯 나직하게 덧붙였다.

"그리고…… 실장님은 내가 지킬게."

그러고선 다독이듯 그녀의 어깨를 힘껏 잡았다. 국희는 뿌예지는 시야를 거둬들이고 올려다봤다. 진중한 선혁의 눈빛은 흔들림이 없었다. 가까스로 고개를 끄덕였다.

발끝까지 너덜거리는 것 같다.

터덜터덜 8층 복도를 거닐며 국희는 퀭해진 시야를 깜빡였다. 다 잡아놓은 대어를 코앞에서 놓친 듯 허탈했다. 803호 앞에 도달해서야 울적한 마음을 추슬렀다. 범안에게 공연한 걱정거리를 만들어주고 싶지 않았다.

"나 왔어!"

부러 쾌활히 말하며 그녀는 안으로 들어갔다. 이어폰을 낀 상태로 녹취파일을 듣고 있던 범안이 기척에 뒤돌아봤다.

"오래 걸렸네?"

"응. 내일부터 평창동으로 들어가잖아. 경호 보안 때문에."

에둘러대고서 국희는 그의 옆자리에 앉았다. 범안이 벌건 기운이 가시지 않은 그녀의 동공을 알아챘다.

"울었어?"

"어? 울긴. 졸려서 하품을 조금 했더니…… 이틀 동안 못 잤잖아."

국희는 짐짓 명랑한 척 웃어 보였다. 그런데 범안은 따라 웃지 않았다. 지긋한 눈길이 그녀에게 내려앉았다. 잠시만 위로를 받을까. 그녀는 제 표정을 감추기 위해 그의 허리를 끌어안았다. 그의 어깨에 뺨을 대면서 불끈거리는 제 심장을 눌렀다.

"무슨 일이야?"

차분히 범안이 물었다.

"그냥……."

아무도 믿지 못하겠어.

이런 상태로, 어찌 이 문제를 해결할 수 있을까…….

위험은 지척에서 감도는데 내가 너무 나약하다.

범안의 손길이 보드랍게 국희의 머리카락을 쓰다듬었다. 그의 심장 소리가 자그마하게 들리는 듯하다. 비로소 안정감이 생겼다.

잠자코 그녀를 안아주던 범안은 그녀의 불끈거리는 심장박동이 서서히 가라앉는 걸 느꼈다. 무슨 일인지 모르겠으나 보안실에서 좋지 않은 일을 겪은 것이 분명했다. 작은 이 몸으로 자신을 지키려 애쓰는 것이 안쓰러웠다.

"국희야."

조용히 그녀를 불렀다.

"응."

곧 이 모든 일이 끝날 것 같다.

"그들이 누구인지 알았어."

담담한 울림이 아득하니 평온하게 들렸다. 울분이 섞여 있지도 않았다.

"어떻게?"

국희는 그의 몸에서 제 몸을 뗐다. 동그랗게 동공이 커졌으나 호들갑스레 굴진 않았다. 그의 차분한 목소리 영향이 컸다.

"숨김 파일로 있었어."

그는 의연히 대꾸했다. 진실을 맞닥뜨린 순간엔 터질 것처럼 심장이 팽창하기도 했었다. 걷잡을 수 없는 분노로 한동안 의식까지 마비될 지경이었다. 그러다 마구잡이로 뒤섞이며 휘감기던 이성을 가까스로 부여잡았다. 흥분은 아무런 도움도 되지 않는다.

"흔히들 폴더 속에 숨김 파일이 있을 거라곤 생각하지 못하잖아. 단순하면서도 찾기 어려운 방법으로 형이 숨겨놓은 거야."

노트북 화면에 띄워진 폴더를 그가 눈짓했다. 국희의 동공이 폴더 이름을 읽었다.

BEL.

그토록 찾던 이름이었다. 안수인이 말했던 'BEL'은 파일 이름이 아니라 폴더 이름이었다.

"음성파일 두 개는 안수인 씨가 녹취한 거야. 형의 파일을 그들에게 넘긴 후에 녹취한 내용이지. 나머지 문서파일은 차명계좌 거래 내역이야."

그가 마우스 커서로 파일들을 가리켰다.

"그들은 횡령한 금액들을 대부분 차명계좌로 돈세탁을 해왔어. 그들의 배임행위는 이것뿐만이 아니야. 인성과 협력 관계를 유지하는 기업에게 커미션 등을 받기도 했어."

파일 하나를 열었다. 은행계좌 상세거래 내역들이 나열된 파일이었다.

무수히 많은 파일 목록은 형의 자취를 말해주고 있었다. 얼마나 오랫동안 철저히 조사하고 수집했던 건지. 그 많은 시간을, 그 노력을 그들이 물거품으로 만들어 버렸다.

"안수인이 말한 그들은, 배강수 부회장과 배영수 부사장이었어."

"그 두 사람이 협력해서 형을?"

국희는 아찔했다. 불현듯 뇌리에 세준의 얼굴이 겹쳐졌다. 그렇다면 배 이사님은……

"녹취파일들을 여러 번 곱씹어서 들어봤어. 그런데 두 사람이 협력 관계는 아니라는 결론을 내렸어. 그리고 이 사람들이 형을 살해했다고 단정 지을 순 없어. 명확한 동기는 있지만 살해 증거가 없거든."

"명확한 동기? 이 파일들 때문에?"

"응. 그리고 이 음성파일."

마우스가 8월 9일 자 음성파일을 클릭했다.

"형이 만든 거야."

청색으로 활성화가 된 파일로 두 사람의 시선이 머물렀다. 범안의 손짓에 따라 파일이 더블클릭되었다.

[제가 두 분을 모신 이유는.]

낮은 중저음, 절제된 음색은 단어를 또렷이 내뱉었다.

이 음성파일 첫 부분을 들었을 때, 범안은 이어 듣지 못했었다. 몇 달 만에 듣는 형의 목소리였다. 비분한 감정이 북받쳐, 제 입술을 아프도록 깨물어야 했다. 세 번째 듣는 이 순간, 그는 가라앉은 상태를 유지했다.

[두 분께 선택권을 드리기 위해서입니다.]

[무슨 말인가?]

배강수가 물었다.

[이 USB에 담긴 문건은 안수인 씨가 두 분께 넘긴 문건과 동일합니다.]

숨 막히는 침묵이 시작되었다. 숨소리조차도 들리지 않을 정도로 긴장된 상태였다.

[두 분께서 제게 지대한 관심을 갖고 계신 건 오래전부터 알고 있었습니다. 그래서 안수인 씨 동태를 살펴보고 있었습니다. 안수인 씨가 그동안 두 분께 많은 도움을 줬더군요.]

기안은 유연히 대화를 조절했다. 쥐락펴락하듯이 적절히 말을 끊고, 이어갔다. 그동안 상대방은 침묵을 일관했다.

[두 분께서는 서로 모르셨군요.]

두 사람의 반응을 본 기안이 조소했다.

[무슨 말인지 모르겠어. 무슨 억지를 부리려고 이러나?]

비로소 배영수가 성난 목소리로 윽박질렀다.

[이 USB엔 안수인 씨가 두 분께 넘긴 문건을 비롯하여 안수인 씨가 두 분과 통화한 내용을 녹취한 파일도 들어 있습니다.]

[뭐라고? 녹취!]

[형님! 목소리 높이지 마세요.]

버럭 언성을 높이는 배영수에게 배강수가 차갑게 일갈했다.

[걱정은 마세요. 안수인 씨 휴대폰에서 찾은 이 음성파일은 제가 삭제했고 저만 갖고 있습니다.]

또다시 몇 초 동안 정적이 흘렀다.

[본론으로 들어가겠습니다. 두 분께서는 안수인 씨를 통해 받은 문건에 무엇이 담긴 줄 아실 겁니다. 제가 그것을 어떻게 처리할지도 궁금하실 거고요.]

[장 회장에게 보고할 건가?]

냉정을 되찾은 배강수가 물었다.

[아까도 말씀드렸다시피 전 두 분께 선택권을 드리겠습니다.]

[우리가 어떻게 하길 바라나?]

[현재 독일에 계신 장 회장님은 8월 15일 출국하실 예정입니다. 그동안 두 분께서 고심하여 옳은 방향으로 결정하시길 바랍니다.]

배강수의 질문을 기안이 담담히 대답했다.

[옳은 방향?]

[전 이 USB를 저만 아는 곳에 감춰둘 예정입니다. 그 누구에게도 전하지 않았고, 전할 예정도 없습니다. 두 분께 이 사안을 일임하는 겁니다. 제가 하고자 하는 말뜻을 아실 겁니다. 훗날 제가 이 USB를 꺼내 장 회장님께 직접 보고하는 일이 없도록 해주십시오.]

그리고 기안은 진중히 덧붙였다.

[진심으로, 부탁드립니다.]

음성파일이 끝났다.

범안은 처음 들었을 때처럼 마른 입술을 열지 못했다.

형은 정면 돌파를 했었다. 언제나 올곧은 성품을 가진 형이었다. 그 누구보다도 바른 사고와 옳고 그름에 대해서 명확했던 사람이었다. 그래서 내부고발자가 되기보단 스스로 잃어버린 기회를 잡을 수 있도록 두 사람에게 선택권을 주었다.

"이…… 이래서……."

울컥한 감정에 국희는 말끝을 맺지 못했다.

"형이……."

범안도 잠시 흐트러졌다. 치솟는 감정을 억제하려 애써 깊은 숨을 골랐다.

"형이 USB를 곰 인형 속에 숨겨놓은 건 위협을 느껴서가 아니었어. 이들에게 기회를 주기 위해서였어. 자신의 결정을 지키기 위해서."

그래서 흔적조차 남겨놓지 않았던 거였다.

그런데 그들이 망가뜨렸다. 제 눈앞의 이득에 눈이 멀어 제 안위에 급급해서 형의 의도를 무참히 깨뜨렸다. 그들은 형과 안수인만 처리하면 자신들의 비리가 묻힐 것이라 판단했다. 하나 그들은 한 가지를 놓쳤다.

진실.

완벽한 은폐는 없는, 바로 진실이었다.

"어떻게 할 거야?"

"이들이 형을 살해했다는 증거를 찾아야 돼. 동기만으론 방법이 없을 거야."

범안은 모든 파일의 확인을 끝낸 후에 하나의 결정을 내린 상태였다. 그러나 국희의 반응이 예상되기에 입 밖으로 꺼내지 않았다.

"나, 오피스텔로 진입했던 차량 알아. 사실 그 차…… 편명호 사장님이 사용하시는 리스 차량이야."

"아버지 차?"

"내가 오늘 알아봤거든? 임원들에게 지급되는 리스 차량이 있는데 배영수 부사장님이 사용하는 차종과 편명호 사장님의 차종이 같아. 같은 차야. 그래서 난 8월 13일 두 분의 행적을 추적해 볼까 했어. 그런데 이 녹취파일을 듣고 나니까 심증이 가."

조심스레 그녀는 말을 이었다.

"배영수 부사장님 아니실까? 동기도 분명하고 편 이사님과 안면도 있고. 그리고 그 날짜, 그 시각에 오피스텔에 진입한 차종도 같고."

"하나, 걸리는 건 있어."

꿰뚫어 보는 눈초리로 거실을 훑던 범안이 테라스로 걸어 나갔다. 국희는 그의 뒤를 쫓았다. 테라스 난간 앞에 선 그가 팔을 길게 뻗었다. 국희의 정수리에 손바닥을 올리고 높이를 가늠했다.

"형은 나와 키가 비슷해. 나보다 1, 2센티 정도 작을 뿐이야. 배영수 부사장은 힐을 신은 너와 비교했을 때 약간 더 크지? 대략 173 안팎일 것 같은데."

"맞아. 그 정도."

"배강수 부회장은 그보단 조금 더 크고. 하지만 커봤자 175 정도."

범안은 얼어붙을 정도로 냉기가 서린 테라스 난간을 쥐었다.

"이 난간에 형이 기대고 있었다 해도 키가 10센티나 차이 나는 형을 넘기긴 어려웠을 거야. 하물며 흔적도 남기지 않았어, 전문가처럼. 게다가 그들은 중년이야. 힘으로 형이 밀리지 않을 거야."

"그렇긴 해. 운동으로 다져진 사람도 아니고, 그 체형으론 형님을 상대하기 쉽지 않았을 거야."

국희는 그들의 체형을 떠올렸다. 배영수는 통통한 체형이었고, 호리호리한 배강수는 날렵한 느낌은 없었다. 둘 다 영락없이 고위층 임원들 모습이었다.

"그들이 직접 나서진 않았을 거야. 누군가를 시켰겠지. 한데 그 사람도 형과 안면 있는 사람이라는 점이 관건이야."

"배영수 부사장님 비서실장은? 그 사람은 덩치가 좋은 편인데.

형님이 그 사람도 경계했을까?"

"그 밤에 오피스텔로 찾아온 비서실장을 형이 달가워했을까? 설사 안으로 들였다고 해도 그 비서실장과 무슨 연유로 테라스까지 나온 걸까? 앞뒤 정황이 조금 어긋나."

"내가 내일 출근해서 자료실에서 비서 일과표를 살펴볼게. 그날 부사장님 일과를 확인해 볼 수 있을 거야."

"아니야. 공연한 일을 만들지 마."

국희의 말에 범안은 황급히 고개를 가로저었다.

"별거 아닌걸."

"넌 내일 인수인계도 해야 하고 정리할 일도 많잖아. 알아봐도 내가 알아볼게."

그들에게 너까지 노출시킬 순 없다. 이미 네가 경호원인 것을 파악했을 확률이 높다. 그런데 그들의 뒷조사까지 한다면 그만큼의 위험이 따를 것이다.

"알았어. 그리고 있잖아. 아까 보안실에서 문제가 있었어."

마냥 숨길 순 없는 일이었다. 그가 경계 없이 경호원들을 신뢰했다가 역으로 당할 수 있는 문제였다. 국희는 김영국과의 일을 세세하게 밝혔다.

"김선혁 실장님은 사소한 문제라고 생각하시는 모양인데 난 석연치 않아."

"응."

범안은 차분히 응수했다.

그들이 가까이서 지켜보고 있음은 인규와의 대화로 어림짐작하고 있었다. 가까이란, 경호원 중 하나 혹은 둘일 가능성을 배제할 수 없었다. 그러니 김영국 또한 그 가능성의 하나에 불과했다.

"내가 너무 성급했나? 무턱대고 덤빌 게 아니라 김영국의 꼬리부터 밟았어야 했을까? 이렇게 허무하게 놓아줄 거였으면 차라리 그게 나을 뻔했어."

국희는 유일무이하게 생긴 기회를 놓친 게 아닌가, 자책이 되었다.

"아니야, 잘했어. 김영국의 뒤를 밟아봤자 별다른 성과는 얻지 못했을 거야. 김영국, 그 사람도 알바들과 비슷할 테니까. 기껏 내 동태 보고나 하는 정도겠지. 그러다가 실수한 거고. 악랄한 사람이었으면 그런 초보적인 실수는 안 했을 거야."

"하긴. 작전 수행하고 있었다면 정말 어이없는 실수를 한 거야. 무심코 이름을 말해서 들킨 거잖아."

인정하며 국희는 끄덕거렸다.

"아마 그들에게 된통 깨지겠지."

"웃음이 나와? 난 그런 경호원이 네 곁에 있었다는 사실만으로도 간담이 서늘한데."

빙그레 웃는 그를 국희는 샐그러지게 올려다봤다.

"그들이 누구인지 알게 되어서일까? 모르는 상태로 무작정 덤빌 때와는 달라. 여유가 생기네."

범안은 느긋이 도시의 끝으로 시선을 돌렸다.

지피지기 백전불태(知彼知己 百戰不殆). 승패가 정해진 싸움은 없다. 모든 싸움에 승자만 있지도, 패자만 있지도 않다. 그러나 상대를 아는 만큼 승률을 높일 수 있다. 또한 그 위험에 대비할 수 있다. 그것에 건다.

그의 얼굴을 가만히 올려다보던 국희의 심장이 돌연 철렁했다. 그의 동공이 묘하게 일렁거리고 있었다. 문득 전쟁에 나설 준비를 하는 장수의 표정과 비슷하지 않을까라는 망상이 떠올랐다.

"혼자서 위험한 일 하면 안 돼. 도움이 필요하면 김 실장님께 부탁해. 응?"

"알았어."

불안해하는 그녀를 내려다보는 그의 입가에 옅은 미소가 번졌다.

뾰족할 정도로 날이 선 칼바람이 불어와 살갗을 훑었다. 나부끼는 머리카락을 쓸어 넘겨 귀 뒤로 넘겼다. 한기로 어깨가 절로 움츠러들었다.

"춥다. 들어가자."

국희의 어깨를 팔로 감으며 범안이 움직였다. 그의 품에 안긴 상태로 국희는 돌아섰다.

그때, 시야에 자그마한 물체가 잡혔다. 유선을 그리며 낙하하는 희뿌연 알갱이. 칠흑으로 물든 하늘로 시선을 올렸다. 새하얀 뭉치의 눈송이가 몽글몽글 피어오르듯 공기를 타고 너울거리고 있었다.

"첫눈이다."

국희는 난간 방향으로 몸을 틀었다.

하나, 둘 나타나던 눈송이가 분리가 되듯 서서히 늘어났고, 부풀어 오르듯 서서히 굵어졌다. 띄엄띄엄 보이던 눈송이가 어느 틈에 망막 전체를 채우는 함박눈으로 바뀌었다.

"함박눈이야."

손바닥을 들어 눈송이를 받았다. 손바닥에 내려앉자마자, 함박눈은 모양을 관찰할 새도 없이 녹아버렸다. 찬 기운조차 내비칠 틈도 없었다. 그가 뒤에서 국희의 어깨를 안았다. 그의 가슴팍에 마음껏 등을 맡기고 편안히 뒤통수를 기대었다.

눈이 내리기 때문인지, 하늘의 어둠이 푸르스름한 빛으로 옅어졌다. 창연한 하늘을 머금은 새하얀 함박눈의 향연이 이어졌다. 마치 음률을 타고 흐르는 것 같았다. 암흑의 도시에 한 땀, 한 땀 수를 놓듯 눈송이가 차곡차곡 쌓였다.

"우리 같이 눈 보는 거 처음이지?"

"응."

그의 대답을 들으며 국희는 지그시 눈을 바라봤다.

열여덟 살 첫 연애는 가을에 시작해서 가을에 끝난 짧은 연애였다. 연애는 짧았는데 그를 기다린 시간은 상당히 길었다. 현주를 꾀어내어 봉숭아 물을 들였던 기억이 있다. 첫눈이 오는 날까지 봉숭아 물이 손톱에 남아 있다면 첫사랑이 이뤄진다는, 어린아이들이나 믿을 만한 일을 열여덟에 해봤다. 그만큼 그때 당시엔 범안과의 재회가 가장 절실한 일이었다.

고이 간직한 만큼 손톱의 봉숭아 물은 오래갔다. 그 덕분에 첫눈이 오는 날까지 남아 있었다. 하나 범안은 오지 않았다. 그래서 되지도 않을 미신이라며 욕설을 퍼붓고 손톱을 잘라 버렸었다.

새삼 떠오르는 기억에 국희는 쿡, 웃음을 뿌렸다. 작은 웃음소리에 범안이 의아해했다.

"왜 웃어?"

"그냥. 너하고 보니까 근사해서."

그 소망이 이뤄지는 데 9년이나 걸렸다. 그러니까 이제 다시는 놓고 싶지 않다. 언제까지고 우리가 함께이길. 앞으로 우리가 헤쳐나가야 할 길이 가시밭길이라면 이 함박눈이 모두 덮어주길. 그리고 눈이 녹을 때쯤은 모든 일이 말끔히 사라져 버리길.

"그러네."

범안은 나직하게 대답했다.

제 동공에 메워지는 평화로운 전경이 낯설었다. 살아오면서, 살아오는 동안 이런 풍경을 본 적은 없었던 것 같다. 고적한 암흑만이 제 세상의 일부라고 생각했었다. 가도 가도 빛이 보이지 않은 터널 속에 갇힌 듯 암담한 기분을 느낀 적도 많았다. 한데 이 시간의 세상은, 지금의 시간은······

눈이 시릴 정도로 아름답다.

눈시울이 달궈질 정도로 찬란하다.

네 말이 맞다.

너와 함께이기 때문이다.

범안은 손을 올렸다. 그녀의 턱을 보드랍게 잡고서 제 쪽으로 틀었다. 그와 동시에 제 얼굴을 그녀 어깨 너머로 빼내었다.

너와 함께하는 세상이기 때문이다.

들린 그녀 입술을 머금었다.

사랑해.

눈이 내리듯 포근히 머금었다.

그림처럼 아름다운 전경 속에 그들 또한 그림처럼 스며들었다.

6화
일촉즉발

두리번두리번.

짐짓 다리는 느긋한 걸음을 옮기곤 있으나 눈알은 끊임없이 굴러다녔다. 텅 빈 지하주차장엔 인적이 없어 고요했다. 정적을 깨는 건, 또각거리는 구두 굽 소리뿐이었다. 청청히 퍼지는 울림 때문에 국희는 뒤꿈치를 들었다.

소음을 죽이고 임원진 주차 공간에 도달하여 최대한 상체를 낮췄다. 행여 보안직원들에게 들키기라도 하면 불편한 의심을 살 수도 있었다. 유격 자세처럼 무릎을 굽힌 채 차량들 사이로 들어갔다. 그러고선 주머니에서 자그마한 손전등을 꺼내었다.

어젯밤, 범안은 절대 아무런 일도 하지 말라고 여러 번 강조했었다. 안 하겠다고 말해도 믿지 못하고서 계속 잔소리처럼 반복했었다. 그럴 때마다 '네, 네' 꼬박꼬박 조신하게 대답했다. 그럼에도 지하주차장에 내려온 그녀였다. 오전 10시에 선혁과 약속이 잡혀 있어 그전에 후딱 해치우면 되겠다고 판단했다.

손전등 전원을 켜니 자그만 것이 광도가 셌다. 눈부신 빛을 손바닥으로 가리고 편명호의 차 후미로 이동했다. 휴대폰으로 사진부터 찍고서 CCTV 영상을 캡처한 이미지와 꼼꼼히 비교했다. 그리고 부사장 차로 가서 마찬가지로 후미를 촬영하고서 훑어봤다.

"젠장."

똑같다. 스크래치 하나 없다.

두 차량의 다른 점을 어떻게 찾아내야 할지 암담했다.

그때, 두런두런한 말소리가 들려왔다. 기겁한 국희는 서둘러 손전등을 껐다. 기듯이 앞쪽으로 가서 빠끔히 내다봤다.

배강수. 그가 배우자인 송 여사와 함께 비서와 기사를 대동하고 걸어오고 있었다.

왜 하필 지금…….

임원 주차 공간에 주차된 차는 네 대뿐이었다. 다른 자리는 텅비다시피 빈 공간이라 잘못했다가는 노출될 위험이 있었다. 그녀는 손전등을 재빨리 주머니에 넣고 후다닥 끝의 차로 이동했다. 차의 트렁크 쪽에 몸을 웅그렸다. 그들의 말소리가 가까워졌다.

"부회장님, 왜 그렇게 신중치 못하세요? 세준이에게 영향이 끼치면 어쩌려고 그러세요."

"내가 알아서 한다고 하지 않았소."

송 여사의 말에 배강수가 성가시다는 듯 대꾸했다.

"항상 말은 그렇게 하면서 정작……."

"어허. 왜 이렇게 참견이오, 하나부터 열까지."

배강수가 송 여사를 엄하게 나무랐다. 벌겋게 얼굴이 달아오른 송 여사가 입을 다물었다.

떨어져 있던 기사가 차의 운전석을 빙 돌아왔다. 행여 들통이 날까 싶어 국희는 뒷걸음질을 했다. 그 바람에 구두 굽이 주차 정지 턱에 걸리고 말았다. 몸이 휘청하며 중심을 잃고 넘어지려 했다.

틱.

가까스로 뒷범퍼를 잡으며 위기는 모면했으나 약하게 소리가 나고 말았다. 공광한 공간인 터라 작은 울림이 퍼졌다. 호흡이 멎는 순간이었다. 날카로운 배강수가 그 소리를 듣고 말았다.

"누구야?"

"왜 그러십니까?"

"저쪽으로 가봐."

비서가 묻자, 배강수가 구석진 자리의 차를 가리켰다. 그의 명령에 따라 비서의 발이 움직였다. 송 여사의 뾰족한 눈길도 그의 뒤를 좇았다.

비서 유니폼 차림새라 튀어도 금방 들킬 것이고 그녀를 잡기 위해 비서실 내에 피바람이 불 것이다. 방법을 고심하며 국희는 최대한 몸을 웅그렸다. 여차하면 도망칠 작정을 했다.

투덕투덕. 비서의 구두 소리가 가까워졌다.

마케팅전략팀의 오전 업무 보고에 참여했던 범안은 엘리베이터에 올랐다. 손목시계를 확인하니 오전 9시 40분이었다. 사내의 직원들 대부분이 오전 일과로 한창 바쁠 시간이었다.

19층 버튼에 대려던 손가락을 지하주차장 버튼으로 옮겼다. 주차장에 도착한 그는 주위를 한 번 둘러보고 곧바로 임원진 주차장으로 향했다. 원근감으로 주차장 전경이 한눈에 들어왔다. 그런데 시기를 잘못 맞춘 건지, 배강수 일행이 있었다.

돌아갈까? 먼발치에서 그들을 본 범안은 몸을 틀었다. 그러면서 그들을 일별했다. 배강수와 송 여사는 주차된 차의 앞 범퍼 쪽에 서 있고 구석진 곳을 보고 있었다. 그리고 구석진 곳에 주차된 차로 비서가 다가가고 있었다.

의아한 장면이었다. 목을 길게 빼고 비서의 목적지를 쳐다봤다. 순간, 새하얀 차의 뒤편에서 꼬물거리는 분홍색 물체를 발견했다. 범안은 그 낯익은 물체를 직시했다.

지국희?

기막히게도 그 물체는 국희였다. 비서는 그녀가 웅크리고 있는 자동차 후미로 거의 다다라 있었다. 들키는 것은 시간문제였다.

말 징그럽게도 안 듣는 여자다.

그는 다리를 움직였다. 부러 굽 소리를 크게 내어 투덕투덕 걸었다. 조바심이 일었지만 평정심을 유지하며 그들에게 다가갔다. 비서의 발이 우뚝 멈췄다. 배강수와 송 여사도 범안을 뒤돌아봤다.

"부회장님, 안녕하십니까?"

"아, 편 실장."

배강수는 별안간 등장한 범안이 못마땅한 기색이었다. 그러나 그는 정중히 묵례하고 좀 더 가까이 섰다.

"어디 가나?"

"차에 놓고 간 물건이 있어서 가지러 온 겁니다. 무슨 문제가 있습니까?"

한편에 떨어진 비서를 눈짓하며 그는 천연덕스레 물었다.

"아니네. 이동하려던 참이었네. 가지."

배강수가 명령했다. 우두커니 있던 비서가 후다닥 달려와 차의 뒷좌석 문을 열었다. 배강수가 먼저 타고, 송 여사가 이어서 올랐다. 비서가 보조석으로 오른 후에야 배강수의 차는 주차장을 떠났다.

범안은 제 차로 걸어갔다. 배강수의 차를 곁눈질로 보면서 운전석 문을 여는 척했다. 그러다 배강수 차가 완전히 주차장에서 빠져나가자, 돌아섰다.

"지국희."

나지막하게 그녀를 불렀다. 정확히 들었음에도 분홍 물체는 미적거렸다.

"빨리 안 나와."

엄한 명령이 뱉어지자, 머뭇머뭇 국희가 자동차 후미에서 나왔다. 범퍼를 짚으며 일어서는 그녀 손바닥이 시야에 들어왔다. 시커멓다. 기둣이 뒤편을 다닌 모양이었다.

"지국희 씨, 김선혁 비서실장하고 면담 있지 않아요?"

"가려던 참이었지요. 가던 길에……."

그녀가 자그마하게 어깨를 으쓱하며 머쓱한 웃음을 흘렸다. 말문이 막혔다. 그는 부스스한 제 여자를 바라보는 이 순간이 기도 안 찼다. 한바탕 잔소리를 하려다, 언제 또 누가 올지 모르는 주차장이기에 참아냈다. 그는 신경질적으로 돌아섰다. 그 뒤를 국희가 쪼르르 쫓아왔다.

묶어놓을 수도 없고.

아니, 가둬둘까?

엘리베이터 홀의 환한 불빛은 그녀의 몰골을 더 뚜렷하게 비쳤다. 손바닥은 시커멓고 유니폼 스커트도 검은 얼룩이 져 있었다. 흐트러진 매무새를 손이 까만 탓에 추스르지도 못했다.

"이게 뭐야, 이게."

그는 잔소리하듯 이죽거리며, 하단이 슬며시 올라간 국희의 상의를 바로잡아 줬다. 약간 헝클어진 그녀 머리카락도 쓸어주며 모양새를 제대로 갖추었다.

"널 어쩌면 좋냐? 어?"

그러고선 손가락으로 그녀 뺨을 꼬집듯 잡았다.

시커먼 손바닥을 올리며 국희는 해맑게 웃었다. 하마터면 위험할 뻔했는데 텔레파시가 통한 것처럼 그가 나타나 구해줬다. 너무너무 든든한 제 남자였다.

"실장님이 그렇게까지 조사했었다니……."

인수인계를 끝내고서 국희는 그동안의 일을 선혁에게 설명했다. 낱낱이 밝히지는 못하고 어렴풋이 안수인과 엮어진 내용까지 전달했다. 기함한 선혁은 굵직한 한숨을 내쉬었다.

"부회장님이나 부사장님은 인성의 경영진들이다. 편기안 이사님 사고와 연루가 되었다면 그룹에 영향을 끼칠 뿐만 아니라 사회적 파장도 클 거야. 그만큼 파급력이 큰 사건이다."

"네."

"증거는 찾았나?"

"조사하는 과정에서……."

그의 질문에 국희는 둘러대듯 웅얼거렸다. USB에 담긴 내용을 섣불리 꺼낼 수는 없었다. 작은 것 하나라도 신중하게 처리해야 할 시기였다.

"사장님은 아시나?"

"아니요. 아직 말씀드리지 않았습니다."

"사장님은 성격이 불같은 분이시다. 아시게 되면 단도직입적으로 대면하실 거다. 그러니 사장님께는 당분간 밝히면 안 된다."

단호하다시피 선혁이 강조했다.

"네. 실장님도 같은 의견이세요."

"실장님은 앞으로 어떻게 하실 예정이냐?"

"그것까진 말씀하지 않으셨어요."

"왜 스스로 해결하시려는지 모르겠구나, 경찰에 맡기시면 될 일을."

그가 답답하다는 듯 연거푸 한숨을 토해냈다.

"실장님은 절실했어요. 사고 의혹이 풀리지 않은 상태였다가 타살이라는 사실을 알게 되었잖아요. 그 기분이 얼마나 처참했겠어요."

"어쨌거나 알았다. 내가 실장님을 잘 보필하마."

"부탁드릴게요."

간절한 마음이었다.

"그래."

"김영국 씨는 어쩌고 있나요?"

"대기하라고 했다. 편 실장님 근처엔 접근 못 하도록 할 거다. 그리고 김영국에 대해 좀 더 철저히 조사해 보마. 걱정하지 마라. 너도 네 자리로 돌아가는 만큼 오늘부로 이 모든 일을 정리해라. 기밀 사안 유지하고."

명료한 말은 안심이 되기에 충분했다. 국희는 말간 동공을 반짝이며 빙그레 웃었다.

"그러겠습니다."

"수고했다."

선혁이 자리에서 일어났다. 국희도 따라 일어나서 깊게 허리를 숙였다.

비서실장실에서 나온 국희는 20층 복도를 얌전히 걸었다. 이 복도를 걷는 것도 오늘이 마지막일 것이다. 복도의 끄트머리로 이동한 그녀는 심호흡했다. 마케팅기획이사실 명패 앞에 서서 옷매무새를 다듬었다.

똑똑. 선명한 노크 소리가 주변 정적을 깨웠다. 문을 열고서 바로 보이는 비서에게 옅은 미소를 보냈다.

"안녕하세요. 이사님 자리에 계세요? 잠시 드릴 말씀이 있는데요."

"잠시만요."

비서는 친절히 응수했다. 그녀가 인터폰으로 '지국희 씨가 왔다'고 전달했고, 곧바로 '들어오라'는 답이 왔다.

"어쩐 일이에요?"

여느 때와 마찬가지로 세준은 다정히 맞아줬다.

처음부터 끝까지 친절하던 사람. 연애하자는 고백을 거절해도, 다정하기만 한 사람. 비상구에서 처음 마주쳤던 일이 엊그제 일처럼 선하게 떠올랐다.

"이거."

그의 책상 앞으로 다가간 국희는 고이 손수건을 내려놓았다. 첫 대면했을 때 그녀 입가에 묻은 빵가루를 닦으라고 그가 건네주었던 손수건이다. 지금까지 비서실 책상 서랍에 간직해 오던 거였다.

"이걸 왜?"

영문을 모르는 세준은 당황했다.

"인사드리려고 왔어요. 저 오늘까지만 근무해요."

"전해 들은 바가 전혀 없었는데…… 그만둬요?"

"네. 그렇게 되었어요."

일순 세준은 한 대 크게 맞은 것 같았다. 잠시 멍하니 제 눈앞의 여자를 바라봤다. 그러다 천천히 책상을 돌아 나왔다. 믿기지도 않았고, 믿고 싶지도 않았다. 그러나 그녀의 또릿또릿한 동공은 꾸밈 없이 밝았다. 그녀의 밝은 기운을 망가뜨리고 싶지 않았다.

"왜 말하지 않았어요? 무슨 일이 있는 건가요?"

"아니에요. 원래 파견 비슷한 형태로 채용된 거였어요. 그 일이 종료되었을 뿐이에요."

"그럼 내가 다시 채용하면 안 되나?"

그가 능청스레 말했다. 국희는 쿡 웃어 보였다.

"이제 어디로 가요?"

"제자리로요. 본 회사로 돌아가요."

"본 회사가 따로 있었구나. 서운하네요."

그는 지그시 그녀를 보았다.

하고 싶은 말이 많았다. 목구멍을 간질이는 말들이 언어가 되어 나오지 않았다. 마음 정리를 모두 한 줄 알았는데……. 막상 그녀가 이 자리를 떠난다고 하니 가슴 한편에 바람이 불었다. 쓸쓸하고 서늘한 바람이었다. 서운한 감정이 가득 담긴 동공이 억지미소를 띠었다.

"그래도 그냥 가지 않고 인사하러 들러줘서 고마워요. 나중에 편 실장이랑 같이 식사해요."

"네. 편 실장님 잘 부탁드립니다."

"이 와중에도 편 실장을 내게 부탁하는 겁니까?"

농담조로 말하더니, 그가 책상 위에 놓인 손수건을 집어 들었다.

"이건 가져가요."

그녀와 연결되었던 첫 순간의 추억이 담긴 물건이었다. 그녀가 제 물건을 하나라도 간직하고 있다면 쓸쓸한 감정이 달래질 듯했다.

"내 정표."

"정표를 받으면 안 되는데."

가벼운 농담을, 국희 또한 과장된 농담으로 받아쳤다. 샐쭉하니 세준이 단어를 덧붙였다.

"우정의 정표."

"그럼 받겠습니다."

꾸벅, 국희는 손수건을 건네받았다. 야멸차게 거절하기만 해서 미안한 마음도 있다. 그의 가벼운 농담처럼 그의 감정도 가벼이 날아가길 바라며 받아들였다.

"그동안 수고했어요."

그는 손을 내밀었다.

"그동안 감사했습니다."

그녀가 손을 살포시 잡았다.

당신이라는 여자, 손이 참 따뜻하다. 친구가 되기로 하고 맞잡았던 손과 똑같은 온기인데 오늘은 다르다. 떠나보내야 하는, 이젠 각자의 길을 가고자 하는 인사라 그런 모양이다. 놓고 싶지 않은 욕심이 일었다. 짧은, 작은 욕심이었다.

세준은 천천히 그녀의 손을 놓아줬다. 허전함이 가중되었지만 놓아줘야 하는 손이었다.

캐리어를 닫았다. 그러곤 찬찬히 드레스룸을 둘러봤다. 거대한 태풍이 쓸어간 듯 드레스룸은 휑하니 비어 있었다. 범안의 물건은 오전에 도우미 아주머니의 도움으로 이미 옮겨간 상태였다. 빠진 물건이 있을까 싶어 서랍장 하나하나까지도 다 열어봤다. 말끔히 치워진 빈자리가 동공에 채워졌다.

이제 여기도 마지막이네.

화장대를 손가락으로 쓸었다. 고운 결의 나무 감촉이 여운처럼 남아졌다.

"준비 다 했어?"

"응."

드레스룸 문 너머로 나타난 범안을 마주 보며 국희는 빙긋 웃었다. 그가 캐리어 손잡이를 빼앗아 들고 돌아섰다. 그의 뒷등을 주시하며 그녀는 느긋이 거실로 나왔다.

"왠지 소박맞고 쫓겨나는 기분이야."

공연히 목소리가 퉁퉁하게 나왔다. 현관 앞으로 캐리어를 옮겨다 놓은 범안이 쿡쿡거리며 돌아봤다.

"지국희가 얌전히 쫓겨나진 않을 것 같은데? 소박당하지도 않을 거고."

"하긴, 그랬다간 숨만 간당간당 쉬도록 반 죽여놓지."

"섬뜩하다, 섬뜩해."

국희는 표독한 표정으로 입술을 질근거렸다. 그러자 범안이 고개를 설레설레 저었다.

"앞으로 잘해."

"그러겠습니다."

차양처럼 눈꺼풀을 내리깔고 엄포 놓은 그녀에게 그가 단호히 대답했다. 킥킥거리며 그녀는 거실을 휘둘러봤다. 오피스텔 안은 어제처럼, 그제처럼 달라진 것이 없었다. 그와 나란히 앉았던 소파도, 그와 함께 음식을 먹던 아일랜드 식탁도, 그와 같이 잠들었던 침대도 그대로였다. 공간은 그대로고, 우리만 이 자리를 떠난다.

"이제 여기는 텅 비는 건가?"

섭섭하다.

조금은 시원할 줄 알았더니 많이 섭섭하다.

"원래 아버지는 처분하고 싶어 하셨어. 내가 들어온다고 하니까 못 하신 거지."

"그럼 처분하는 거야?"

"형의 자취가 남겨진 이곳이 부모님은 싫으신가 봐. 보면 떠오르니까 오시지도 않는 거거든. 그러니 곧바로 처분하겠지."

이곳에 지내면서 언제나 편명호 사장이 불쑥 들이닥칠 것 같은 불안감이 있긴 했다. 그런데 그는 단 한 번도 오지 않았다. 그 이유가 가슴에 묻은 아들로 인한 것이었음을 국희는 비로소 깨달았다.

"조금 아쉽겠다."

그의 부모님에게는 아픈 공간일지언정 그녀에겐 소중한 공간이었다. 그를 사랑하고, 사랑을 확인하게 된 행복한 공간이었다. 어디나 마찬가지일 것이다. 어느 사람에게는 아픈 장소가 어느 사람에게는 행복한 장소일 것이다. 그것이 공존하는 삶의 일면일 테니까.

"기분이 이상해. 마지막이 아닌데 왜 마지막처럼 느껴지는 거지?"

"안 되겠다."

"뭘?"

그가 그녀를 돌려세웠다. 나긋한 미소가 가득 담긴 입매를 국희는 올려다봤다. 그의 커다란 손이 그녀를 제 품에 안았다. 깊고 포근히.

"빨리 집을 마련해야지."

"그럴 수 있어?"

"노력하겠습니다."

범안이 또박또박 강한 어조로 대답했다.

떨어졌다. 제 남자의 얼굴을 찬찬히 올려다봤다. 하나하나 새기듯 짙은 눈썹부터 기름한 눈매, 날 선 콧대와 선홍의 빛을 띤 입술까지 꼼꼼히 바라봤다.

발긋한 입술이 늘어났다. 빙그레 휘어진 입술과 기울인 입술이 맞닿았다. 아쉽고 섭섭한 마음이 한데 모였다. 소중한 공간에서의 휘감기는 마지막 키스는 하염없이 깊고 아련했다.

골목으로 들어선 차는 국수가게를 지나 오르막을 올랐다. 편안한 대화가 일순 끊겼다. 서서히 초록 대문으로 다다라지자 국희의 손을 쥔 범안의 손에 힘이 들어갔다.

"다 왔네."

"응."

크게 날숨을 내뱉고서 국희는 앞창의 가로등을 바라봤다.

평창동에 들렀다가 혼자 간다고 말했으나 범안은 데려다주겠다고 끝끝내 고집을 피웠었다. 하는 수 없이 오 대리를 포함한 경호원 일행이 합류한 차량과 함께 국희의 집까지 이동하고 말았다.

초록 대문 앞에 범안의 차가 정확히 멈췄다. 굳게 쥐었던 두 손이 아쉬운 나머지 느릿느릿 풀렸다.

"잠깐."

범안이 상체를 기울였다. 그의 다정한 손이 그녀의 안전벨트를 대신 풀어줬다.

"내리지 마. 트렁크만 열어줘."

환히 웃어주고서 보조석 문을 열었다. 그러나 범안은 기어코 따라 내렸다. 트렁크에서 캐리어를 꺼낸 그가 초록 대문 앞까지 가져다 놓았다.

"안에다 들여다 줄까?"

"아니야. 끌고 가면 되는걸."

뒤차로 이동했던 경호원이 차에서 내려 범안의 차로 옮겨 탔다. 그를 일별하고서 범안이 입을 열었다.

"간다."

"응. 조심히 가."

"도착해서 전화할게."

솟구치는 감정 때문에 목소리 끝이 바르르 떨렸다.

금방 보면 되는데 왜 울컥하는지. 왜 이리 아득하니 그가 희뿌옇게 보이는 걸까.

범안도 마찬가지였다. 간다고 말했으면서 발길이 쉬이 떨어지지 않는 듯했다. 깊은 감정을 품은 동공이 서로를 놓지 못했다. 두 차량에서 기다리는 사람들도 있었다. 마음을 다져 먹고 국희는 먼저 등을 돌렸다. 범안도 그제야 제 발을 떼어냈다. 서로의 등이 점점 멀어졌다.

"국희야."

초록 대문 손잡이를 잡았다. 그 찰나, 범안이 그녀를 불렀다. 뒤돌아서니, 성큼 온 그가 국희를 깊게 끌어안았다.

"금방 데리러 올게."

나직하지만 강한 울림이 귓속에 파고들었다. 활짝 큰 웃음을 그리며 국희는 끄덕였다.

"애틋하다, 애틋해."

핸들을 손가락으로 토닥거리며 한 주임이 중얼거렸다. 뻔히 경호원들이 지켜보는 줄 알면서도 아랑곳하지 않고 끌어안는 그들이 그는 못마땅했다.

"누가 보면 한참 떨어지는 줄 알겠네. 안 그렇습니까?"

저것들, 원래 저런다.

오 대리는 느긋했다. 그들의 닭살 행각을 한두 번 본 것이 아니기에.

"아, 노총각 가슴에 불을 지피네. 연애하고 싶어지네요."

결혼해 봐라. 로맨스는 거기까지지.

속으로만 대꾸하면서 오 대리는 심드렁하게 있었다. 그러다 그들의 모습을 뚫어지게 바라봤다. 보기 좋긴 했다.

그래, 나도 저런 시절이 있긴 했지. 이 험한 시대를 살아가는 한 가정의 가장으로서 바쁘게 지낸 탓에 잠시 잊었을 뿐. 별안간 마누라가 보고 싶네.

뇌리에 떠오른 아내의 얼굴에 오 대리는 피식 웃었다.

"어? 여자가 오네요."

트레이닝복 차림의 여자가 양손을 재킷 주머니에 꽂고서 어슬렁어슬렁 다가왔다. 한쪽 팔에 걸쳐진 목욕바구니로 보아 영락없이 목욕탕을 다녀온 행색이었다. 그래도 경계는 해야 했다. 오 대리는 팔짱을 풀고서 보조석 손잡이를 잡았다. 조금의 위험이 감지된다면 곧바로 튀어 나갈 심산이었다.

그들의 차를 지나치려던 여자가 별안간 가로등 뒤로 제 몸을 숨겼다. 그러고는 제 얼굴을 가리려는 듯 재킷 후드를 머리에 뒤집어 썼다. 눈알을 굴리며 여자는 끌어안고 있는 범안과 국희를 훔쳐봤다.

"뭐지? 이 여자? 아니, 왜 굳이 숨어서……."

한 주임이 황당한 표정으로 그녀를 주시했다.

참, 한심하기 짝이 없다.

여자는 차 안에서 경호원들이 지켜보고 있다는 것을 추호도 생각지 못했다. 엉큼한 미소를 배시시 흘리며 훔쳐보는 광경에 집중했다.

"연애하고 싶다며? 여기 무진장 외로워 보이는 여자 있네."

오 대리가 깐죽거렸다.

"몸매는 그럴싸한데 내 스타일이 아니네요."

어느 틈에 여자의 몸매를 훑은 건지 한 주임이 도리질했다.

그러니 자네가 노총각이지. 혀를 끌끌 차며 오 대리는 손잡이를 잡았던 손을 떼었다. 아무리 봐도 이 의뭉스러운 여자는 의심 대상이 아닌 것 같았다.

그를 태운 차가 대문 앞에서 떠났다.

뒤편에 세워져 있던 검은 차도 그 뒤를 쫓았다. 집 앞을 메우던 두 대의 차가 떠나고 나니 휑한 것이, 골목길이 허허벌판처럼 느껴졌다. 국희는 선뜻 돌아서지 못했다. 자석이 달린 양 차들을 바라보는 시선이 떼어지지 않았다. 참으로 신기한 일이었다. 단지 며칠을 보냈을 뿐인데, 이토록 서운한 감정이 들 것이라곤 생각지 못했다.

"야!"

한껏 고적한 분위기에 심취해 있는데 별안간 방해하는 소음이 들렸다. 접시 깨지는 소리처럼 뾰족한 톤이었다. 찌푸린 눈살을 돌리니 길이 아닌 가로등 뒤에서 영희가 튀어나왔다. 후드까지 머리에 뒤집어쓴 언니의 행색에 목구멍이 턱, 막혀왔다.

"왜 거기서 나와?"

"요고 요고 딱 걸렸어."

껄렁껄렁한 걸음걸이로 다가오는 그녀의 팔에서 목욕바구니가 달랑거렸다. 능글능글한 동공이 국희의 캐리어와 범안의 차를 번갈아 보았다. 그나마 다행인 것은 범안의 차가 곧 영희의 레이더망에서 사라진 것이었다.

이럴 땐 무시가 상책. 못 들은 척 국희는 캐리어를 끌고 안으로 들어갔다. 그러나 암캐 꽁무니를 쫓는 수캐처럼 영희가 졸졸 따라왔다.

"일이라고 거짓말하더니 아주 기막힌 동거 생활을 했단 말이지?"

"동거라니? 일하다 온 거야."

"허! 옆집 삼돌이도 콧방귀를 뀐다."

국희의 새초롬한 대꾸는 뻔뻔했다. 그러나 눈 하나 깜짝하지 않고서 영희는 이웃집 강아지 삼돌이처럼 킁킁거리며 깐죽거렸다.

"다녀왔습니다."

대놓고 외면하고서 국희는 현관문을 열었다. 출발하기 직전 전화로 알린 터라 식구들은 평소 때와 다름없이 맞아주었다.

"나 짐 정리해야 돼."

"정리는 손님이 하시잖아요? 입님은 한가하시니 어서 불어보시오."

연달은 무시에도 영희는 꿋꿋했다. 방까지 쫓아와 아예 침대에 똬리를 틀었다. 팔로 머리를 받치고 누워, 무릎에 올려놓은 다리를 까닥거렸다. 영락없이 한창 노닐다 무료해진 한량의 모양새였다.

"언니는 오늘 출근 안 했어?"

"휴가시다. 딴소리하지 말고 밤새 들어줄 수 있으니 줄줄 읊어봐라."

씨알도 안 먹힌다. 입을 꾹 다물고 국희는 캐리어 가방부터 열었다. 바쁜 척하는 동생을 바라보는 영희의 입매가 비뚤어졌다.

"우리 국희, 입을 봉하셨네."

돌연 침대에서 일어난 영희가 슬금슬금 방문으로 걸어갔다.

"할아버지는 뭐 하시나? 장기 두시나?"

부모님도 아니고 할아버지를 내세우는 협박에 국희는 멈칫했다. 할아버지에게 고했다가는 후폭풍이 얼마나 거세겠는가. 아마도 당장 범안을 불러오라 호령할 것이다.

"언니."

국희는 자포자기하고 말았다.

"응? 동생아?"

"이리 와."

천연덕스레 눈꺼풀을 깜박이는 언니에게 파닥파닥 손짓했다. 하는 수 없이 빨간 딱지 부분은 자체 검열하고 낱낱이 불어야 했다. 영희는 다리를 동동거리면서 무진장 좋아했다.

푸르스름하던 빛이 슬슬 까무룩 죽어간다. 손가락으로 톡, 건드렸다. 번쩍 눈부신 빛을 되찾는 액정. 몇 번을 반복하다 끝내 휴대폰을 뒤집어 버렸다. 그러곤 쿠션을 꽉 끌어안으며 돌아누웠다. 적적해서인지 옆구리까지 시려왔다.

띠리리— 그 마음을 아는 것처럼 기다리던 벨소리가 울렸다.

[자?]

우린 분명 텔레파시가 통한다. 금세 국희는 배시시 웃었다. 그의 목소리는 저절로 웃음을 만들어내는 신호 같다.

"아니."

[아버지하고 얘기가 길어져서 이제 전화했어.]

"사장님께 말씀드린 거야?"

[아니. 곧 동향 보고 회의가 있을 예정이라서 그 말씀 전해 듣느

라고.]

　범안은 가볍게 피식 웃었다. 몇 달 만에 평창동으로 거취를 옮긴 아들에게 첫인사는 '서재로 오라'였다. 그리고 몇 시간 동안 주야장창 경영에 관해서 담론했다.

　"피곤했겠다. 다른 말씀은 없으셨어?"

　그녀의 질문에 범안은 그저 쿡쿡 웃기만 했다. 예상했던 아버지 반응이었기에 별반 대수롭지 않았다.

　[짐 정리는 다 했어?]

　"할 것도 별로 없는걸."

　[내일부터는 이음에 출근하는 거지? 진짜 경호원 지국희로 돌아갔네?]

　"응. 진짜 지국희가 보고 싶으면 와. 언제든지 환영이야."

　[다른 PC를 지켜야 하잖아? 무작정 갔다간 허탕 칠 것 같은데?]

　'PC'라는 음어를 자연스럽게 사용하는 범안의 말에 국희는 킬킬거렸다.

　[그 PC들 중에선 연예인도 많나? 남자 연예인들?]

　"응. 많지. 하지만 내 PC 대부분은 여자야. 여자 경호원을 요청하는 여자 의뢰인이 많거든. 만약 네 수행비서로 들어가지 않았다면 소녀연대를 경호했을 거야."

　[소녀연대?]

　돌연 범안의 목소리 톤이 올라갔다.

　"뭐지? 목소리가 왜 갑자기 들뜨지?"

　[그 예쁜 소녀들 말이지? 화장할 때든 옷 갈아입을 때든 가까이

서 보겠네?]

"야! 편범안! 겁 없이 어디서 다른 여자를!"

묘하게 달뜬 중얼거림에 그녀는 버럭 윽박질렀다. 그 반응에 범안은 뭐가 그리 즐거운지 소리 내어 웃음을 터뜨렸다. 웃음소리가 듣기 좋아 너른 마음으로 용서해 줬다.

[누웠어?]

"응, 누웠어."

편안한 대화가 이어졌다.

국희는 웅크린 상태로 옆자리를 멍하니 바라봤다. 허전하다. 어제까지 꽉 채우고 있던 그가 없어서. 그의 숨소리도 없고, 향긋한 체향도 없고, 따스한 체온도 없어서. 무엇보다도 제 몸을 보드랍게 어르던 다정한 손짓이 없어 더 허전하다.

한창 앓고 일어난 것처럼 이 여운이 길게 갈 것 같다.

그저 목소리만으로 이 애달픔을 채운다.

[보고 싶다.]

나직한 울림이 깊었다.

그도 같은 마음이었다.

"나도."

국희는 눈을 감았다. 감은 눈 너머로, 그의 얼굴을 그려 넣었다.

밤이 깊었다. 이슥한 새벽녘까지 이어지는 두런두런한 말소리가 깊은 밤의 공허를 달래었다.

먹구름이 낀 것처럼 을씨년스러운 하늘이다. 한바탕 눈이라도 내릴 것처럼 오전부터 하늘이 회색빛이었다. 비둘기의 허망한 날갯짓으로 탁한 색이 물들어 버린 하늘이었다. 낙엽조차 사라진 거리는 가을의 으늑한 정취도 잊고 삭막한 겨울 속에 있었다.

거리를 내다보던 범안은 돌아섰다. 옷걸이에 걸어뒀던 슈트 재킷을 휘둘러 걸치고, 소매의 커프스까지 반듯이 매만졌다. 무감하던 동공의 초점이 또렷해졌다.

지금부터 시작이다.

바인더를 들고 옆에 놓아뒀던 USB를 집어 올렸다. 재킷 안주머니에 넣으며 걸음을 내디뎠다.

이 싸움은.

"마케팅전략회의 다녀올게요."

비서실에서 대기 중이던 선혁이 그의 뒤를 따르려고 했다.

바인더를 보이며 저지시키고, 범안은 홀로 실장실에서 나왔다. 마케팅전략회의는 15층 마케팅 회의실에서 있을 예정이었다. 그러나 그는 15층이 아닌 20층으로 향했다. 이미 실장실을 나서기 직전 전략팀 과장에게 불참을 통보한 터였다.

"부회장님과는 오전에 통화했습니다."

"기다리고 계십니다."

비서의 안내에 따라 범안은 부회장실로 들어갔다. 중앙 자리에서 기다리던 배강수는 묵례하는 그에게 앉으라는 손짓만 했다. 그래서 차분히 소파에 제 몸을 실었다.

"긴히 할 말이 무엇이지?"

"이것입니다."

배강수에게 바인더를 건네었다.

"뭔가?"

"보면 아실 겁니다."

의아해하며 배강수가 바인더 앞장을 펼쳤다. 일순 그의 눈썹이 실그러졌다. 바인더 안의 문건에는 차명계좌 상세거래 내역과 협력 기업에서 받은 커미션 내역 등이 나열되어 있었다.

"이걸!"

배강수의 입에서 가파른 숨이 토해졌다. 첨예한 시선이 꽂혔으나 범안은 무덤덤했다. 까만 눈동자는 작은 파장도 일지 않았다. 깜박거림도 없이 배강수의 얼굴을 똑바로 바라봤다.

"이걸 왜 가져왔나?"

"이유를 묻고 싶어서입니다."

마른 어조로 응수한 그는 재킷 안주머니에서 휴대폰을 꺼냈다. 휴대폰 안에는 USB에서 복사해 놓은 녹취파일이 있었다.

[제가 두 분을 모신 이유는, 두 분께 선택권을 드리기 위해서입니다.]

스피커를 통해 흘러나온 기안의 목소리로, 배강수는 내장이 뒤틀리듯 꼬이는 기분을 맛봤다.

"당장 꺼!"

거친 일갈에도 범안은 미동하지 않았다.

[무슨 말인가?]

[이 USB에 담긴 문건은 안수인 씨가 두 분께 넘긴 문건과 동일합니다.]

제 목소리까지 들리자, 배강수의 성난 낯빛이 벌겋게 상기되었다. 범안은 적절한 때에 파일을 종료시켰다.

"이 음성의 주인이 누구인지 굳이 설명하지 않아도 아실 겁니다."

"협박이라도 하려는 건가?"

"말씀드렸다시피 이유를 묻고 싶어서입니다."

강약조차 없는 냉랭한 음색.

매섭게 쏘아보던 배강수는 저도 모르게 흠칫했다. 어린 녀석이고 그동안 우습게 여길 정도로 무시했던 편명호의 차남이었다. 그러나 제 눈을 마주 보는 찬기 서린 동공의 기세는 단단했다. 8월 9일, 그날의 편기안과 똑같은 눈빛이다. 기선이 제압당하는 걸 느끼며 그는 시선을 회피했다.

"무슨 이유 말인가?"

"아시다시피 제 형, 즉 편기안 이사는 부회장님께 선택권을 주었습니다."

형의 결론이 올바른 답일 것이다. 그러나 결과적으로 옳지 않았다. 그로 인해 제 목숨을 잃고 말았으니. 그렇기에 이 또한 무모한 강행일 수 있다. 하나 동생인 나는 형의 방식을 따른다. 그것이 형이 하고자 했던 마지막 결단이었으므로.

"그의 제안을 받아들이고 싶지 않았다면 다른 방도를 찾을 수 있었을 겁니다. 그러나 부회장님은 그러지 않았습니다. 기어이 형을 해하셨지요."

단, 허망하게 당하진 않을 거다. 피하지도 않을 것이고, 묻어두지도 않을 것이다.

"뭐라고? 해하다니? 내가 편기안 이사를 죽이기라도 했단 말인 가!"

기함을 토하듯 배강수의 목소리가 치고 올라갔다. 치밀어 오르는 분노를 주체 못 하고, 그는 부들부들 떨어댔다.

"미쳤군. 자네 꿈꾸나?"

범안은 그를 관찰했다. 과장된 몸부림은 아니다.

음소거가 되듯 공간에 정적이 파고들었다.

"왜 이런 헛소리를 하는지 모르겠군. 편기안 이사는 실족사하지 않았나? 왜 그 사고를 내게 뒤집어씌우나?"

그의 시선을 느낀 배강수는 흥분을 가라앉혔다. 인내하듯 연거푸 심호흡을 하고선 날카롭게 물었다.

"그 증거입니다."

범안은 재킷 안주머니에서 USB를 꺼내었다. 유선을 그리며 테이블 위로 놓이는 물건을 배강수의 눈이 좇았다.

"증, 증거?"

"부회장님이 형의 사고와 연관되었다는 증거."

"그런 게 있을 리 없어."

"자신 있으십니까?"

보잘것없는 자그마한 USB이다. 그러나 이 자그마한 것이 커다란 바위처럼 그 잔인한 가슴을 짓누를 것이다.

"경찰에 가지 않고 부회장님께 먼저 들른 것은 형의 뜻을 조금이나마 따르기 위함입니다. 그래서 기회를 드리려 합니다. 하나 저는 형처럼 이 증거를 숨겨놓지도 않을 것이고, 장 회장님은 물론이 거니와 언론에도 알릴 겁니다."

이 USB 안은 텅 비어 있다. 그러나 그는 이 사실을 까맣게 모른 다.

이 안에 담긴 것을 끊임없이 유추하며 오만 가지 상상을 할 것이 다. 그리고 결론을 짓겠지.

"최대 3일을 드리겠습니다. 장 회장님께 가시든, 경찰에 가시든 그건 스스로 선택하십시오."

"내가 편기안 이사를 죽였다고 거짓 자백이라도 하란 말인가?"

"거짓이요?"

"난 해한 적이 없으니 거짓이지. 그 증거가 무엇인지 모르겠지 만 단단히 잘못된 거야."

"잘못된 거라면 바로잡으셔야지요."

냉소적으로 대꾸한 범안은 USB를 집어 올렸다. 그리고 돌아섰 다.

"한 가지 덧붙이면 제가 죽거나 할 경우, 이 모든 자료는 장 회 장님은 물론이고 모든 언론사에 유포될 것입니다."

마지막 말을 끝내고 범안은 부회장실을 나왔다. 배강수는 그의 발길을 잡지 못했다. 나사 하나가 풀린 사람처럼 늘어지기만 했다.

이젠, 배영수 차례였다.

"집어치워!"

배영수의 반응도 배강수와 비슷했다. 다혈질인 그가 바인더를 사정없이 집어 던진 것만 빼면. 그 동작으로 뾰족한 바인더 모서리가 범안의 뺨을 긋고 말았다. 철푸덕, 낙하한 바인더를 범안은 허리 숙여 주웠다. 긁힌 살갗이 벌어지며 붉디붉은 핏방울이 맺혔다.

"누가 누구를 죽였단 말이야!"

치닫는 분노를 억제 못 한 배영수가 거칠게 범안의 멱살을 움켜쥐었다.

"내가 만만한가! 애먼 생사람을 잡는 법은 어디서 배웠어!"

그는 붉으락푸르락해진 안면을 모나게 구기며 씩씩거리는 거친 숨을 내뱉었다. 금방이라도 범안의 얼굴을 가격할 기세였다.

"편기안 그 새끼가 그따위 USB를 들이밀며 협박하더니, 감히 너도 이런 협박을 해! 빌어먹을, 네 형한테 이따위 것만 배웠어?"

그러나 범안은 눈썹 하나 까닥하지 않았다. 제 목깃을 움켜쥔 그를 차갑게 직시했다.

"언론에 알리던지 장 회장한테 알리던지 네 마음대로 해봐. 네 뜻대로 될 줄 아나?"

밀치듯 멱살을 확 떨쳐 낸 배영수가 제 책상으로 걸어갔다. 범안은 그슬린 살갗에 맺힌 피를 손바닥으로 닦아냈다. 통증 같은 건 전혀 없었다.

"3일 드리겠습니다. 그럼."

USB를 들고 돌아섰다.

"이 새끼야!"

쾅, 책상을 주먹으로 내려치며 배영수가 욕설을 퍼부었다. 범안은 무시했다. 성큼성큼 문으로 다가가 손잡이를 잡았다.

"잠깐."

거칠어진 숨을 고르며 그가 붙잡았다. 손잡이만 감아쥔 채 범안은 기다렸다.

"난 아니야."

"그러십니까?"

뒤돌아보지 않고서 물었다.

"말도 안 되는 일이야……. 그 증거가 나를 가리킨다면 분명히 조작된 거야."

"그렇다면 조작이라는 사실을 밝히십시오."

그리고 무미건조한 대답을 했다.

도화선에 불은 붙였다. 가진 증거가 없다면 만들면 된다. 그래야 그 맹점에 파고들 수가 있다. 그러므로 조금의 허점도 보여서는 안 된다.

그곳을 나왔다.

이제 오라.

이 USB에 채워질 진짜 증거를 가지고 내게 오라.

하늘의 푸름이 완연히 사라졌다. 푸름을 잃어버린 자리엔 어슴푸레한 잿빛이 차지했다. 제 마음처럼 칙칙하기만 하다.

사박사박― 지분거리는 내장을 꿰지르는 소리가 들려왔다. 눈 밟는 구두 소리였다. 범안은 짧게 눈을 감았다가 떴다. 바닥으로 치닫던 감정을 지우고 아무 일도 없는 사람처럼 평온히 뒤돌아봤다.

"데이트 장소가 상당히 낭만적이네요, 눈도 쌓여 있고."

옥외 정원은 오고 간 사람이 없었던 모양인지 첫눈의 흔적이 고스란히 남겨져 있었다. 그 눈을 밟으며 세준이 다가왔다.

"데이트 신청으로 들으셨습니까?"

"옥상에서 보자는 말에 내 심장이 두근거렸거든요."

연이은 농담에 범안은 피식 웃었다. 그러나 동공을 메운 씁쓰레함은 소멸되지 않았다. 바지주머니에 꽂은 손을 움직였다. 손끝에 USB가 닿았다. 세준에게 전달하려 준비한 USB였다. 문건들을 비롯하여 녹취파일까지 모두 저장되어 있었다.

"손목은 다 나았어요?"

그 속을 모르는 세준은 서글서글하게 웃었다. 그는 성품 자체가 친절한 사람이었다. 범안의 손목을 감고 있던 압박붕대가 사라진 것까지 눈여겨보는 사람이었다.

"약간 통증이 남긴 했지만 움직이는 덴 무리 없습니다."

"아직 스쿼시는 무리겠네요."

한마디 한마디 내뱉을 때마다 가슴 언저리가 묵직했다. 그에게서 범안은 시선을 떼었다. 아찔한 높이의 빌딩 아래로 많은 차량이 오가는 도로가 보였다. 평화로운 도로였다.

"첫눈 오는 날은 뭐 했어요? 지국희 씨하고 데이트했어요?"

"네."

"부럽네. 난 일에 파묻혀 있었는데. 근데 무슨 일 있어요?"

투덜거리던 세준이 그제야 어둑한 범안의 표정을 인지했다. 의아한 듯 묻는 그에게 범안은 가볍게 도리질을 했다.

"아닙니다."

"편 실장도 업무적인 스트레스가 장난 아니죠? 한참 그럴 때이긴 해요. 더군다나 임원회의 PT 준비를 두 번이나 했잖아요. 나도 PT라면 진저리쳐지는데."

"이사님도 그러십니까?"

"당연하죠. 머리카락을 쥐어뜯을 때가 한두 번이 아닌걸요. 그럴 때면 다 팽개치고 도망치고 싶어져요. 꿈이나 목표는 다 버리고 유유자적 배낭여행이나 가면 좋겠다 싶어요."

"꿈이요?"

나직하게 묻자 세준이 빙그레 웃으며 돌아섰다. 펜스에 팔을 대고서 하늘로 눈길을 옮겼다.

"내 꿈이 여기예요, 인성."

조용한 울림엔 단단한 결단이 있었다.

"어려서부터 난 인성인(人)이 되고 싶었어요. 아버지나 큰아버지의 영향이 크죠. 보고 자란 것이 그것뿐이라서인지, 그렇게 교육받고 자란 탓인지, 당연히 내 길이 여기라고 생각했어요. 그렇다고 최고경영자를 꿈꾸거나 그런 건 아니에요. 그저 인성에 들어와, 인성에 다니고, 인성을 이끄는 한 사람이 되고 싶었죠. 그렇게 되려고 노력해 왔고."

꿈.

아버지의 꿈으로 이 자리에 머물고 있는 범안이었다. 형도 마찬가지였다. 한데 세준은 스스로 선택한 자리였다. 그렇기에 한결 여유롭고 평온해 보였는지도 모른다.

"흔하디흔한 꿈이죠? 다른 사람들에겐 일절 말한 적 없으니까 비밀 지켜줘야 해요."

"네, 그러겠습니다."

"편 실장은 꿈이 뭐죠?"

"제 꿈이요?"

돌아온 질문에 범안은 잠시 망설였다.

"별거 없습니다."

"튕기지 말고 털어놔 봐요."

장난치듯 세준이 한쪽 눈을 찡그렸다. 그런 그를 빤히 바라봤다. 마지막이 될지도 모르는 편한 대화였다. 이 대화를 끝내고 싶지 않아졌다. 피식 웃고서 범안이 돌아섰다.

"작은 꿈이에요. 사랑하는 사람과 사랑하며 평범하게 사는 꿈. 지극히 평범한 꿈이죠."

하늘 끝에는 커다란 기구만 한 풍선이 있었다. 먼 거리의 빌딩에 달려 있는 것이었다. 물결을 타듯 넘실거리는 모양새가 참으로 한가로워 보였다.

"쉬운 듯해도 어찌 보면 어려운 꿈이네요."

"그런가요?"

"사랑하는 사람을 만나는 것도, 서로 사랑하게 되는 것도, 그리고 평범하게 사는 것도. 어떻게 보면 어려운 일이죠."

잔잔히 퍼지는 세준의 말소리를 바람이 실어갔다.

"하루하루가 치열하잖아요. 우리는……."

흐려지는 말끝이 맺어지지 않았다.

잠시 동안 두 사람은 묵묵히 하늘 끝만 주시했다. 그러다 그 자리를 떠나려는 몸짓으로 동시에 돌아섰다.

"다음 주에 스쿼시 한판 어때요? 그때쯤이면 다 낫지 않을까?"

"글쎄요."

배 이사님,

당신과의 약속을 지키지 못할 것 같습니다.

"시간 되면 말해요, 난 언제든지 준비가 되어 있으니까."

친구 같은 동생도, 동생 같은 동료도 되어드리지 못할 것 같습니다.

USB를 건드리던 범안의 손이 떨어졌다. 바지주머니에 꽂혀져 있던 손을 빼내었다. 빈손이었다. 차마, 그에게 건넬 수는 없었다.

살벌한 기운이 감도는 부회장실의 기운은 거칠다 못해 살벌하기까지 했다. 신경세포마저도 예민하게 돋아나 숨을 뱉어낼 때마다 움찔거렸다. 고개를 조아리고 있던 배영수가 별안간 실소했다. 전면 유리창으로 밖의 전경을 내다보던 배강수가 뒤돌아봤다.

"역시 우연은 없었어."

"뭐요?"

"편기안이 죽었을 때, 시기가 절묘하게 맞아떨어진다고 생각했거든. 내 운이 끝나지 않았다고."

배영수가 비뚤게 빈정거렸다.

"물론 한편으론 기막힌 타이밍이 의심스럽기도 했지. 편기안이 그 건방진 발언을 한 후에 장 회장의 출국이 코앞으로 다가온 시점이었잖아. 그래도 언론에서 실족사라고 했으니 난 곧이곧대로 믿었었어. 그런데 말이야, 우연이란 없는 거였어. 꼬리는 밟히게 마련인데."

"지금, 무슨 말씀을 하고 싶은 겁니까? 제가 편기안을 죽이기라도 했다는 말입니까?"

배강수의 눈동자에 독기가 서렸다.

"난 분명 아니니 내가 아니면 누구겠는가."

"형님!"

"이번에는 어떤가? 편범안도 처리할 건가? 편범안을 처리하든, 안 하든 난 상관없어. 다만 이 사건과 무관한 나까지 끌어들이지 마. 내게 뒤집어씌울 작정이면 그만두고."

시뻘게진 얼굴로 소리치는 배강수를 배영수는 철저히 무시했다. 먼지가 묻은 양 바지를 탈탈 털어내며 느긋이 일어났다.

"그 말씀하시려고 오셨습니까?"

"난 할 말 다 했네."

"녹취한 것은 삭제하시죠."

"뭐, 뭐라고? 무, 무슨 녹취?"

돌아서는 배영수의 뒷등을 지켜보던 배강수가 비릿하게 조소했다. 지레 놀란 배영수가 떠듬떠듬 대꾸했다. 재킷 안쪽에 들어 있는 휴대폰의 녹음 기능을 켜놓은 상태이긴 했다.

"그런 녹취파일이 얼렁뚱땅 먹힐 거라 생각하십니까? 형님은 어쩜 그렇게 1차원적 사고를 갖고 계십니까?"

한심하다는 듯 혀를 차면서 배강수는 중앙 자리에 앉았다.

"그런 데다 형님이 그 누구보다 편씨 일가 뒷조사에 철저했다는 것은 저뿐만 아니라 제 측근들도 다 아는 사실입니다. 그러니 편기안 사인이 밝혀지면 형님부터 용의 선상에 오르는 것은 당연한 일이지요."

"말도 안 되는 헛소리! 배강수, 네 짓이잖아!"

"전 아닙니다."

손가락질까지 해대는 배영수에게 배강수는 일축했다.

"저는 언론에서 발표한 실족사도 믿지 않았습니다. 지금까지 형님이 처리했을 거라 생각해 왔지요."

"편기안을 내가 왜 죽여? 무슨 근거로 그런 말을 하는 거야? 편범안이 무슨 증거를 보여준 거야? 그 USB 안에 뭐가 들어 있어!"

비서는 퇴근시켰기에 비서실은 텅 비어 있었다. 부회장실로 들어선 순간부터 알고 있던 배영수는 거침없었다. 쩌렁쩌렁한 언성이 튕겨 나갈 정도였다.

"편범안 이 새끼, 어디 있어? 내가 기필코……."

그때, 부회장실 문이 벌컥 열렸다. 송 여사가 세준을 동반한 채 부회장실로 들어섰다.

"그게 무슨 소리세요?"

미간을 좁힌 세준이 날카롭게 물었다. 부회장실로 들어서는 순간, '편범안이 무슨 증거를 보여준 거야?'라는 배영수의 외침을 듣고 말았다.

"아, 아니…… 두 사람이 왜 여길……."

아연실색한 배영수가 말을 잇지 못했다.

"무슨 일이냐?"

배강수는 제 형님을 나무라듯 냉정히 일별했다. 그러고선 아무 일도 없었다는 듯 침착하게 반문했다.

"지금 두 분께서 하시던 말씀이……."

"오랜만에 세준이하고 저녁 같이 하려고 제가 불렀지요."

세준의 말을 자르며 송 여사가 끼어들어 대답했다.

"식사를 하려면 진작 알려주지 그랬소. 선약이라도 있으면 어쩌려고……."

"제가 일정을 다 알고 있잖아요. 아주버님도 저희와 같이 식사하러 가요."

"난 됐습니다. 이만 가네."

송 여사가 가식적인 미소를 흘리며 말하자, 배영수는 까칠하게 대답하고서 나가 버렸다. 그들 사이에 선 세준은 입을 굳게 다물었다. 조용히 제 아버지와 배영수의 뒷등을 번갈아 바라보았다.

범안은 퇴근 시간에 맞춰 회사 앞으로 온 인규와 인근 식당에서 만났다. 그들의 뒤를 묵묵히 따르던 선혁과 오 대리는 몇 건너 테이블에 착석했다.

"이야, 보호를 단단히 받고 계시는군요."

인규는 감탄 어린 휘파람까지 불어대며 앉았다. 범안도 그의 맞은편 자리에 편히 앉았다. 종업원이 다가오자 주메뉴인 갈비탕을 두 그릇 주문하고서 그가 입을 열었다.

"비꼰 거 아닙니다. 오해 마십시오."

"네, 압니다."

"나쁘지 않습니다. 신변 안전이 중요한 시점이니까요."

그는 관자놀이를 긁적거리며 능청스러운 표정을 지어 보였다. 힐끔거리는 경호원들이 못내 신경 쓰였다.

"오늘 어땠습니까? 계획한 대로 하셨습니까?"

"네."

"그럼, 시작했군요."

끄덕이며 인규는 물컵에 든 냉수를 한 번에 들이켰다. 불끈거리는 속을 가라앉히기 위함이었다. 강력계 생활을 접은 후 오랜만에 맛보는 흥분 비슷한 열기였다. 수사 착수에 본격적으로 들어가면 매번 이런 식의 이상야릇한 열기에 휩싸이곤 했다.

갈비탕 두 그릇이 테이블에 놓였다. 인규는 딸려 나온 다진 양념을 넣고 깍두기 국물까지 안에 냅다 부었다. 밥 한 공기를 죄다 말고서 숟가락으로 휘휘 저으며 입을 열었다.

"얼큰하게 먹고 속 좀 풉시다. 많이 먹어야 힘내서 이기죠."

씩씩한 어투. 그러고선 함박웃음을 짓듯 잇몸까지 드러내며 크게 웃었다. 밥을 한 수저 듬뿍 떠서 욱여넣은 그가 와작와작 깍두기를 씹어댔다.

범안은 피식 웃었다.

그래, 어차피 일촉즉발이다. 먹고 이기자.

그도 인규가 한 대로 따랐다. 다진 양념을 넣고 깍두기 국물도 부었다. 밥도 모두 말아 크게 한 수저 떴다. 그런데 미처 몰랐다. 다진 양념에 청양고추가 한 무더기로 들어 있는 사실을.

"하."

저돌적으로 혀끝을 우롱하는 알싸함에 범안의 호흡이 멎었다. 눈앞까지 번쩍하고 불이 붙은 것 같았다.

"매운 거 못 먹습니까? 아, 여기 양념 제대로인데……."

킬킬거리며 인규는 송골송골 땀이 맺힌 이마를 물수건으로 훑었다.

"말, 말씀을 해주시지."

벌게진 얼굴로 범안은 황급히 물컵을 들었다. 차디찬 냉수를 한번에 털어 넣어도 매운 기가 가시지 않았다.

"어허, 청량고추도 못 먹어서야 어디 이기겠습니까?"

익살스레 이죽거리며 인규가 그의 컵에 물을 채워줬다. 그러면서 껄껄 너털웃음을 터뜨렸다. 두 컵째 물을 들이켜던 범안도 덩달아 웃고 말았다.

이음에 복귀했다. 그러나 고대하던 감동은 쥐꼬리만큼도 없는 심심한 복귀였다. 누구 하나 야단스레 굴지도, 반색하지도 않았다. 365일 제자리를 지키는 휴게실 냉장고만도 못한 취급이었다. 기껏 들려온 인사는 '왔네?' 혹은 '오, 지국희' 정도.

갑작스러운 복귀로 일거리도 없었다. 곧 일정을 잡아주겠다는 박 팀장의 말을 듣고 한량처럼 종일 놀다가 퇴근했다. 지루한 하루였다.

"치킨 먹으러 가자."

되레 그녀를 반가워하는 건 백수 같은 휴가 중이신 지영희 씨였다. 거부하려 뒷걸음질 쳤으나 모가지 비틀린 닭처럼 멱살을 잡힌 채 결국 버스정류장 근처 치킨집으로 이동해야만 했다.

"국철이 곧 도착할 거야."

"지국철 뜯어먹으려는 거구나?"

어쩐지 짠순이 언니가 치킨을 과감히 사줄 리가 만무했다. 불쌍한 희생양 국철이 곧 도착하고, 오래간만에 세 남매가 오순도순 어울려 맥주잔을 기울였다. 영희는 수다거리로 '안구정화 실장님'을 선택하려 했으나 국희는 가차 없이 바리케이드를 쳤다. 그렇기에 주 화제는 샌님 국철의 순진무구한 여자친구였다. 그러다 범안의 전화가 온 것은 10시가 넘어선 시각이었다.

[이인규 씨하고 만나고 지금 들어왔어. 밖이야?]

"언니랑 오빠랑 호프집 왔어. 가볍게 치맥."

호프집 입구로 나와 그와의 대화를 이어갔다.

[재미겠네.]

말끝이 은근히 흐려졌다. 말하지 않아도 무슨 말을 하고 싶은지 들리는 듯했다.

보고 싶다.

안 본 지 하루밖에 안 되었는데 한참이 지난 듯 그리웠다. 종일 같이 보낸 시간이 사라진 탓이었다.

[나 갈까?]

"올래?"

이구동성처럼 동시에 물었다. 그러고선 같이 쿡쿡거렸다.

"아니야. 그럼 안 될 것 같아. 괜히 경호원들까지 번거롭게 만들거 아냐."

[잠깐 얼굴만 보자.]

범안은 고집을 부렸다. 막상 말을 꺼내니 보고 싶은 마음이 간절해진 모양이었다.

"내가 갈까?"

[기다려. 금방 갈게.]

재킷을 챙겨 입는지 부스럭거리는 소리까지 합류했다. 싱그레 웃으며 조심히 오라 하고서 전화를 끊었다.

그가 도착하려면 30분 정도 걸릴 것이다. 촉박한 시간 속에 살고 있기에 30분이라는 시간은 긴 시간이 아니었다. 그럼에도 1초가 1분처럼, 10분이 한 시간처럼 흘러갔다.

"11시네. 들어가자."

계산을 치른 오빠와 언니를 따라 국희는 거리로 나왔다. 더디기만 했던 30분이 꽉 채워진 시각이었다.

"먼저 가."

"누굴 이 밤에 만나려고?"

깐죽거리는 영희 등을 떠밀었다. 착한 국철이 척척, 누나를 끌고 가줬다.

겨울밤의 공기는 냉했다. 호흡을 뱉어낼 때마다 뽀얀 입김이 새어 나와 까만 공기 속에 섞여들었다. 손도 시리고 뺨도 감각을 잃은 것처럼 얼어갔지만 가슴은 발긋한 열꽃이 피었다. 차디찬 손바닥에 따스한 온기가 밴 입김을 불었다. 살며시 벌어진 입매도 연신 미소가 감돌았다.

그를 기다리는 시간이기 때문이다.

시간이 더 흘렀다. 그의 차와 비슷한 새하얀 차가 도로를 지나쳤다. 그의 차는 아니었고 그저 닮은 차였다. 보도블록을 지나치는 행인도 드문드문해지고 휘황찬란한 네온사인을 밝히던 가게들의 조명도 하나둘 꺼졌다. 손목시계를 확인했다. 어느덧 시간이 11시 30분이 넘어서고 있었다.

늦네…….

휴대폰을 들어 저장해 놓은 단축번호 1번을 눌렀다. 그런데 신호음 대신 안내 음성이 흘러나왔다.

[전원이 꺼져 있어…….]

/

7화
변수

/

[전원이 꺼져 있어 음성사서함으로 넘어갑니다. 삐 소리 후에는 통화료가 부과됩니다.]

삐— 신호음에 신경이 민감하게 반응했다.

왜 전화기가 꺼져 있지?

잘못 들은 것 같았다. 국희는 제 귀를 의심했다. 서늘한 가슴을 억제하며 휴대폰 번호를 확인했다. 범안의 번호가 맞았다. 그래도 믿을 수 없어 다시 그의 번호를 눌렀다. 이번엔 단축번호가 아닌 숫자를 차례차례 눌렀다.

[전원이 꺼져 있어…….]

같은 멘트가 흘러나왔다.

"……왜……."

그녀는 입술을 달싹거리며 얼빠진 사람처럼 주변을 훑었다. 한산해진 도로는 아무 일도 없다는 듯 자동차 몇 대가 유유히 달렸고, 먼발치에는 파란색 버스가 버스정류장에 섰다. 멀거니 버스를 보는데 등 뒤에서 타다닥, 발소리가 들렸다.

휙, 고개를 돌렸다.

그러나 통통한 체형의 행인이었다. 그가 불안하게 쳐다보는 그녀를 이상한 사람 보듯 힐끗거리며 지나쳐 갔다.

"바보처럼."

주문을 외듯이 국희는 헛웃음을 쳤다.

무슨 상상을 하는 거야. 단순히 배터리가 없는 거야. 그런 거야…….

파문을 이는 가슴팍을 주먹으로 꾹 누르고 한 주임에게 전화를 걸었다. 띠— 다행스럽게도 신호음이 바로 갔다. 그 소리만으로도 숨이 쉬어지는 것 같았다.

[네, 지국희 씨.]

"한 주임님……."

안도감에 왈칵 눈물이 쏟아질 것 같아 아랫입술을 깨물었다.

"범…… 실장님하고 연락이 되지 않는데요. 평창동에 계세요?"

[PC는 한 시간 전쯤 김 실장님과 외출하셨습니다. 잠시 다녀온다고 두 분만 가셨어요. 그래서 저는 평창동 자택에서 대기 중입니다. 연락이 왜 안 되시죠?]

"김선혁 실장님하고 같이 가셨다고요?"

[네. 실장님께 연락해 보셨어요?]

"아니요. 지금 전화드려 볼게요."

그랬다. 수행경호원이 있지 않은가. 선혁과 함께 이동했는데 별일이 있으려고.

괜한 걱정이었다. 제 자신을 비웃듯 옅게 웃으며 국희는 선혁에게 전화를 걸었다.

그런데……

[전원이 꺼져 있어…….]

동일한 멘트가 나왔다. 섬뜩한 전류가 전신을 타고 흘러, 뒷골에 오소소 소름이 올라왔다.

말도 안 돼. 멍청하니 액정을 내려다보다 손가락을 움직였다. 통화 버튼을 도로 눌렀다. 그러나 안내 멘트만이 돌아왔다.

다시……

다시…….

몇 번을 반복해도, 몇 번을 되새겨 들어도 답은 동일했다. 둔탁한 것으로 한 대 맞은 양 눈앞이 아찔했다. 무릎을 지탱하던 다리 힘도 풀려, 그대로 쪼그려 앉고 말았다.

무슨 일이 생긴 거야? 그럴 리가 없잖아.

우리 한 시간 전까지만 해도 통화했잖아. 이리로 오는 길이잖아.

돌연 하늘에서 눈이 내리기 시작했다. 마치 세상의 흔적을 지우듯 나풀나풀 까만 하늘에서 새하얀 점들이 우수수 내려왔다. 첫눈처럼 굵직한 함박눈이었다. 어깨에 내려앉은 눈의 무게는 얼마 되지 않았다. 그러나 꼼짝할 수 없을 정도로 묵직했다. 제 뺨을, 제 손등을 건드리는 찬기에도 국희는 움직일 수가 없었다.

아무것도.

아무것도 할 수 없었다.

만약, 그들로 인해 범안의 신변에 문제가 발생했다면…….

강하게 도리질했다. 국희는 넋 나가려는 혼을 부여잡고 벌떡 일어났다.

내가 이러고 있으면 안 돼. 행여 길이 어긋날 수도 있기에 자리에서 곧바로 뜨진 않았다. 꿰뚫어 보듯 주변을 두리번거리며 휴대폰을 들었다.

"지국희입니다. 비상입니다."

[비상이요?]

"네, 비상사태입니다. PC와 연락이 두절되었습니다. 김 실장님 휴대폰도 꺼져 있습니다. 두 분의 행방이 묘연합니다."

[그게 무슨 말입니까?]

"두 분의 행방부터 찾으십시오. 저는 만나기로 했던 이 장소에서 한 시간만 더 대기하고, 합류하겠습니다."

그때까진…… 그때까진 와줘.

[알겠습니다. 사장님께 보고하겠습니다.]

다급하게 한 주임이 전화를 끊었다. 퍼석거릴 정도로 메말라 버린 제 입술을 깨물며 휴대폰을 바싹 움켜쥐었다. 도시의 끝과 끝을 부라린 눈으로 살펴보며 애타는 마음을 다져 먹었다.

지금이라도 내게 와줘.

아무 일도 없었던 것처럼……

아무렇지도 않게……

와줘…….

부탁이야…….

새벽 3시다.

범안이 사라진 지 다섯 시간째.

평창동 자택의 불빛은 대낮처럼 환히 밝혀져 있었다. 마당을 메우고 있던 가로등은 물론이거니와 집 안 곳곳의 모든 조명이 켜져, 어둠을 깨우고 있었다.

"하아—"

뒷짐을 진 채 거실 창밖의 정원을 내다보던 편명호가 나지막한 숨을 토해냈다. 시야를 메우는 빛은 눈부실 정도인데, 그 빛 너머는 암담했다. 늘어진 것처럼 무기력하게 앉아 있던 범안의 어머니가 손을 뻗었다. 제 곁에 앉혀둔 국희의 손을 맥없이 잡아 줬다. 낯빛은 시퍼렇게 질려 핏기가 없었고, 범안과 같은 선홍의 색이었던 입술은 제비꽃잎처럼 검푸르게 죽어 있었다.

처음 범안의 소식을 접했을 당시 그녀는 까무룩 정신을 놓았다. 그리고 한 시간 만에 깨어나 동분서주하고 있는 국희를 불러들였다. 그러고선 그녀를 의지한 채 금방이라도 놓을 듯한 정신을 가까스로 부여잡고 있었다.

국희는 어머니에게 제 손을 맡기고 테이블 위에 놓아둔 휴대폰을 주시했다.

"전, 전화…… 없니?"

"……네."

간신히 쥐어짜듯 대답하자, 실핏줄이 도드라진 어머니의 흰자위가 벌게졌다. 그녀가 파르르 떨어대며 남편의 등을 쳐다봤다.

"경찰에 알려야 되지 않겠어요?"

"······조금만 더 기다려 봅시다."

뒤돌아보지 않고서 편명호가 대답했다. 절망한 어머니가 도움을 청하듯 국희를 쳐다봤다. 그녀는 회피하듯 고개만 떨구었다. 긴박한 상황인 만큼 섣불리 움직일 수도 없었다.

만약 그들이라면, 찾아가 볼까······?

아니면······.

국희는 편명호의 등을 물끄러미 응시했다. 편명호 사장에게 모든 것을 밝히면 이 사태가 어떻게 흘러갈지 장담할 수 없었다. 하나 그들과 대적할 만한 사람은 편명호밖에 없다.

막 입을 열려던 찰나였다. 타다닥, 다급한 발소리에 이어 현관문이 벌컥 열렸다. 한 주임이었다.

"김선혁 실장님과 연락이 닿았습니다!"

새하얀 입김과 함께 쏟아진 말로 어머니와 맞잡은 국희의 손아귀에 힘이 들어갔다. 뒷짐을 지고 있던 편명호의 팔도 맥없이 풀렸다.

"범안이는?"

"아직 확인 못 했습니다."

"김 실장은 어디에 있나?"

좌절하기엔 이르다. 편명호는 침착히 물었다.

"병원 응급실입니다. 잠깐 깨어났을 때, 실장님이 간호사에게 제 번호를 말했답니다. 그리고 다시 혼절했다고 합니다."

"응급실? 김 실장 혼자 있다고 하나?"

"그런 것 같습니다. 정확한 상황은 직접 가서 확인하겠습니다."

"가, 가요……."

어머니가 후들거리며 일어섰다. 그러나 짓누르듯 덮쳐 오는 현기증으로 그녀의 몸이 휘청거렸다. 국희는 재빨리 그녀 어깨를 잡아 세웠다. 도리질하는 그녀를 조심스레 도로 앉혔다.

"계세요. 제가 갈게요."

휴대폰을 집어 들었다. 그리고 뒤돌아보는 편명호를 또렷하게 바라봤다.

"다녀오겠습니다. 도착해서 상황 파악되는 대로 보고하겠습니다."

강단 어린 어조는 침착했다. 불안한 상황임에도, 헤쳐 나가려는 의지가 굳건해서였다.

그를 기필코 찾아올 거야.

"그래."

빤히 보던 편명호가 고개를 주억거렸다. 허락했다.

응급실은 교통사고 환자나 응급 환자로 어수선했다. 그들 틈을 비집고 나가다가 국희는 선혁을 발견했다. 선혁은 붉은 피가 맺힌 붕대를 머리에 감고서 반쯤 넋이 나가 있었다. 초점 풀린 동공이 갈피를 잡지 못하고 허공을 헤맸다.

"선배님! 정신이 드세요? 저 알아보시겠어요?"

"지⋯⋯ 국희⋯⋯."

간신히 그녀를 알아본 선혁이 웅얼거렸다.

"여긴 어디지?"

"응급실이에요. 기억 안 나세요?"

"어떻게 된 겁니까?"

한 주임이 다급히 물었다. 선혁이 게슴츠레한 눈빛으로 사방을 두리번거렸다.

"편 실장님은⋯⋯?"

"저희에게 물으시면 어떡합니까? 같이 나가지 않으셨습니까?"

경호하던 PC가 사라졌다. 그리고 경호원만이 응급실에서 발견되었다. 어처구니없는 사태에 한 주임의 신경은 날카로워졌다. 흥분한 그를 진정시키려 국희는 그의 팔을 잠시 쥐었다. 한 주임이 신경질적으로 머리카락을 쓸어 넘기며 연거푸 심호흡을 했다.

"무슨 일이 있으셨던 거예요?"

간호사에게 선혁은 머리에 난 상처로 몇 바늘 꿰맨 상태라고 들었다. 환자에게 냉정한 추궁은 할 수 없었다.

"⋯⋯교통사고가 있었어."

어렵사리 선혁이 대답했다.

"교통사고요? 큰 사고였어요? 편 실장님은요?"

"단순히⋯⋯ 뒤에서 후미 추돌한 사고인 줄 알았는데⋯⋯."

머리가 지끈거리는지 미간을 일그러뜨리며 선혁이 말했다. 그러다 그가 가까스로 상체를 일으키려고 애썼다. 국희는 서둘러 그를 부축해서 앉히고는 침대의 높이를 조절했다. 일어나서 앉은 그를 본 간호사가 다가와 혈압 체크부터 했다. 조바심이 나는 마음을 가라앉히고 기다려야 했다.

"지국희 집으로 가는 길이었다."

그사이에 선혁도 안정을 되찾았다.

"간선도로를 타려고 이동하는데 차 한 대가 뒤따라오더군. 이상하게 생각하려던 찰나에 그 차가 뒤에서 추돌했어. 차 밖으로 내렸는데 그 차에서 남자 둘이 내리더군. 그러더니 순식간이었다. 남자 하나가 등 뒤에 감추고 있던 각목으로 내 머리를 내려쳤다."

국희의 그러쥔 주먹이 바들바들 떨렸다.

"예측하지도 못했고, 방어할 틈도 없었지."

"그래서요?"

"모르겠다. 내가 정신을 잃은 모양이야……."

"……편 실장님은요? 어디 계셨어요?"

"차 밖으론 나만 내렸다. 실장님은 뒷좌석에 앉아 있었어. 내가 쓰러진 후에는 어떻게 된 거지?"

얄팍하게나마 남아 있던 희망이, 절망으로 바뀌는 질문이었다. 선혁도 그의 행방을 전혀 모른다.

"실장님은 길거리에서 쓰러져 계셨답니다. 지나가던 행인이 신고해서 119로 실려 오셨고요. 그 현장에서 PC의 차도 발견되었는데 현장에는 실장님 외의 다른 사람은 없었답니다."

한 주임이 간호사에게 전해 들은 내용을 전달했다.

"그렇다면 편 실장님은?"

"연락 두절된 상태입니다. 행방불명이죠. 그 괴한들에게 납치된 것은 아닐까요?"

"차 안에 블랙박스가 있다. 그건⋯⋯."

"그 현장으로 조금 전 오 대리님이 가셨는데 차 안의 블랙박스는 해체되어 없다고 합니다. 그들이 가져간 모양입니다."

믿을 수 없는 이야기에 정신이 아득해졌다.

괴한이라니⋯⋯. 납치라니⋯⋯.

말려 있던 주먹이 기력 없이 풀렸다. 무엇을, 어떻게 해야 될지 까마득했다.

"경찰엔 알렸어?"

"PC나 실장님 신변에 더 큰 위험이 생길까 싶어 신고는 못 했습니다. PC가 그 괴한들에게 아무래도 납치된 것 같은데 신고해야겠지요?"

"그래⋯⋯ 내 휴대폰은⋯⋯."

선혁이 정신없이 제 몸을 더듬거렸다. 슈트 재킷 안주머니에 손을 넣던 그가 멈칫했다. 주머니 안에서 휴대폰 대신 종이가 매만져졌다. 그의 손끝에 딸려 나온 종이에 모두의 시선이 쏠렸다.

─경찰엔 연락하지 마십시오. 불필요한 설명은 하지 않겠습니다.

컴퓨터 활자로 적힌 메모였다.

그 내용인즉, 경찰에 알리면 범안을 죽이겠다는 뜻이 담겨 있었다.

한기가 에워싸여진 도시에 아침이 밝아왔다. 밤새 내린 눈으로 인해 병원 주차장은 설원처럼 새하얀 눈밭이 되어 있었다. 아침 햇살을 받은 눈송이들이 눈부시도록 말갛게 반짝였다.

국희는 응급실 입구 앞의 의자에 앉아 멀거니 흰 지평선을 바라보았다. 머리카락 한 올 한 올까지 얼어서 갈아질 지경이었고 얇디얇은 살결은 한기로 졸아들었다. 그래도 그녀는 굳어 있었다. 아니, 얼어 있었다.

오지 말라 할걸…….

내가 간다 할걸…….

그와의 마지막 대화가 뇌리에서 떠나지 않았다. 후회되는 일이 수백 가지, 수천 가지였다. 그보다 더 수만 가지 걱정도 되었다. 지금 시점에서 경호원 지국희는 없었다. 오롯이 사랑하는 제 남자를 걱정하는 지국희가 가까스로 정신을 지탱하고 있었다.

어떻게 그를 찾아야 하는 건지…… 그가 지금 어쩌고 있을지…… 행여 다치지는 않았는지…….

상상조차 되지 않았다.

범안아…… 어떡해……

나 무서워…….

응급실 자동문이 열렸다. 핏기 잃은 얼굴로 선혁이 한 주임과 함께 밖으로 나왔다. 넋 놓고 있던 국희는 자리에서 일어났다.

"메시지를 남겼다는 건 연락이 올 수도 있다는 거다. 그들이 요구하는 것이 있을 거다. 기다려 보자."

마취에서 완전히 깨어난 선혁이 평소의 침착함을 되찾았다. 국희는 두 남자의 뒤를 따라 하얀 눈밭에 발자국을 남겼다.

그들이 요구하는 것.

우뚝, 발을 멈췄다.

USB인가.

똑. 찰방—

똑. 찰방—

물방울이 고인 웅덩이에 떨어지는 소리. 두 음의 마찰음이 청청하기도 했고, 서늘하기도 했다. 거멓던 정신이 차차 뿌예졌다. 두들기는 소리로 인해서인지, 시간이 되었기 때문인지 가늠할 수는 없었다.

살갗에 내려앉은 냉기로 전신은 감각도 없었고, 짙은 속눈썹엔 마치 고드름처럼 자그마한 살얼음이 피어 있었다. 눈꺼풀에 천 근 같은 저울추가 매달려 있는 듯했다. 푸석거리는 혀끝을 말아 올리며 입술을 벌렸다. 탁한 기름 냄새가 물씬 묻어난 공기가 입안으로 침투했다.

느른히 눈꺼풀을 들었다.

까만 그림자가 드리워진 공간이다.

범안은 멍하니 제 눈앞에 메워진 전경을 바라봤다. 구석진 곳에는 폐자재가 잔뜩 쌓여 있었다. 창고인가.

사방이 어지럽혀진 공간에 그는 홀로 있었다. 그리고 상체는 커다란 기둥에 묶여져 있었다.

"하아."

토해지는 숨결 따라 연기 같은 입김이 새어 나왔다. 퀴퀴한 냄새가 진동하는 이곳은 먼지 더미였다. 중적된 폐자재 너머 쏟아지는 옅은 빛으로 그나마 시야를 확보할 수 있었다. 가물거리는 정신을 부여잡고서 기억을 되살렸다.

추돌사고가 있었고, 운전했던 선혁이 차에서 내렸다. 뒷차의 남자들과 몇 마디를 나누는 그를 지켜봤다. 말소리는 들리지 않았다. 심각한 사태가 아님에도 대화가 길어지는 듯했다. 차에서 내리려고 움직이는데 남자 하나가 차로 다가왔다. 그 찰나, 다른 남자가 각목으로 선혁을 내려쳤다.

쓰러지는 선혁.

그와 동시에 뒷좌석 문이 열렸고 우악스러운 남자의 팔이 들이밀어졌다. 그리고 손수건 비슷한 것을 든 손이 반항할 틈도 없이 얼굴을 틀어막았다. 시큼하고 알코올 향이 섞인 냄새를 맡으며 저항했으나 곧 다른 남자까지 가세했다.

그 후의 기억이 없다.

깨어보니, 여기.

부옇던 시야가 또렷해졌다. 기둥 뒤편으로 꺾인 두 팔이 교차되어 밧줄로 묶여 있었다. 상체도 마찬가지였다. 이리저리 상체를 틀어봤지만 무기력한 몸부림에 불과했다.

범안은 교차된 팔목을 비틀었다. 아슬아슬하게 손끝이 손목시계와 밧줄을 건드렸다. 왼손에 채워진 손목시계는 차디차게 얼어 있었다. 시계가 쓸어대는 살갗이 벗겨질 정도로 따끔거렸다. 그러나 움직임을 멈추지 않았다.

그때, 풀썩대는 소리가 들렸다. 바닥의 쓰레기더미를 밟으며 나는 소리였다. 발소리는 하나가 아니었다.

"깨셨군."

"누구……?"

남자들은 거구에 속했다. 위아래로 시커먼 옷을 입고 있었으나 얼굴은 가리지 않고 당당히 노출시켰다.

"우리가 누구인지는 알 것 없고."

"누구 지시를 받고 이러십니까?"

범안은 상황이 불리한 만큼 침착히 대응하려 애썼다.

"오호, 여유가 있네. 우린 시간이 없어. 네가 시답지 않은 조건을 내세운 바람에 일이 번거로워졌잖아. 한 번에 해결할 수 있는 걸 이리도 귀찮게."

한 남자가 그와 눈높이를 맞추며 쭈그려 앉았다. 남자의 이목구비는 뱀상(相)이었다. 뾰족한 턱을 가지고 있었고 찢긴 듯 가느스름한 눈매는 살벌한 기운이 감돌았다. 낯이 익었다. 번뜩 뇌리에 떠오른 이미지가 있었다.

"……206호?"

범안의 물음에 남자의 한쪽 눈썹이 꿈틀했다.

적중했다. 몇 번이나 반복해서 봤던 CCTV 영상들이었다. 뇌리에 각인되듯 박혔고 또렷이 기억해 냈다. 남자는 오피스텔 상가 편의점에서 나오던 206호의 얼굴과 체형 그대로였다.

"마주친 적도 없는데 날 어떻게 알아보지? 오피스텔 CCTV를 봤나? 눈썰미가 있군."

"당신이 우리 형을 죽였습니까?"

"왜? 내가 죽였다고 하면 어쩌려고?"

이죽거리며, 그가 바닥에서 각목 하나를 집어 들었다. 그리고 그 각목 끝으로 범안의 어깨를 짓눌렀다.

"네 목숨이나 걱정해, 이미 죽은 형 들먹이지 말고."

이놈이다. 이놈이 형을 죽였다. 직감적으로 범안은 간파할 수 있었다.

"네가 우리 형을 죽였군."

"아이고, 무서워라. 까딱했다가는 잡아먹히겠네."

서슬 퍼런 범안의 눈초리에도 남자는 끄떡도 안 했다. 성가시다는 듯 각목으로 제 머리를 긁적거리는 여유까지 부렸다.

"긴말하지 말자, 우리. 살고 싶으면 증거나 내놔."

"증거? 목적이 그건가? 내가 그걸 넘길 것 같나?"

범안은 콧방귀를 뀌며 빈정거렸다.

"넘기지 않으면 안 될 텐데? 우린 돈을 받고 움직이는 심부름꾼이야. 그분은 이미 대가를 지불했고, 우린 받았거든."

그분, 이라고 했다.

배강수나 배영수. 두 사람 중 한 사람이라는 의미일 수도, 다른 한 사람일 수도 있다는 의미. 어쨌거나 한 사람이라는 거다.

"어차피 나를 죽일 생각이라면 그 증거를 넘겨도 죽일 거 아닌가."

"아이고, 단단히 오해했네. 우리는 당신을 안 죽일 거야. 그치?"

뒤의 남자를 넘겨보며 206호가 물었다. 뒤편의 남자는 재미난

구경거리를 보듯 서 있었다. 범안은 날카롭게 뒤의 남자를 올려다 봤다. 그 또한 낯익었다. 엘리베이터와 주차장에서 찍힌 얼굴, 903호였다.

"그분이 말이야, 이 사건을 이제 마무리 짓고 싶어 하거든. 그래서 네가 협조를 잘해준다면 넌 살 수 있어."

206호가 고개를 기울였다. 그의 입술이 범안의 귓가에 닿았다.

"우리가 아무리 전문가라도 또 죽이기가 애매하긴 해."

두 사람이나 살해한 사건이다. 연쇄살인이 이어진다면 사회적으로 크게 이슈가 될 수도 있다. 그전에 말끔히 이 사안을 처리하고 싶을 것이다. 따라서 그를 회유시켜 증거 회수와 입을 봉할 작정인 모양이었다.

"아침인데 배고프지 않나? 춥기도 할 테고……. 그러니 우리 빨리빨리 해결하자. 네 결정은 간단해. 그 증거를 넘기든, 가져오라고 하든."

206호가 무릎을 일으켜 세웠다.

"가져오라고 지국희 시키면 되나?"

덧붙여지는 협박에 범안의 동공이 커졌다.

"그녀는 상관없어. 건들지 마!"

일말의 두려움도 없었다. 그러나 일순 휘몰아치듯 두려움이 덮어졌다. 뒤흔들리는 내장이 역류하여 쓰디쓴 신물을 솟구치게 만들었다.

"잘 생각해 보라고."

그의 반응에 남자는 비열하게 킬킬거렸다.

"그녀에게 접근도 하지 마. 네놈들 절대 가만 안 둬."

"곧 죽어도 할 말은 있다고, 어디서 협박질이야? 이 새끼가 점잖게 대우해 줬더니만!"

불끈 제 성질을 못 이긴 남자가 각목을 휘둘렀다.

탁, 둔탁한 소리와 함께 눈앞이 번쩍했다. 내려쳐진 각목에 맞은 머리가 맥없이 꺾였다. 한기로 차디차게 얼어 있던 머리통에 뜨끈한 기운이 솟았다. 주룩, 머리카락 틈으로 시뻘건 피가 흘러내렸다. 이마를 따라 관자놀이로 내려오는 붉은 핏줄기가 뺨을 적셨다.

"……지…… 국희는 안 돼…… 절…… 대."

시야가 가물가물해졌다. 까무룩 정신을 잃어가면서도 범안은 중얼거렸다. 206호가 굵은 침을 바닥에 퉤, 뱉어버렸다.

병원에서 잠시 안정을 취한 선혁은 자택으로 귀가했다. 한 주임과 함께 평창동으로 돌아온 국희는 근처 카페에서 인규와 만났다. 범안의 소식을 접한 인규는 부리나케 달려왔다.

"메모를 남겼다는 건 그들이 여지를 준 것이군요. 범안 씨와 협상하고 싶은 걸 수도 있습니다."

"USB가 목적일 거예요. 그들이 원하는 걸 줘야 해요. 그런데 전 그게 어디 있는지 몰라요."

"그들을 만나려고요?"

"네. 그러니까 아시면 제게 주세요."

"잠시, 숨 좀 골라요."

국희의 어투가 쫓기는 것처럼 가빴다. 인규는 침착하게 그녀를 진정시켰다. 그제야 거듭 심호흡을 내뱉으며 국희는 차분해졌다.

"지금 상황에서 그들을 만나서는 안 됩니다."

"왜요?"

"범안 씨가 어제 배강수와 배영수를 만나 정면 돌파를 했습니다. 그들이 범안 씨를 해하진 못하도록 하고 다른 방법으로 접근하도록 유도했죠. 그런데 그들이 선택한 방법이 납치군요."

"뭐라고요? 범안이는 제게 그런 말을 일절 하지 않았는데요."

"당연하죠. 국희 씨가 위험해질까 봐 얼마나 걱정하는데요. 그래서 국희 씨를 경호 일에서 먼저 빼낸 겁니다."

일순, 국희는 깨달았다. 그가 서둘러 국희를 내보냈던 이유를. 이 위험한 일을 실행시키기 위해서…….

"이 모든 상황을 예상하셨나요? 납치도요?"

"최악의 경우로 생각했지만 경호원들이 항시 대기하고 있어 그건 어려울 거라 판단했습니다. 협상을 해올 것이라 예상했는데 변수가 있었네요."

오소소한 소름이 돋았다. 범안은 자신이 납치당할 수 있는 경우의 수까지 예상하면서 이 일을 꾸민 건가. 제 목숨이 위험해질 수도 있는데…….

눈시울이 달궈졌다. 뿌예지는 시야를 거두고 마른침을 삼켰다.

"이 일은 범안 씨가 먼저 제안했습니다. 처음엔 저도 만류했죠. 한데 그들의 실마리를 잡을 수 있는 확실한 방법이기도 했습니다. 심증은 있지만 증거는 없으니까요."

"두 사람이나 죽인 사람들인데…… 너무 위험했어요."

"섣불리 범안 씨를 해치진 못할 겁니다. 범안 씨를 가둬두고 증거 확보를 하려는 속셈이겠죠. 우리가 빨리 범안 씨를 찾아야 합니다."

"방법이 없어요. 휴대폰은 유심칩이 제거된 상태로 차 안에서 발견되었어요. 그래서 위치 추적도 할 수 없어요."

유심칩은 그들이 가져간 것이 확실했다. 그러나 유심칩만으로는 위치 추적이 어렵다고 했다.

"블랙박스는요?"

"그것도 괴한들이 해체해서 가져갔어요. 그런 데다 사고 현장은 CCTV 영상도 끊기는 지점이래요. CCTV로도 잡히지 않았어요."

"차는 어디 있습니까? 제가 차를 확인해 볼 수 있을까요?"

"여기 범안의 집 차고에 있어요. 같이 가서 확인하세요."

인규의 물음에 국희는 자리에서 일어났다. 두 사람은 카페에서 나와 나란히 걸음을 옮겼다.

"차에 블랙박스가 하나 더 있습니다. 그들이 그건 발견 못 했을 겁니다. 그리고 범안 씨의 연락이 올 겁니다."

"어떻게요?"

"범안 씨가 위치추적기를 가지고 있습니다."

"네?"

"위치추적기가 켜진다면 제 휴대폰으로 신호가 송신될 겁니다. 아직 오지 않는 걸로 보아 켜지지 않은 모양입니다."

깜짝 놀라는 국희에게 인규가 제 휴대폰을 건네었다.

"함정을 판 건가요?"

"만약의 경우를 대비한 거죠."

"그들에게 빼앗겼을 가능성도 있잖아요."

"1%라도 희망이 있다면, 믿어보죠."

흔들림 없이 인규가 덧붙었다.

"범안 씨가 연락할 겁니다, 반드시."

사태가 심각한 만큼 편명호는 출근하지 않았다. 불안한 마음을 진정 못 시키고 쉴 새 없이 자택 안을 서성거렸다. 냉정하리만큼 의연했던 모습은 온데간데없었다. 정원에 나가 보기도 했고 대문 밖을 내다보기도 했다. 제 자식 걱정으로 시름하는 여느 아버지와 같았다. 그의 어머니 또한 수척해진 몸을 가누지 못하고 몸져 누워버렸다.

"당신이 이인규 씨로군."

편명호는 처음엔 고압적인 자세를 취했다. 그러나 선선히 차고 수색을 허락했다. 그래도 의심스러운지 차고까지 졸졸 쫓아왔다.

"오늘 아침에 경호원들이 샅샅이 뒤졌지만 차에서 나온 건 없네."

"알겠습니다."

잔소리하는 것처럼 편명호가 말하자 인규는 가볍게 대답했다. 그러면서 차 안의 뒷좌석 유리창에 부착된 커다란 자동차 모형을 매만졌다. 언뜻 보기엔 카 액세서리 정도로 단순한 장식물 같았다.

먼젓번까지 보지 못했던 모형임을 국희는 깨달았다. 인규가 단단히 고정된 모형을 떼어냈다. 가느다란 선이 모형에 딸려 나왔다.

차량과 연결된 블랙박스 선이었다.

"뭔가?"

빠끔히 고개를 내밀며 편명호가 참견했다.

"보는 눈이 많아 말씀드리긴 어렵고 컴퓨터를 사용할 수 있을까요?"

한 발짝 떨어져 있는 경호원들을 의식하며 인규가 물었다. 편명호는 선뜻 끄덕이며 등 돌린 자세로 자동차 모형을 가방에 넣는 그를 지켜봤다. 심상치 않은 물건임을 간파한 건지 말을 잇진 않았다.

잠시 후, 인규와 국희는 서재 노트북을 사용할 수 있었다. 인규는 자동차 모형을 제거하고 블랙박스 안에서 메모리카드를 꺼내었다.

"후방 카메라라 추돌 장면이 정확히 찍혔네요. 고의로 다가온 것이 명확히 보이네요."

블랙박스 영상은 선혁의 설명대로였다. 추돌 사고 후, 선혁은 두 남자와 대면했다. 그러다 한 사람이 선혁의 머리를 가격했고, 다른 한 사람은 차로 접근했다. 차로 접근할 때의 남자 얼굴을 카메라가 선명히 잡아냈다.

"903호군. 역시 연관 있을 줄 알았어."

인규는 남자의 얼굴을 기억해 냈다.

카메라는 실내가 잡히지 않는 위치였다. 그래서 실내 장면을 포착하진 못했지만 화면이 비틀리듯 흔들렸다. 차가 흔들리는 것이었다. 자신에게 달려든 남자에게 범안이 저항했던 거다. 이 상황의 광경이 상상되어 국희는 눈을 질끈 감았다.

"이상하네요."

"뭐가요?"

인규의 중얼거림에 국희는 눈을 부릅떴다. 도로 처음부터 되돌려 보던 인규가 영상의 한 부분을 일시 정지시켰다. 그의 손가락이 남자들과 마주 보고 있는 선혁을 가리켰다.

"경호원 아닙니까?"

"맞습니다. 경호실장님입니다."

빠른 대답에 그가 고개를 의아하다는 듯 갸웃거렸다.

"아무리 사고 때문에 정신없다고 해도 어째서 뒷좌석으로 이동하는 903호를 저지하지 않죠? 경호 대상 보호가 먼저 아닙니까?"

은백의 억새풀이 장관을 이룬다. 간간이 불어오는 바람을 타고 억새가 기력 없이 고갯짓을 한다. 마치 한가로운 봄날 꾸벅꾸벅 조는 할머니의 고갯짓과 비슷하다.

억새밭의 샛길로 차 한 대가 지나쳤다. 샛길 너머엔 붉은 지붕이 얹어진 오래된 집 한 채가 있었다. 곳곳에 페인트칠이 벗겨진 허름한 안팎은 버려진 폐가임을 여실히 나타냈다. 쓰레기더미가 사방에 널브러진 마당에 들어선 차는 시동을 껐다. 자동차 소리를 들었는지 현관문이 열렸다. 문을 연 남자는 903호였다.

"오셨습니까?"

그가 짐짓 거드름을 피우듯 턱을 까닥거렸다.

"이게 뭡니까? 그렇게 심하게 때리면 어떡합니까? 진짜로 기절

했잖습니까?"

선혁이 불만스레 붕대가 감겨진 제 머리통을 손가락으로 툭 쳤다.

"덕분에 실장님을 의심하는 사람이 없지 않습니까?"

903호가 빈정거리며 덧붙였다.

"그리고 저한테 그러지 마십시오. 휘두른 사람은 따로 있잖습니까?"

206호를 지칭하는 말이었다.

"어디 있습니까?"

"뒤편 창고에 잘 모셔뒀습니다. 보시겠습니까?"

"됐습니다."

선혁은 오만상을 찌푸렸다.

자택으로 귀가한다고 해놓고서 곧바로 이곳으로 달려온 그였다. 206호에게 맞은 머리통이 깨질 듯 지끈거렸고 뼈마디까지 뻐근했다. 보도블록 맨바닥에 쓰러져 있던 탓이었다. 그럼에도 일 처리는 확인해야 했다. 그는 관자놀이를 엄지손가락으로 짓누르며 저택 뒤편을 물끄러미 주시했다.

저곳에 편범안이 있다.

인규가 본 것이 정확했다.

차에서 내린 선혁은 두 남자와 마주 봤다. 한 남자와 얘기를 나눴고 다른 남자가 그의 옆을 지나쳤다. 그런데도 그는 앞만 주시했다. 언뜻 일부러 안 보는 것처럼 보이기도 했다. 그리고 선혁은 머리를 가격당하고, 남자는 범안의 뒷좌석에 도달했다.

물 흐르듯 흘러가는 영상을 지켜보던 국희는 아찔했다.

제대로 된 경호라면 PC가 탑승한 차로 다가가는 남자를 먼저 저지했어야 옳다. 번뜩, 그동안 풀지 못했던 의문이 떠올랐다. 그 답을 이제야 알 것 같았다.

국희는 황급히 서재로 나갔다. 거실 소파에서는 편명호가 그들을 기다리고 있었다.

"뭘 찾았나?"

"그것보다 사장님께 물어볼 것이 있어요. 8월 13일 저녁에 사장님은 어디 계셨죠?"

"기안이 죽은 날 말인가?"

"네."

건조해진 입술을 달싹거리며 국희는 숨죽였다.

"그날 저녁엔 일찍 귀가했었네. 기안이 소식을 서재에서 들었으니까."

"사장님 이용하시는 회사 차는요? 차량 관리는 누가 하나요?"

"그날은 내 개인 차를 이용했던 것 같은데……. 그 차는 회사 주차장에 두었을 거야. 차량 관리는 운전기사가 하는데 만약을 대비해서 김 실장이 보조키를 가지고 있네. 근데 왜 묻지?"

김 실장이 보조키를 가지고 있다.

회사 주차장 CCTV를 확인한다면 명확해지겠지만 굳이 확인하지 않아도 알 수 있었다.

8월 13일 저녁 9시 30분경.

오피스텔 주차장에 진입한 차량의 운전자는 선혁이었다. 범안과 인규가 예측하지 못한 변수. 그것은 선혁이었다.

그때, 서재 문이 열렸다. 거실로 후다닥 나온 인규가 휴대폰을 들어 보였다.

"국희 씨! 신호가 왔습니다."

범안의 위치추적기가 켜졌다.

"어디죠?"

부리나케 인규의 휴대폰을 확인했다. 화살표 표시가 된 지도를 확인하니 서울 외곽이었다.

"무슨 신호인가?"

대화를 들은 편명호가 소파에서 일어났다. 인규와 국희는 짧게 눈길을 주고받았다. 아버지인 그에게 상황을 알리고 조금이나마 안심을 시키는 것이 좋을 듯했다.

"범안 씨가 위치추적기를 가지고 있습니다. 그래서 저희가 그곳에 가볼까 합니다."

"그렇다면 찾을 수 있는 건가?"

"이곳에 가봐야 명확해질 듯합니다. 지금 출발하겠습니다. 다만, 경호원들에게는 이 내용을 알리지 않는 것이 좋겠습니다."

"경호원 몇을 데려가는 것이 안전하지 않겠는가? 괴한들이라고 했지 않은가?"

편명호가 의아한 듯 물었다.

선혁이 이 사건과 연결되어 있다면 최대한의 보안 유지를 해야 한다. 김영국처럼 경호원들 중 그와 내통하는 사람이 있을 수도 있다.

"지금 상황에서는 경호원들도 신뢰할 수 없습니다. 저희가 직접 가서 확인하고 보고드리겠습니다. 그리고 가급적이면 조용히 김선혁 실장의 위치를 확보해야 합니다."

"김 실장에게 문제가 있는 건가?"

"확실하진 않지만 심증은 있습니다."

그 말에 편명호가 불안해했다.

"둘이 해결하기 부족하다면 믿을 만한 사람과 함께 움직이겠습니다."

그의 심중을 간파한 국희는 입을 열었다. 인규에게 쏠려 있던 편명호의 눈길이 돌려졌다.

"제가 꼭 실장님을 데려올게요."

이어진 말은 단단했다. 어렴풋이 물기 서린 동공은 촉촉하게 일렁거렸으나 입매는 굳은 기세로 야무졌다.

돌연 편명호는 갈비뼈 안쪽에 뻐근한 통증을 느꼈다.

이 아이도 이렇게 버티고 있는데……. 그의 흰자위가 여릿하게 충혈되어 갔다.

"그래……."

북받치는 감정을 억제하며 편명호는 가까스로 말을 쥐어짰다.

"……부탁하네."

국희는 주저 없이 끄덕였다. 파르르 떨리는 손을 그러쥐고서 자신만만한 미소도 지어 보였다. 목이 메어와 대답은 할 수 없었다. 답례를 하듯이 편명호도 흐릿하게 미소 지으며 끄덕였다.

"이제 제 할 일은 모두 끝났습니다. 더 이상 이 일에 관여하지 않겠습니다."

선혁은 귓가에 댄 휴대폰을 바짝 쥐었다.

지긋지긋한 1년이었다. 대가의 유혹에 넘어가 편명호의 정보를 넘겨오던 그였다. 별반 어렵지도 않았고, 대가는 상상 이상으로 컸다.

[증거는?]

"증거는 저 사람들에게 확보하라 하십시오."

그런데 이토록 지독한 양반일 줄 몰랐다. 이젠 제 자리까지 위태로울 지경이다. 이제야 처음부터 발 들여놔선 안 되는 일이었다고, 회한 어린 자책을 했다.

[마무리는 하십시오.]

상대의 목소리는 평온했다. 그러나 귓바퀴를 파괴시키듯 날카로운 파열음을 가지고 있었다.

선혁은 제 입술을 질끈 깨물었다.

그날, 그만뒀어야 했다.

그 빌어먹을, 8월 13일.

❖　✠　❖

8월 13일, 저녁 9시 30분.

선혁은 지시에 따라 회사 주차장에서 빼낸 편명호의 차를 이끌고 오피스텔 주차장으로 진입했다. 지하주차장에서는 903호가 거주자와 한창 실랑이를 벌이고 있었다. 관리직원이 그들 사이에 끼어서 진땀을 뺐다. 그렇기에 진입하는 차를 신경 쓰지 못했다.

오피스텔 CCTV가 모두 꺼진 상태임은 전달받았다. 유유히 구석진 자리에 주차를 한 후 803호로 올라갔다.

"김 실장님이 이 시각에 무슨 일로 오셨습니까?"

"사장님의 전언이 있습니다."

늦은 시각의 방문을 기안은 달가워하지 않았다. 하나 충직한 그를 신뢰했기에 선뜻 안으로 들였다. 돌아서는 기안을 따르며, 선혁은 계획대로 제 구두 뒤축을 현관문 사이에 끼워 넣었다. 현관문이 제대로 닫히지 않은 걸 기안은 눈치채지 못했다.

"아버지가 무슨 말씀을 하신 건가요?"

"사적인 사항입니다. 아, 근데 여기 야경이 무척 좋군요."

능청스레 테라스 너머를 넘겨다보며 선혁은 그쪽으로 이동했다. 의심 없이 기안은 뒤따라 테라스로 나왔다. 두 사람은 도시의 야경을 내다보기 위해 테라스 난간 앞에 섰다.

선혁은 지시 매뉴얼대로 행동하면서도 의아했다. USB를 찾기 위해 접근하는 거라면 기안을 밖으로 유인하면 되었다. 그런데 어째서 테라스로 이끌라고 했을까…….

그때, 1층에서 비상구 계단을 이용해 8층까지 올라온 206호가 803호로 잠입했다. 기척을 감지한 선혁은 기안의 시선을 잡아끌었다. 쓸데없이 편명호의 일정을 읊조리며 206호의 동선을 살폈다.

206호는 실내를 뒤적거리거나 하지 않았다. 발소리 없이 테라스로 나왔다. 영문을 모르던 찰나, 그가 저지른 일에 선혁은 기함을 토했다. 206호가 가차 없이 기안의 몸뚱이를 난간 밖으로 밀어낸 것이었다. 제 눈앞에서 살인이 벌어졌다.

경악을 넘어 충격적인 장면이었다. 두려움에 비명조차 나오지 않았다. 유단자로 단련된 몸이었으나 예측하지 못했던 상황이라 그도 당황하고 말았다. 한 발짝 뒷걸음질 친 순간, 화분에서 튀어나온 흙과 물기가 서린 곳을 밟았다. 앞발이 약간 축축해져서, 그는 멈칫했다.

오피스텔 아래, 도로에서 여자의 날카로운 비명이 터졌다. 공기마저도 부서뜨리는 참혹한 소리였다.

"나갑시다."

아무 일도 없었다는 듯, 먼지를 털어내듯 제 손바닥을 탈탈 털며 206호가 턱짓했다.

본능적으로 선혁은 깨달았다.

이 남자와는 대적하면 안 된다는 것을.

무기력감을 느끼며 그는 젖은 양말을 벗었다. 그리고 뒤도 돌아보지 않고, 그곳을 나왔다.

선혁은 편기안 사건 이후, 이 시커먼 웅덩이에서 빠져나오려 했다. 그러나 상대는 그도 연루된 증거까지 가지고 있었다. 끝까지 협력하라는 협박 아닌 협박을 받고서 어쩔 수 없이 지금의 시점까지 왔다.

되짚어보면 간단히 풀릴 수 있는 문제이기도 했다. 한데 경우의 수가 있었다.

지국희.

㈜이음 신입사원 오리엔테이션에서 봤던 지국희는 또랑또랑하고, 고분고분한 신입사원이었다. 그렇기에 고용할 때만 해도 모든 일이 순조롭게 처리될 것이라 믿었다. 그러나 어긋났다. 그녀가 그렇게 곧은 태도를 일관할 줄은 미처 예상치 못했다.

"편 실장님 동향 보고를 하란 말이다. 어디를 가시는지, 누굴 만나는지 등 세세하게."

"할 수 없습니다. 아니, 하지 않겠어요."

그 명령은 편명호의 지시 사항이 아니었다. 편범안의 정보를 유입하기 위한 목적이었다. 만약 다른 직원이었다면 묵묵히 지시에 따랐을 것이다. 그렇다면 안수인과 범안의 접선을 일찍 파악했을 것이다. 그랬다면 범안이 깊게 개입되기 전에 자라나는 뿌리를 잘라 버릴 수 있었다. 한데 지국희가 거절했다. 모든 일은 그때부터 꼬였다.

그 일 이후, 편명호를 이용하여 수행비서를 교체하려 했다. 그러나 그것 또한 제 뜻대로 되지 않았다. 편명호는 매번 단순히 넘겨버렸다. 아들 신변 보호가 우선인 그로서는 경호원 지국희가 못마땅하진 않았다. 무엇보다 아들이 순순히 경호를 받아들인 이유가 컸다. 그가 아들에게 그토록 애착이 있는 줄 몰랐었다.

손목시계를 확인하니, 어느덧 정오가 넘어서고 있었다. 이곳에서 시간을 지체할 수는 없었다. 그는 차로 이동하며 끊긴 휴대폰을 재킷 안주머니에 넣었다.

절박하다고 해서 서두르는 것만이 정답이 아니다.

사람을 살해할 정도로 잔인한 괴한들이다. 그러므로 철저한 대비가 먼저였다.

평창동에서 나온 국희와 인규는 ㈜이음 사무실에 들렀다. 간략히 정황 보고를 하자, 박 팀장은 기겁했다. 깊게 믿었던 만큼 선혁의 음해공작이 거짓말 같았다.

"괴한들 중 그 누구도 쓰러진 김선혁 실장의 재킷에 손대지 않았어. 하지만 김 실장은 괴한들의 협박 메모를 가지고 있었지. 처음부터 조작해서 가지고 있었던 게 분명해."

그러고선 병원에서 태연히 내보이기까지 했다. 설명을 끝낸 국희의 입안이 쓰디썼다.

"머리가 터질 정도로 맞으면서까지 용의 선상에서 자신을 제외하고 싶었겠군. 원래 철저한 사람이었으니. 깜빡 속았다."

"나도 마찬가지야. 지금까지 이 끔찍한 사람을 신뢰했었어. 그에게 범안일 맡기다니……."

터져 버릴 것 같은 심장을 제어하려 국희는 한숨을 내쉬었다.

"근데 왜 나만 이음 소속이고 김 선배가 고용한 경호원들은 죄다 풍신 소속이야?"

"풍신엔 여경호원이 없잖아. 실장님 비서론 여자가 적합하니, 김 선배가 우리에게 요청했던 거였지."

"날 이용하려 했을 거야. 내게 PC 동태 보고를 하라는 것도 그 이유였고."

이제야 아귀가 맞듯 모든 퍼즐이 딱딱 들어맞았다.

"민재운 오늘 OFF야. 그 녀석 데려가라. 아니면 나라도 간다."

씁쓰레한 표정으로 박 팀장이 책상 위에서 가스총을 가져왔다. 건네면서 그가 걱정스레 바라봤다.

"팀장님은 계세요. 관리자 된 후론 현장 나간 지 오래되었잖아요?"

"야! 갑자기 존대하지 마. 평소에 안 하던 짓거리하면 큰일 난다."

질색하며 박 팀장이 고개를 가로저었다. 국희는 쿡, 웃으며 재킷 안쪽 홀스터에 가스총을 채웠다. 굳은 결의를 다지기 위해 이음에 도착하자마자 정복을 갖춰 입은 그녀였다.

오직 그를 구하고자 하는 일념으로 움직인다.

"형은 김선혁을 수배해 줘. 이음으로 불러들이고 억류시켜 놔. 우리가 헛걸음할 수도 있어서 꼭 그를 잡아야 돼."

"내가 알아서 유도할게."

믿음직스러운 말에, 국희는 끄덕이며 팀장실에서 나왔다. 주차장에서는 인규가 대기 중이었다. 그녀를 박 팀장이 굳이 쫓아왔다.

"국희야."

엘리베이터에 오르는데, 그가 조용히 불렀다.

"다치지 마라."

지그시 바라보는 그의 동공이 희미하게 여울졌다. 국희는 걱정 말라는 답 대신 활짝 웃어 보였다. 엘리베이터 문이 두 사람 사이를 소리 없이 갈랐다.

[먼저 출발해. 나도 차 가지고 그 위치로 갈게.]

언제나 그렇듯 재운은 가타부타 부연 설명도 듣지 않았다. 무조건 그녀의 뜻에 따랐다.

"고마워, 재운아."

[뭘 새삼, 우리 사이에.]

간단한 말로 응수하는 그로 인해 국희는 짤막히 안도했다. 휴대폰을 내려놓고서 안전벨트를 맸다.

"출발해요."

그녀의 말에 인규가 고개를 끄덕였다.

차는 부드럽게 도로를 질주했다. 평일 낮의 도로는 한산했다. 날씨는 제 속과 달리 심술궂었다. 맑디맑은 하늘은 청청할 정도로 푸르렀고 그려 넣은 것처럼 새하얀 구름이 유유히 흘러갔다. 그 하늘 아래, 재색 밴이 외로이 도로를 달렸다. 빌딩이 즐비한 거리를 지나고, 하늘과 경계를 허무는 한강 다리도 건넜다. 그러다 겹겹이 세워진 아파트 단지도 지나쳤다. 그렇게 서울을 빠져나갔다.

이곳으로 다시 데려올 거야.

지금 지나치는 이 길을 그대로 되돌아올 거야.

너와 함께.

국희는 서서히 드러나는 산등성이를 응시했다. 무릎에 올려놓은 손을 웅그렸다.

차에 장착된 디지털시계가 오후 3시를 가리킬 때쯤 억새밭이 나타났다. 바람도 잠잠한 날이라 억새풀이 미약하게 흔들렸다. 신호 표시는 도로가 위치한 편의점 앞까지였다. 그 앞에 정차하고서 인규와 밖으로 나와 휘둘러봤다.

"신호는 기지국을 나타냅니다. 이 근방이라는 말인데 외곽이라 일대가 넓군요."

편의점 건너편은 컨테이너로 된 건물만이 전부였다. 그 주변은 농지였고, 억새풀이 무성한 샛길이 하나 보였다. 그 뒤편으론 녹음을 잃은 산마루가 보였다.

"건물에 감금되어 있겠죠?"

컨테이너 건물을 멀거니 주시하며 국희는 물었다. 감금된 그의 모습이 상상되어 심장에 통증이 일었다. 표시가 켜진 지도를 늘려 확인했다. 범안의 위치는 이동이 없었다. 그는 위치추적기를 켠 채 그 자리에서 그대로 있었다.

나를 기다리고 있을 거야.

"그럴 겁니다. 이 일대에는 농가도 있고 일반 저택도 있어요. 그리고 공장이 몇 군데. 차근차근 추적하기엔 시간이 부족해요."

"네, 그럴 것 같아요."

"경호원 한 명이 더 온다고 했죠? 그동안 이 일대 주소지 등기부등본부터 열람해 봅시다. 혹시 모르죠, 우리가 운이 좋다면 배씨 일가가 소유한 땅이 나올지도."

인규가 차에서 노트북을 꺼내 편의점 테이블에 놓았다. 두 사람은 의자를 붙여놓고 나란히 앉았다.

"아! 인터넷이 안 되는데 어쩌지?"

"휴대폰 테더링하면 돼요."

문명의 기기와는 딱 기본만 친한 인규는 당황했지만 국희는 의연했다. 휴대폰 설정에서 모바일 핫스팟을 켜서 노트북 와이파이를 연결했다.

"오, 똑똑해, 똑똑해."

심각한 분위기를 깨며 인규가 감탄 어린 탄성을 내었다. 그의 넉살 덕분에 어둡던 국희의 표정이 그나마 풀렸다. 대법원 인터넷 등기소에 접속했다. 자그마한 희망을 놓지 않고서 마우스를 클릭했다.

운은 없었다.

한참 동안 등기부등본을 열람했지만 '배' 씨가 소유한 토지나 건물은 없었다. 지푸라기라도 잡고 싶은 심정이었는데 그것마저도 과욕인가 싶어 절망스러웠다.

[선배, 나 거의 도착했는데 어디로 가면 돼?]

마침 재운의 연락이 왔다. 정확히 편의점 위치를 알려주고, 국희는 플라스틱 의자에서 일어났다. 우두커니 주변을 둘러보며 어딘가에 있을 제 남자를 찾았다.

"아!"

번뜩 떠오르는 생각이 있었다. 그녀는 재빨리 인터넷 검색창에 [배강수]를 입력했다.

"왜요? 뭐 생각나는 게 있어요?"

"토지나 건물들은 보통 임원들이 직접 실명으로 구입하지 않잖아요. 가족이나 친지 앞으로 하는 경우도 허다하니까요."

기업인으로 등록된 배강수는 한 명이었다. 인물 정보 가족 사항부터 확인했다. 배우자로는 송미라, 자녀로는 배세준과 배윤진이 기재되어 있었다.

"송?"

"왜 그러십니까?"

대꾸도 못 하고, 그녀는 등기부등본 열람하면서 적어났던 메모지를 펼쳤다. 분명 [송**]이라고 표시된 토지와 건물을 봤었다. 나열된 주소지와 소유주 이름을 꼼꼼히 훑어내리던 그녀의 손가락이 멈췄다.

"찾았다."

"어디요?"

"여기."

주소지를 보여주자, 인규가 서둘러 차로 걸어갔다. 내비게이션에 주소지를 입력하고서 넘겨다봤다.

"300m 정도밖에 안 돼요. 이 억새밭 너머입니다."

뉘엿뉘엿 해가 져갔다.

편의점 앞에서 상당한 시간을 소비할 수밖에 없었다. 합류한 재운과 내린 결론은 도보로 이동하는 것이었다. 만약 이 선택지에 범안이 억류되어 있다면 괴한들도 있을 것이다. 차로 이동했다가는 발각되어 위험을 초래할 수도 있었다.

이동은 완전히 해가 저문 후에야 시작했다.

고작 300m다.

제 예감이 맞길, 국희는 빌었다. 억새풀은 그녀의 키와 비슷할 정도로 자라 있었다. 세 사람은 시야를 가리는 억새풀이 무성한 샛길을 침착히 걸었다. 약간의 기척도 놓치지 않으려 긴장을 늦추지 않았다.

"저기."

재운이 억새밭 너머 허름한 저택을 발견했다.

"불이 켜져 있군요. 사람이 있다는 의미입니다."

목을 길게 빼고 넘겨다본 인규가 덧붙였다.

미리 정한 것처럼 세 사람은 본능적으로 억새밭에 제 몸을 숨겼다. 그러고선 주변 일대를 꿰뚫어 보듯 주시했다. 저택은 버려진 폐가처럼 보였다. 페인트칠은 벗겨졌고 마당에는 빨래판이나 대야 같은 것이 쓰레기처럼 흩어져 있었다. 생활하는 사람이 없음을 여실히 보여주고 있었다.

"이런 집에 불이 켜져 있는 게 아무래도 미심쩍네요."

"제가 다녀올까요?"

"동네 아저씨처럼 보이니까 내가 가는 게 낫겠어요."

재운이 나서려 들자 인규가 점퍼를 툭툭 털며 일어섰다.

그때였다. 헤드라이트 불빛이 뒤편 샛길에서 비쳐들었다. 잽싸게 인규가 주저앉았다. 세 사람은 웅그리고서 최대한 상체를 낮췄다. 은회색 스포츠카였다. 차는 그들을 발견하지 못하고 지나쳐 갔다. 그리고 저택의 마당에 진입했다.

저 차는⋯⋯.

낯익은 차였다.

주차된 차에서 남자가 내렸다. 장신의 남자가 운전석에서 내리면서 두리번거리듯 고개를 돌렸다. 그의 이목구비가 명확히 시야에 들어왔다. 국희의 동공이 튀어나올 정도로 커졌다.

그는 세준이었다.

툭.

바닥을 내딛던 걸음이 정지했다. 풀썩거리던 먼지가 이내 가라앉았다.

발길을 멈춘 903호는 대상을 뚫어질 듯 관찰했다. 대상은 고개를 수그린 채 굳어버린 것처럼 꿈쩍도 안 했다. 살아 있는 사람이 아니라 웅그린 바윗덩이처럼 보이기까지 했다.

시팔, 죽으면 안 되는데⋯⋯.

903호는 눅눅한 입술을 씹어댔다.

증거를 가져오면 성과금을 곱절로 지불하겠다고 했다. 그러므로 대상의 제거보다는 증거 회수가 먼저다. 절대 대상을 죽여서도, 대상이 죽어서도 안 되는 시점이었다. 어차피 목적은 돈이었다. 그 목적으로 추잡한 짓거리를 마다하지 않고 해왔던 그였다. 폭행은 물론이거니와 살인까지도. 더군다나 이번 의뢰자는 VVIP라 칭할

만큼 막대한 금액을 지불해 왔다.

멈췄던 걸음을 시작했다. 기둥으로 다가가서야 안도했다.

대상의 가슴팍이 간헐적으로 오르락내리락 들썩였다. 그때마다 하얀 입김이 공기를 갈랐다. 숨 쉬는 걸 확인한 그는 대상 앞에 쭈그려 앉았다. 이마를 가르고 흘러내렸던 피는 검붉게 변질되어 있었다. 검붉은 피가 대상의 이마에서 뺨까지 기다란 자국을 남겨놓았다.

"이봐."

대상의 어깨를 슬쩍 밀었다. 그러나 약한 반동으로 들썩거릴 뿐 반응이 없었다. 얼굴색은 시체처럼 핏기가 없고 입술도 한 무더기 머루를 먹은 양 시퍼런 색을 띠고 있었다.

대상은 오전과 마찬가지로 오후에도 206호에게 시달렸다. 그놈의 증거. 넘겨 버리면 그만일 텐데 대상의 일념은 고집스러웠다. 그 고집으로 206호의 거친 발길질을 고스란히 받아야만 했다.

"어이, 편범안!"

두 번째는 손바닥에 힘을 실었다.

그 마찰로 닫혀 있던 눈꺼풀이 파르르 떨렸다. 스륵, 눈꺼풀이 들렸다. 총명하던 눈동자는 퀭했다. 가물가물한 눈빛으로 903호를 보던 범안의 눈꺼풀이 도로 닫혔다. 맥없이 고개가 푹 꺾였다.

그놈의 성질머리.

206호는 항상 이런 식이다. 천부적으로 잔인한 성향이고 즉흥적이고 다혈질이다. 제 마음에 들지 않으면 무턱대고 폭력부터 가했다.

"너도 편해지고 우리도 편해지는 방법이 있는데 왜 쓸데없이 고집이냐……."

어젯밤 내린 눈으로 한파가 온 날씨였다. 냉동 창고 같은 이곳에서 꼬박 24시간을 묶여 있는 대상이었다. 물 한 모금 마시지 않았다. 그런 데다 머리의 상처로 피까지 흘렸다.

잘못했다가는 그가 죽어버릴 것 같았다. 모포라도 가져와야겠다는 생각에 903호는 일어섰다. 창고 밖으로 나와 자물쇠를 채우는데 자동차 엔진 소리가 들렸다.

206호는 오후에 합류한 똘마니 녀석과 술을 마시고 있다. 정오에 빠져나간 선혁은 '전화로 연락하자'고 했다. 그러니 올 사람이 없다. 이 상황을 알고 있는 '의뢰자'이면 모를까.

의아해하며 903호는 휘돌아 앞마당으로 갔다. 낯선 스포츠카 한 대와 운전석에서 나온 남자가 시야에 들어왔다. 206호와 똘마니도 현관문을 열고 나왔다.

"누구십니까?"

고급스러운 검은 코트를 차려입은 남자는 훤칠했다. 멀끔한 차림새만큼이나 이목구비도 깔끔했다.

903호는 슬렁거리듯 그에게 다가갔다. 여차하면 잡아챌 생각이었다. 206호도 현관문 손잡이를 잡고서 경계 어린 눈초리를 풀지 않았다. 멍청한 똘마니 녀석은 제 머리통을 긁적거렸다.

"배세준입니다."

세준은 당당히 제 이름을 밝혔다. 거구의 남자가 둘이었고 호리호리한 남자가 하나였다. 세 남자를 번갈아 훑어보고서 그는 냉정히 주변을 탐색했다.

"편범안 씨 데리러 왔습니다."

"뭐요? 당신이 누군데?"

터무니없이 위풍당당한 그의 태도에 903호는 황당해했다.

"아들입니다."

"아들?"

"당신들을 움직이게 하는 사람, 그분의 아들입니다. 지금까지 수고하셨습니다. 편범안은 제가 데려가서 처리하겠습니다."

태연자약하게 대답하고서 세준은 몇 발자국 움직였다. 사무적인 태도를 일관하는 그에게 남자들은 선뜻 대응하지 못했다.

"어디 있습니까? 창고에 있습니까?"

"우린 지시받은 게 없습니다. 저희가 어떻게 믿고 넘깁니까?"

남자들은 그의 말에 당혹스러워하며 눈길을 주고받았다.

903호가 입 모양으로 '그분께 연락해 볼까?' 라고 물었다. 206호는 고개를 가로저었다. 저택 마당에서는 뒤편 창고가 보이지 않았다. 그러나 세준은 창고가 있다는 사실까지도 알고 있었다. 느긋한 태도는 허세가 없었고 고압적이기까지 했다.

"제가 당신들을 고용한 사람입니다."

"뭐라고요?"

"지금까지 그분이 저 대신 당신들한테 지시한 겁니다."

헷갈려 하는 그들의 표정에 세준은 빈정거리듯 코웃음 쳤다.

"간단히 생각하면 답이 나옵니다. 제가 이곳을 어떻게 알고 왔겠습니까? 여기가 어디인 줄 아십니까? 여긴 제 소유의 땅입니다."

땅의 소유자까지 알지 못하던 그들이었다. 다만 그분의 땅일 것이라고 지레짐작했을 뿐이었다.

"계속 이렇게 구구절절 설명해야 합니까?"

남자들의 경계가 풀리지 않자, 세준의 눈썹이 일그러졌다.

"돈은 내가 지불하는데! 당신들! 성과금 필요 없나?"

돌연 그가 서늘하게 일갈했다.

'성과금'이라는 말에, 903호는 움찔했다. 그 내용까지 알고 있는 것으로 보아, 진짜였다.

이 남자가…… 아니, 이분이…….

"창고로 갑시다. 당신들이 믿든 안 믿든 더 이상 설명하지 않겠습니다."

냉랭히 주시한 세준은 기다란 다리를 움직였다. 서슴없이 마당을 가로질러 저택 뒤로 이동하는 그를 보며 206호가 턱짓했다. 그도 상황을 파악했다. 세 남자는 세준의 뒤를 호위하듯 따르며 저택 뒤로 돌아갔다.

"903호."

저택 뒤편에서 남자 하나가 나왔다. 남자를 알아본 인규는 제 무릎을 탁, 쳐댔다. 이어 눈길이 현관문을 연 남자에게로 옮겨졌다.

"206호구만. 한 놈 더 있고……."

"아는 사람입니까?"

"우리가 정확히 왔네요. 저놈들이 용의자예요."

속삭이듯 재운이 묻자, 인규가 끄덕거렸다.

"4대 3인가? 쪽수로는 불리하지만 해볼 만하겠죠?"

그러면서 이 와중에 농담까지 했다.

두 사람 대화를 들으면서 국희는 벙긋도 하지 않았다. 첨예하게 곤두선 시선이 세준에게 꽂혀 있었다. 대화 소리는 들리지 않았으나 세준의 태도는 명확히 보였다. 그들과 대면한 그는 조금도 위축되지 않았다. 오히려 더 당당해 보이기도 했다.

있으면 안 되는 자리에 세준이 왔다. 그가 자연스레 용의자들과 마주 본다. 어울리지 않는 장면이었다. 완성되어서는 안 되는 그림이었다.

왜 여기 당신이…….

배세준, 당신 여기 오면 안 되는 거잖아.

"방금 온 놈은 딱 봐도 범죄형이 아니고 화이트컬러네요. 저놈이 배후인가? 국희 씨, 혹시 아는 사람입니까?"

인규가 물었지만, 국희는 대답할 수 없었다.

배후…….

그가 배후라고……?

그때였다.

"돈은 내가 지불하는데! 당신들! 성과금 필요 없나?"

버럭 일갈하는 세준의 날카로운 목소리가 들렸다. 큰 소리라 상당한 거리임에도 명료히 들려왔다.

지불, 성과금. 두 단어는 정답을 말하고 있었다. 전신을 훑는 선득한 전류로 그녀는 진저리를 쳤다. 그러고선 퍼뜩 정신을 차렸다.

배세준, 당신이었어?

그동안의 모습이 모두 가면이었던 거야?

"뒤편으로 이동합니다."

세준이 먼저 마당을 가로질렀다. 그의 뒤를 남자들이 따랐다. 이내 남자들이 시야에서 완전히 벗어났다.

"뒤에 건물이 하나 더 있는 모양입니다. 그곳에 범안 씨가 있을 겁니다."

"선배, 갈까?"

인규와 재운이 일어났다. 아랫입술을 질끈 깨물고 그녀도 일어섰다. 홀스터에서 가스총을 꺼내 굳게 잡으며 끄덕였다. 결의에 찬 세 사람의 발길이 저택으로 향했다.

컨테이너 창고의 문은 커다란 자물쇠로 단단히 채워져 있었다. 그 앞에 선 세준은 성가시다는 듯 손가락을 까닥거렸다. 903호가 후다닥 자물쇠를 열었다. 암흑에 뒤덮여 있던 창고에 여린 빛이 스며들었다. 퀴퀴한 먼지 냄새로 그는 콧잔등을 찌푸렸다. 시야를 가로막는 폐자재를 보면서 힐끗 뒤돌아봤다.

"안쪽에 있습니다."

206호가 설명했다.

세준은 성큼성큼 들어갔다. 폐자재 옆길을 지나 깊숙한 안쪽으로 들어가니 시커먼 그림자가 보였다. 웅그린 그림자는 기둥에 묶여진 채 미동하지 않았다. 그림자가 범안임을 세준은 알아봤다.

"죽였습니까?"

"아닙니다. 살아 있습니다."

기둥 가까이로 다가가서야 범안의 모습이 정확히 보였다. 참혹한 몰골이었다. 왼쪽 뺨은 검붉은 피가 굳어진 채였고 간간이 옅은 숨을 내쉬고 있었다.

"살펴볼 테니 기다려요."

침착히 명령한 세준은 범안 앞에 한쪽 무릎을 꿇고 앉았다. 몇 발자국 떨어진 상태로 세 남자가 그를 지켜봤다.

"일어나."

험악한 어투로 내뱉으며 범안의 어깨를 흔들었다. 기절해 있던 그가 무기력하게 눈을 떴다. 숙였던 고개를 가까스로 들며 게슴츠레한 동공으로 쳐다봤다. 세준은 무표정을 일관했다.

"……배…… 이사님……?"

부연 시야가 걷히고서야 범안은 그를 알아봤다. 제 눈앞의 얼굴이 꿈인지 현실인지 분간이 되지 않았다.

대꾸 없이 세준은 관찰하듯 고개를 이리저리 틀었다. 기둥의 묶인 손도 보고 상체의 밧줄도 살폈다. 그리고 기울였던 상체를 들다 말고, 범안의 귓가에서 입술을 멈췄다.

"조금만 참아요. 이제 나갑시다."

뒤편의 그들이 듣지 못하도록 최대한 목소리를 낮췄다.

범안의 목울대가 꿈틀했다. 두 남자의 짙은 동공이 까만 허공 속에서 교차되었다.

늦지 않아서 다행이다.

세준은 그 순간, 그렇게 생각했다.

❖　✛　❖

부모님과 저녁 식사를 하던 날.

심상치 않은 기류가 감도는 자리였다. 모래알 씹듯 억지로 밥알을 삼키는 배강수나 짐짓 태평스레 행동하는 송 여사. 두 분 모두 어색하고 불편해 보였다.

무언가 있다.

의혹이 좀처럼 사라지지 않았다. '편범안, 증거, USB'라는 단어가 섞인 배영수의 외침도 들은 터였다.

그 밤, 세준은 끝내 배강수와 술자리를 가졌다. 아버지는 심각한 표정으로 연거푸 술을 털어 넣었다. 그러다 자정이 넘어서야 진실을 고백했다. 처음엔 거짓말처럼 들리기도 했다. 어려서부터 우러러 봤고, 존경해 오던 아버지였다. 그에 따른 신뢰는 하늘을 찌를 듯 높았다. 그렇기에 모든 것이 와르르 무너지는 심정을 맛봤다.

"마약 같았다. 처음엔 작게 시작했던 일이, 시간이 갈수록 커졌지. 몇십 배로 불어나는 금액을 보며 묘한 희열도 느꼈고, 죄책감도 무뎌졌다. 나름 네게 물려줄 재산이다, 아비로서의 최선이다,

라고 합리화를 시켰지."

자조적인 미소가 배강수의 입매에 퍼졌다.

"편기안이 USB를 들고 왔을 때, 그제야 눈을 떴다. 무서워졌지……. 하지만 난 편기안을 죽이지 않았어. 편기안의 사고 소식을 들었을 때, 네 큰아버지를 의심했었다."

"그럼 큰아버지신가요? 확실히 아버지는 아니신가요?"

배강수의 주장은 그것이었다. 배임은 했으나 살인은 하지 않았다.

"그래, 난 맹세코 아니야. 형님 짓인지도 확실하진 않다. 막연히 그럴 거라 생각했을 뿐이야. 그런데 편범안이 무슨 증거를 가지고 있는 건지 모르겠다."

"……편 이사님 말대로 하셨어야 옳았어요."

세준이 말을 이었다. 질책 어린 어조는 아니었다.

"편 이사님이 사망한 후에라도 장 회장님께 털어놨어야 했어요. 사법 처리는 받았겠지만 이런 끔찍한 오해까지는 사지 않았겠죠."

배강수는 묵묵히 들었다.

"그 당시엔 그의 죽음으로 위기를 모면했다고 생각하셨겠지만, 진실이란 언제고 다시 불거지게 마련이에요. 오늘처럼 편범안이 아니더라도, 또 다른 편기안이 나왔을 겁니다."

"그래…… 맞는 말이다."

"배임 건은 지금도 늦지 않았어요. 바로잡으세요. 경영인으로 부적절했음을 시인하시고 그에 따른 법적 절차를 받으세요. 하나도 빼놓지 말고 모두 내려놓으세요. 만약 그렇게 하지 않으신다면 저라도 감사팀에 알리겠습니다."

아들을 내부고발자로 만들 수는 없다. 배강수는 끄덕이며 받아들였다.

"편기안 이사님의 사망 건은 제가 편범안 실장을 만나보죠. 오해라면 오해를 풀고, 연관이 있다면 그것 또한 책임을 지셔야 됩니다."

부자의 대화는 그렇게 끝났다.

그날 밤, 세준은 제 방을 서성거리며 잠들지 못했다. 그러다 물을 마시기 위해 아래층으로 내려간 것은 새벽 3시쯤이었다. 칠흑 같은 거실을 지나던 참이었다. 서재 문틈 사이로 여릿한 빛이 새어 나오는 것을 발견했다. 뒤숭숭한 아버지일 것이라 생각하며 서재로 다가갔다.

"그래서요? 편범안은 깨어났습니까?"

손잡이를 잡으려는 찰나, 안에서 두런거리는 말소리가 들렸다. 대화 소리는 아니었고, 전화 통화 중인 말소리였다. 그는 멈칫했다.

"마취가 오래가는군요. 깨어나는 대로 증거부터 찾아야 합니다. 아시겠어요?"

마취?

"그리고 그곳은 한참 동안 비어 있던 곳이니 주민들 눈에 띄지 않게 주의하세요. 공연한 의심을 살 수 있으니."

상대의 말을 듣느라 잠시 동안 정적이 흘렀다. 톡톡, 거리는 짤막한 소리가 간간이 들려왔다.

"증거 회수가 끝나면 편범안을 처리하세요. 풀어주기엔 너무 많은 것을 알고 있습니다."

쭈뼛, 머리끝까지 소름이 돋았다. 들려오는 모든 말들이 조작된 것 같았다. 아득하니 멀어지는 것처럼 동공이 희미해졌다.

세준은 손잡이를 바짝 움켜쥐고 소리 없이 돌렸다. 슬그머니 열고서 좁은 틈으로 안을 들여다봤다. 그리고 확실히 보았다. 휴대폰 통화를 하고 있는 어머니의 모습을.

그녀는 서재 의자에 깊숙이 등을 묻고서 손톱으로 책상을 두들기고 있었다. 톡톡톡. 그 소리가 몸서리쳐지도록 섬뜩했다.

"성과금은 그 즉시 입금시켜 드리죠. 먼젓번처럼 충분히 지불할 테니 실수 없이 처리하세요."

잔인한 입술 끝자락이 올라갔다.

모든 상황이 여지없이 뇌리에 펼쳐졌다.

어머니였다. 어머니…… 당신께서…….

귓가에 윙윙거리는 소리가 들렸다. 금방이라도 정신을 잃을 것처럼 눈앞이 울렁거렸다. 욕지기가 쏟아질 것처럼 내장이 뒤틀렸다.

벌컥, 문을 열고 어머니 앞에 서고 싶었다. 사실이냐고! 사람을 죽였냐고! 어머니였냐고! 묻고 싶었다. 그러나 충동적으로 행동할 수 없는 일이 엮여 있었다.

어머니가 누군가를 시켜 편범안을 납치하고 감금한 모양이었다. 편범안의 목숨이 위태로운 상황이다. 지금 추궁한다면 어머니는 아니라고 발뺌하며 증거 인멸을 할지도 모른다. 편범안을 죽일

지도…….

먼저 편범안부터 구해야 한다.

꼬박 밤새고 이른 아침에 출근했다. 차마 어머니의 얼굴을 볼 자신이 없었다. 그리고 편범안과 편명호의 결근을 확인했다. 범안의 휴대폰 또한 꺼져 있었다.

범안이 감금당한 곳이 어디일지 유추하며 하루를 보냈다. 그러다 한 곳을 찾았다.

오래전 아파트가 건설될 예정이라는 소문으로 어머니가 매입했던 서울 외곽의 토지. 건설 계획이 차일피일 미뤄지고 있어 버려지다시피 두고 있는 곳이었다. 예전에 어머니를 따라 구경 갔던 기억이 있다. 그 토지엔 허름한 저택과 창고가 있다.

그곳이다.

그의 예상은 적중했다.

통화 내용을 넘겨짚어 꺼냈는데 남자들이 덥석 물었다. 단순한 반응에 긴장했던 몸도 풀렸다. 몸짓, 손짓까지 치밀히 계산하며 세준은 거짓 연기에 몰입했다.

"어서 풀어요."

범안의 몸을 묶은 밧줄을 건들며 세준은 냉정히 명령했다. 903호가 부리나케 밧줄을 풀기 시작했다. 206호는 허튼 짓거리하면 달려들 기세로 위압적으로 내려다봤다.

"아주 용을 쓰셨군."

낑낑거리며 밧줄을 풀던 903호는 손목 부분이 헐거워진 것을 발견했다. 두 손이 교차될 정도로 밧줄이 풀려 있었다. 얼마나 비틀어 댄 건지 손목의 살갗이 까져 피가 맺혀 있었다. 빈정거린 903호가 마저 밧줄을 풀었다.

쾅—

그때, 거친 소리와 함께 창고 문이 열렸다.

삐—

인터폰이 울렸다. 대기하고 있던 세 명의 요원이 자세를 바로 폈다. 박 팀장은 보드펜을 내려놓고 책상으로 다가갔다. 1층 로비에서 온 연락이었다.

[김선혁 선배님 도착하셨습니다.]

"알았다."

선배님은 개뿔. 인상을 구기며 박 팀장은 손날을 펄럭였다. 한 명이 일어나 부리나케 화이트보드에 쓰인 작전 내용을 지웠다. 그리고 네 사람은 책상에 빙 둘러앉았다. 회의하는 것처럼 박 팀장은 바인더를 들었고, 나머지 요원들도 파일을 넘기는 척했다.

여러 차례의 시도 끝에 전화 연결이 된 것은 오후 4시가 넘어서였다. 박 팀장은 아무런 내색도 없이 평소처럼 호쾌하게 굴었다. 그러면서 긴히 부탁드릴 것이 있으니 사무실로 와달라고 요청했다. 선혁은 마뜩잖은 기색을 역력히 드러내며 거절했으나 간곡한 부탁이 이어지자 하는 수 없이 받아들였다.

"회의 중이었나?"

선혁이 팀장실로 들어섰다. 테이블 주변에 모여 있는 요원들을 본 그는 정색했다.

"아닙니다. 막 끝났습니다."

박 팀장은 능청스레 잇몸까지 보이며 웃었다. 이미 국희에게 전해 들었지만, 모르는 척 붕대가 감긴 그의 머리통을 가리켰다.

"다치셨습니까?"

"그럴 일이 있었어. 부탁할 말이 뭐지?"

선혁이 미적거리는 요원들을 경계 어린 빛으로 둘러봤다. 손님이 왔는데도 나갈 기미 없이 굼떴다. 미묘한 긴장감이 흐르는 것도 심상치 않았다.

요원들은 작전대로 삼각형 대형으로 섰다. 두 명은 좌우, 한 명은 등 뒤.

선혁은 뛰어난 경호실장이다. 남자 서너 명은 거뜬할 테니 약간이라도 실책이 있다면 도주할 우려가 있었다. 박 팀장은 좌우로 요원을 두고 유일한 통로인 문까지 막아버릴 심산이었다.

"지금 뭐 하는 거지?"

"역시! 눈치 빠른 양반이구만. 아! 양반은 무슨."

날카로운 선혁의 말을 비꼬듯 응수하며 박 팀장이 덧붙였다.

"쓰레기 새끼."

그의 눈빛이 매섭게 번뜩였다. 말 끝나기 무섭게 요원들이 선혁을 위협적으로 감쌌다. 팀장실 문도 굳게 닫혔다. 문밖에는 근방에서 대기하던 다른 요원이 방어막처럼 설 것이다. 독 안에 든 쓰레기였다.

　조심히 다녀와.

　어렴풋이 억새의 속삭임이 들리는 듯했다. 억새밭을 빠져나오면서 국희는 그런 망상에 젖었다. 샛길에 서서 넌지시 억새의 고갯짓을 봤다. 촘촘한 보풀이 일어난 노릿한 고개가 그녀 대신 대답해주는 것 같았다. 끄덕끄덕.

　"이거요."

　마당으로 진입하면서 인규에게 가스총을 내밀었다. 의아한 듯갸웃하며 인규가 쳐다봤다.

　"그걸 왜?"

　"전 이것도 있어요. 다치지 않게 조심하셔야죠."

　삼단봉을 꺼내 들고, 국희는 자신만만하게 눈동자를 찡그렸다. 현장을 떠난 전직 형사의 빈 몸만큼이나 위험한 일은 없다. 의욕도 중요하지만 무엇보다도 안전이 우선이었다.

　"알았어요."

　그녀의 의중을 인규는 간파했다.

　일리가 있는 말이긴 했다. 범죄자들과 부대끼던 강력계를 정리한 것이 벌써 5년 전이었다. 지긋지긋한 과거라고 일부러 각인시키기도 했다. 이혼 후에는 운동은커녕 게으르고 폐쇄적인 나날을 보냈다. 유단자이긴 하지만 거구의 상대는 쉽지 않을 것이다. 도움은 되지 못할망정 민폐는 끼치지 말아야 했다. 그는 가스총을 받아들었다.

저벅저벅. 일전에 내린 눈이 소복하게 쌓인 마당은 잠잠했다. 세 사람의 나직한 발소리와 발자국이 잔영처럼 남았다. 저택은 불이 환히 밝혀져 있었다. 만약의 사태를 대비해 인원 체크부터 해야 했다. 그 몫은 재운이 담당했다. 그가 유리창을 통해 저택 안쪽까지 살폈다.

"아무도 없어요."

그의 손짓에 따라 인규가 현관 안으로 들어갔다.

"저쪽의 인원이 다인 거군."

너저분한 마룻바닥은 발자국들이 사방에 찍혀 있었고, 한쪽 벽면에 이부자리가 널브러져 있었다. 그 앞쪽엔 신문지가 깔린 채 캔맥주와 마른안주거리가 놓여 있었다. 술을 마시다 만 모양새였다.

구석구석까지 살핀 세 사람은 저택의 벽을 따라 이동했다. 뒤편이 어떤 상황인지 모르기에 신중을 기해서 움직였다. 모퉁이에 도달했을 때, 국희는 빠끔히 고개를 내밀었다.

커다란 창고가 있었다. 전체는 오래된 목조 창고였으나 앞은 컨테이너로 개조한 형식이었다. 큰 자물쇠가 열린 채 문가에서 달랑거렸다.

저곳에 범안이 있다.

"경찰인 제 동기에게 연락했어요. 편기안 씨 사건 담당이기도 하고요. 지금 오는 중일 테니 도착하면 같이 들어가죠."

국희의 귀에는 일절 들리지 않았다. 오롯이 창고 안에 있을 범안만 생각했다. 서둘러 그의 존재를 확인하고 싶었다. 한 발짝 움직였다.

"기다리라잖아."

그런 그녀의 목덜미를 재운이 잽싸게 잡아챘다. 강제로 당겨서 뒤편으로 이끌었다.

"지금 들어갈 거야. 지금 저 안이 어떤지 모르는데 어떻게 기다려? 범안이가 다쳤을 수도 있잖아……."

사정하듯 남자들을 둘러봤다. 애타는 그녀의 심정을 이해하는 남자들은 말문을 트지 못했다. 선뜻 움직이지 않는 남자들 때문에 조바심이 났다.

"둘 다 안 들어가면 나라도……."

"알았어. 들어가자. 그런데 선배는 뒤로 빠져."

"왜?"

"저 녀석들 등치가 산만 해. 신체 차이가 선배의 두 배라고. 아무리 날쌘 선배라도 위험해."

성급히 나서려는 국희를 재운이 막아섰다.

"산만 하든, 등치가 두 배 차이 나든 상관없어. 정작 중요한 게 뭔지 알아? 납치된 내 남자가 저기에 감금되어 있다는 거야."

무조건 구해야 돼.

의지는 단단했다. 그럼에도 눈가가 물기로 촉촉이 젖어가는 건 어쩔 수가 없었다. 일렁이는 감정을 제어하며 국희는 아랫입술을 질끈 깨물었다.

"그래. 가자, 선배 남자 구하러."

재운이 받아들였다. 인규도 마찬가지였다.

세 사람은 웅크렸던 상체를 폈다. 숨지 않고 당당히 허리를 곧추세웠다.

두려울 건 없다. 내 남자를 구하고자 하는 일념이 있다면, 그 무엇도 무섭지 않다.

앞장선 재운이 거침없이 컨테이너 문을 발로 차버렸다. 쾅—! 기똥찬 소리만큼 문도 화끈하게 열렸다. 진한 효과음을 남기며 미세한 진동까지 떨어댔다.

"이 새끼들아, 나와!"

요란하게 재운이 으름장을 놨다. 그러나 시야를 가로막는 건 얼기설기 대충 쌓인 폐자재 뭉치였다. 성질내듯 재운이 폐자재를 차버렸다. 어설프게 쌓여 있던 터라 폐자재는 맥없이 무너졌다. 그 바람에 겹겹이 덮고 있던 먼지가 뽀얗게 일어났다. 스모그처럼 시야를 완전히 가리며 퀴퀴한 냄새까지 풍겼다.

"뭐야!"

약한 기침 소리에 이어 웅성대는 남자들 소리가 들렸다. 치솟은 먼지 뭉치가 열린 문밖으로 빠져나갔다. 그로 인해 서서히 시야가 옅어졌다. 뽀얀 먼지 너머 흐느적거리는 형상이 어렴풋이 보였다.

"목표물 발견!"

내면에 숨겨진 전투 본능이 깨어난 건지 재운은 되레 즐거운 듯 외쳤다. 와르르 무너진 폐자재를 가뿐히 뛰어넘은 그는 신명나게 다리를 들었다. 공중으로 뛰어오른 다리가 포착된 목표물의 목덜미를 정확히 가격했다.

"으억!"

희생양은 206호였다. 기습적인 공격을 미처 피하지 못하고 그는 휘청거렸다. 미끄러지듯 완벽한 착지까지 한 재운은 연속 공격을 펼쳤다. 비틀대는 206호의 다리를 걸어 자빠뜨리는 데 성공했다.

"꼼짝 마!"

가스총을 든 인규도 합세했다.

"이것들 뭐야? 경찰이야?"

206호가 고통으로 오만상을 일그러뜨리며 소리쳤다. 멀뚱거리던 똘마니가 각목을 들었다. 재운에게 달려드는 녀석의 포식자는 국희였다. 날쌔게 폐자재를 넘어가, 삼단봉을 휘둘렀다.

"악!"

관자놀이 부근을 강타당한 똘마니가 단말마 같은 비명을 내질렀다. 팔을 휘둘러 녀석의 어깨를 제압하고 뒤로 꺾었다. 그리고 힘껏 밀쳐 냈다. 호리호리한 똘마니가 바닥으로 나가떨어졌다.

범안부터 찾아야 한다.

"선배! 안으로 들어가!"

그 심정을 아는 재운이 두 녀석을 맡았다. 국희는 까닥이고 서슴없이 안쪽으로 파고들었다. 뒤편에는 903호가 버티고 있었다. 우람한 팔다리를 흔들며 903호가 달려들었다.

"이 새끼들이 어디서 나타난 거야?"

삼단봉이 공기를 갈랐다. 1차로 팔, 2차로 옆구리를 쳐냈다. 그리고 고통스러운 신음을 내뱉으며 기울어진 903호의 팔뚝을 낚아챘다. 메다꽂으려 상체를 기울이는데 재운의 말이 맞았다. 신체 차이가 너무 컸다. 계산 착오였다.

903호는 끄떡도 하지 않았다. 되레 그가 국희 팔뚝을 우악스레 잡았다.

"이년, 뭐야?"

그는 상체를 크게 휘둘러 그녀를 내동댕이쳤다. 가냘픈 국희의 몸이 바닥으로 던져져 무참히 구겨졌다. 고통을 동반한 신음이 절로 쏟아졌다. 그러나 지체할 수 없었다. 그녀는 재빨리 일어나며 한쪽 다리를 길게 뻗었다. 체중을 실어 903호의 다리를 걸었다.

"아! 시팔!"

쿵, 둔탁한 소리를 내며 903호의 등짝이 바닥과 마찰했다.

거구가 사라진 그늘 너머 기둥이 보였다. 그곳에는 남자 둘이 있었다. 한 사람은 웅크리고 있는 세준이었고, 또 한 사람은 범안이었다. 기둥에 묶인 범안.

그다.

그가 있다.

"범……"

울컥 감정이 치솟았다.

무작정 그에게 달려들려고 했다. 그러나 903호는 끈질겼다. 바닥에 누운 채로 국희의 발목을 잡았다. 고꾸라지듯 넘어지며 국희는 발버둥 쳤다. 903호가 질질 끌다시피 그녀를 당겼다. 넘어지면서 혀를 깨물었는지 핏물이 맺힌 침을 퉤, 뱉어낸 그가 일어섰다.

"겁도 없이 어디서 여자가!"

국희는 저항하며 그의 넓적다리를 차댔다.

한편, 황급히 밧줄을 풀던 세준은 멈칫했다.

밧줄을 풀던 차에 침입자가 나타났다. 206호는 물론이거니와 903호도 가세해 침입자들과 몸싸움을 벌였다. 상황 파악은 할 수 없었으나 그는 기회라고 생각했다. 서둘러 범안을 데리고 도망칠 생각이었다. 그래서 범안을 결박한 밧줄 푸는 데 전념했다. 그런데 '여자'라는 말이 거슬렸다.

903호와 몸싸움 중인 사람을 쳐다봤다. 현저한 체형 차이에도 불구하고 상대는 기를 쓰고 덤벼들었다. 가냘픈 몸매가 여자임을 여실히 드러냈다. 여자의 얼굴이 잠시 돌려졌다. 그 순간, 이목구비를 명확히 볼 수 있었다.

"······국······ 희 씨?"

믿을 수 없는 광경이었다.

그녀의 등장도 기막혔지만 거구를 상대로 싸우는 모습에 말문이 막혔다. 소매치기를 상대하던 모습도 예사롭지 않았는데 이 정도일 것이라곤 상상도 못 했다.

"국희?"

가물거리던 범안은 번쩍 눈을 떴다. 소란한 쪽으로 고개를 돌리니 정말 국희가 있었다. 903호를 상대하느라 진땀을 빼고 있었다. 국희에게 주먹을 휘두르는 903호의 모습이 보였다. 범안의 잇새에서 거친 숨이 토해졌다.

그는 다급히 상체를 비틀었다.

그제야 퍼뜩 정신을 차린 세준이 도왔다. 단단히 묶여 있던 밧줄이 느슨해지자마자 그는 벗겨내듯 양손을 움직였다.

"그만둬!"

포악한 발길질이 제 여자에게로 내리꽂히기 직전이었다. 장시간 묶여 있던 터라 범안의 체력은 바닥이었다. 그러나 초인적인 힘이 발휘되듯 범안은 무조건 달려들었다. 인정사정없이 903호의 목덜미를 감았다. 휘청하는 903호의 위로 타올라 주먹을 날렸다. 903호가 반항하며 다리를 들었다. 범안의 배를 그의 커다란 발이 차버렸다. 하지만 범안도 만만치는 않았다. 그의 배를 무릎으로 가격했다.

9년 전 식당에서의 곰과 키다리의 격투. 그 장면과 흡사했다.

탕—

창고 안에 총성이 울렸다.

각목을 들고 달려드는 똘마니에게 인규가 가스총을 쏜 것이었다. 매캐한 냄새가 진동했다. 똘마니는 정면으로 가스총을 맞고서 휘청거렸다.

총성에 206호는 멈칫했다. 우월하다고 생각했음에도 불구하고 싸움의 판세가 뒤바뀌고 있었다. 그런 데다 상대는 총까지 소지하고 있다. 가스총이 발사되는 소리가 일반 권총과 비슷하여 206호는 당연히 권총인 줄 알았다. 불리한 싸움에 공들일 206호가 아니었다. 그는 재운을 밀쳐 내고 도망쳤다. 한 발짝 떨어진 인규에게 주먹을 날리고서 곧장 입구로 내달렸다.

인규는 왼쪽 눈가를 정통으로 맞고서 번쩍하는 별을 보았다. 아찔해서 끔뻑하다가 뒤늦게 조준했다. 탕. 연달아 가스총을 발사했지만 놓치고 말았다. 그는 재운에게 대비용으로 소지하고 다니던 수갑을 던져 주고서 206호의 뒤를 쫓았다.

일대일이 되자, 싸움은 가뿐해졌다. 재운은 거뜬히 똘마니를 해치웠다. 그리고 903호와 범안의 싸움에 가세했다. 아무리 거구일지라도 세 사람을 감당하기엔 어려웠다. 903호도 곧 제압당했다. 쓰러진 똘마니와 903호를 연결해서 수갑을 채우고 밧줄로까지 꽁꽁 묶었다. 그들은 기력이 빠진 모양새로 까무룩 처졌다.

"선배! 난 나머지 한 녀석 잡으러 간다!"

펄펄 나는 재운이었다. 그의 뒷등을 보다가, 국희는 시선을 돌렸다. 그녀 옆에 선 제 남자를 보기 위해.

"너 괜찮아?"

근데 어이없게도 범안이 국희에게 먼저 물었다. 일순 국희는 볼멘 표정이 되었다.

"지금 누가 누구한테 묻는 거야?"

"너 다쳤잖아."

싸우다가 긁힌 그녀의 뺨에 범안이 손을 대었다. 그가 안쓰럽다는 듯이 어루만졌다. 정작 본인은 얼굴에 피딱지까지 붙어 있으면서.

"네가 오면 어떡해…… 다치면 어쩌려고……."

"그러는 너는!"

감격해도 시원찮을 판에 국희는 싸우듯 쏘아붙였다. 원망 비슷한 속상한 감정이 일어서였다. 잔뜩 찌푸렸던 그녀의 눈동자가 벌겋게 달아올랐다. 내가 얼마나 걱정했는데…… 내가 얼마나 애가 탔는데…….

그런 국희의 얼굴을 범안이 빤히 보았다. 그러다 덥석 그녀를 끌어안았다. 그녀의 머리통을 손바닥 가득 감싸며 토닥이듯 쓰다듬었다. 이 자그마한 몸으로 얼마나 애썼을 텐가…….

미안하고, 고마웠다.

"너는……."

왈칵거리는 감정이 걷잡을 수 없이 솟구치려고 했다. 목이 메어와 끅끅거리는 그녀의 시야에 세준이 들어왔다. 한 걸음 떨어진 세준은 묵묵히 지켜보고 있었다.

"배 이사님, 당신 왜 여기 있어요? 당신이 배후였어요?"

국희는 범안의 품 안에서 빠져나왔다. 쓱쓱, 손등으로 눈가에 얼룩진 눈물을 닦아내고 세준 앞으로 갔다.

"배후요? 아…… 그런 거 아니에요…….."

"내가 좀 전에 다 봤다고요. 당신이 이 새끼들하고 얘기하는 거!"

윽박지르는 국희에게 세준은 대답할 수 없었다. 차마 제 입으로 제 어머니가 이 끔찍한 사건들의 배후라는 사실을 밝힐 수 없었다.

"그런 오해하지 마. 이사님이 날 풀어주셨어."

"정말?"

막아서는 범안의 말에 국희는 깜짝 놀랐다.

"사정이 있어요. 지금 설명하기는 어려워요…… 내게 시간을 조금만 주세요."

세준이 어렵게 말했다. 낯빛이 어둑한 그는 죄인처럼 고개를 수그렸다. 거짓말 같지는 않았다. 국희는 더 이상 캐묻지 못했다.

"우선 여기서 나가자. 경찰들이 곧 올 거야."

"응."

세 사람은 창고 밖으로 빠져나왔다. 저택을 돌아 마당으로 나가니 먼발치서 샛길을 헤매고 있는 인규와 재운이 보였다. 206호의 행방을 찾는 듯했다. 국희는 팔을 길게 들었다. 재운이 도리질하며 팔을 흔들었다. 도저히 못 찾겠다는 답이었다.

"병원부터 가야겠어."

저택에서 쏟아지는 빛으로 어스레하게 범안의 얼굴이 보였다. 언제나 해사하던 얼굴이었는데 몰골이 참담했다. 기막혀서 말도 안 나왔다. 뒤꿈치를 들어 그의 이마 상처부터 꼼꼼히 확인했다. 각목으로 찢긴 상처가 제법 깊어 보였다.

"제 차로 가죠."

세준이 자신의 스포츠카를 가리킬 때였다.

부앙— 귓바퀴를 할퀴는 자동차 소리가 났다. 소리에 반응한 심장이 철렁 내려앉았다. 구석진 마당에 주차되어 있던 검은 차가 돌진하듯 달려왔다. 운전자는 206호였다.

범안의 상처를 보던 국희 눈에 무서운 속도로 달려드는 차량이 들어왔다. 피하기엔 거리가 너무 짧았다. 선택은 하나뿐이었다. 그

녀는 있는 힘껏 범안을 밀어냈다. 우악스러울 정도로 강한 힘이었
다. 그 힘으로 범안은 마당에 고꾸라졌다.

그 순간, 강렬한 헤드라이트 불빛이 국희의 전신을 감쌌다.

8화
그런 게 행복이다

망막이 타버릴 정도로 눈부셨다.

저도 모르게 국희는 눈을 질끈 감았다. 구르는 타이어 바퀴 소리까지 들릴 정도로 가까워진 거리였다. 척추뼈를 타고 오싹한 전류가 흘렀다. 그런데 시커먼 그림자가 달려들었다. 거칠다 못해 억센힘이 국희의 어깨를 밀쳤다. 그 힘으로 튕겨 나가듯 그 자리에서 벗어났다.

쾅!

섬뜩한 충돌음으로 하늘과 땅이 뒤흔들렸다.

반동으로 공중에 뜬 그림자는 흡사 검은 나비 같았다. 넓게 펼쳐진 검은 날개가 유연하게 펄럭거렸다. 이내 나비는 날개가 꺾인 양풀썩 바닥으로 추락했다. 무기력하게 낙하한 나비는 빙그르르 몇 바퀴를 굴렀다.

"배, 배 이사님!"

세준이었다. 국희를 밀어내고 대신 자동차와 충돌한 사람은 세준이었다.

국희로 인해 튕겨 나갔던 범안이 세준에게 달려갔다. 오래된 영상의 필름이 뚝뚝 끊긴 것처럼 눈앞의 시간이 정지했다.

"쿨럭."

뒤틀리듯 웅크린 세준이 시뻘건 핏덩이를 토해냈다.

소복한 눈이 쌓인 새하얀 마당에 붉은 꽃망울이 맺혔다. 꽃망울은 눈물을 머금고 활개했다. 수가 놓아지는 것처럼 붉디붉은 꽃잎이 새하얀 눈밭에 잔인하게 펼쳐졌다.

편범안은 죽인다.

그리고 당분간 도피 생활을 하면 된다. 입 다물고 숨어 지내다 보면 성과금이 입금될 거다. 만약 의뢰자가 지불하지 않는다면 협박하면 된다.

206호는 그런 결론을 내렸다.

샛길로 도주하던 206호는 생각이 거기에 미치자 억새밭을 타넘었다. 뒤쫓아온 인규와 재운을 따돌리고 마당으로 되돌아왔다. 마당 구석에는 제 차가 주차되어 있고 바지주머니에는 차 키도 있었다. 차에 오르는데 마침 범안 일행이 마당으로 나왔다.

타이밍이 기막혔다.

206호는 비릿하게 웃었다. 무작정 시동을 걸고 액셀러레이터를 밟았다. 편범안 앞을 가로막은 여자가 있었지만 상관없었다. 안수인처럼 밀어버리면 그만이었다.

쾅. 거뭇한 그림자를 쳐내고 그는 곧장 샛길로 달렸다. 백미러로 힐끗 넘겨다본 순간, 그는 핸들을 탁, 쳤다.

"시팔."

편범안도, 여자도 아니었다. 검은 코트를 입은 배세준이 눈밭에서 피를 흘리고 있었다. 그분의 아들이라고 했는데 사실 여부는 파악되지 않았다. 어쨌든 수가 틀어졌다.

이제 별다른 방도가 없다, 무조건 도주할 수밖에.

멍청한 903호나 똘마니처럼 잡힐 순 없다.

"어림도 없지."

샛길을 달리는데 좁다란 길가에서 서성이는 인규와 재운이 시야에 들어왔다.

"시팔 새끼들."

밀어버릴 작정으로 속력을 내었다. 아슬아슬하게 비켜서는 그들을 백미러로 보며 206호는 킬킬거렸다. 앞창으로 눈길을 돌릴 때였다. 사이렌 소리가 들려왔다.

무심코 그는 몸서리를 쳤다. 사이렌 소리만큼 기분 나쁜 소리는 없었다. 그런데 샛길 끄트머리에 진입하는 불빛이 보였다. 붉고 푸른 것이 영락없이 사이렌 조명이었다. 또한 한 대가 아니었다. 행렬을 하듯 줄줄이 불빛이 뒤따랐다. 샛길은 빠져나갈 구멍이 없었다.

206호는 욕설을 퍼부으며 핸들을 꺾었다. 억새밭을 가로질러

큰길가로 나갈 심산이었다. 그런데 억새밭이 돌무덤인 줄은 미처 알지 못했다. 얼마 못 가서 바퀴가 돌무더기에 걸리고 말았다. 덫에 걸린 듯 꼼짝할 수 없었다.

억새밭으로 도주하는 검은 차를 발견하고 샛길에 경찰차들이 정차했다. 앞차에서 김 형사가 내렸다. 그는 권총을 겨누고서 검은 차로 다가갔다. 다른 경찰차에서 내린 경찰들도 차 주변을 에워쌌다.

"두 손 머리 위로 올리고 차에서 내려!"

가까이로 이동하며 김 형사는 깨달았다.

노원구 공릉동 뺑소니 사고. 피해자는 안수인.

CCTV에 찍혔던 검은 차량. 그 차량이 지금 제 눈앞에 있었다.

칠흑의 하늘 아래 차디찬 겨울바람 따라 억새가 넘실거렸다. 그 가냘픈 몸짓을 형형색색의 조명처럼 붉고 푸른 사이렌 불빛이 화려하게 비추었다.

세준의 상태는 심각했다.

119 구급차로 수송되어 인근 병원에 도착하자마자 한 차례 심정지도 겪었다. 잔뜩 겁먹은 국희는 숨도 제대로 쉬지 못했다. 당직 의사들이 합세하여 가까스로 세준의 심박동을 돌려놨다. 그리고 일각을 다투는 응급수술에 들어갔다.

국희나 범안은 마냥 기다릴 수 있는 처지도 아니었다. 그들도 다친 상처에 대한 치료를 받아야 했다. 국희 뺨은 긁힌 정도로 간단한 치료가 가능했다. 그러나 범안의 이마 상처는 제법 깊어 몇 바늘을 꿰매야 했다. 밧줄 때문에 살갗이 벌겋게 일어난 손목도 치료 후 붕대로 감겼다.

각자 떨어져서 치료를 받으며 국희는 멀거니 범안을 응시했다. 환한 응급실 조명으로 범안의 이목구비가 선명히 보였다. 더러운 창고에서 이틀 동안 억류되어 있던 터라 얼굴이나 옷이 먼지투성이였다. 그나마 간호사로 인해 피딱지가 닦인 왼뺨은 깨끗했다. 말끔한 모습만 보아왔기에 지저분하고 엉망인 그가 낯설었다.

누구 남자인지 몰골 참…….

쓴웃음이 피식, 나왔다.

무사히 되찾았으니 그만이다.

세수시켜 주면 되니까, 그런 건 별것도 아니니까.

코끝이 시큰거렸다. 먹먹해지는 가슴을 억누르고, 그녀는 마른침을 꿀떡 삼켰다. 시선을 느낀 범안의 고개가 돌려졌다. 그도 국희에게서 시선을 떼지 못했다. 두 사람의 눈길이 엉키듯 맞닿았다.

주변의 배경이 아스라이 뿌예지는 것 같았다. 소란스러운 소음도 음소거가 된 듯 잦아들었다.

둘은 눈빛으로 무언의 대화를 나눴다.

진짜 괜찮아?

응, 괜찮아. 너는 괜찮아?

응, 나도 괜찮아.

다행이야. 정말 다행이야.

세준의 수술은 장시간 진행됐다. 굳게 닫힌 수술실 문은 열릴 기미가 없었다. 하염없이 대기 의자에 앉아 초조한 마음으로 기다릴 수밖에 없었다.

꼭, 견디십시오.

기필코, 이겨내셔야 합니다.

범안은 무릎에 올려놓은 양손을 맞잡았다. 긴장으로 손바닥에 식은땀이 배어났다. 자신을 구하러 와준 세준이 아니었다면 저 자리에 자신이 있어야 했다. 저 대신 생사의 기로에 서서 사투를 벌이고 있는 세준이었다. 제발 그가 무사히 깨어나길 빌었다. 숨죽이고 훌쩍거리는 소리에 범안은 내리깐 눈길을 들었다. 그는 곁의 국희 손을 포근히 잡았다.

"괜찮으실 거야."

"응."

국희는 짤막한 대답밖에 못 했다.

돌진하는 차로부터 자신을 구해준 세준이었다. 그가 아니었다면 그대로 그 차와 충돌하였을 것이다. 그리고 수술실에는 세준이 아닌 자신이 있었을 것이다. 그런 데다 그를 잠시였지만 배후라고 의심했었다. 한없이 미안했다. 그가 깨어나 주길 간절히 바랐다.

"범안아!"

다급한 발소리와 함께 그의 어머니 외침이 들렸다. 소식을 접하고 달려온 편명호 내외였다.

응급실에 도착하고서 국희는 편명호에게 보고부터 했었다. 그는 가타부타 말없이 병원 위치만 물었다. 제 눈으로 직접 범안의 안위를 확인하고 싶은 아비의 심정이었다.

"범안아! 범안아!"

곧장 달려온 어머니가 범안의 품에 안겼다. 옅은 울음을 흐느끼며 아들의 **뺨**을 매만지고 팔도 쓰다듬었다. 단단한 아들의 몸이 만져지자 그제야 아들의 존재를 실감할 수 있었다.

"죄송해요, 어머니."

"아니다, 아니야. 무사하면 됐다. 됐어."

굵은 눈물을 뚝뚝 흘리며 어머니가 연신 도리질을 했다.

"다친 거냐?"

편명호가 물었다. 벅찬 감정을 억제하는 듯 목소리가 갈라져서 나왔다.

"큰 상처는 아니에요. 걱정 마세요."

"그래."

그의 목울대가 실룩했다. 뭉쳐 있던 걸쭉한 숨을 토해내며 그도 안도했다. 범안은 제 아버지를 가만히 주시했다.

"부회장님은 이 상황을 아시나?"

"아까 비서실을 통해 연락드렸습니다. 전달받고 오시는 중일 겁니다."

"자네도 다쳤나?"

"별거 아닙니다."

질문하던 편명호의 눈이 국희의 **뺨**에 꽂혔다. 국희는 씩씩하게 대답하며 슬쩍 입술을 벌렸다. 아무렇지도 않다는 듯 밝게 웃어 보였다. 그녀 얼굴을 편명호가 지그시 내려다봤다. 할 말이 많은 듯 동공이 세차게 일렁거렸다. 짧게 입술을 달싹거린 그가 조용히 덧붙였다.

"……흉터 지지 않도록 치료 잘하게."

그러고선 외면하듯 시선을 돌려 버렸다.

국희는 움찔했다. 벙긋도 못 하고 멍하니 그를 올려다봤다. 뚝뚝한 어투였으나 묘한 감격이 치밀어 올랐다.

"네."

희미한 웃음이 새어 나오려고 해서 그녀는 꿀떡 삼켰다.

"세준아! 세준아!"

그때, 흐느낌 섞인 목소리가 들렸다.

네 사람의 동작이 모두 멈췄다. 병원 복도를 오고 가던 이목이 한데 집중됐다. 사색이 된 송 여사가 달려왔다. 그 뒤를 윤진이 따랐고, 배강수도 급히 오고 있었다.

"세준아!"

넋이 완전히 나간 송 여사는 수술실로 들어갈 기세였다. 그런 그녀를 윤진이 황급히 만류했다. 휘청하던 그녀는 이내 바닥에 주저앉아 통곡을 했다.

"어떻게 된 일인가?"

헐레벌떡 뛰어온 배강수가 물었다. 그는 반쯤 얼빠진 동공으로 편명호부터 국희까지 차례차례 훑어봤다.

"사고라니……. 대체 무슨 사고인가……. 왜 갑자기 우리 세준이가……."

"죄송합니다."

범안은 사과부터 했다. 사건도 중요하지만 그보다는 현재 세준의 상태가 더 중요했다. 배강수가 사건의 배후이든 아니든 부모였다. 그래서 사과가 먼저라고 생각했다.

"편범안…… 네가 끝내 무슨 일을 저지른 건가?"

배강수의 목소리가 날카로워졌다. 자신을 살인범으로 오해하는 범안이었다. 그런 그와 세준은 만나보겠다고 했다. 한데 세준이 다쳐서 수술을 받고 있었다. 단순한 정황만으로는 범안이 의심스러운 그였다.

"아닙니다. 자세한 설명은 경찰에게 들으셔야 합니다."

"네 이놈! 네놈이…… 네놈이 우리 세준일……!"

돌연 송 여사가 벌떡 일어났다. 그녀가 범안에게 달려들어 옷자락을 움켜쥐었다. 서슬 퍼런 눈동자로 범안을 노려보며 분노를 토해냈다.

"우리 세준이한테 어떻게 했어? 뭘 한 거야!"

금지옥엽처럼 키운 아들이다. 그 아들을 위해서라면, 가정의 평화를 위해서라면 무슨 짓이든 저지를 수 있는 어미였다.

"엄마…… 왜 이래…… 편 실장님이 무슨 잘못을 했다고……."

윤진이 부리나케 송 여사의 손을 떼어냈다. 난동을 피우듯 송 여사가 '아들 살려내라'고 비명 같은 소리를 질러댔다. 간호사까지 달려와 진정시키려 했으나 소용없었다.

그때, 수술실 문이 열렸다.

"보호자분 계십니까?"

"네, 여기……."

배강수가 파리해진 얼굴로 다가갔다. 오열하던 송 여사도 제 입술을 틀어막았다. 모두 긴장한 낯빛으로 의사를 주목했다.

"수술은 성공적입니다."

기다렸던 답이 나왔다.

세준은 중환자실로 옮겨졌다. 오늘 밤이 고비라면서 환자의 의지에 따라 생사가 달라진다고 의사는 덧붙였다. 그가 무사히 고비를 넘기길 기도하며 기다리고 싶었으나 송 여사가 원치 않았다.

어차피 경찰 조사를 받으러 가야 하긴 했다. 하는 수 없이 국희와 범안은 편명호 내외를 먼저 보내고 경찰서로 향했다. 903호 일행과 경찰서로 이동했던 인규와 재운은 참고인 조사를 마치고 그들을 기다리고 있었다.

903호 일행은 '그분'에 대해서는 일언반구도 하지 않았다. 속셈이 따로 있는 것처럼 보였다. 하나 납치 현행범으로 체포된 것이기에 구속은 된다고 했다. 그리고 206호가 안수인 사건의 살해 용의자로 드러났다. 그러나 편기안 사건에 대해서는 증거가 확실치 않았다.

반면 선혁은 박 팀장 손에 이끌려 경찰서로 잡혀왔다. 그는 모든 사건을 완강히 부인했다. 선혁은 증거가 불충분하여 기소되지 못할 가능성이 높다고 했다. 기소가 되더라도 불구속이라고 했다.

살인범들을 잡았는데도 배후가 드러나지 않아 사건 마무리가 쉽지 않았다. 암담한 현실에 침울해하는 국희에게 범안은 순차적으로 풀어가면 될 거라고 다독였다.

조사를 마치고 경찰서에서 나온 시각은 새벽 2시가 넘어서였다. 의리에 살고 의리에 죽는 인규와 재운이 끝까지 그들 곁을 지켜줬다.

"눈 검사 받으셔야 하는 거 아니에요?"

"아래라 괜찮아요."

시퍼런 멍이 인규의 눈가에 번져 있었다. 걱정스레 묻는 국희에게 그가 윙크하듯 눈짓을 했다.

"너는 다친 덴 없어?"

"멀쩡해, 나는."

재운도 한쪽 입가가 터져 피가 맺혀 있었다. 그럼에도 가뿐히 어깨를 으쓱했다.

"위치추적기 켜느라 손목이 그렇게 된 겁니까?"

범안의 손목에 감겨진 붕대를 보고서 인규가 물었다.

범안은 대수롭지 않다는 듯 옅은 미소를 그렸다. 손목시계 형태의 위치추적기는 버튼을 누르면 GPS가 켜져 등록된 휴대폰으로 신호가 전송되는 형식이었다. 그 신호를 보내기 위해 얼마나 치열했을지 상상이 되어 저릿한 통증이 일었다. 국희는 일부러 범안을 보지 않았다. 보면 또 한바탕 눈물이 쏟아질 것 같았다.

"정말 고맙습니다. 재운 씨도 정말 고마워요."

범안이 두 남자를 번갈아 보며 깊은 인사를 보냈다. 인규와 재운은 가벼이 받아들였다.

"회포는 다음에 풉시다. 오랜만에 현장에서 뛰었더니 삭신이 쑤셔요."

"그러죠. 우리 팀워크가 상당히 괜찮았죠?"

인규의 말을 맞받으며 재운이 너스레를 떨었다. 짤막하면서도 홀가분한 웃음이 소리 내어 나왔다. 네 사람은 인규와 재운의 차가 주차된 위치로 이동했다. 인규가 운전석을 열다 말고 넘겨다봤다.

"데려다줄까요?"

"택시 타고 가면 됩니다."

"쌍놈의 그분이 아직 안 잡혔는데 위험하지 않겠어요?"

"여자친구가 든든하니 괜찮습니다."

농담 같은 인규의 말을 범안도 농담처럼 가볍게 응수했다.

각자 차에 오른 인규와 재운이 자리에서 떠났다. 경찰서 주차장을 빠져나가는 두 대의 차를 두 사람이 물끄러미 지켜봤다.

"이인규 씨 말이 맞는지도 몰라. 내가 위험할지도 모르겠어."

범안이 넌지시 쳐다봤다.

"어?"

"그러니 네가 지켜줘야 하지 않겠어? 오늘 밤?"

고개를 까닥 기울이는 범안의 눈썹이 능청스레 올라갔다. 결국은 오늘 밤 같이 있자는 소리였다. 알아들은 국희는 콧방귀를 뀌었다. 선택의 여지는 없었다. 내 남자를 지켜야 하는 근사한 핑곗거리가 있으므로.

"어쩔 수 없네, 신변 보호가 우선이니까."

803호는 그대로였다. 사람의 온기가 사라져 있었을 뿐.

범안과 국희가 그동안 소멸되었던 온기를 되살렸다. 막상 둘만의 공간에 있게 되자, 감정이 한층 가라앉았다. 묵은 먼지를 씻겨 낸 두 사람은 마주 앉았다. 한동안 서로를 바라보며 말문을 열지 못했다. 그러다 국희는 왈칵 감정을 토로했다.

"혼자서 그런 일을 저지르면 어떡해? 걱정돼서 죽을 뻔했어."

"다시는 안 그럴게."

"무섭지 않았어? 나는…… 조금 무서웠어."

끝내 소용돌이치듯 감정이 여울졌다. 신호를 받은 양 눈시울이 달궈졌고 금세 방울진 액체를 떨어뜨렸다.

"미안해."

범안이 그녀를 끌어당겼다.

"아니…… 많이 무서웠어."

"미안해."

따스한 손가락이 그녀의 눈물을 훔쳤다. 닦아내며 어루만지는 손길이 보드라웠다.

입술이 젖었다. 누가 먼저랄 것도 없이 서로의 입술을 찾았다. 한데 어우러진 입술들이 애타게 서로를 삼켰다. 이젠 놓지 않겠다는 듯 열성적으로 묶었다. 조금의 틈 없이 호흡까지 공유했다.

제 품 가득 그녀를 담아내며 범안은 비로소 살 것 같았다. 살아 있음이 무엇인지, 같이 있음이 무엇인지 비로소 깨달아가는 것 같았다. 머리카락 한 올 한 올까지도 아까웠다. 숨결 하나하나까지도 소중했다.

네게로 돌아왔다.

네게로 가는 길을 잃어버릴 뻔했다. 네 곁의 자리를 완전히 잃어버릴 뻔했다.

다시는……

다시는 놓지 않으리라.

제 몸 위에 실어지는 범안의 체중에 국희는 안정감을 느꼈다. 으스러지도록 그의 목을 꽉 감고서 매달렸다. 바위틈에 자란 여린 풀꽃이 끝자락을 잡고 매달리듯이, 제 손안에 잡힌 그에게 매달리고 매달렸다. 절대 떨어질 수 없었다.

범안도 마찬가지였다. 모진 폭풍우에도 견뎌내는 가냘픈 풀꽃을 완전히 지켜내고 싶었다. 풀꽃의 꽃잎부터 뿌리까지 완전히 제 속에 파고들게 만들었다. 절대 놓아줄 수 없었다.

"눈 떠, 나 봐."

뜨거운 숨결이 콧잔등을 간질였다.

질끈 감았던 눈을 떴다. 짙은 까만 동공 가득 채워진 제 얼굴이 보였다. 오묘한 전율이 흘렀다. 그의 눈동자를 통해 보이는 눈코입이 그 어느 때보다도 예뻤다. 찬란할 정도로.

나는 완전히 네 것이다.

너는 완전히 내 것이다.

"사랑해."

"사랑해."

경계가 허물어졌다.

제게로 들어오는 그와의 연결. 태생부터 그래 왔던 것처럼, 잃어버린 제 것을 찾은 양 그녀는 그를 받아들였다. 은은한 수를 놓듯 점차적으로 물들어갔다. 더할 나위 없는 격정을 공유했다.

세상 그 무엇도 그들을 가로막는 것은 없었다. 서로가, 서로만이 존재했다.

떨어져 있던 그 짧은 시간을 보상이라도 받듯이, 앞으로 펼쳐질 찬란한 미래를 약속이라도 하듯이, 허연 빛이 파고드는 새벽녘까지 사랑을 나누고 궁극의 절정을 맛보았다.

징―

테이블에 놓인 휴대폰이 부르르 떨어댔다. 단잠을 깨우는 귀찮은 휴대폰은 무시해 버렸다. 돌아누운 국희는 너른 가슴팍으로 숨듯이 쏙 들어갔다. 그의 등허리를 단단히 감았다. 잠시라도 떨어지면 또 어딘가로 사라질 것 같았다.

깊은 잠에 취해 있던 범안이 움직였다. 잠결이면서도 그의 손이 보드랍게 등줄기를 쓸어내렸다. 그 손길이 마냥 좋았다.

징―

끈질긴 사람. 누군지도 모르면서 국희는 불평했다.

마지못해 팔을 파닥거렸다. 허공을 훑는 기척에 그가 깼다. 중간 역할로 휴대폰을 전달하자마자, 그도 눈을 감았다. 밤새도록 격정적인 사랑을 여러 번 나누었던 터라 그도 조금은 지친 모양이었다. 그러면서도 떨어졌던 팔이 금세 그녀의 등으로 돌아왔다.

국희는 천 근 같은 눈꺼풀을 억지로 떴다.

수면 부족과 진한 몸싸움 그리고 뜨거운 밤으로 인하여 전신은 물론이거니와 뼈마디까지 저렸다. 삭신이 쑤신다는 뜻을 체험한다고 되뇌며 발신자를 확인했다.

—편명호

가물대던 망막이 일순 걷혔다.

오뚝이처럼 그녀는 벌떡 일어났다. 빈 몸을 덮고 있던 이불이 자동으로 내려갔다. 얼른 쥐고서 가렸지만 벗은 뒷등이 훤히 드러났다.

아직은 부끄러웠다. 꼬물꼬물 도로 누우며 이불을 턱까지 올렸다. 범안이 기다렸다는 듯이 그녀 몸을 감으며 허전함을 채웠다.

"네, 지국희입니다."

이런 자세로 그의 아버지 전화를 받으니 죄짓는 심정이다.

[범안이가 안 들어왔네. 경찰서에 아직까지 있는 건가?]

날이 밝도록 소식 없는 아들이 걱정된 모양이었다. 범안은 휴대폰이 없기에 국희에게 전화를 건 것이었다.

"아…… 그게……."

"저예요."

뇌가 하얗게 탈색되어 얼버무리지도 못하고 머뭇거렸다. 그런데 범안이 휴대폰을 낚아채 갔다. 꼭 붙어 있었던 터라 편명호의 말소리를 명료히 들은 그였다.

"조사 끝나고 오피스텔로 왔어요. 시각이 늦어서 전화 못 드렸어요."

[지국희와 같이 간 거냐?]

"네, 같이요."

국희도 편명호의 질문을 또렷이 들었다. 한데 일말의 주저 없이 그가 대답해 버렸다. 저절로 입술이 벙하고 벌어졌다. 이런 솔직은 반갑지 않다. 어머니도 아니고 무시무시한 사장님 아닌가.

[언제 올 거냐?]

"어차피 주말이니까 오늘은 여기서 쉴게요."

[지국희와 같이?]

"네, 같이 있을 거니까 걱정 마세요."

벙하던 입술이 함지박만큼 커졌다. 안 된다는 무언의 외침을 도리질로 대신했다. 그러나 범안은 이루 말할 수 없을 정도로 당당했다.

"어머니께도 걱정 마시라고 전해주세요."

[알았다.]

의외로 순순히 편명호가 응수했다. 매서운 힐책도, 날카로운 핀잔도 없었다.

"파리 들어가겠어."

통화 종료를 한 범안의 손가락이 벌려진 입안을 찔렀다. 얄미워서 국희는 앙, 깨물려고 치아를 닫았다. 손가락이 잽싸게 위기를 모면했다.

"사장님께 그렇게 대답하면 어떡해?"

"뭐가 어때서?"

"에이, 몰라."

폭풍 전야인 것 같아 도리어 겁이 났다. 그러나 미리 걱정하기 싫었다. 면박하려다, 마음을 바꾸어 그의 품속에 깊숙이 들어갔다.

그래도 그의 품이 제일 좋다. 쿡쿡거리며 범안도 그녀를 깊게 안았다. 그녀의 귓가에 따스한 입술이 닿았다.

"국희야."

"응?"

"우리 같이 살자."

그윽한 저음은 속삭이는 듯했지만 진했다. 가슴 깊숙한 곳을 건들며 진한 파장을 일으켰다. 그의 가슴팍에 턱을 대고서 올려다봤다. 목소리만큼이나 짙은 동공이 내려다봤다.

"하루라도 더 빨리 같이 살자."

제 동공을 채우는 그녀를 보며 그가 말했다.

남들처럼 근사한 프러포즈도 준비하고 화려하게 데려오고 싶었다. 그러나 이제 마음이 급했다. 그 무엇도, 그 어떠한 것도 국희보다 소중한 것은 없었다. 그녀와 살아갈 시간보다 더 소중한 것은 없었다.

하루라도, 한 시간이라도 더 빨리 함께 있고 싶다.

내 여자와 살아갈 나날들, 그 나날을 갖고 싶다.

"응."

심장을 울리는 진심이었다. 그 어느 말보다도 달았다.

국희는 가지런한 치아를 드러내며 화사하게 웃었다. 망설임 없는 답에 범안의 기름한 눈매도 늘어났다. 틈 없이 두 사람의 몸이 밀착되었다. 그가 그녀의 어깨에 제 턱을 얹으며 소곤소곤 말을 이었다.

"당장은 어렵겠지만 예쁜 마당이 있는 집에서 너 닮은 딸 하나,

나 닮은 아들 하나 낳고 평범하게 살자. 평범하게 같이 살자."

"응. 상상만 해도 행복해."

빙긋 늘어난 입술이, 길쭉 휘어진 입술을 머금었다. 들썩이는 이불 밖으로 네 개의 발이 나왔다. 작은 발 두 개와 큰 발 두 개가 엉키듯 교차되었다.

화려하지 않아도 좋다.

근사하지 않아도 좋다.

그저 너와 나 닮은 아이들과 평온히 살아갈 보금자리.

그곳에서 평범히, 소중히 살아갈 나날들.

그래, 상상만 해도 행복하다.

그런 게 행복이다.

"집에 가야겠어."

욕실에서 나오며 국희는 목욕가운을 단정히 여몄다. 그나마 목욕가운이나 수건은 있어서 다행이었다. 목욕타월로 하체를 가린 범안이 주방에서 물을 마시다 말고 넘겨다봤다.

"왜?"

"갈아입을 옷이 하나도 없잖아. 이 더러운 옷들은 어떡해? 또 입는 게 얼마나 찝찝한데."

"안 입고 있으면 되지. 난 상관없어."

태평스레 어깨를 으쓱하는 그를 샐그러지게 흘겼다.

저 남자, 언제부터 저렇게 엉큼해졌지? 아니, 원래 그랬나?

열여덟 살에 도장 찍어댈 때부터 알아봤어야 했다. 목욕가운을 걸친 그녀의 모습을 범안이 감상하듯 훑어봤다. 설핏설핏 보이는 쇄골과 드러난 다리와 새하얀 가운의 조화가 야릇할 정도로 요염했다.

그가 그녀의 허리를 양손으로 잡고서 강하게 당겼다. 그러면서 나쁜 손이 은근슬쩍 가운을 헤치려 했다. 킥, 웃으며 국희는 그의 가슴팍을 손바닥으로 쳤다. 철썩, 달라붙는 마찰감이 끝내주게 좋았다. 떨어지며 가운을 사수하는 그녀 머리카락을 그가 손바닥으로 흐트러뜨렸다. 즐거운 웃음소리가 하나로 섞였다.

"집에 가긴 가자."

"마음이 바뀌었어?"

"할 일도 있고, 배 이사님께도 가봐야 될 것 같아."

"응. 근데 이사님 아직 안 깨셨나 봐."

세준이 깨어나면 연락해 달라고 윤진에게 부탁하고 왔었다. 그러나 연락은 오지 않았다. 걱정되어 오전에 문자메시지를 보냈는데 '고비는 넘겼으나 아직 깨진 않았다'는 답이 왔다. 그리고 느지막한 오후가 된 지금까지도 소식이 없었다.

"중환자실이라 면회도 어렵대. 어차피 가도 대기실에서 부회장님만 봐야 할 텐데…… 괜찮겠어?"

세준이 그곳에 나타나고, 그가 설명할 시간을 달라던 이유가 있을 것이다. 그것은 배강수가 배후이기 때문일 거라 두 사람은 짐작했다. 기안을 죽이고, 안수인을 죽이고, 범안까지 해치려 했던 사람. 추악한 내면을 숨긴 섬뜩한 사람. 그런 그와의 대면은 징그러울 정도로 소름 끼치는 일이었다.

"별개의 문제야."

범안은 그렇게 결론지었다. 가족의 죄이고 부모의 죄일 뿐. 엄연히 세준은 다른 인격체인 데다 생명의 은인이었다.

"그래, 가자. 하지만 혹시 모르니까 내가 에스코트할 거야. 오늘만큼은 받아줘야 해."

"알았어."

단호한 국희의 말에 범안이 선뜻 끄덕거렸다.

미리 연락해 둔 터라 평창동 저택 앞에는 오 대리가 대기하고 있었다. 아직 배후가 드러난 시점이 아니라 편명호는 경계를 풀지 않았다. ㈜풍신 소속 경호원들은 어젯밤 경찰 조사를 받아야 했다. 그러나 김영국을 제외한 다른 사람들은 연관이 없었다. 다행스러운 일이었다.

"집으로 데리러 갈 테니까 기다려."

택시에서 내리며 범안이 말했다.

"내가 와야 하는 거 아니야?"

"오 대리님께 부탁해서 같이 갈게."

"응."

국희는 수긍했다.

그녀를 태운 택시가 떠나고, 범안은 오 대리의 호위를 받으며 집 안으로 들어갔다.

"고생하셨어요. 제가 대신 죄송하단 말씀 드릴게요."

"오 대리님이 왜요. 오히려 고맙죠."

정원 계단을 오르며 오 대리가 사과했다. 경호원으로서 죄책감이 일어서였다. 대수롭지 않다는 듯 범안은 인사했다. 오 대리도 그를 지키기 위해 애쓴 사람 중 하나였다.

애타게 기다리고 있던 어머니가 뛰어나오다시피 그를 맞이했다.

"밥은?"

"배고파요."

"그래, 밥 먹자."

어머니가 차려주는 밥이 먹고 싶은 아들이었다. 아들이 먹는 모습을 보고 싶은 어머니였다.

그의 손을 양손으로 감싸며 어머니가 끄덕였다. 시뻘게진 눈동자에 그렁그렁 눈물이 맺혔다. 범안은 손을 뻗어 제 어머니의 젖은 눈가를 닦아냈다.

"아버지도 기다리셔. 어서 들어가자."

꽉 잡은 범안의 손을 놓지 않고서 어머니가 이끌었다. 어린아이처럼 그는 어머니의 움직임을 따랐다. 아버지 편명호도 거실에서 서성거리고 있었다.

세 가족은 오랜만에 식탁에 둘러앉았다.

비어 있는 한 자리가 아쉽고 쓸쓸했지만 괜찮았다. 무사히 돌아온 차남의 존재는 그만큼 소중했다. 별다른 대화는 없었으나 다른 날과 달리 온화한 기운이 감돌았다. 가족을 찾은 감격의 시간이기도 했다.

식사를 마치고 범안과 편명호는 서재에 마주 앉았다.

범안은 아버지께 사건의 자초지종을 담담히 털어놓았다. 형 기안이 타살당한 이유를 설명할 때는 편명호도 분노로 바들거렸다. 그러나 냉정을 잃진 않았다.

"장 회장님께는 내가 알리마."

"배세준 이사가 깨어난 후에 결정하셔도 늦지 않을 듯해요."

"그래, 그게 먼지일 게다."

부탁하듯이 하는 말에, 편명호는 너그러이 이해했다. 어찌 되었든 아들을 구하러 가준 세준이었다. 그런 그가 사경을 헤매고 있어 못내 마음에 걸리긴 했다.

"부탁드릴 것이 몇 가지 있어요."

"말해라."

"그만두겠습니다. 사직서를 수리해 주세요."

범안은 용기를 내었다.

형의 사건은 곧 마무리가 될 것이다. 그렇기에 억지로 버티던 자리를 떠나고 싶었다. 하고 싶은 일을 하며, 하고 싶은 말을 하며 살아가고 싶었다.

편명호는 지그시 아들을 응시했다.

이마에 붕대를 대고 있었으나 멀쩡한 아들이었다. 무사히 돌아온 아들이었다. 힘겨운 이틀을 보냈다. 6개월 전 장남을 잃었던 기억이 상기되어 괴롭고 참담했다. 유일하게 남은 아들마저 잃을까, 전전긍긍했었다. 그러다 깨우쳤다.

인성은 목표였다. 최고권위자가 되고자 하는 일념으로 평생을 바쳤다. 이루지 못한 목표는 아들들의 몫으로 물려줬다. 그로 인해 장남을 잃었고, 그로 인해 차남도 잃을 뻔했다.

이제 안다. 자식의 부재는 제 살점이 떨어지는 것보다 아프다는 것을. 아들을 잃으면서까지 제 목표를 지킬 필요는 없다는 것을.

아들의 인생은, 아들 것이다.

"그래."

감정이 실리지 않은 무감한 대답이었다. 이어 나직하게 그가 덧붙였다.

"그간 고생했다."

그 말은 범안의 묵직하던 어깨를 가볍게 만들었다. 오랜 세월 짊어졌던 짐을 비로소 내려놓는 것 같았다.

"그리고……."

내리깔렸던 범안의 눈길이 들렸다.

"국희와 결혼하겠습니다. 허락해 주세요."

"내가 반대하면 안 할 거냐?"

"아니요."

강단 서린 대답은 빨랐다. 마치 예상했다는 듯이 편명호가 피식 웃었다. 조소는 아니었다. 흘려 넘기듯, 흩뿌리듯 터진 웃음이었다. 말없이 그가 일어났다. 느릿느릿 서재 문으로 걸어갔다.

"그래."

손잡이를 잡은 그의 입매가 가늘어졌다.

납치된 범안을 찾겠다고 동분서주하던 국희의 모습은 각인되듯 뇌리에 남았다. 주먹 불끈 쥐고, 꼭 데려오겠다고 다짐하던 야무진 눈동자. 금방이라도 울 것처럼 촉촉했는데도 기어이 눈물 한 방울 떨어뜨리지 않았다.

데려왔으니, 데려가야겠지.

"봄이면 좋겠구나."

편명호가 국희를 인정했다.

"흐……."

건조한 입술에서 메마른 한숨이 나왔다. 숨소리에 윤진이 고개를 돌렸다. 허옇게 일어난 송 여사의 입술이 시야에 들어왔다. 물한 모금 마시지 않은 채 울기만 하는 엄마가 탈진할 것 같았다. 윤진은 의자에서 일어났다. 정수기에서 일회용 종이컵으로 물을 따라왔다.

"엄마, 이것 좀 마셔."

송 여사는 거부했다. 성가시다는 듯 종이컵을 탁, 쳐냈다.

그 바람에 종이컵이 바닥으로 떨어졌다. 담겨 있던 물이 사방으로 흩어졌다. 그 형상이 복받치는지 그녀는 희미하게 흐느꼈다.

"윤진이 넌 엄마 모시고 집에 가 있어라."

묵묵히 곁을 지키던 배강수가 조용히 말했다.

"싫어요. 난 여기 있을 거예요……. 우리 세준이……."

말을 맺지 못하고, 송 여사는 더 크게 흐느꼈다. 윤진은 가방에서 급히 손수건을 꺼내 엄마에게 쥐어주었다. 손수건으로 입을 틀어막고서 그녀는 구슬프게 끅끅거렸다.

그때, 중환자실이 열렸다.

"배세준 환자 깨어나셨어요."

간호사의 말에 세 사람이 부리나케 일어났다. 송 여사는 기력 없이 휘청거렸다. 윤진이 그녀를 다급히 부축했다.

"어머니를 찾으시네요."

"그, 그래요?"

파리했던 송 여사의 낯빛에 혈색이 돌았다.

"손 깨끗이 씻고 면회복 착용하신 다음에 준비되면 벨 눌러주세요."

"그럼 저희는?"

배강수가 물었다.

"격리병동이라 가족분들 모두 들어오실 순 없고요. 우선 어머니를 찾으시니까 먼저 들어오세요."

간호사의 말에 송 여사가 움직였다. 마음이 급했다. 사경을 헤매다 깨어난 아들이었다. 제 목숨보다도 소중한 아들이었다. 그 아들이 어머니부터 찾았다. 고맙고, 감사했다.

머리와 신발에 커버를 씌우고, 면회복을 덧입고서 송 여사는 세준에게로 갔다. 그는 산소호흡기를 댄 채 생기 잃는 눈동자로 멍하니 있었다. 그 모습에 그녀는 왈칵 눈물을 쏟아냈다.

"세, 세준아……."

안도와 탄식이 섞인 울음소리가 새어 나왔다. 그래도 깨어난 아들을 보니 죽다 살아난 기분이었다. 시커멓게 괴어버린 서글픔이 소멸되는 것 같았다.

"세준아…… 세준아……."

제 어머니를 세준이 올려다봤다. 초점이 또렷하지 않은 눈동자로 애써 바라봤다. 그러다 그의 손가락이 까닥였다. 곁에 있던 간호사가 산소호흡기를 떼어냈다.

"어…… 어머니……."

쥐어짜듯 흘러나오는 목소리.

"그래…… 세준아…… 엄마 여기 있어……."

울먹이며 송 여사가 그의 손을 굳게 움켜쥐었다. 그녀의 팔뚝이 바들바들 애처롭게 떨렸다.

"어…… 머니……."

"응…… 그래……."

모자(母子)의 말 한마디, 대답 한마디가 어렵고 힘겨웠다. 세준의 가슴팍이 크게 오르락내리락 거렸다. 간신히 숨을 몰아쉬며 제 어머니에게 가까이 오라고 손짓했다.

그녀는 상체를 기울였다.

아들의 콧잔등에 제 귀를 대고서 숨죽였다.

"자…… 자수…… 하세요."

가슴 언저리에 얹혀 있던 말을 가까스로 토해낸 세준의 눈꼬리에서 말간 액체가 주르륵 흘러내렸다. 아들의 손을 바짝 쥐고 있던 송 여사의 손이 툭, 떨어졌다.

"비상근무라고 이틀이나 외박하더니 뺨은 왜 그래?"

습윤 밴드가 붙여진 국희의 뺨을 젓가락으로 가리키며 영희가 물었다. 주말이라고 늘어지게 잠만 자던 그녀는 저녁 시간이 되어서야 나왔다. 그러더니 레이더를 국희에게 맞췄다. 식사에 열중하던 집안 식구들의 이목이 국희에게 집중되었다.

"크게 다친 건 아니지?"

"복잡한 일은 잘 해결된 거야?"

"예쁜 얼굴 흉 지면 안 되니까 약 잘 발라라."

"너 비상근무한 거 맞아?"

아버지로 시작되어, 엄마를 지나, 할아버지까지 이어지는 릴레이 질문이 쏟아졌다. 정점은 영희가 찍었다.

"근무가 아니면?"

엄마의 동공이 동그랗게 커졌다.

2차 릴레이 질문이 날아올 기세였다. 국희는 탁, 수저를 내려놓고 '지국철만 빠진' 온 집안 식구들을 둘러봤다.

"크게 안 다쳤고요, 일은 잘 해결됐고요, 약은 잘 바를게요. 그리고 근무한 거 맞거든요."

밥맛을 잃었다는 표정으로 그녀는 벌떡 일어났다.

"국희야, 밥은 마저 먹어!"

"안 먹어!"

남긴 밥을 보고서 엄마가 외쳤다. 국희는 신경질을 가장한 걸음으로 후다닥 욕실로 들어갔다. 50%는 찔렸기에.

"너는 왜 쓸데없는 소리를 해서……. 꼬박 일하다 들어와 밥 먹는 애를……."

"저거, 저거……."

엄마의 면박이 쏠리자 영희가 입술을 질근거렸다. 충분히 심증이 가는 의심인데 되레 본인이 욕먹었다. 의심의 칼날은 식사를 마칠 때까지 가시지 않았다. 국희가 욕실에서 나오자마자, 쪼르르 방으로 쫓아갔다.

"연기인 거 티가 나거든?"

"마음대로 생각해."

젖은 머리카락을 털어내는 국희에게 그녀가 깐죽거렸다. 그러고 선 침대에 걸터앉아 다리를 경망스럽게 떨어댔다.

"조심은 하고 있냐? 이미 1+1=3 된 건 아니지?"

"뭐, 뭐라는 거야!"

넌지시 묻는 말에 얼굴이 화끈 달아올랐다. 저도 모르게 국희는 발끈했다. 그 빠른 반응에 영희의 입꼬리가 야비하게 올라갔다. 아씨, 들켰다.

"조카가 생기려나……."

"아니거든."

깔깔 한바탕 웃어젖힌 영희가 읊조렸다.

이미 한 박자 늦었으나 국희는 회피했다. 이해한다는 듯 언니는 능글맞게 고개를 주억거렸다. 얄미웠지만 강한 부정은 못 하고서 옅은 화장을 시작했다. 불현듯 마음 언저리엔 스멀스멀 걱정거리가 올라왔다. 문제는 어젯밤이었다. 서로를 되찾은 애틋함에 조심하지 않았다. 그런 데다 밤새 얼마나 뜨거웠던가.

별안간 뇌리에 오리처럼 볼록해진 배가 상상되었다. 뒤뚱뒤뚱 걷는 임산부 지국희 경호원. 아, PC가 아니라 자신이 경호를 받아야 될 것 같다.

"지국철은 데이트 갔어?"

아니다, 마법 날짜가 코앞이니까…….

후두두 망상을 떨쳐 내고 화제를 돌렸다.

"모르겠네. 아침 일찍 나가긴 하던데. 근데 그 녀석 어제부터 좀 이상하더라."

"왜?"

"되게 늦게 들어왔거든. 근데 기운이 하나도 없이 파리해져서는……."

궁금증이 유발되는 말이었다. 국희는 화장대 의자에서 돌아앉았다.

"고민 있나? 물어보지."

"물어봤지. 근데 대답을 안 해. 여자친구랑 헤어졌나 싶기도 하고."

"며칠 전만 해도 아니었잖아. 좋아죽던데?"

"그러게 말이다."

호프집에서 여자친구에 대해 꼬치꼬치 캐물었을 때, 국철은 입 안의 침이 마르도록 자랑했었다. 어린이집 선생님인 여자친구가 귀엽다는 소리를 귀딱지가 생길 만큼 들었다.

"아…… 샌님, 잘 만나는 줄 알았더니……."

안타까웠다. 뭐라고 위로해 줘야 하지? 당분간은 모른 척 둬야 할까. 샌님의 첫사랑은 짝사랑이었다. 그러곤 짝사랑을 주야장창 했고 고백 한 번 못 해본 순수청년이었다. 순수청년이 받았을 상처가 얼마나 깊을까, 걱정되었다.

"남녀 사이란 밀물과 썰물 같아서 들어올 때도 나갈 때도 막을 수가 없지. 자기 마음대로 치고 들어왔다가 자기 마음대로 빠져나가 버려……. 남겨진 갯벌의 쓸쓸함은 누가 보상해 주나……."

먼 산 보듯 허공을 보며 영희가 중얼거렸다. 언니는 참으로 희한한 소리를 잘도 한다. 못 알아듣겠다.

"언니는 왜 연애를 안 하냐?"

"귀찮아."

게슴츠레 보니 그녀가 딱 잘랐다.

—10분 후면 도착할 거야. 추우니까, 천천히 나와.

딩동 소리와 함께 범안의 메시지가 왔다. 배시시 웃으며 국희는 서둘러 손날을 날렸다.

"언니, 나 바빠. 나갈 준비 해야 돼."

"아냐, 연애해야 할까?"

부리나케 거울 속의 제 얼굴을 들여다보는 동생의 행동에 영희가 미간을 구겼다. 금세 그녀 마음이 흔들렸다.

골목 어귀로 차가 들어섰다. 운전대는 오 대리가 잡았고, 범안은 뒷좌석에 기대어 앉아 있었다. 그는 묵묵히 차창 밖을 내다봤다.

이제 얼마 남지 않았다. 경찰도 용의자들이 청부 살인 청탁을 받은 것이라고 잠정 결론을 내렸다. 그래서 배후에 대해 집중 추궁을 하고 있었다. 그러니 곧 정체의 윤곽이 드러날 것이다.

[배윤진이에요. 국희 씨가 전화해 달라고 했지만 실장님께 하는 게 맞는 것 같아서…….]

멀거니 초록 대문이 보일 때, 윤진으로부터 전화가 왔다. 종일 기다리던 전화였다.

"네, 잘하셨어요."

[오빠가 깨어났어요.]

"상태는…… 어떠십니까?"

범안은 나직한 숨을 토해냈다. 갈비뼈 안쪽에 저릿한 통증이 일었다. 부정적인 답은 아니길…….

[현장에서 피…… 피를 많이 흘려서 쇼크가 왔던 건데 장기가 크게 손상된 것은 아니라서 회복엔 문제가 없대요.]

윤진이 울먹였다. 오빠의 소식을 듣고 혼비백산해서 달려가 중환자실에서 24시간에 가까운 시간을 보낸 그녀였다. 하나뿐인 오빠를 잃을까, 제게 있어선 너무 좋은 오빠를 잃을까, 전전긍긍하며 애태웠었다.

[며칠 동안 중환자실에서 집중 치료받고, 일반병동으로 옮긴다고 하더라고요. 그러니 걱정 안 하셔도 될 것 같아요.]

간간이 심호흡하면서 윤진이 말을 마쳤다.

"다행이군요…… 다행입니다."

내장을 휘저은 뜨거운 전율이 전신으로 흩어졌다. 눈시울이 아렸다.

"지금 가는 길입니다. 가도 되겠습니까?"

솟구치는 감정을 제어하고, 범안은 차분히 물었다.

차가 초록 대문 앞에 섰다. 시동을 끄지 않고서 오 대리가 룸미러로 슬며시 넘겨봤다.

[아니요. 그 말씀 드리려고 전화한 건데요. 오빠가 면회를 사절했어요.]

"그런가요?"

[어차피 중환자실이라 면회가 자유롭진 않아요. 그런데 오빠는 모든 면회를 사절하고 있어요. 저도 아직 오빠 얼굴을 못 봤어요.]

윤진은 어째서 자신과도 대면하지 않으려는지 의아했다. 어머니 송 여사와 잠시 면회한 그는 아버지 배강수 면회도 거부했다. 간호사의 전언은 '모두 싫다' 였다.

[오셔도 못 만날 테니까 오지 마시라고요.]

"그렇군요."

직접 고맙다는 말을 해야 했다. 그러나 당사자가 거부하니 다른 날로 미뤄야 하는 게 맞다.

[전 들어가야 해서…… 끊을게요.]

"배 팀장님."

끊기려는 전화를 붙들었다.

"저 대신 고맙다는 인사를 부탁드릴게요…… 원하실 때…… 찾아뵌다고……."

[네, 그럴게요.]

힘든 통화가 끝났다. 희소식이라고 해서 마냥 기뻐할 수는 없었다. 모든 면회를 거절했다는 말은 그의 심경을 대변하고 있었다. 그는 알고 있는 거다.

직감적으로 범안은 간파했다.

횡령도 모자라 살인까지도 연루된 제 부모. 납치된 자신을 구출하기 위해 나선 그. 자신이 납치된 장소로 오기까지 그는 어떤 생각을 한 걸까. 어떠한 심경으로 선택하게 된 걸까.

가늠조차 되지 않았다.

거울처럼 거뭇해진 차창에 얼굴이 반사됐다. 지그시 제 얼굴을 들여다보던 그의 가슴팍이 가파르게 반동했다.

배 이사님, 훗날 우리가 서로의 심경을 토로할 날이 올 수 있을까요.

또각또각.

VIP 병동 복도는 고요했다. 범안과의 통화를 마치고, 윤진은 조용한 발걸음을 옮겼다. 간호사실에서 간호사가 넘겨다봤다. 무심히 지나친 윤진은 미닫이문을 열었다. 창가에 서서 밖을 내다보는 좁은 등이 보였다.

"일어났어?"

중환자실에서 나오자마자 까무룩 혼절했던 송 여사였다. 부랴부랴 병실로 그녀를 옮겼고, 의사는 신경안정제를 투여했다.

"이거 끝까지 다 맞으라고 했는데…… 왜……?"

링거바늘이 뽑혀진 상태였다. 뾰족한 바늘이 맥없이 침대 위에서 널브러져 있었다. 송 여사의 팔뚝은 붉은 멍울이 맺혀 있었다. 억지로 뽑아내어 생긴 자국이었다.

"간호사 오라고 할게."

"됐다."

되돌아 나가려는 윤진의 발을 그녀가 잡았다. 그녀는 고개조차 돌리지 않았다. 어둠이 내린 도시를 노려보듯 응시했다.

"아버지는?"

"중환자실 대기실에……."

"오시라 해라."

바닥에 깔린 음성이 사뭇 음산했다. 알 수 없는 불길한 기운이 감돌았다. 윤진은 제 엄마를 빤히 보다가 서둘러 아버지를 모셔왔다. 송 여사는 윤진을 중환자실로 보내고 배강수를 병실에 남도록 했다.

"세준인 건강한 녀석이니까 금방 일어날 거요. 그러니 당신도 기운 내서……."

"당신 때문이야."

송 여사가 그의 말을 막아버렸다.

"내가 당신을 그 자리에 올려놓기까지 무슨 짓을 했는데……. 간도 쓸개도 다 빼놓고 그동안 어떻게 살았는데……."

"여보."

"책임도 못 질 거면서 그런 짓거리를 해놓고……."

원망하는 말끝이 첨예했다. 죄책감에 배강수는 고개를 떨궜다.

송 여사의 말이 맞았다. 형 배영수를 젖히고 부회장 자리에 오르기까지 그녀의 조력이 컸다. 야망이 컸던 그녀였다. 그녀는 배강수를 경영자로 만들기 위해 그보다 더 바삐 움직였다. 대외적인 이미지를 구축하기 위해 쉼 없이 봉사활동이나 기부행사를 벌였고, 주주와 임원들 대소사 하나까지 놓치지 않고 챙겼다. 그로 인해 신임이 두터워져 이 자리에 설 수 있었다.

배강수가 부회장으로 오른 다음에도 그녀의 야망은 시들지 않았다. 다음 목표는 세준이었다. 아들을 경영 후계자로 만들기 위한 일념으로 움직였다. 그러나 뛰어나도 너무 뛰어난 편기안이 있었다. 편기안은 그녀에게 가장 큰 눈엣가시였다. 하나라도 꼬투리를 잡으려 김선혁 기획실장을 포섭했다. 그렇게 편명호 부자(父子)를 감시해 왔다.

그런데…….

"당신이 그따위 헛짓거리를 저지르지 않았다면……."

8월 9일. 배강수는 편기안과의 대화가 끝난 후, 송 여사에게 모든 사실을 털어놨었다. 한평생 쌓아 올린 공든 탑이 무너지는 심정이었다. 배강수 혼자라면 상관없었다. 그러나 그 여파가 아들에게 미칠 것은 불 보듯 뻔한 일이었다. 인성을 위해 키워 온 아들이 제 아비의 실수로 모든 것을 잃을 위기에 처한 것이었다.

"그걸 덮기 위해 내가 무슨 짓을 했는데……. 우리 세준이가 억울하게 아무것도 못 하게 될까 봐……."

실핏줄이 일어난 시뻘건 눈동자가 배강수에게 돌려졌다. 피눈물 같은 굵은 눈물이 동공을 이탈했다.

"얼마나 더한 짓을 해야만 그게…… 막아지는 거냐고……."

"무슨 말이오?"

"나 하나 희생하면 된다고 생각했어……. 내 손에 피를 묻히더라도 우리 아들만 성공하면 된다고……."

울분과 한탄이 섞인 흐느낌을 내며 송 여사가 제 가슴팍을 움켜쥐었다. 자신에게 향한 울분과 한탄이었다.

"근데…… 세준이가 알아요…… 이 어미의 짓을……."

시퍼렇게 질린 아랫입술이 파르르 떨렸다. 숨도 제대로 못 쉬고 꺽꺽거리며 그녀가 제 가슴을 쥐어뜯고 쥐어뜯었다.

시커먼 먹구름이 푸른 하늘을 삼키듯 시커먼 야욕에 먹혀 버렸다. 야금야금 가책을 먹어버린 야욕은 걷잡을 수 없이 커졌다. 자그마한 덩어리가 커다란 바윗덩이처럼 부풀어져 갔다.

드러난 죄를 덮기 위해, 더한 것을, 그보다 더한 것을 보태야 했다.

"세준이가…… 다 알아……."

제 부모를 존경하며, 정도를 지키며, 그 무엇 하나 섣불리 행동하는 법 없이 잘 자라준 아들인데…….

그 누구보다 소중하고 사랑하는 아들인데…….

그 아들에게 가장 잔인한 상처를 줬다. 가장 잔인한 벌을 받았다.

무엇을 위해 해왔던가.

무엇을 얻고자……

무엇을 얻고자…….

"지국희 씨 나왔습니다."

복잡한 상념에 젖어 있던 범안에게 오 대리가 말했다. 깊은 눈길을 들며 범안은 뒷좌석 등받이에서 상체를 일으켰다. 초록 대문을 나서는 국희의 모습이 비쳤다. 메말랐던 입술에 금세 반지르르 윤기가 돌았다.

"오 대리님, 잠깐 이 앞에 다녀와도 될까요?"

"네, 그러세요."

"고맙습니다."

흔쾌히 응수하는 오 대리에게 인사하고, 그는 차에서 내렸다. 그녀 앞으로 한 발짝 다가섰다. 그녀와 마주 보며 빙그레 웃었다.

"왜 내려? 바로 병원으로 가는 거 아니야?"

"배 팀장님 연락 왔어. 이사님 깨어나셨대."

"정말? 다행이다!"

애타게 기다렸던 소식에 국희는 까무러치게 좋았다. 그러나 그것도 잠시 복받치듯 울컥하고 말았다.

"진짜…… 다행이다……."

물밀 듯 밀려오는 알알한 감정에 동공이 발갛게 물들었다. 잘못되면 어쩌나, 영영 깨어나지 못하면 어쩌나, 얼마나 걱정했던가.

"응."

같은 심정인 범안이었다. 촉촉한 눈망울을 지그시 내려다보던 그가 손가락으로 그녀의 젖은 눈가를 닦아냈다. 국희의 감정이 추슬러질 때까지 기다리며. 그녀가 안정을 찾자, 범안은 윤진의 통화 내용을 모두 전했다.

"그럼 병원엔 갈 필요 없네."

"응. 커피 마시러 갈래? 아니면 잠깐 산책할까? 오 대리님한테는 양해 구했어."

"산책할래."

한결 개운해졌다.

발랄해진 국희와 범안은 인근 공원으로 걸음을 옮겼다. 오 대리와의 거리가 멀어지자 그녀는 그의 팔을 감았다. 서슴없이 팔짱을 끼는 행동에 범안이 피식 웃었다. 그런데 그가 팔을 휘둘러 그녀의 손에서 벗어났다.

뭐지? 이 거부는? 엉거주춤한 자세가 되어 국희는 황당해했다. 휙 째려보려는 찰나, 범안의 손이 감아졌다. 그녀 손을 가득 쥐고서 제 코트 주머니에 쏙 집어넣었다. 손바닥이 밀착되면서 서로의 체온이 똑 붙어버렸다.

이게 더 좋구나.

킥, 웃으며 국희는 손가락을 꼬물거렸다. 간질이듯 그의 손바닥을 긁으며 장난쳤다.

"어?"

"어?"

간지러움에 움찔하며 그가 경고하듯 엄하게 내려다봤다. 모른 척하며 국희는 올려다봤다. 그의 말을 고대로 따라 하며.

"으이그."

웃음기가 담긴 입술을 한껏 벌리며 그가 다른 손으로 그녀의 콧잔등을 꼬집듯 잡았다.

"으이그."

고대로 따라 하며 그녀도 그의 콧잔등을 잡아당겼다.

기막히다는 듯 범안이 헛웃음을 쳤다. 이내 고개를 뒤로 젖히며 소리 내어 웃었다. 국희는 또 고대로 따라 웃었다. 잔류되어 있던 무거운 공기가 완전히 소멸되었다.

공원에 들어섰다.

쌀쌀한 날씨로 공원은 인적 없이 한적했다. 해가 닿지 않는 그늘진 곳곳에 며칠 전 내린 눈이 쌓여 있고, 소복한 눈덩이 위로 길고양이의 자그마한 발자국이 화석처럼 새겨져 있었다. 고양이도 함박눈이 좋은 모양이다.

옅은 미소를 띠고 국희는 공원 안쪽으로 들어섰다. 먼발치의 벤치로 다가가다, 도리질했다. 차디차게 얼어붙은 나무 벤치를 보는 것만으로도 한기가 돌았다. 앉는 것을 포기하고 두 사람은 느긋한 박자를 맞추며 선회했다.

"할 얘기가 있어. 의논이기도 하고, 허락도 필요하고."

"허락?"

어떤 일인지 모르나 그가 의논하고 허락받으려 한다는 것이 기뻤다. 사사로운 것까지 공유하는 관계가 된 듯해서. 우리 사이는 지금보다 앞으로 더 단단해질 것이다.

"사직서 낼까 해."

"그만두는 거야?"

"응. 아버지가 받아들여 주셨어. 올해가 한 달 남았으니 한 달 동안 인수인계하고 정리할 생각이야. 오래전부터 그렇게 하고 싶었어."

그는 호주에서 공연기획을 했었다. 호주에서 키운 꿈이라고 했다. 그 꿈과 연관 있을 거라 생각되었으나 그녀는 묻지 않고 차분히 기다렸다.

"한국에 귀국했을 때 공연기획 에이전시 대표가 스카우트 제의를 했었어. 내가 기획한 뮤지컬 공연을 봤다더라고."

"나도 보고 싶다. 공연이 대표 마음에 들었나 봐?"

"응. 그 공연 후로 내게 관심이 많았대. 그러다 내 귀국을 알고 같이 일하고 싶다고 연락을 해왔었거든."

"와, 멋지다."

반색하며 국희는 감탄했다. 그 반응에 범안이 어깨까지 으쓱하며 거만스레 턱을 들었다.

"이분이 발 빠르게 움직인 거지, 다른 곳도 몇 군데 연락 왔었어. 호주에서 내가 핫한 신인 기획자거든."

"오, 최고인데. HOT!"

과장되게 엄지손가락까지 척, 들어 보이며 그녀는 넉살을 피웠다. 너무 심한 오버액션에 되레 머쓱한지 범안이 쿡쿡거렸다.

"그 에이전시와 일하려고?"

"다른 곳보다는 그 에이전시 대표 마인드가 좋았어. 무턱대고 치켜세우지 않고, 현실을 직시하며 내게 제안했거든."

"멋진 공연기획자가 되는 거네?"

"그렇지 않아. 처음부터 욕심낼 수도 없고, 특히 한국에서는 내가 인지도가 없어서."

범안이 그녀에게로 돌아섰다.

"처음부터 기획자 자리는 줄 수 없다고 했어. 공연기획은 스태프들과의 호흡도 중요해서 유명 기획자도 아닌 내가 불쑥 끼어들면 반발이 많을 거라고. 그래서 조연출로 1년 정도 일하다가 후년

쯤 본격적으로 해보는 게 어떠냐고 물었었어."

두 사람이 마주 봤다.

"난 오히려 그게 낫다고 생각했어. 한국 공연문화도 공부해야 하고 스태프들과의 호흡도 맞춰야 하고. 미래를 생각하면 보다 장점이 많은 선택이라 받아들이고 싶었지. 하지만 그땐 사정상 못 한다고 보류해 뒀었어."

"지금은 하고 싶어진 거네?"

그 제안이 들어왔을 때 무조건 받아들이고 싶었을 거다. 그러나 아버지가 걸리고, 형이 걸려 선택하지 못했을 거다. 그리고 마음을 접고서도 내내 아쉬워했겠지.

"응. 그래서 네 허락이 필요해."

"내가 허락할 게 뭐 있어?"

"인성의 기획실장이라는 안정된 자리를 버리게 되잖아. 한동안 백수일 수도 있고, 밑바닥부터 시작할 수도 있어서 박봉일 테고. 나쁜 경우는 실패할 수도 있어. 물론 실패를 미리 걱정하진 않아."

조곤조곤했으나 사뭇 자신감 넘치는 어투였다.

"이런데도 괜찮아? 이런 나라도 괜찮겠어?"

이어 깊은 목소리가 울렸다. 까만 눈동자를 들여다보며 국희는 말갛게 웃었다. 동그란 눈매가 길게 휘어졌다.

"최선을 다 안 할 거야?"

"최선도, 최대도 할 거야."

시원스러운 답에 킥 웃음이 나왔다.

당차게 PT를 하던 그의 모습이 상기되었다. 임원들의 이목을 집중시키며 분위기를 압도했다. 걸음걸이도 자신만만했고, 손짓, 발짓으로도 무대를 장악했다. PT 내용 또한 초짜 기획실장이 기획했다고 믿기지 않을 만큼 추진력이 대단했다. 그 강단은 혜성처럼 갑자기 튀어나온 것이 아니었다. 그만큼 치열하게 살아왔다는 증거였다. 그의 말마따나 최대로 잘할 것이라는 믿음이 있다.

"그럼, 됐어."

뒤꿈치를 올렸다. 제 남자의 입술에 쪽, 입을 심플하게 맞췄다.

설사 실패하더라도 괜찮다. 가파른 언덕을 달려갈 용기가 있고, 발끝에 치이는 걸림돌을 넘어설 의지도 있으므로.

기름한 눈매가 환히 길어졌다.

"또 한 가지 있어. 이건 100% 너의 결정에 따를게."

기다랗고 다부진 팔이 그녀의 허리를 감았다.

"내가 주도권이 있는 거야?"

"응."

기대에 찬 질문을 범안은 망설임 없이 응수했다.

그가 주머니 안에서 꼭 쥐고 있던 그녀 손을 풀어줬다. 그러더니 꼬물꼬물 손이 움직였다. 손이 어정쩡하게 들어가 있어 불편한 듯해서 그녀는 빼내려 했다. 그 찰나, 그의 손이 낚아채듯 도로 잡아당겼다. 그리고 손바닥을 겹쳤다. 무언가 딱딱한 물체가 살갗에 느껴졌다. 맞닿은 두 손바닥 사이의 물체는 주머니 아래 깔려 있던 터라 차갑지 않았다.

"어?"

의아해서 국희는 고개를 바짝 들었다.

수줍은 소년처럼 범안은 쑥스러운 미소를 그렸다.

손을 꺼냈다. 손바닥에 놓인 동그란 물체를 내려다봤다. 링이었다. 아니, 반지였다. 심플한 디자인이었으나 아기자기하고 화사했다. 탐스러울 정도로 예뻤다.

"오는 길에 급하게 고른 거라서 네 마음에 들지 모르겠어. 다이아 같은 반지를 해주고도 싶었는데 경호원인 네가 불편할 것 같아서."

나름 고심해서 고른 반지였다.

묶은 두 손 아래서 나오길 기다리며 숨죽였을 반지.

여기까지 걸어오는 동안 내내 함께였던 반지.

그의 커다란 손에 포근히 감싸여 있었기에 눈치채지 못했었다. 이런 깜찍한 남자 같으니라고.

"나하고, 결혼해 줄래?"

조심스러운 프러포즈.

진한 감정이 담긴 눈빛도, 나직하지만 진중한 목소리도 근사했다.

바람 빠진 풍선처럼 잇새에서 피식거리는 웃음이 나오려고 했다. 까무룩, 혼 빠질 만큼 좋았다. 그러면서도 몇 초 동안 비뚤어진 고민에 빠졌다. 결정권은 내가 백 퍼센트니까 조금은 튕겨야 하지 않나? 재기도 하고 신중도 기하고. 냉큼 끼웠다간 평생 발목 잡힐 것 같은데…….

말없이 다른 손을 내밀었다.

"끼워보시게나."

대감마님처럼 굵직하고 위엄 있게 국희는 허락했다. 평생의 발목, 그에게 내주기로 결심했다. 조금은 긴장했던 건지, 일순 범안의 입술이 안도가 섞여든 웃음을 메웠다. 막상 정식 프러포즈를 하니 여지없이 긴장했던 그였다.

그가 반지를 들었다.

유선을 그리듯 유연히 반지가 그녀의 손가락 끝으로 왔다. 손끝에 반지가 닿자, 맥박이 팔딱팔딱 뛰었다. 심장도 터질 것처럼 팽창했다. 두근두근, 울렁증이 일어났다.

쓰윽, 반지가 손가락을 탔다. 머리부터 발끝까지 짜릿한 전율이 돌아 솜털까지 몸서리쳐 댔다. 달뜬 흥분이 전신을 감쌌다. 약지에 완전히 끼워진 반지를 지그시 내려다봤다. 무언가 기분이 미묘하다.

그 순간, 범안이 고개를 숙였다. 가느다랗게 늘어난 입술이 살며시 그녀의 입술에 포개어졌다. 쪽, 달콤한 감동은 보너스였다.

괜스레 국희도 쑥스러워졌다. 반지 낀 손가락으로 제 머리카락을 긁적거리며 그에게서 떨어졌다. 한껏 쑥스러워하던 그의 심정이 이해되었다.

"오 대리님 기다리시겠다."

"응, 내려가자."

돌아섰다. 공원에 들어설 때처럼 두 사람은 느긋한 걸음을 옮겼다. 그리고 아까처럼 묶이듯 손을 마주 잡았다. 아까와 다른 것이 있다면 국희의 약지에서 반짝거리는 반지뿐이었다.

"아까 너하고 결혼하겠다고 부모님께 말씀드렸어."

계단을 내려오며 범안이 말했다.

아, 맞다. 무턱대고 좋아해서는 안 된다. 편명호 사장님이라는 거대한 방어막이 있다. 그걸 어찌 넘어야 할까, 암담했다. 미래에 펼쳐질 치열한 전투가 예상되어 국희는 금세 감흥을 잃고 시무룩해졌다.

"아버지는 봄이면 좋겠다 하시는데, 난 너만 좋다면 다음 달에 하고 싶어. 내일 네 부모님께 인사드리고 허락받고 싶은데 괜찮아?"

"응? 내가 잘못 들었나? 사장님이 뭐라 하셨다고?"

"봄에 하라고."

"헉! 사장님이 허락하셨어?"

나긋한 대꾸에 국희의 동공이 휘둥그레졌다. 댕댕— 머리에서 종소리가 울렸다. 첫 키스를 할 때도 들리지 않던 종소리가 별안간 뇌가 흔들릴 정도로 크게 들려왔다.

"너, 사장님께 맞았어?"

"흔쾌히 허락하셨어."

경악하는 국희를 보며 범안이 픽 웃었다.

"말도 안 돼. 그냥도 아니고 흔쾌히라니. 먼젓번에 나한테 꿈도 꾸지 말라 하셨는데……."

"언제?"

"있어, 언제."

이제 미래의 시아버지 되실 분이기에 몹쓸 고자질은 할 수 없다. 사랑스러운 며느리라면 아버님의 프라이버시는 지켜 드려야 하는 게, 의리!

"그 사이에 내가 예뻐 보이셨나?"

"공짜로 부려먹을 경호원이 필요하신 건가?"

헤벌쭉 벌려진 말간 입술을 보며 그가 짓궂게 받아쳤다.

"뭐시라?"

국희는 금세 울컥했다. 좁아터진 주머니에서 맞잡은 손을 거칠게 흔들어댔다. 반항하듯 그녀 손을 움켜쥐고 범안이 호탕하게 웃었다.

일요일 정오가 다가오는 시각.

어제와 같은 길인데 평소와 달리 보인다. 을씨년스러운 겨울 도시가 위압적으로 보이기도 하다. 차창 밖을 내다보던 범안은 무심코 숨을 크게 내쉬었다. 유리창에 비치는 제 얼굴이 거슬렸다. 앞머리로 가렸으나 이마에 댄 멸균 거즈가 슬쩍슬쩍 드러났다. 손가락으로 머리카락을 흐트러뜨려 가렸다.

그다음은 넥타이였다. 일직선으로 반듯했지만 왠지 마음에 들지 않았다. 공연히 비틀고, 매만지고, 바로잡고를 반복했다.

"불편하십니까?"

"아닙니다."

오늘도 수고하는 오 대리가 물어서, 범안은 멋쩍어 바로 앉았다. 그러면서도 소매 커프스를 한 번 더 만지는 그.

그 모습에 오 대리는 툭, 터지려는 웃음을 얼른 넘겼다.

납치당했던 사람이라고 믿기지 않을 정도로 의연했던 범안이 오늘은 달랐다. 평소의 여유로운 모습은 온데간데없었다. 문득 오래 전 처갓집에 인사드리러 갔던 첫날의 제 모습과 오버랩되었다. 자신 있게 호언장담했으면서 얼마나 떨었던지…….

수능 보던 날보다도 떨었고, 입대하던 날보다도 떨렸다. 첫 면접을 보던 날보다도, 첫 근무를 나서던 날보다도 긴장했다. 떨었던 만큼 설레었다. 그 달뜬 설렘의 기억.

오 대리의 입술이 벙긋, 벌어졌다.

"청심환을 하나 드시지 그러셨어요?"

"아, 그럴 걸 그랬나요?"

농담조차 구분 못 하고 범안은 진지하게 받아들였다.

"잘하실 겁니다."

"네."

독려하는 말에 그는 또 한 번 나직한 숨을 토했다. 초록 대문 앞에서 국희가 서성거리고 있었다. 긴장했던 떨림이 나풀나풀 소실되었다.

"와."

미리 준비했던 선물 보따리를 들고서 범안은 차에서 내렸다. 그를 본 국희가 감탄했다. 스마트한 슈트 차림새의 제 남자가 정오의 햇살을 받아 눈부시게 멋졌다.

"마음에 들어?"

"응. 꼬질꼬질한 모습이 말끔해졌네?"

"꼬질꼬질?"

어처구니없는 단어에 그는 헛웃음을 쳤다. 까르르거리며 국희가 팔짱을 꼈다.

"어른들은?"

"기다리셔. 근데…… 결혼 얘기는 아직 못 했어."

왜 그렇게 접착제가 붙은 양 입술이 떨어지지 않는 건지. 그저 범안이 인사드리러 온다고 전했다.

"응. 내가 할게."

굳은 결심을 했기에 범안이 의젓하게 말했다. 믿음직스러워 국희는 히죽거렸다.

일전의 삼겹살 만찬으로 이미 눈도장 찍은 그이기에, 식구들은 낯선 기색 없이 반갑게 맞이했다. 진작 그를 마음에 품었던 엄마가 가장 좋아했다.

"절 받으세요."

"아니, 무슨 절까지……?"

범안의 말에 부모님은 잠시 당황했다. 그는 주저하지 않았다. 할아버지, 할머니께 먼저 큰절을 올렸다. 처음엔 놀라던 부모님도 흐뭇하게 연이어 절을 받았다. 절하는 모습도 어찌나 예의 바르고 반듯한지.

"국희와 결혼하고 싶습니다."

단순히 남자친구로서의 인사라고 생각했던 부모님은 소스라치게 놀랐다.

"너 1+1=3인 거냐?"

안방 문가에서 국희와 나란히 서 있던 영희가 옆구리를 쿡 찔렀다. 국희는 살며시 흘겼다.

"이렇게 갑자기 말하니까 뭐라고 해야 될지 모르겠네……."

엄마는 좋은 티를 팍팍 내었다.

"두 사람이 좋다면 우리가 반대할 이유는 없는데…… 아직 큰놈이 시집을 안 가서……."

"전 상관없음! 독신주의임!"

아버지 말에 영희가 불쑥 끼어들었다. 이 와중에 선서하듯 손바닥까지 높이 쳐들고 독신임을 선포했다. 엄마가 뾰족하게 그녀를 째렸다.

"그래. 자네 부모님도 허락하신 겐가? 언제가 좋다 하시던가?"

"네. 봄을 말씀하시긴 하셨는데 저는 다음 달에 하고 싶습니다."

"그렇게 빨리?"

엄마가 화들짝 놀랐다. 다른 어른들도 마찬가지였다.

"너 진짜 네 안에 뭐 있지?"

"아, 쫌."

영희가 또 귓속말로 깐죽거렸다. 경고 주듯 바짝 째리고 국희는 도리질 쳤다. 음흉한 눈초리가 범안과 국희를 번갈아 보았다.

"이왕 하는 거 빨리 해도 나쁘진 않을 테지만…… 다음 달 어떠세요, 아버님?"

"정월이니 새 출발 의미로도 괜찮겠지. 그나저나 식장이 있나?"

"식장이야 찾아보면 어디든 있겠죠."

엄마는 꼴딱 넘어갔고, 할아버지는 약간 걱정했고, 아버지는 허허거렸다. 할머니는 인자하게 예비 손녀사위를 보고 또 보셨다.

"다녀왔습니다."

국철이 귀가했다. 대체 이별로 얼마나 힘든 건지, 일에만 매진하려고 작정한 건지 일요일에도 출근한 그였다. 안으로 들어서던 그가 안방에 한데 모인 집안 식구들을 멀거니 쳐다봤다.

"국철아, 국희 다음 달에 시집간단다. 너 괜찮지?"

"뭐, 저 녀석이야 좋다 하겠지."

아들의 의견이야 별반 상관없는 부모님이었다. 서른 살 아들이 이제야 여자친구가 생겼으니 결혼은 머나먼 일 같았다.

"뭐? 시집? 결혼한다고!"

질겁한 국철의 낯빛이 새파랗게 질렸다.

"아, 안 돼!"

그러면서 반대까지 했다. 내가 시집가는 게 그리 싫은 거야? 여동생이 시집가면 오빠가 싫어한다더니 맞는 소리인 모양이다.

"네가 왜 안 돼?"

심드렁하게 엄마가 물었다.

"말, 말하려고 했는데…… 엄마…… 할, 할머니 되셨어……."

국철이 쩔쩔매며 더듬더듬 고백했다.

"응?"

모기만 한 소리를 아무도 알아듣지 못했다. 멀뚱히 눈을 끔벅거리는 식구들을 쭉 둘러보던 그가 주먹을 불끈 말아 쥐었다.

"그, 그러니까! 엄마는 할머니! 할, 할머니는 증, 증조할머니……."

막상 크게 내뱉었다가 말끝이 금세 옹알이처럼 흐려졌다.

"뭐!"

이구동성으로 온 가족이 소리쳤다. 영희의 눈알은 튀어나올 정도로 커졌고, 국희의 입술도 벙하니 커졌다. 얌전한 고양이가 부뚜막에 먼저 올라간다더니……. 샌님에게 선수를 뺏기고 말았다.

9화
봄은 온다

어슴푸레한 어둠이 내린 담을 따라 차가 이동했다. 널따란 담을 보고서 꼴딱 침을 삼키고 부산스럽게 스커트를 만지작거렸다. 핸드백에서 거울을 꺼내 보고 싶었으나 왠지 부끄러워 그럴 수 없었다. 대신 눈동자의 초점을 초롱초롱 맞추고, 입술도 벅벅 비벼댔다.

"응?"

꼼지락거리는 움직임에 범안이 고개를 돌렸다. 아무것도 아니라고, 국희는 얼른 도리질했다. 어색한 미소가 절로 나왔다.

"지국희, 손바닥에서 땀이 나네?"

"어?"

마주 잡은 손을 들며 범안이 장난스레 놀렸다. 제 손을 확 빼내고 쓱쓱 허벅지에 문질렀다. 진땀이 다 난다. 그는 뭐가 그리 재미난지 연신 쿡쿡거렸다. 운전에 집중하던 오 대리도 넘겨다봤다.

"더우십니까? 히터 좀 끌까요?"

"아니요. 괜찮아요."

창피해.

울상이 된 얼굴이 일그러졌다.

"뭘 그리 긴장하십니까? 김영국도 대범하게 잡으셨다면서요?"

오 대리의 어투도 놀림조다. 보안실에서 김영국 잡았던 일이 소문난 모양이다. 제보자는 한 주임일 것이다.

대문 앞에 도착했다. 그녀 손을 감아쥐고서 범안이 차 문을 열었다. 국희는 머뭇머뭇 차 밖으로 끌려 나갔다. 높다란 대문의 기세 등등한 위풍과 마주하니 기가 팍 눌렸다.

"들어가자."

"잠깐!"

국희는 엉성한 자세로 엉덩이를 뒤로 뺐다. 영락없이 치과에 들어가기 싫다고 반항하는 어린아이 모습이었다. 허공에서 묶인 두 팔이 팽팽하게 맞섰다. 당기는 쪽과 버티는 쪽의 기싸움이었다. 팔은 뻣뻣했고 발바닥은 바닥에서 떼어지지 않았다.

"조, 조금만 이따가."

그는 애원하듯 찡그리는 그녀를 내려다봤다. 마치 도살장에 끌려가는 소처럼 동그란 눈망울이 애처로웠다. 몇 시간 전의 제 모습과 별반 차이 없는데도 입장이 바뀐 터라, 얄궂게 웃었다. 그녀가 이렇게 긴장한 모습은 처음 봤다. 한없이 귀여웠다.

손을 놓고서 일자대형으로 마주 봤다.

"똑바로 서봐."

"응?"

"차렷!"

군대 선임처럼 그는 명령했다. 국희는 말 잘 듣는 후임이었다. 양팔을 바로 내리고 반듯이 섰다. 그녀의 양 손목을 잡고서 날개를 펼치듯 크게 들어 올렸다.

"마시고."

동그랗게 입을 말며 그가 숨을 들이쉬었다. 따라서 국희는 크게 입을 벌렸다. 동글동글한 공기방울이 입안으로 들어와 톡톡 터졌다. 무미한 공기인데 상큼했다.

"후아―"

"내쉬고."

날개는 접히고 숨도 뱉어졌다.

들이쉬고 내쉬고. 두 번을 반복한 다음, 그가 손을 놓아줬다.

"어때? 진정이 좀 됐어?"

"응. 전투력 상승."

끊듯 딱딱하게 턱짓하며 국희는 의지를 불태웠다. 불끈불끈 뛰던 심장이 비로소 평상시의 박동을 찾았다. 이글이글 타오르는 동공을 보며 그가 짤막히 웃었다.

"우리 부모님께 전투력을 상승시키면 안 되지."

"아, 그런가?"

도로 얼빠지는 국희.

또 유체이탈될 기미가 보여 범안은 얼른 이끌었다. 두 사람은 저택 안으로 나란히 들어섰다.

"어서 와요."

"초대해 주셔서 감사합니다."

어머니의 혈색은 하룻밤 사이에 제 색을 찾았다. 발긋하고 맑은 표정으로 편안히 맞았다.

"아버지는요?"

"서재에 계셔. 나오실 거야."

거실엔 어머니만 계셨다. 썰렁한 거실을 둘러보며 묻는 말에 그녀가 다정히 대답했다.

그때, 편명호가 서재에서 나왔다. 근엄한 걸음걸이는 느긋했다. 언제나 그렇듯 냉담하게 보이는 딱딱한 표정 또한 변함없었다. 역시 사장님은 썩 내키지 않는 게 분명해. 잔뜩 굳은 채 국희는 90도로 꾸벅 인사했다.

"안녕하세요."

"어서 오게."

그런데 편명호의 광대뼈가 올라갔다. 눈가에는 몇 가닥 주름이 맺히고 입매도 인자한 미소가 번졌다. 일순 감동의 파도가 넘실넘실 다가와 전신을 따스하게 감쌌다. 중년의 꽃미소가 이런 건가.

국희는 아랫입술을 살며시 깨물었다. 가슴골을 타고 벅찬 전율이 흘러내렸다.

식사 자리는 짐작할 수 없을 만큼 즐거웠다. 그 누구도 힘겨웠던 이틀에 관한 질문은 꺼내지 않았다. 부러 무거운 분위기가 되지 않으려 노력하는 것이었다. 어머니는 경호원인 국희의 일상이 궁금하고 또 궁금했다. 수다쟁이가 된 것처럼 질문이 끊이지 않았다.

"이민오도 경호한 적이 있어요? 어머, 나 팬인데."

"어머니가 이민오 팬이었어요?"

"그럼. 내가 '상속자 녀석들'을 얼마나 재미있게 봤는데. 실물은 더 잘생겼죠? 키가 우리 범안이만 하나?"

범안의 질문에 어머니가 해맑게 대답했다.

"네, 비슷해요. 이민오 실물이 훨씬 더 잘생겼어요."

"손은 잡아봤어요?"

"아니요. 이동할 때 경호만 했어요."

"아깝다."

어머니가 진지하게 실망했다. 국희는 치아가 보일 정도로 함박웃음을 지었다.

두 여자의 대화를 두 남자는 평온히 들었다. 오랜만에 맛보는, 혹은 처음처럼 느껴지는 유쾌한 분위기였다. 몇십 년 가까이 식기 달그락거리는 소리가 전부인 침묵의 식사였다. 그 자리조차 9년 동안 범안은 참여하지 못했다. 울타리만 존재하는 가족. 형의 사고가 있은 후엔 더 심각했다. 터럭만큼도 정이 배지 않은 암울한 가족이었다.

그러나 달라졌다. 훌훌 털어버린 양, 험난한 길을 헤매다 평탄한 길을 맞이한 양, 호흡도 느긋해졌고 말소리도 두런두런 편안했다. 비로소 진짜 가족이 된 것 같았다.

"1월엔 국희 오빠가 결혼하게 돼요. 그래서 저희는 아버지 말씀대로 봄에 하려고요."

아버지 말씀을 어길 작정이었으면서, 범안은 아닌 척 굴었다. 오후의 상황을 전혀 모르기에 편명호는 그저 흐뭇하게 받아들였다.

"봄이면 4월? 아니면 5월의 신부는 어때? 국희 5월의 신부 만들어주면 좋겠다."

"5월의 신부요?"

찻잔을 내려놓으며 어머니가 말했다.

장미꽃이 만발한 5월. 탐스러운 장미꽃 같은 신부가 되고 싶기도 하다. 기대감에 젖은 입술이 상큼하게 늘어났다.

"4월이 좋겠어요, 어머니."

범안이 끼어들었다. 안 그래도 형님에게 선수를 빼앗겨 미뤄진 것에 심기가 불편한 그였다.

"저 녀석 좀 봐. 그렇게 빨리 하고 싶어? 지금까지 어떻게 참았대?"

제 아들이 아닌 것 같아 어머니는 기막혀했다.

"4월이 좋아, 그치?"

지원군이 필요한 듯 범안이 국희를 보았다. 진지한 물음에 그녀는 샐쭉하게 눈짓했다. 입 모양, 눈짓으로 두 사람이 소리 없는 대화를 주고받았다.

'지금 이 상황에 나한테 물으면 어떡해?'

'너도 4월이 좋잖아? 4월로 밀어붙여.'

묵묵히 차를 마시던 편명호는 아들을 주시했다.

다르다. 굳게 다문 입술을 여는 법도 없었고 종알종알 수다스러운 적도 없었다. 한결같이 뚝뚝하게 외면했고, 때론 반항기 어린 눈빛으로 쏘아보기도 했다. 제 형을 잃고선 부자(父子) 관계는 더 틀어졌다. 영원히 맞닿지 못할 깊은 골이 생긴 듯했다.

한데 달라졌다. 아들의 표정이 살아났다.

메마른 가지에 돋은 새싹처럼 맑고 싱그럽다. 생생하게 꿈틀대는 눈썹, 윤기가 도는 눈동자, 여린 미소가 밴 입술이 아들의 변화된 심경을 말하고 있다.

"5월이 좋겠어."

편명호는 피식 웃었다.

"아? 아버지!"

다수결로 5월이 확정될 판이다. 범안은 저도 모르게 볼멘 언성을 높였다.

돌연 편명호의 고개가 뒤로 젖혀졌다. 오랜만에 껄껄, 큰 웃음을 터뜨렸다. 그의 돌발적인 웃음에 세 사람은 얼음이 되었다. 지금 제 눈들로 보고 있는 장면이 진짜인 건지, 환상인 건지 분간이 되지 않아 얼떨떨했다.

'네 아버지 맞니?'

어머니는 사뭇 충격을 받은 얼굴이었다. 입 모양으로 묻는 질문에 범안은 쿡 웃었다. 이내 전염된 것처럼 세 사람은 소리 내어 웃었다. 주방 정리를 하던 가사도우미가 기함하며 내다봤다. 10년 동안 근무했지만 웃음소리는 단 한 번도 듣지 못했었다. 침침하던 집안으로 스며든 웃음꽃에 가사도우미의 입술도 벌어졌다.

띠리리—

편명호의 휴대폰이 울렸다. 웃음소리가 조용히 잦아들었다.

—박수철 반장

차분한 표정으로 편명호는 귓가에 휴대폰을 대었다.
[진범이 자수했습니다.]

❖　✦　❖

—지난 8월 서울 강남구 도곡동 오피스텔에서 실족사로 위장되어 숨진 인성그룹 이사 편 모(34) 씨의 살해 진범이 밝혀졌다.

경찰은 지난 30일 조직폭력배 출신으로 심부름센터를 운영하는 윤 모(38) 씨와 조직원 세 명이 편 씨의 동생을 납치 및 감금한 현장에 출동하여 이들을 검거하였다. 또한 납치에 가담한 경호실장 김 모(36) 씨 등 두 명도 검거했다.

윤 씨 등은 도곡동 살인사건의 진범으로 밝혀졌으며 경찰은 살인 동기 및 청부살인 청탁 여부 등을 집중 추궁하고 있었다. 그러나 배후 인물에 대한 결정적인 증거를 찾지 못해 수사에 진전을 보지 못하고 있었다.

그런데 지난 2일. 인성그룹 부회장의 처 송 모(58, 여) 씨가 살인교사 혐의를 인정하여 경찰에 자수하였고, 부회장 배 모(59) 씨가 배임 및 횡령 혐의를 인정하며 검찰에 자진 출두하겠다는 의사를 밝혀왔다.

송 씨는 그동안 경호실장 김 씨 등을 이용하여 인성그룹 경영 후계자로 지목된 편 씨 등을 감시해 오다 배 씨의 배임 행위 등을 덮기 위해 지난 8월

윤 씨에게 살인교사를 청탁하고…….

"그만 봐."

범안이 휴대폰을 빼앗아갔다. 그러곤 보기 싫다는 듯 아예 뒤집어놓았다.

"그럴까?"

"응."

눈을 찡긋거리는 국희에게 그가 가볍게 끄덕였다.

두 사람은 텔레파시가 통한 듯 커피를 마셨다. 잠잠한 침묵이 흘렀고, 그 틈으로 카페의 배경 음악이 파고들었다.

열흘이 지났다.

송 여사가 경찰에 자수한 지.

어느덧 12월 중순에 접어들어 올해도 보름 정도 남았다.

연일 언론은 이번 사건을 집중 보도하고 있었다. 며칠 전에는 TV 추적프로그램인 [이것이 알고 싶다]에서 방영되어 시청자들의 뜨거운 공분을 샀다. 그 여파로 인성그룹 브랜드 제품들의 불매운동까지 벌어지고 있었다.

이 사건으로 인성그룹은 발칵 뒤집혔다. 검찰의 압수 수색은 물론이거니와 임원들 전부 감사팀 조사를 받아야 했다. 그 조사로 배영수 부사장 횡령 혐의도 드러났다. 검찰 출두 명령이 떨어지자, 건장한 배영수는 휠체어 없이는 거동조차 어려운 중환자가 되었다.

편명호도 감사팀 조사를 겪었으나 원칙에서 벗어나지 않는 경영

철칙으로 비리는 털끝만큼도 없었다. 그로 인해 그룹 내 입지가 확실히 굳혀졌다.

송 여사는 그동안 사사건건 경영에 관여했고 임원들과의 뒷거래도 서슴없이 해오며 온갖 술수를 부려왔다. 오롯이 제 가정의 안위를 위해서였다.

그랬기 때문일까.

두 사람의 생명을 앗아갔고, 한 사람의 생명까지 위협했던 일이 그저 목표를 이루는 데 걸림돌일 뿐이라고 판단했을까.

그 잔인한 판단으로 자식들의 평화는 무참히 박살 났다. 세상의 질타가 자녀들에게까지 쏠렸다. 세준은 생사의 고비를 넘기고 치료 중이었고 윤진 또한 충격으로 칩거 중이었다. 험난한 여정이겠으나 그녀의 삶이 종전처럼 안정을 찾길 바란다. 그리고 세준 또한…….

"배 이사님한테는 다녀왔어? 중환자실에서 일반병실로 옮겼대?"

"어제 옮겼대. 하지만 면회를 거부해서 만나지 못했어. 기자들도 극성스럽게 찾아오는 모양이야. 그래서 당분간은 병원에 가면 안 될 것 같아."

"그래야겠다. 얼마나 더 입원해야 된대?"

"6개월 정도는. 천천히 기다렸다가 찾아가야겠어. 거부하더라도…….."

세상과 단절한 그는 갈 곳을 잃은 심정일 것이다. 한 가닥 빛줄기조차 없는 암흑에 갇힌 기분일 것이다. 그가 일어섰으면 좋겠다.

그걸 봐야 한다.

"어머니는 어떠셔?"

"시간이 약이라잖아. 그 말이 맞나 봐. 어제부터는 죽도 드시고 괜찮아지셨어."

송 여사가 주범으로 밝혀지자, 그의 어머니는 분노로 앓고 말았다. 편명호도 마찬가지였다. 사건 담당인 박 반장의 전화를 받고서 경찰서로 쫓아가 울분을 토했었다. 그가 그렇게 이성을 잃고 흥분하는 건 처음 봤다고, 범안은 말했었다. 표현이 서투를 뿐이지 제 아버지가 자식들에게 얼마나 애착을 갖고 있었는지 깨달았다고 했다.

두 사람은 다시 말없이 커피를 마셨다. 단 향이 밴 커피가 씁쓰레한 혀끝을 달래었다.

이제 끝났다. 그들의 죄는 법의 심판에 맡기고 우린 일상으로 돌아오면 된다. 차츰차츰 제자리를 찾으면 된다.

"어머니가 너 보고 싶다고 하셔."

"어머니 좋아하시는 간식 사가지고 놀러 가야겠다."

"응."

그녀의 말에 기분 좋은 듯 범안이 눈웃음을 흘렸다.

"나갈까?"

범안이 물어, 싱그레 웃었다.

나란히 거리로 나왔다. 크리스마스캐럴이 울리지 않는 조용한 거리는 화단에 꾸며진 아기자기한 트리 전구로 연말 분위기를 내고 있었다. 횡단보도 앞에 섰다. 타이밍이 좋게도 신호등이 파란불로 바뀌었다. 우르르 보도블록을 내려가는 보행자들과 함께 발맞추듯 건너갔다.

"경호원 없이 둘이 있으니 좀 허전하지 않아?"

"허전해?"

"뭔가 빠진 것 같아. 오 대리님도, 한 주임님도 없으니까."

"난 좋은데?"

범안이 능청스레 어깨로 크게 팔을 휘둘렀다. 스스럼없이 끌어당기는 힘에 그녀는 찰떡처럼 달라붙었다. 킥킥거리며 제 팔로 그의 허리를 감았다.

"크리스마스엔 여행 갈까?"

"여행? 어디로?"

"글쎄? 삼척?"

짧게 고심하던 그가 눈썹을 올렸다.

"삼척?"

"바다도 보고, 회도 먹고……."

안수인을 만나기 위해 떠났던 길. 나름 둘만의 추억이 발생한 장소이기도 하다. 우연찮게 만났던 김똘마니 덕분에.

"자고가 모텔이 어떻게 생겼는지 확인하고 싶고……."

"자고가 모텔?"

저절로 눈썹이 치켜 올라갔다. 요고요고, 뭘 원하는지 눈치가 빠르다.

"이젠 아주 대놓고."

"남잔 다 그래."

꾸짖듯 흘기니 그는 뻔뻔하게 응수했다. 국희는 새초롬하게 입술을 말아 올렸다.

"외박은 못 해요. 지국철 때문에 외박 절대 금지야. 할아버지가 속도위반 손주는 하나면 된다고 엄명하셨어."

"형님이 문제군."

불만스러운 듯 입술을 삐죽였다.

또 나왔다, 새삼스러운 귀여운 표정. 아휴, 사람들만 아니면 뽀뽀라도 해주고 싶다. 밝히는 건, 누가 밝히는 건지…….

손뜨개 목도리가 가득 놓인 가판대를 지나쳤다. 국희는 가던 길을 멈추고 돌아섰다. 보드라운 울로 된 체크무늬 목도리를 하나 집었다. 세련된 무늬도, 크고 길쭉한 길이도 마음에 들었다.

"사게?"

"날도 추운데 코트만 걸치고 나오면 어떡해? 사람은 자고로 목이 따뜻해야 몸도 따뜻하다고 했어."

목도리를 휘둘러 그의 목에 감아보았다. 해사하니 잘생겨서 뭐든 잘 어울린다, 내 남자.

"누가?"

"우리 할머니가."

"그래?"

한 바퀴 감고 내리는데, 범안이 손을 올렸다. 남아 있는 나머지를 그녀 목에도 감았다. 하나의 목도리에 두 사람의 목이 감겼다. 똑 붙듯이 마주 서고, 마주 봤다. 해맑은 눈동자를 지긋한 눈동자가 들여다봤다.

"그거 막 그렇게 감고 그러면 안 되는 건데요?"

젊은 총각인 가판대 주인이 신경질조로 잔소리했다.

"이거 살 거예요."

국희는 미안한 마음이 들어 재빨리 대답했다.

머쓱한 둘의 눈동자가 도로 마주쳤다. 킥, 웃음이 쏟아졌다. 하나로 감긴 목도리 속으로 서로의 콧잔등이 닿다시피 수그리며, 킥킥거렸다.

목이 따뜻해서 참 좋았다.

하나 같은 둘이라, 참 좋았다.

마지막 물건을 박스에 넣었다.

말끔히 치워진 책상을 둘러보고서 범안은 박스의 뚜껑을 닫았다. 책상을 돌아 나와 명패 앞에 섰다.

　　—마케팅기획실장 편범안

명패를 손가락으로 훑었다.

아버지로 인해, 형으로 인해 지키고 있던 자리가 6개월 만에 끝났다. 홀가분할 줄 알았더니 아쉽고 섭섭한 감정도 스며든다. 겉돌다 2차 임원회의 PT를 끝내면서 성취감을 맛봤기 때문일 것이다.

실장실에서 나왔다. 비서실에 덩그러니 놓인 책상으로 다가갔다. 한 사람이 앉으면 꽉 찰 정도로 좁다란 책상은 텅 비어 있었다. 그 자리에 앉아 있던 사람의 잔영이 떠올랐다.

"지국희, 안녕."

책상에 걸터앉으며 투명한 추억에게 인사했다. 초롱초롱한 눈동자가 올려다보며 빙긋 웃어줄 것만 같다.

그래도 이 자리에 왔기 때문에 그녀와 만났다. 인생에 있어서 가장 큰 행운이다. 아버지 덕분인가.

피식, 기분 좋은 미소를 머금고서 범안은 기획실장실 밖으로 나왔다. 수없이 오고 가던 길을 익숙한 걸음으로 옮겼다. 무관심하게 지나쳤던 보도를, 벽을, 엘리베이터 내부를 또릿또릿하게 주시했다. 하나하나 각인시키듯.

"정리는 다 했느냐?"

사장실에서 기다리고 있던 편명호는 담담히 맞이했다.

"네."

"홀가분하겠구나."

"시원섭섭해요. 후회할지도 모르겠어요."

"그나마 다행이구나."

입에 발린 소리임을 알면서도 편명호는 흐뭇하게 웃었다.

한 달이라는 시간 동안 부자(父子)는 많은 대화를 나눴다. 경영에 관한 것이 아닌 오롯이 두 사람 관계로 파생된 일상의 대화들이었다. 어려서도 나누지 못하던 대화였다. 그 대화 중에는 아버지의 살아온 나날들도 있었다. 가난한 집안의 장남으로 태어나 험난한 세상과 맞서며 치열해질 수밖에 없던 나날들. 생명 없는 로봇처럼 기계적으로 움직여야 했던 삶. 그것은 제 욕심보다는 한 가정의 가장으로서 걸어온 길이었다.

비로소 범안은 아버지를 이해하게 되었다. 그리고 형이 아버지를 이해하고 받아들인 이유도 알게 되었다. 부자 사이를 가로막고 있던 높다란 벽은 그렇게 허물어져 갔다. 아마도 더 시간이 흐르면, 더 많은 세월이 지나면 그 허물린 땅에 고운 꽃들이 만발할 것이다.

기대가 되는 미래다.

"기다리고 계십니다."

편명호와 함께 회장실로 이동했다. 대기하던 비서가 그들을 반갑게 맞이했다. 그녀의 안내를 받으며 두 사람은 안으로 들어섰다. 중앙 자리에 앉아 있던 장 회장이 일어섰다. 범안은 바른 자세로 깊게 묵례했다.

"오늘까지라고?"

"네."

"내가 저녁이라도 사줘야 했는데 일정이 안 되어서 미안하구나."

안팎으로 어수선한 상황이었다. 그러나 장 회장은 의연히 대처하며 중립적으로 위기를 해결하려 노력하고 있었다. 잘못된 점은 인정하고, 어긋난 점은 바로잡으려 시스템 재정비에 들어갔다.

거대한 토네이도와 맞닥뜨린 인성은 차근차근 안정을 되찾을 것이다. 올바른 경영자가 버티고 있기에 단단한 뿌리가 흔들리지는 않을 것이다.

"나는 솔직히 네가 많이 아깝다. 그 형의 그 아우라고, 형처럼 너 또한 경영자로서 자질이 뛰어나. 감도 좋고. 아버지를 닮아 타고난 천성이겠지."

"감사합니다."

"네가 목표가 있으니 차마 잡지는 못하겠다. 그래도 마음이 바뀌면 언제든지 나한테 연락해. 네 아버지는 팍팍한 사람이니 아버지보단 내가 쉬울 거다."

편명호를 면전에 두고서 장 회장이 농담을 했다.

"네."

범안은 은근슬쩍 인정하는 웃음을 흘렸다.

"일정은 잡혔느냐?"

"4월에 예정된 공연이 있어요. 다음 달부터 조연출로 일하게 됩니다."

"네가 기획하는 공연에 가고 싶구나. 초대권 보내줄 거지?"

"이번엔 어렵겠지만 정식 기획을 맡게 되면 꼭 보내 드리겠습니다."

"그래. 그곳에서도 잘하리라 믿는다. 내가 했던 말을 잊지 마라."

가지고 있는 것보다 가질 것을 생각해라. 노력 여하에 따라 이루고자 하는 것을 갖게 될 것이다.

"네, 그러겠습니다."

깊숙이 마음에 새기며 범안은 진중하게 대답했다.

"악수 한 번 하자."

"그동안 감사했습니다."

장 회장이 손을 내밀었다. 맞잡은 그의 손은 남자치고는 작았다.

이 작은 손으로 녹록지 않은 세상에서 큰 그룹을 이끄는 사람. 그가 내면에 얼마나 큰 것을 품고 있는지 더 깊이 새겼다.

인성과의 마지막 절차를 끝내고, 범안은 회장실에서 나왔다. 마지막이 아니라, 새로운 길로.

"후회가 되면 돌아올 거냐?"

회장실에서 나서며 편명호가 든든한 아들을 힐끗 쳐다봤다. 떡 벌어진 어깨, 길쭉한 키. 새삼 이 녀석이 언제 이렇게 많이 컸나 싶었다.

"돌아오면 받아주세요?"

중후한 저음을, 나직한 저음이 받아쳤다.

"글쎄다. 그땐 내가 튕길 거다."

"네?"

별안간 아버지 입에서 나온 말에 얼떨떨했다. 이런 단어를 쓰실 아버지가 아니었다. 잘못 들은 것 같아 귀가 멍멍했다. 돌연 편명호의 잇새에서 중후한 웃음소리가 흘러나왔다.

범안은 눈길을 내리깔았다. 그의 입가에도 옅은 미소가 맴돌았다.

❖　✛　❖

4월의 봄바람이 분다. 몽실몽실한 구름이 살랑대는 바람 따라 물 흐르듯 흘러가고 잔잔한 하늘은 티 한 점 없이 맑다.

하늘의 여유는 땅이 깨웠다. 왁자지껄한 달뜬 열기가 월드컵경

기장 입구를 가득 채웠다. 레드카펫이 깔린 길가를 막은 바리케이드 너머 몰려 있는 인파들은 저마다 원색의 풍선들을 하나씩 들고 흔들어댔고, 스타가 도착할 때마다 함성을 내질렀다.

두 대의 차가 레드카펫 앞에 멈춰 섰다. 뒤따르던 검은 차량에서 우르르 경호원들이 나와 앞의 밴으로 뛰다시피 달려갔다.

"지금 핑크걸스 도착했습니다, 송신."

[확인.]

밴의 문을 잡고서 국희는 리시버 마이크로 무전을 보냈다. 레드카펫에 내려서는 핑크걸스를 보자, 귀가 먹먹할 정도로 커다란 환호성이 터졌다. 여기저기서 카메라 플래시가 번개처럼 터졌다.

"핑크걸스 입구로 들어갑니다, 송신."

[1구역 확인.]

그녀들을 에스코트하며 경기장 입구로 들어갔다. 대기실까지 이동하는 동안 수많은 무전이 오고 갔다. 대기실로 들여보내고 그녀는 문밖에서 반듯이 대기했다. 소란스러운 입구에서 벗어나 조용한 공간에 오니 그나마 살 것 같았다. 슬쩍 손목시계를 확인했다.

PM 5시.

공연은 7시부터였다. 마지막 순서인 핑크걸스는 일정이 빠듯하여 간신히 마지막 리허설 순서에 맞춰 도착할 수 있었다. 리허설이 끝나면 곧바로 공연이 시작될 것이다.

그는 잘하고 있을까.

휴대폰을 꺼냈다.

─나 대기실 도착. 잘하고 있어?

메시지를 보냈지만 답은 오지 않았다. 읽음 표시도 생기지 않았다. 이 행사의 기획 조연출이기에 오전부터 정신없이 바쁘게 움직일 그였다.

─미안, 리허설 체크 중.

답은 30분이 지나서 왔다. 그러곤 아쉬운지 덧붙여진 메시지.

─지국희, 보고 싶다.

일주일 동안 만나지 못했다. 공연 날짜가 코앞이라 밤낮 없이 바쁜 그는 시간을 낼 수 없었다. 공연장에서 철야하는 날이 많아 제때 귀가도 못 했다. 지난 일요일, 귀갓길에 들른 것이 마지막이었다.

나도 보고 싶다.

[핑크걸스, 리허설합니다.]

스태프의 무전이 왔다.

그들을 호위하며 국희는 무대로 이동했다. 범안을 볼 수 있을 거라는 기대감이 증폭되었다. 그러나 막상 그는 볼 수 없었다. 힐끗힐끗 곁눈질로 살피면서도 국희는 제 할 일은 했다.

리허설이 거의 끝날 때쯤 무대 뒤에서 길쭉한 그림자가 튀어나왔다. 범안이었다.

그는 국희를 미처 보지 못하고 무대감독에게 뛰다시피 다가갔다. 감독과 대화를 나누며, 그가 허공의 조명을 손가락질했다. 국희의 입술이 금세 헤벌쭉 벌어졌다. 일주일 동안 얼마나 고달팠으면 그사이 뺨이 홀쭉해져 있었다.

우리 그이, 몸보신 좀 시켜줘야겠네.

감독과의 대화를 끝낸 그가 무대 앞쪽으로 이동했다. 그러다 시선을 느낀 그의 고개가 움직였다. 드디어 그와 눈이 마주쳤다. 그녀를 발견한 그의 눈썹이 올라갔고, 입술 끝자락도 휘어졌다.

방향을 틀어 그가 성큼성큼 가까이로 왔다.

"3번 조명, 해리 씨 얼굴로 바로 내려옵니다. 옆쪽으로 이동해 주세요."

굳이 국희 곁으로 안 와도 될 위치였다. 그러나 범안은 조명담당에게 마이크로 지시하며 국희 옆에 섰다. 그의 동공이 내리깔렸다. 제 아래에 있는 그녀를 슬그머니 내려다봤다. 국희는 반듯이 정면만 응시했다. 심장이 자그맣게 두근거렸다. 아무도 눈치 못 채는 설렘이 두 사람 사이에 파고들었다.

조명의 방향이 틀어졌다.

"네! 좋습니다."

"AD!"

"네! 갑니다!"

누군가 그를 불렀다. 급히 몸을 틀던 손가락이 국희의 팔뚝을 살며시 건드렸다. 짧은 접촉. 그러곤 후다닥 달려가 버리는 범안.

듬직한 뒷등을 훔쳐보는 국희의 입술이 배시시 웃었다.

"수고하셨습니다!"

리허설이 끝났다. 대기실로 이동하는 동안에도 콩닥거리는 심장 박동이 가라앉지 않았다. 그 상태는 공연이 시작되어서도 이어져 갔다. 마지막 순서가 되어 이동하면서 한층 열기도 달궈졌다.

"지금 핑크걸스 무대 나갑니다, 송신."

[2구역 확인.]

상큼한 자태를 뽐내며 핑크걸스가 무대로 올라갔다. 귀청을 때릴 정도로 함성도 커졌다. 울타리처럼 종일 무대 앞을 지키고 있는 경호원들 사이에 서며 돌발 상황 대비를 철저히 했다. 국희는 날카로운 눈초리로 방방 뛰어대는 관중을 주시했다.

그 눈동자 끝에는 범안이 있었다.

무대 상황을 예리하게 지켜보며 그는 손짓하고 있었다. 리허설 때와 마찬가지로 조명이 말썽인 모양이다. 마이크로 그가 지시하자, 조명의 방향이 제자리를 찾았다.

멋있다, 내 남자.

범안의 눈길이 그녀에게로 옮겨졌다. 거리를 둔 눈동자들이 서로를 훔쳐봤다.

복부로 올라온 그의 손가락이 움직였다. 검지로 그녀를 콕 찌르고, 엄지가 올라갔다.

네가 최고야.

그의 비밀 신호.

국희는 다문 입술에 바짝 힘을 줬다.

오래 서로를 볼 순 없었다. 조연출인 범안은 바빠도 너무 바빴다. 감독과 몇 마디를 주고받고서 금세 무대 뒤로 사라졌다.

핑크걸스의 무대가 끝나고, 국희는 아까와 마찬가지로 무대 뒤로 움직였다. 스태프들과 마지막 점검으로 정신없는 범안이 그곳에 있었다.

일부러 누가 지시 내려 두 사람 사이를 갈라놓듯 그녀가 무대 뒤로 가니 그는 무대 앞으로 이동했다. 달리듯 걷는 범안과 PC 곁을 수행하는 국희가 교차되었다. 범안이 손바닥을 슬쩍 내밀었다. 말하지 않아도 텔레파시처럼 신호는 통했다. 국희도 손바닥을 펼쳤다.

끝내줬어.

몇 개의 손가락만 닿는 하이파이브.

두 사람 입술이 늘어났다.

"수고하셨습니다."

공연이 끝나고, PC 숙소까지 수행하는 것으로 경호 임무는 모두 끝났다. 그녀들의 숙소 앞에서 차에 오르며 신입 경호원이 인사했다.

"배고프다. 3팀 류민정 팀장이 끝났다고 합류하잖다."

3팀엔 재운이 있었다. 3팀의 오늘 담당은 갓위너였다. 무대 앞 순서였기에 현장에서 스치듯 마주친 것이 전부였다. 보조석에 앉아 있던 국희는 앞쪽 보도블록을 턱짓했다.

"나는 저 앞에 내려줘."

"왜? 지국희, 밥 안 먹어?"

"응."

동기가 물어 가뿐히 대답했다. 멈춰 선 차에서 내리는 그녀를 보며 동기가 차창 밖으로 고개를 내밀었다.

"너 애인한테 가지? 다음 달에 시집간다고 벌써부터 우리를 버리나? 누군지 데려와."

"아까워서 안 돼."

새침한 답에 차 안의 동료들이 아우성을 쳐댔다.

"지국희, 신고식 안 하면 식장에 우리가 조폭처럼 꾸미고 간다."

"안 꾸며도 조폭 같거든? 카메라 찍힐라, 어서 출발해."

험악한 협박에도 굴하지 않고서 주차단속카메라를 손가락질했다. 입술을 질근거리며 동료들이 그 자리를 떠났다.

"야! 지국희! 꼭 이따 데려와!"

허망한 동기의 외침이 메아리처럼 울렸다. 멀어지는 자동차 후미를 외면하고서 그녀는 얼른 손바닥을 펼쳤다. 택시가 보도블록 가로 서서히 다가왔다.

새하얀 꽃잎 같은 종잇조각이 바닥에 떨어져 있다.

옅은 조명이 켜진 무대를 거닐던 범안은 허리를 숙였다. 손가락으로 종이를 집어 올렸다. 피날레를 장식하던 꽃종이였다. 보조 스태프들이 말끔히 치웠으나 하나 놓친 모양이었다. 지그시 바라보던 입매가 길어졌다.

몇 시간 동안 요동치던 흥분이 여전히 가시지 않는다. 달뜬 열기가 잠식되듯 가슴 깊숙이 남았다.

한국에서의 첫 공연.

조연출이긴 했으나 뜨거웠다. 그 어느 때보다도.

첫 뮤지컬 공연 기획을 했을 때와는 또 다른 감격이었다. 진정으로 제 설 곳을 찾은 기분. 뿌듯함 이상이었다.

"수고했다."

까맣게 죽은 조명을 올려다봤다. 나직하게 읊조리며 그 누구에게도 아닌 제 자신에게 인사했다.

"수고하셨습니다."

그 말을 뒤에서 받았다.

고개를 돌리니 조명이 꺼진 관중석에서 거뭇한 그림자가 다가왔다. 자그마한 형체가 서서히 제 모습을 드러냈다. 주름이 잡힐 정도로 범안의 눈꼬리가 휘었다. 음료수 두 개를 흔들며 국희가 무대로 걸어왔다.

"스태프들은?"

"회식하러."

"내가 온다고 해서 못 갔어?"

그녀의 질문에 범안은 고개를 가로저었다. 아직은 이 기분을 깨고 싶지 않았다. 솟구치는 이 흥분을 그녀와 만끽하고 싶었다.

범안이 무대를 걸어왔다. 무대 아래의 그녀와 무대 위의 그가 서로를 바라봤다. 그가 손을 뻗었다. 그 손을 잡고 국희는 번쩍 뛰어오르듯 올라갔다. 그리고 조금 전의 그처럼 무대를 휘둘러

봤다.

하나하나 그의 손길이 거치지 않은 곳이 없을 것이다. 작은 것 하나 놓치지 않으려 고군분투하며 그가 이뤄낸 꿈.

빙그르르 한 바퀴 돌고서 국희는 무대 가에 앉았다. 그리고 손바닥으로 탁탁, 옆자리를 쳤다. 잠자코 지켜보던 그가 순순히 말을 따랐다. 나란히 곁에 앉는 제 남자에게 음료수 하나를 건넸다.

"기분이 어때?"

"형언할 수 없을 만큼."

범안의 한쪽 눈동자가 찡긋, 가늘어졌다.

"좋아."

"축하해."

그녀는 음료수 병을 기울였다. 두 개의 음료수가 부딪치며 청청한 소리를 내었다.

"최고였어. 끝내주게 멋있었어."

"곧 진짜를 보여줄게. 진짜, 내 무대."

"응."

암흑이 드리워진 관중석을 멀거니 보며 그가 말했다. 국희는 화사하게 웃으며 음료수를 한 모금 마셨다.

"경호원 지국희도 끝내주게 멋있었어."

기울여진 그의 눈동자엔 애정이 가득했다.

"말로만?"

국희는 턱을 올렸다. 촉촉한 입술이 요구하는 건 따로 있었다. 범안의 입술이 한껏 벌어졌다. 그의 고개가 숙여졌다. 지긋한 미소를 한껏 머금은 입술이 다가왔다. 눈꺼풀을 부드럽게 닫았다. 서로의 숨결이 가까워졌다.

그리고 머문다.

어딜 가나 꽃이다. 어딜 가나 봄이다.

아름드리 피어오른 보라색 꽃망울이 화단을 가득 채우고, 가지마다 싱그러운 잎사귀를 펼친 고목의 자태는 산뜻하다. 그리고 산들산들한 바람은 풀잎의 향을 은은하게 실어 나른다.

산책로로 들어서니, 나무 벤치에 기대앉은 그림자가 나타났다.

그가 있다, 세준.

환자복 위에 깔끔한 카디건을 걸친 그는 하늘 끝자락을 응시하고 있었다. 이끌리듯 그에게 다가갔다. 이끌리듯 그의 고개가 돌려졌다.

"왔어요?"

가까이 걸어오는 범안을 본 그의 동공에 옅은 미소가 번졌다. 어렴풋이 쓸쓸함이 배어나는 미소. 그러나 표정은 안온했다. 앉으라는 신호로 그가 가벼이 턱짓했다. 범안은 조용히 옆자리에 앉았다. 간격을 두고 두 남자가 나란히 앉았다. 그리고 미리 정해놓은 것처럼 정면의 풍경을 응시했다.

"매번 돌려보내서 미안해요."

"아닙니다."

매달 찾아올 때마다 면회를 거부하던 세준이었다. 그런 그의 연락을 받은 건 며칠 전이었다. '토요일 정오에 보자' 라는 메시지뿐이었으나 범안은 정확한 시각에 맞춰 도착했다.

"몸은 어떠십니까?"

"내일 퇴원해요. 시간 참 빠르죠? 벌써 4월이네요."

"네."

다행이라는 말이 목구멍에 걸렸다. 그러나 언어가 되어 나오지 않았다. 범안은 바닥으로 시선을 뒀다. 적갈색 직사각형 블록이 초점을 사로잡았다.

"미안해요."

세준이 말했다.

부모 대신 사과하는 것이었다. 부모가 저지른 죄로 그가 치러야 할 몫은 감당하기 어려울 만큼 클 것이다. 그러나 그는 도망치지 않았다. 모든 것을 받아들이고, 모든 것을 내려놓은 사람처럼.

"……저는, 고맙습니다."

범안은 대답했다.

그 말뿐이 할 수 없었다.

침묵이 이어졌다. 그저 미안하다는 말이, 고맙다는 말이 전부였다. 남겨진 말이나 묵혀 있던 응어리는 그 말들로 대신했다.

한동안 정지되었다. 시간도, 바람도, 감정도.

"겨울이 갔어요."

오랜 침묵을 깨고 세준이 입을 열었다.

"너무 시리고 추워서 영원히 겨울에 머물러 있을 줄 알았는데……."

봄꽃 가득한 화단으로 시선이 머물렀다.

그 차디차던 눈밭에서 피를 흘리던 날. 가물거리는 시야에 잡힌 건 바싹 메마른 나뭇가지였다. 다시는 잎을, 꽃을 피우지 못할 것처럼 보였다. 저대로 죽나 보다, 라고 암흑이 덮어지던 정신 너머 생각했었다.

깨어난 후, 내다본 도시도 똑같았다. 겨울의 도시는 죽은 것 같았다.

그러나 죽은 도시가 살아났다. 겨울이 가고, 봄이 왔다. 팍팍하던 땅에 새싹이 열리고, 잎이 자라고, 꽃이 폈다.

"그런데…… 그래도 봄은 오네요."

평생 그렇게 반복될 것이다. 시린 겨울이 있으면 따뜻한 봄이 오고, 뜨거운 여름을 맞이했다가 쓸쓸한 가을로 들어설 것이다. 그러다 또 겨울. 그리고 또 봄.

"퇴원하시면……."

범안의 말끝이 흐려졌다. 무엇을 어떻게 할 건지, 계획이 있는지 묻는 것조차 송구스러웠다. 그의 미래는 산산조각이 났기에.

"배낭여행을 갈까 해요. 겨울이 없는 도시로……. 한동안 돌다 보면 답이 나오겠죠."

"네."

조심히 다녀오라는 말이 혀끝에서 덜그럭거렸다. 끝내 입을 다물었다.

"들어가 봐야겠어요."

세준이 벤치에서 일어났다. 범안도 그의 길을 따랐다. 산책로에서 나온 길에는 주차장이 있었다. 그 주차장에서 두 사람은 걸음을 멈추고 마주 봤다.

"스쿼시는 결국 못 하겠네요."

농담처럼 말하며 세준이 손을 내밀었다.

범안은 말없이 그의 손을 잡았다.

그 옥상의 커피 한 잔이 그리워지겠지. 옥상 펜스에 기대고 올려다보던 하늘도, 그곳에서 맞던 바람도 생각나겠지. 그리고 무엇보다 그와 나누던 소소한 농담들.

다시는 오지 않을 시간.

그리고 이젠 끝내야 할 시간.

"건강하십시오."

친구로서의 마지막 인사를 나눴다.

범안의 차가 주차장을 떠났다. 차가 완전히 시야 밖으로 사라질 때까지 세준은 지켜봤다. 봄바람이 머리카락을 건드렸다. 제법 자란 머리카락이 춤추듯 너울거렸다.

"오빠!"

윤진의 목소리가 들렸다. 고개를 돌리니 윤진이 다가오고 있었다. 그녀가 쇼핑백을 들고서 희미하게 웃었다. 카랑카랑하던 목소리도, 코맹맹이 애교 소리도 사라진 동생. 다른 사람이 된 양 기운 없어진 표정이 안쓰럽다.

"퇴원할 때 입을 옷 가져왔어."

"고맙다."

모자랄 것 없이 마음껏 누리고 살던 동생이, 부모님 일로 완전히 무너질까 봐 많이 걱정했었다. 몇 달은 제 몸 가누기도 힘들어 신경조차 써주지 못했다. 한데 의외로 잘 버텨주었다. 그 이유는 국희 덕분이었다. 간간이 그녀가 연락하여 두 사람은 몇 번을 만났다고 했다. 그리고 여느 친구 같은 관계가 되었다. 다행이었다. 고맙기도 했다.

"오빠 혹시 알고 있었어? 국희 씨가 원래 경호원이라던데. 나 얼마 전에 듣고서 깜짝 놀랐어."

"경호원?"

"오빠도 몰랐구나?"

동공이 커지는 그를 보며 윤진이 킥, 웃었다.

불현듯 창고에서 날다람쥐처럼 날렵하게 사내와 맞서던 국희의 모습이 상기되었다. 소매치기를 잡을 때도 거침없던 그 행동. 그제야 유난스레 대범했던 이유를 알게 되어 조금은 기막혔다.

"어떻게 알았어? 국희 씨에게 들었어?"

"아니. 그때 우리 취했을 때 데려다줬던 남자 기억나? 얼굴이 강아지처럼 귀여웠잖아."

"얼굴은 잘 기억 안 나."

"그 남자를 국희 씨 만났다가 우연찮게 또 봤거든. 그 남자한테 들었어."

말꼬리가 올라가는 것이 뉘앙스가 들떴다. 동공도 윤기가 도는 것이 요 근래 보지 못한 생기였다.

그때 윤진 휴대폰이 삑삑, 거렸다. 메시지를 확인하는 입꼬리가 휘어졌다. 훔쳐보듯 세준은 슬그머니 들여다봤다. 발신자에 [민재운]이라고 써져 있었고, [오늘 저녁]이라는 단어가 살짝 보였다. 오늘 저녁에 만나자는 데이트 신청인 듯했다.

"그 남자하고 연애해?"

"아, 아니야. 내가 지금 상황에서 연애는 무슨. 그냥 국희 씨 때문에 한두 번 만난 것밖에 없어."

일축하면서도 그녀의 뺨이 금세 발그레해졌다. 그는 동생의 감정 변화를 알아챘다.

홀로 견뎌야 할 시간을 채워줄 좋은 시작이 되길, 그동안의 아픔이 씻기는 좋은 만남이 되길 세준은 바랐다.

"어서 가봐."

그녀의 손에서 쇼핑백을 빼앗아 들었다. 미적거리는 등을 다정히 밀었다. 주춤거리던 윤진이 손을 흔들고서 차로 걸어갔다. 그러면서도 답문을 열심히 보내었다. 여린 등을 지그시 응시하다, 그는 빙그레 웃었다.

그들을 보내고서 1인실 병실로 돌아왔다. 문을 여는데 낯익은 사람이 기다리고 있었다. 창밖을 내다보던 그가 뒤돌아봤다. 경악하다시피 놀라 그 자리에서 얼어붙고 말았다.

"회장님."

"내일 퇴원한다고?"

"……네."

"퇴원한 후의 계획을 듣고 싶어서 왔네."

그동안 잠정 퇴사나 마찬가지였다. 부모님의 공판이 진행되고 있었고, 인성에 크나큰 손실을 입혔다. 윤진이나 그는 인성에서의 자리를 잃었다.

"배낭여행을 갈까 합니다."

"기간은?"

"아직 정하진 않았습니다."

솔직하게 대답했다. 장 회장이 고개를 주억거리며 느긋하게 다가왔다.

"그렇다면 10개월을 주지. 6개월은 짧은 감이 있고, 1년은 너무 길고…… 그러니 딱 10개월. 그리고 돌아오게."

"네?"

"경영 후계자로 배 이사를 지목할 생각이야. 주주나 임원들의 반발은 있겠지. 하나 난 그리 결정했어."

그가 강단 서린 말을 이었다.

"부회장 일은 나도 많이 실망했어. 하지만 그 일은 부모의 죄일 뿐이지, 자식이 책임질 몫이 아니야. 자네 몫은 부모가 무너뜨린 신뢰를 되찾는 것뿐이야. 지금까지 해왔던 것처럼 올바로 인성을 이끌면서."

"회장님."

"무엇보다 난 자네를 잃고 싶지 않아. 그리고 이건 명령이 아니라 부탁이네. 나 좀 도와줘."

그가 독려하듯 세준의 어깨를 다독였다. 그러고서 옆으로 지나쳤다.

"내년 봄이면 되겠군……. 기다리고 있겠네."

근엄한 미소를 그리며 장 회장이 병실에서 나갔다.

세준은 두 주먹을 감아쥐었다. 고개를 숙인 그의 아랫입술이 파르르 떨렸다.

봄은 온다.

아무리 시려도, 아무리 추워도……

그래도 봄은 온다.

숯불이 피워진 바비큐 그릴에서 모락모락 연기가 피어올랐다. 노릇노릇 구워진 삼겹살 사이로 간간이 한우 등심이 섞여 있었다. 먹음직스럽게 익은 고기를 담고서 엄마가 후다닥 평상으로 돌아왔다.

"더 먹어, 우리 사위. 공연 준비하느라 애썼을 텐데 많이 먹어야지."

다른 사람 다 젖혀두고 한우 등심은 온전히 범안에게로 갔다. 앞접시에 이미 등심이 가득 담겨 있는데도 엄마는 쉴 새 없이 고기를 얹어줬다.

"많이 먹었습니다, 장모님."

살가운 대답에 엄마가 채신없이 깔깔거렸다. '장모님' 소리를 까무러치게 좋아하는 엄마였다.

스멀스멀 영희의 젓가락이 등심에게로 갔다. 인정사정없이 엄마의 손바닥이 탁, 쳐냈다. 그러더니 삼겹살을 큰딸 앞으로 밀어놓았다. 사위 사랑 장모 사랑.

"이건 우리 며느리 거. 2인분이니까 왕창 먹어."

시아버지 사랑은 며느리가 독차지했다. 아빠가 등심을 한가득 담은 그릇을 새언니에게 건네줬다. 몇 개월 사이에 배가 볼록 올라온 새언니는 수줍어했고, 국철은 공연히 으쓱하며 헤헤거렸다.

"아놔. 남편 없고, 부인 없는 사람 서러워서 살 수가 없네!"

끝내 영희가 불만을 터뜨렸다. 그러자 할머니가 당신 접시에 놓인 등심을 그녀 입에 넣어줬다. 그래도 손녀 사랑은 할머니뿐이었다.

"그러게, 시집가면 되잖아."

"싫어. 그건 싫어."

엄마의 핀잔에 영희가 도리질 치며 술잔을 비웠다.

"대여할까? 남편 대여는 없나? 필요할 때만 써먹고 치워 버리면 되잖아."

"하여튼 못 하는 소리가 없어."

찍, 엄마의 갈퀴 같은 손바닥이 여지없이 날아갔다. 차지게 등짝을 후려 맞고서 영희는 앓는 소리를 내었다. 아직 적응 안 된 새언니는 흠칫 놀랐고, 범안도 잔뜩 긴장했다. 저 손바닥에 맞지 않으려면 잘해야겠다, 라는 각오를 남몰래 했다.

할아버지는 쉼 없이 범안의 잔을 채웠다. 따라주는 족족 마시는 바람에 그의 뺨은 벌겋게 익어 있었다. 동공도 풀려 헤벌쭉하는 제 남자를 보다 못하여 저지시켰다.

"할아버지! 우리랑 피가 다르단 말이야! 그만 주셔."

"몇 잔 마시지도 않았구만."

국철이 힐끔 넘겨다봤다. '끼지 말라'고 확 째렸다가 국희는 얼른 시선을 거둬들였다. 이제 홀몸이 아닌 지국철. 더군다나 몇 개월이 지나면 '아빠'도 된다. 그동안 해오던 갖은 핍박과는 안녕하고, 오빠로서 대접을 해줘야 한다. 인정했음에도 뭔가 허전한 것이 상당히 아쉽다.

"안주를 많이 먹으면 돼. 그럼 덜 취해. 그치? 편 서방?"

"네, 장모님."

엄마가 함박만 한 상추쌈을 싸서 예비 사위에게 내밀었다. 범안은 해맑게 대답하며 넙죽 받아먹었다. 사위와 장모의 죽이 척척 맞는다.

왁자지껄, 소란스러운 술자리가 이어졌다. 누구 하나 즐겁지 않은 사람이 없었다. 누구 하나 웃지 않는 사람이 없었다.

"아이고, 우리 사위 존다."

술자리가 깊어지니 여지없이 범안의 고개가 방아깨비처럼 꾸벅거렸다. 킬킬거리며 엄마가 손가락질을 했다. 그 소리에 번쩍 그가 고개를 들었다. 배시시, 바보처럼 웃고선 금세 또 까무룩해지는 범안.

"거봐! 술 많이 주지 말라 했잖아!"

기우뚱 기울어지는 제 남자를 잡으며 국희는 성질냈다. 기다렸다는 듯이 그의 고개가 국희의 목덜미에 파고들었다. 어른들 앞이라 조금 부끄러웠으나 그녀는 뻔뻔스레 버텼다.

"편 서방 불편해서 안 되겠다. 국철이 방에 눕혀라."

아버지가 그를 부축했다.

"그럼 우리는?"

"너희는 너희 집에 가."

국철이 볼멘소리를 내었지만 엄마는 시큰둥했다.

"내가 할게, 내가."

국희는 벌떡 일어나 범안에게 신발을 내주었다. 취해서 휘청거리면서도, 범안은 신발을 잘도 찾아 신었다. 그를 아빠와 함께 국철의 방에 눕혔다. 고이 잠든 그의 몸에 이불을 덮어주고서 흐트러진 머리카락을 매만졌다. 잠든 얼굴이 아기처럼 예쁘기만 하다.

배시시, 그녀도 바보처럼 웃었다.

"헉."

이른 아침, 낯선 방에서 눈뜬 범안은 기겁했다. 아직 결혼식도 올리지 않았는데 취해서 처가댁에서 잠들고 말았다. 이런 실례를…….

침대에서 내려와 안절부절못하다가 빠끔히 문을 열었다. 고개를 내미는데 불쑥 장모님이 방에서 나왔다. 흠칫 놀라는 대롱거리는 머리를 그녀가 보았다.

"편 서방, 일어났어?"

"아, 안녕히 주무셨어요."

들킨 마당이라 어쩔 수 없이 그는 꾸벅 인사했다. 장모님이 하염없이 다정히 웃다가 구겨진 그의 셔츠를 발견했다.

"옷 갈아입어야겠네. 씻고서 이걸로 갈아입어."

그녀가 국철 방으로 들어갔다. 옷장을 뒤져서 세트로 된 트레이닝복을 꺼내어 건네었다. 받아 든 범안은 쭈뼛쭈뼛 욕실로 들어갔다. 갈아입고 보니 팔다리가 짧았다.

막 잠에서 깨어 나오던 국희가 그 엉성한 차림새를 봤다. 똑딱, 신호를 받은 것처럼 웃음이 터지고 말았다.

"웃지 마."

그가 민망해하며 소매를 내렸지만 절대 길어지지 않았다. 대신 걷어 올려 감췄다. 그런데 다리는 어쩌나.

"잘 어울려. 진짜야."

국희는 엄지를 번쩍 들었다. 그러나 그는 믿지 않았다. 거짓말인 게 조금 티 났나 보다.

"식구들이 죄다 늦잠을 자서 아침 되려면 멀었으니까 둘이 동네 한 바퀴 돌고 와."

엄마가 웬일로 친절한 여사님이 되셨다. 변덕스러운 그녀의 호의가 바뀔지도 모르므로 국희는 잽싸게 범안과 밖으로 나왔다. 일부러 범안처럼 트레이닝복을 맞춰 입고서.

세트처럼 두 사람이 느긋이 공원으로 걸어갔다.

오전 10시의 공원에는 가로수처럼 심어진 벚나무의 꽃잎이 만개해 있었다. 하늘의 푸름을 가로막고 살랑대는 꽃잎이 고고하게 그들을 내려다봤다. 간간이 산책하는 어르신들, 뛰노는 아이들, 그리고 중앙에서 배드민턴을 치는 가족들. 모든 전경이 평화로웠다.

"너무 예쁘다. 우리 사진 찍자."

국희는 나무 기둥에 솟은 벚꽃 아래서 휴대폰을 꺼냈다. 알아서 척척, 범안이 허리를 숙여줬다.

"트레이닝 커플이 왔다."

넉살을 떨며 손가락을 펼쳤다. V 자를 그리는 입술이 벙긋 벌어졌다. 범안이 쿡 소리를 내며 뺨을 맞대었다. 검지에 끼워진 반지가 빛나듯 발광했다.

찰칵—

발긋한 홍조를 띠운 벚꽃잎이 가지를 벗어났다. 공기를 타고 빙그르르 돌던 꽃잎이 국희의 정수리에 우아하게 착지했다. 범안은 손을 올렸다. 그녀 머리카락에서 꽃잎을 떼어내는 그의 기름한 눈매가 휘어졌다. 커다란 손이 자그마한 손을 감쌌다.

나긋나긋하게 벚나무 길을 선회했다.

"우리도 배드민턴 살까?"

셔틀콕을 주고받는 가족의 모습이 도란도란 즐거워 보였다. 그들을 보며 범안이 물었다.

"칠 줄 알아?"

"쳐본 적은 없지만 모든 구기 종목은 웬만해선 잘해."

"오, 이 밑도 끝도 없는 자신감."

"너는?"

"나야, 광속의 스매싱이지."

한껏 너스레 떨자, 그의 눈매가 의심스럽다는 듯 가늘어졌다.

"거짓말."

"정말."

거만스레 턱까지 들었다.

"자신 있어?"

"당연하지. 내기할까?"

"좋아."

"나한테 지고서 울지 말라고."

픽, 그녀 입꼬리가 비릿하게 올라갔다. 그 말은 범안의 의욕을 불타오르게 만들었다.

"당장 사러 가자."

성큼성큼 그가 벚나무 길을 나아갔다. 그녀 손을 바짝 쥐고서 끌다시피.

까르르 웃음을 터뜨리며 국희는 종종 그를 따랐다.

봄 햇살이 따뜻했다.

우리의 일상처럼 따뜻했다.

일상으로 돌아온 우리. 지난 4개월 동안 그 어떠한 사건 사고도 없이 무탈하게 보냈다. 선득한 기억을 남긴 그날들이 거짓말인 것처럼.

우리의 미래도 이렇듯 흘러갈 것이다.

때론 반복되는 일상이 권태로워 싫증 날 것이고,

때론 특별한 일 없는 일상이 무료해 따분할 것이다.

그러나 괜찮다.

설령 그것이 지극히 평범한 삶일지라도 그 안의 소소한 일과가 얼마나 값진지, 그 안에 싹트는 사랑이 얼마나 소중한 것인지, 시간이 흐르면 흐를수록 깨달아가고 있기에.

우린 오늘도 평범한 삶을 살았습니다, 라고 말할 수 있는 것만으로도 그 삶은 해피엔딩이지 않을까.

아마도
그럴 것이다.
그러리라 믿는다.

에필로그

어디선가 짠 바람이 불어온다. 그 바람이 보듬어주듯 온화한 숨결을 불어와 뺨과 머리카락을 건드리며 짓궂은 장난을 걸어온다. 나풀대는 머리카락을 쓸어 귀 뒤로 넘기며 곁을 휘둘러본다. 혼자다.

하늘과 잔디밭이 전부인 널따란 공간에는 나무 벤치 하나가 유일하다. 짙은 갈색의 나무 벤치는 풍경의 중심을 차지한다. 그리고 커다란 붓으로 칠해놓은 듯 티 한 점 없는 청청한 세상이었다.

걸었다. 한 발 한 발 땅을 디뎠다. 굵은 초록 잔디가 풍성하게 자란 땅은 솜이불처럼 푹신푹신했고, 산뜻한 제 색을 자랑하며 바람결 따라 살랑거렸다.

혼자가 아니었다. 벤치에 앉아 있는 새하얀 그림자가 서서히 시야에 잡혔다. 짧고 단정한 머리카락이 흐르듯 들썩거렸다. 희미하게 갸름한 턱 선이 보였다.

빙그르르, 입매가 휘어졌다.

신호를 받은 양 그림자가 뒤돌아봤다.

낯선 남자, 처음 보는 얼굴의 남자였다. 그도 입술을 조용히 늘였다.

"안녕하세요."

듣기 좋은 울림을 가진 저음이었다. 남자가 먼저 인사하였다. 까닥, 고개를 숙여주고서 마치 약속이라도 한 듯이 그의 옆자리에 앉았다. 그리고 앞의 전경을 응시했다. 그도 정면으로 고개를 돌렸다.

정면은 낙원 같은 안락한 푸름이었다. 푸른 바다의 숨소리는 흰 거품조차 없이 잔잔했고, 푸른 하늘은 흰 구름조차 품지 않고서 드넓게 펼쳐져 있었다. 푸르렀다. 그 밝고 맑은 색채가 동공 가득 메워졌다.

한동안 말없이 색을 감상했다. 심장박동도 규칙적인 박자를 탔고 공기를 가르는 숨결도 나긋나긋 새어 나왔다.

눈길을 돌렸다. 그의 얼굴을 좀 더 자세히 보고 싶었다. 텔레파시가 통한 것처럼 남자도 고개를 틀었다. 그제야 한눈에 채워지는 남자의 이목구비를 또렷이 볼 수 있었다. 낯선 남자에게서 낯익은 분위기가 풍겨왔다.

"궁금했어요. 보고 싶기도 했고요."

남자가 말했다.

"네."

"보니 좋네요."

"잘 계셨나요?"

무의식의 물음이었다. 튀어나온 의미 불명한 말의 뜻도 알 수 없었다. 그럼에도 대화는 순조롭게 흘러갔다.

"네, 저는 그런 것 같습니다."

"다행이네요."

남자의 차분한 대답에 깊은 안도를 했다. 그가 손을 내밀었다. 가만히 그의 손 위로 제 손을 올려놓았다. 기다랗고 섬세한 손가락이 조심히 손을 감아쥐었다. 온기는 전신으로 퍼졌다. 따뜻이 데워지는 온기로 나른해져 갔다.

"손이 따뜻하네요."

"네."

"이 손을 잡고 있으면, 같이 따뜻해지겠죠."

남자가 말했다. 그 말에 환한 미소를 그렸다. 그 모습을 지그시 바라보던 그의 눈도, 입도 햇살만큼 화사하게 웃었다. 그가 잡았던 손을 놓아줬다.

"하고 싶은 말이 많았는데 굳이 하지 않아도 될 듯해요. 본 것만으로도 괜찮아요."

"그래요?"

"이게 좋은 거네요, 본다는 것 자체가."

그가 일어났다. 따르지 않고서 붙박이처럼 앉은 채로 올려다봤다. 남자가 마지막 인사를 하는 것처럼 턱을 기울였다.

"잘 부탁해요."

그리고 천천히 돌아섰고, 천천히 초록의 땅을 밟았다. 몇 발짝 움직인 그가 놓친 것이 있는지 멈칫하고서 돌아봤다.

"당근을 싫어해요. 어려서는 질색했는데 커가면서 편식 자체가 없어진 탓인지 먹긴 먹어요. 그래도 별로 안 좋아하긴 해요."

쿡, 웃으면서 그가 마저 말을 이었다.

"계란말이를 좋아해요. 어려서는 계란말이 하나만 있어도 밥을 잘 먹었어요. 물론 당근 듬뿍 들어간 계란말이는 질색하지만요. 말 안 들을 때 해줘 봐요. 약 올라 할 거예요."

새삼 떠오르는 추억이 즐거운 듯 그가 쿡쿡 소리 내어 웃었다. 그 웃음소리는 귀에 익숙했다. 많이 들어본 소리와 비슷했다.

"이젠 안심이에요. 이젠 정말 편안해질 것 같아요."

나직한 말은 웃음기를 머금고 있었다. 눈꼬리도 기름하게 길어졌다.

그래, 저 눈매도 많이 보았던 기억이 있다. 한데 어째서 생각나지 않는 걸까.

마냥 낯설다고 생각했는데 마주 보고서 자세히 보니 그렇지도 않았다. 어딘가 친숙한 얼굴이었다. 기름한 눈꼬리나 반듯한 입매가 누군가를 닮았다. 한데 신기하게도 떠오르는 형상은 없었다. 그렇다고 답답하거나 못 견디게 궁금하지는 않았다. 또한 억지로 기억을 되짚고 싶지도 않았다. 그저 낯선 남자의 있는 그대로를 받아들일 뿐이었다. 마치 오래전부터 알아왔던 사람처럼. 마치 예정된 인연이었던 것처럼.

그가 이젠 완전히 돌아섰다.

새하얀 옷차림의 그는 점점 푸름으로 물들어갔다. 흩어지듯 사라지는 형상을 보며 따뜻한 온기가 남아버린 손바닥을 그러쥐었다.

그리고 푸름만이 남았다.

국희는 눈을 떴다.

끔벅끔벅, 눈꺼풀을 여러 차례 감았다 떴다. 바람 소리조차 들리지 않던 공간에 있었던 것이 거짓말처럼 시끄러운 소음이 침범했다. 왁자지껄 수다 떠는 소리, 경쾌한 음악 소리, 드라이기 소리 등이 섞여들었다.

꿈이었나.

너무나도 생생한 색채와 생생한 대화여서 꿈인지 아닌지 분간되지 않았다. 또한 자신이 만난 남자가 누구인지 가늠되지 않았다. 알 듯하면서도 가물가물한 정신이 주인공을 찾지 못했다.

그녀는 얼떨떨한 기분으로 자신이 있는 곳을 살펴봤다. 헤어 담당자는 세팅롤로 말아진 머리를 매만지고 있었다. 굵은 땀방울이 이마에 그렁그렁 맺혀 있었다. 집중하느라 그녀는 땀 닦을 여유도 없었다. 거울 속에 비치는 제 모습을 보았다. 메이크업이 끝난 얼굴은 화사한 조명을 받고서 말갛게 빛나고 있었다.

"어젯밤 못 주무셨죠?"

멍한 표정인 국희에게 디자이너가 말을 건넸다.

"저 졸았어요?"

"네. 아주 곤히 잠들어서 깨우지 않았어요."

"불편하셨겠네요."

"올림머리니까 괜찮아요. 원래 신부님들이 머리 매만지면 잘 잠들어요. 전날 설레어서 못 자기 일쑤니까. 자, 다 되었네요."

그녀가 거뜬하다는 듯 도리질하더니 어깨를 툭툭 건드렸다. 먼 발치서 지켜보고 있던 현주와 영희가 그녀의 신호에 가까이 다가왔다.

"오, 지국희. 상당히 쓸 만한데?"

"쓸 만한 정도야? 끝내주지."

언니가 매기는 짠 점수에 국희는 허리춤에 양손을 올리고서 포즈를 취했다. 늘씬한 허리 라인이 드러나는 우아하면서도 섹시한 드레스 자태는 감탄이 절로 나왔다. 킥킥거리던 현주가 얼른 셀카봉을 들었다. 세 여자는 휴대폰 카메라를 보면서 방긋 웃었다. 신부를 중심에 세우고서 두 여자는 최대한 작은 얼굴로 찍히려고 뒤편에 섰다. 용을 쓰는 쟁탈전이 벌어졌다. 승자는 성격 더러운 독신주의자 영희였다. 그녀의 얼굴이 가장 작게 나왔다.

"재운이 왔다."

현주의 휴대폰이 삑삑거렸다. 문자메시지를 확인하고서 그녀가 가방과 짐 보따리를 챙겨 들었다. 식장까지 픽업해 주러 재운이 미용실 앞에 도착한 것이었다. 영희가 국희의 웨딩드레스 자락을 잡아주며 걸음을 편히 걷도록 도와주었다.

세 여자는 서둘러 미용실에서 나왔다. 넓은 미용실 주차장으로 내딛던 국희는 우뚝, 멈춰 섰다.

"어?"

미용실 앞에 시커먼 무리가 있었다. 저마다 검은색 정장 차림에 리시버를 귀에 차고서 무전기를 들고 있었다. 낯익은 얼굴들이었다. ㈜이음 소속 경호원 동기들이었다. 모두 오늘 OFF였고 결혼식에 참석할 예정이었다. 식장으로 가야 할 동기들이 나타난 것이 의아했다.

"PC 나오셨습니다."

선두에는 재운이 있었다. 그의 무전에 따라 동기들이 우르르 국희에게로 달려왔다. 그러고선 감싸듯 그녀 주위를 에워쌌다. 난생처음 보는 광경에 영희와 현주가 주눅 들어 국희의 팔에 매달렸다. 주차장 근처에서 배회하던 사람들도 신기한 구경거리에 너도나도 발길을 멈추었다. 그들 사이에서 '연예인이야?'라는 말소리도 어렴풋이 들려왔다. 미용실 직원들도 전면 유리창에 다다닥 붙어서 내다봤다.

"왜, 왜들 이러셔? 어? 뭔 일이야?"

별안간 자신에게 왜 이러는지, 국희는 당황하고 말았다.

"경호 의뢰에 따라 식장까지 모시겠습니다."

"의뢰라니? 누가?"

"부군 되실 분입니다. 이쪽으로 이동하겠습니다."

화들짝 놀라 물으니, 재운이 계속 바른 자세로 대답했다. 제 본분에 심취한 건지 웃지도 않고 진지했다. 그러면서 주차되어 있는 하얀색 리무진을 가리켰다. 기가 막혀 헛웃음도 나오지 않았다.

얼마 전 그가 직접 미용실 픽업을 맡겠다고 말해왔었다. 현주가 운전하면 된다고 말했으나 그는 굳이 메이크업 끝나는 시간에 맞춰 미용실로 오겠다고 고집을 피웠었다. 하는 수 없이 오전에 이동할 땐 택시를 이용했었다. 그런 데다 범안은 한 시간 전 준비를 먼저 끝내고서 식장으로 이동했었다. 참석하시는 손님들을 미리 맞이해야 한다는 이유였다. 한데 그 진짜 이유가 이것이었다.

이런 깜찍한 신랑 같으리라고.

픽, 웃음이 나왔다.

그녀들은 경호원들과 함께 리무진으로 이동했다. 새하얀 리무진이 봄날의 햇빛을 받으며 눈부시게 번쩍거렸다. 백장미 장식이 우아하게 차를 장식하고 있었다. 그 차의 뒷좌석에 올랐다.

"PC 이동합니다, 송신."

재운이 다른 차에 오른 동기에게 무전을 보냈다. 앞뒤 차량의 호위를 받으며 리무진이 출발했다. 옆자리에 앉은 현주와 영희의 동공이 휘둥그레졌다.

"대박! 범안이가 의뢰한 거야? 자기 신부 누가 훔쳐 갈까 봐?"

"잘못 생각한 거지. 한참 잘못 생각한 거지. 주워가라고 해도 가져갈 사람이 없는데."

감탄하는 현주의 말을 받으며 영희가 야물거렸다.

국희는 연신 터져 나오려는 웃음을 꾹 참았다. 여기서 웃기라도 하면 한바탕 시기 어린 몰매를 맞을 수도 있었으므로.

결혼식이 치러질 호텔에 도착하였다.

경호원들은 한결같았다. 우르르 차량에서 내려 뒷좌석에서 내린 국희를 에스코트했다.

한 걸음 내디디니 옆의 동기가 발을 맞췄다. 검은 정복을 갖춰 입은 그가 제 앞길을 터주며 사방을 경계했다. 호텔 손님과 직원들의 이목이 그녀에게로 집중되었다. 연예인도, 유명인사 같지도 않은 그녀가 경호를 받으니, '귀한 분인가' 하는 호기심 어린 시선들이었다.

묘하면서도 들떴다. 경호원인 자신이 경호원들의 에스코트를 받는 입장이 되니 뭐라 형언할 수 없을 만큼 설레었다. 사람들의 주목을 받는 것도 황홀한 기분이 들도록 만들었다.

국희는 짧은 몇 분 만에 완벽 적응했다.

평생 단 한 번 있을 소중한 시간을 허투루 낭비할 순 없었다. 그가 선물해 준 시간을 마음껏 즐겼다. 위풍당당하게 경호를 받았다. 턱을 당당히 들고 어깨도 곧추세웠다. 등허리까지 반듯이 폈다. 멋진 경호원들의 경호를 받으며 식장으로 들어서는 그녀는 그야말로 근사했다. 그 누구보다도 빛났고, 우아했다.

찬란한 공간의 완벽한 주인공이었다.

그녀를 범안이 맞았다.

"어서 와."

그 어느 때보다도 그윽한 눈빛과 미소를 가득 띠고서.

평생 잊지 못할 순간이었다.

국희는 입 모양으로 '고마워.'라고 말하고 빙긋 미소 지었다. 편명호 내외에게 인사를 끝낸 그녀는 신부대기실로 향했다. 여지없이 경호원들이 뒤따랐다.

범안 또한 김 전무 내외가 도착하여 돌아섰다. 그러면서 그녀에게 슬며시 기름한 눈매를 늘어뜨렸다. 순간, 그녀의 뇌리에 남자가 떠올랐다. 꿈에서 보았던 남자의 얼굴.

아…….

그가 누구인지 그제야 깨달았다.

정말일까. 정말 그 사람일까.

"오늘 경호할 수 있게 되어 영광이었습니다."

"고마워요, 다들. 내 생애 최고의 순간이었어요."

신부대기실에 도착하여 능청스러운 재운의 말을 끝으로 경호가 끝났다. 국희는 차근차근 동기들을 둘러보며 인사했다. 그들이 엄지를 들어 보이며 한쪽 눈을 찡긋거렸다. 한 동기가 자그마한 소리로 '아줌마 경호원 1호가 된 걸 축하해.' 라고 말해줬다.

싱긋, 입술이 벌어졌다.

웨딩헬퍼의 도움을 받으며 조신하게 소파에 앉았다. 촬영기사의 요구에 따라 몇 장의 사진 촬영을 끝낼 때쯤 어김없이 양배추 같은 곱슬머리를 얹은 인규가 도착했다. 그가 신부대기실로 빼꼼히 고개를 내밀며 휘파람을 불어댔다.

"와우, 신부는 어디 가고 여신이 강림하여 앉아 있네요?"

"오셨어요?"

쿡쿡거리며 국희는 인사했다.

"누군지 신랑은 좋겠네. 샘나서 허기지네요. 결혼식은 패스하고 밥이나 먹으러 가야겠어요."

"그럼 안 되시죠."

그의 머리통 위로 범안이 나타났다. 짐짓 서운하다는 표정을 지으며 눈을 가늘게 떴다. 인규가 '들켰다.' 하며 넉살을 피웠다. 그 뒤로 재운이 다가와 인규와 오랜만이라며 반갑게 인사했다. 두 남자가 둘러서서 즐거이 대화를 나눴다. 그들 틈에서 빠져나온 범안이 슬그머니 다가왔다. 그가 조용히 신부대기실 문을 닫았다. 소란스러웠던 소음이 차단되었다. 둘만 남았다.

"긴장했어?"

"아니. 너는?"

"나는 거뜬해."

"나도 이하동문."

가벼이 어깨를 으쓱하며 범안이 웃었다. 국희도 따라 어깨를 으쓱했다. 그러다 가까이 다가오라 손가락을 까닥거렸다. 그가 허리를 수그렸다. 국희는 귓속말하듯 자그마하게 속삭였다.

"혹시 당근 싫어해?"

"어? 어떻게 알았어?"

한 적 없던 말이었기에 그는 깜짝 놀랐다. 그녀의 심장이 찌릿, 뜨겁게 울었다.

"그럼 계란말이 좋아해?"

"응. 어머니한테 들었어?"

아무것도 모르는 그는 해사하게 물었다. 그녀는 전율로 휩싸여지는 야릇한 기분을 맛보았다. 설렘과 동시에 감격이 스며들었다.

"아니, 다른 사람."

"누구?"

의아한 듯 그가 눈썹을 올렸다. 대답하지 않고서 도리질을 했다. 깊게 솟구치는 감동을 만끽하며 둘만의 공간으로 갔을 때 털어놓겠노라 결심했다.

손을 뻗어 그의 보드라운 머리카락을 매만졌다. 빙그레 웃는 눈동자들이 소리 없는 감정을 나눴다. 그러다 이 짧은 시간도 못 견디겠다는 듯 범안이 입술을 기울였다. 아슬아슬하게 입술이 닿으려는 찰나.

"신랑!"

신부대기실 밖에서 누군가 그를 찾았다.

"가야겠다. 이따 봐."

아쉬운 눈짓을 하고서 범안이 국희의 관자놀이에 쪽, 입맞춤을 했다. 그러곤 후다닥 홀로 나갔다. 피식 웃으며 국희는 휴대폰을 들었다. 아까부터 삑삑거리던 메시지를 확인했다.

—오늘 결혼식 축하해요. 아무래도 내가 가기엔 어려운 자리라 못 갔어요. 미안해요. 그래도 많이 축하해요.

윤진이었다. 인성그룹의 많은 임원들이 대거 참석하는 결혼식인 만큼 그녀는 이곳에 올 수 없었다. 가시 같은 눈초리를 견딜 만큼 다부진 사람이 아니었다. 굳이 겪지 않아도 될 일을 예의상 억지로 참아낼 필요는 없었다. 이해하기에 국희는 얼른 답장을 썼다.

―고마워요. 신혼여행 다녀와서 봐요. 내가 결혼 턱 크게 쏠게요.

―나 기대하고 있어도 되죠?

―당연하죠. 나 없는 동안 재운이 부탁해요.

―뭘, 부탁할 게 뭐 있다고.

잔뜩 쑥스러운 기색이 묻어난 메시지에 짤막히 웃었다.

윤진과의 자리에 재운이 몇 번 동석했었다. 재운은 조금씩 윤진에게 호감을 보였었다. 그리고 지난달부터 재운의 적극적인 구애에 힘입어 가뭄에 콩 나듯 데이트를 시작했다. 윤진은 상황이 어려운 만큼 거리를 두려 했다. 그래도 차츰차츰 열어가는 마음은 어쩔수 없었다. 시련을 극복할 수 있는 좋은 만남이 되지 않을까, 작게나마 기대한다.

고풍스러운 클래식 음악이 흘러나왔다. 곧 식이 시작된다는 안내방송이 울렸고, 어수선하던 홀이 정리되었다.

웨딩헬퍼의 도움을 받으며 신부대기실에서 나왔다. 멋들어진 슈트 차림의 아빠가 잔뜩 파리해진 낯빛으로 서성거리고 있었다. 눈밑도 거뭇한 것이 신부보다 더 긴장한 모양이었다. 그녀는 아빠의 팔에 제 팔을 부드럽게 감으며 활짝 웃었다.

"긴장하셨어?"

"죽겠다, 아주."

아빠가 솔직하게 토로했다. 그의 치아가 파르르 떨어댔다. 까르르 웃으며 국희는 제 손등 위로 얹어지는 아빠의 손등을 다른 손으로 토닥토닥, 매만졌다. 딸을 한 남자의 아내로 보내야 되는 시간이라 아빠는 서운한 감정을 내비쳤다. 아빠의 다른 손도 올라와 애틋하게 그녀의 손을 쓸어댔다.

식장 입구에서 반듯하게 서 있는 범안의 듬직한 등이 보였다. 멀거니 그의 등을 보면서 국희는 또 한 차례 웃었다. 긴장한 듯 어깨가 딴딴해 보였으나 제법 당당한 신랑의 자세가 나왔다.

한 발 내디디려는 찰나, 시야에 낯익은 남자가 들어왔다. 깜짝 놀라 그녀는 그의 모습에서 시선을 떼지 못했다. 멀찍이서 지켜보던 그와 그녀의 눈이 마주쳤다. 그는 제 모습이 들키고 나자, 하는 수 없다는 듯 가까이 걸어왔다.

"아빠, 잠시만."

그녀는 아빠에게서 떨어졌다. 그리고 그에게 다가갔다.

"여행을 가신 게 아니세요?"

"다음 주에 출국해요."

세준의 혈색은 평온했다. 몇 개월 전보다 수척해진 얼굴이었으나 여지없이 말끔하고 단정했다. 다만 다른 것이라면 그사이 많이 자란 머리카락이었다. 부드럽게 이마를 덮은 머리카락으로 그의 선한 이미지가 한층 더 돋보였다.

"범안인 저기……."

슬쩍 식장 입구를 가리키자, 안다는 답 대신 세준이 끄덕거렸다.

"안 올 수 없었어요. 두 사람이 새 출발하는 날이니까 축하해 주고 싶었어요. 범안 씨에게 대신 전해주세요, 축하한다고."

"네, 고맙습니다."

그도 윤진과 입장이 마찬가지였다. 난처한 입장이라 식장에 선뜻 발을 들일 순 없을 것이다. 그럼에도 인사하러 와준, 축하해 주러 와준 그가 한없이 고마웠다.

[신랑 입장.]

안쪽에서 사회자의 멘트와 함께 입장곡이 섞여서 흘러나왔다. 곧이어 범안이 시원스러운 걸음을 내디뎠다. 떠들썩하고 행복을 기원하는 박수 소리가 퍼졌다. 그쪽을 넘겨다본 세준이 한 걸음 물러났다.

"어서 준비하세요."

"네."

국희는 몸을 틀었다. 두어 걸음 옮기다, 그를 돌아봤다.

"그날, 구해주셔서 감사해요."

그녀를 밀쳐 내었던 그였다. 그가 아니었다면 이 자리에 없었을 수도 있었다. 그동안 못 하여 미안하고, 아쉬웠던 말을 겨우 꺼내었다. 깊은 감정을 실어 진심인 인사를 보내었다.

세준은 그저 웃었다. 별거 아니란 듯, 아무 일도 없었다는 듯 웃었다.

[신부 입장!]

그녀는 완전히 돌아섰다. 서둘러 아빠의 팔짱을 끼고서 발걸음을 옮겼다. 은은한 조명이 내리비치는 벽 너머로 희미한 형상이 보이는 듯했다. 꿈에서 보았던 형상이 어렴풋이 스며드는 것 같았다.

잘 부탁해요.

네, 그럴게요.

미처 하지 못하였던 대답을 그제야 했다. 행복한 잔영을 만들며 형상은 완전히 소실되었다.

새로운 시작의 길로 들어섰다. 한껏 행복하게 새 길을 나섰다. 그 길목 끝에는 그가 기다리고 있었다.

범안이 기다리고 있었다.

〈The End〉

어느덧 4월입니다.

벌써 여섯 번째 작품이 출간되었습니다. 두려움과 설렘 속에 출발했던 길을 아직 걷고 있습니다. 이것이 꿈인지 현실인지 아직까지도 얼떨떨합니다. 그리고 아직도 매번 두렵습니다. 아마도 매번 그럴 듯합니다.

국희는 새 길을 찾았고, 이제 새 길로 들어섰습니다.

저도 이렇듯 또 다른 새 길로 들어섰습니다. 지금 이 순간, 이 글을 읽으시는 독자님들이 저를 이렇게 맞아주셨습니다.

언제나 그렇듯 감사하다는 인사를 먼저 올립니다.

〈지극히 평범한〉을 끝내고 나니, 가장 큰 문제는 〈지극히 평범한〉이라는 제목을 쓸 때마다 〈지국희 평범안〉이라고 쓰게 된다는 것입니다. 완전히 습관이 되어버려 큰일입니다. 곧 고쳐질까요? 지옥의 유격훈련이라도 받고 와야 고쳐지는 것은 아닐는지 걱정입니다.

제목과 주인공들의 이름과 관련된 상관관계에 대해 궁금하신 분들이 꽤 되었어요. 그 궁금증을 풀어봅니다.

답은 그저 단순하다, 입니다.

어느 날 문득 〈지극히 평범한〉이라는 단어가 생각났어요. 우리의 삶은 지극히 평범하기에 때론 무료하고, 때론 지루하고, 때론 한심하기 그지없게 느껴지기도 하잖아요. 그래서 조금은 특별해지고 싶다, 꿈꾸기도 합니다. 그러나 신문지상에서 오르내리는 사건, 사고들을 보면 어쩌면 지극히 평범한 삶이 가장 특별하고 행복한 삶이 아닐까, 라는 생각을 하곤 합니다. 그래서 그런 이들의 사랑을 그려보자, 그 삶의 행복점을 찾아가는 이야기를 그려보자, 라는 생각을 하게 되었습니다. 그리고 그 글의 주인공들은 누가 될까, 어떠한 이름을 갖고 있을까, 라는 상상하다가 어느 날 문득,

〈지극히 평범한〉 획을 긋고, 획을 지우고, 〈지국희 평범안〉이 태어나게 되었습니다. 약간의 위트가 첨부된 거니, 독자님들도 즐거이 받아주실까? 라는 기대도 살짝했습니다.

그리고 하나의 무서운 사건을 풀어가며, 우리는 이런 사건과 연루되어 있지 않는 평범한 삶을 살고 있으므로 이 순간 자체가 행복하고 감사한 일이라고 상기하며, 이 글을 끝내었습니다.

또 하나의 이야기를 끝내면서 내 마음처럼 내 속을 읽는 것처럼 받아주시면 얼마나 좋을까, 상상합니다. 한 자 한 자 허투루 쓰지

말아야 할 텐데, 걱정합니다. 제가 그리는 따뜻한 그림을 받아주시길 간절히 바라기도 합니다. 많은 말들이 생각나고, 많은 생각들이 떠오릅니다. 그럴 때마다 제 글을 읽는 독자님들이 그려집니다.

그대는 언제나 저와 함께이십니다.

함께해 주서서 감사합니다.

오늘도 감사합니다.

2015. 04.

박지영 드림.